Deutsche Lyrik
von den Anfängen bis zur Gegenwart

Band 9

Deutsche Lyrik
von den Anfängen bis zur Gegenwart
in 10 Bänden
Herausgegeben von Walther Killy

Gedichte 1900–1960

Nach den Erstdrucken in zeitlicher Folge
herausgegeben von Gisela Lindemann

Deutscher Taschenbuch Verlag

Unveränderter Reprint der in den Jahren 1969–1978
erstmals unter dem Titel ›Epochen der deutschen Lyrik‹
erschienenen Sammlung deutscher Gedichte, Band 9,
München 1974, 1984.

Originalausgabe
September 2001
Deutscher Taschenbuch Verlag GmbH & Co. KG,
München
www.dtv.de
© 1974, 1984, 2001 Deutscher Taschenbuch Verlag, München
Umschlagkonzept: Balk & Brumshagen
Gesamtherstellung: Druckerei C. H. Beck, Nördlingen
Gedruckt auf säurefreiem, chlorfrei gebleichtem Papier
Printed in Germany · ISBN 3-423-59052-1

Gedichte haben mit der Zeit zu tun, in der sie entstanden sind, werden ebenso von ihr bedingt wie vom Zustand ihrer Autoren; und auch der ist abhängig vom geistigen, politischen, wirtschaftlichen Klima der Epoche.

Zeitgenossenschaft in diesem Sinne soll das Hauptmerkmal der vorliegenden Sammlung sein. Angestrebt ist eine historische Dokumentation, in der die Bedingtheit von Lyrik sichtbar wird, und die von der Zeit bestimmten Bedingungen für Lyrik. Denn es ist nur eine perspektivische Täuschung, daß Gedichte nicht zeitbezogen und bis zu einem bestimmten Grade auch meßbar wären; das hängt mit ihrem Abkürzungscharakter zusammen.

Dokumentiert werden die Jahre 1900 bis 1960, und zwar auf notwendig unorthodoxe Art. Wissenschaftliche Hilfsmittel zur gesicherten Fixierung von Erstdrucken gibt es für diesen Zeitraum nicht. Ein erster Versuch ist das Handbuch *Erstausgaben deutscher Dichtung 1900–1960* von Gero von Wilpert und Adolf Gühring (1967), das nicht immer zuverlässig ist. Auch ist es unvollständig; es fehlen da zum Beispiel Helmut Heißenbüttel und Johannes Bobrowski. Kritische Werkausgaben zu diesem Zeitraum sind nicht vorhanden, bis auf die Trakl-Ausgabe von Walther Killy und Hans Szklenar, aus deren Apparat Erstdrucke notfalls synthetisch herstellbar sind, und die Heym-Ausgabe von Karl Ludwig Schneider, deren Apparatband noch aussteht.

So ist der Band das Konzentrat aus einer Textsammlung von etwa zehnfachem Umfang aus den im Anhang aufgeführten Periodica und monographischen Erstveröffentlichungen. Innerhalb der Jahrgänge ist die Reihenfolge nicht historisch, sondern nach dem Prinzip von Kontrast und Entsprechung gebaut, sei es vom Thema, sei es von der Sprache her. Die Entscheidung zu einer solchen Anordnung enthält natürlich schon eine Interpretation.

Daß Gedichte in Zeitschriften erschienen sind, ist freilich noch keine Garantie dafür, daß sie dort auch zum erstenmal gedruckt wurden. Auch der Briefwechsel mit den Autoren wegen der Abdruckerlaubnis hat oft eher Zweifel an der Authentizität der hier angenommenen Erstdrucke aufkommen lassen.

Ein philologisch gesichertes Nachschlagewerk hat der Leser also nicht in Händen, wohl aber einen ersten Versuch, die Gleichzeitigkeit unterschiedlichster sprachlicher Ausdrucksformen zu zeigen: Herkömmliches neben Sprachexperimenten, Authentisches neben Banalem, politische Spottgedichte neben hermetisch verschlossenen Texten; nebeneinander situationsbezogene Verse unterschiedlicher Qualität wie die von Karl Kraus in der 888. Nummer seiner *Fackel* und deren Beantwortung durch Anna Seghers, Oskar Maria Graf, Wieland Herzfelde und Bertolt Brecht, abgedruckt in den Jahrgängen 1933 und 1934. An diesem Beispiel kann der Leser übrigens erfahren, wie Lyrik durchaus auch eine Sache sogar des politischen Tagesgeschäfts sein kann, ohne doch in jedem Fall restlos darin aufzugehen.

Dokumentiert wird eine Zeit, die weder als literarischer Kanon schon katalogisiert ist, noch fest umrissen mit den wenigen und fürs Erkennen und Beurteilen einzelner Texte nicht sehr ergiebigen Leitbegriffen wie der Jahrhundertwende und dem Jugendstil, der Neuromantik und dem Naturalismus, dem Expressionismus, Surrealismus, Dadaismus, der Blut- und Bodendichtung und der Exilliteratur, der Kahlschlagliteratur nach dem Zweiten Weltkrieg und der neuen Innerlichkeit, der neuen Naturlyrik hüben und dem neuen Realismus drüben: Versuchen, nach dem Dritten Reich an die Errungenschaften der ersten Jahrzehnte des zwanzigsten Jahrhunderts wieder anzuknüpfen; schließlich dem neuerlichen, reflektierteren Experimentieren mit dem Material Sprache, der konkreten Poesie. Alle diese Begriffe bezeichnen allenfalls Programme; sie haben einander auch in der Wirklichkeit nicht einfach abgelöst; sie greifen vielmehr ineinander, überlagern sich und konkurrieren miteinander, und auch der Rückfall in die Barbarei hat nicht erst 1933 angefangen.

Lyrik schwebt nicht im luftleeren Raum, und ihre Einkästelung in Leitbegriffe trägt noch nicht viel zu ihrer Deutung bei. Sie bedarf dazu ihres möglichst genauen zeitgenössischen Kontexts, in dem sie entstanden ist, mit oder ohne konkreten Anlaß, auch das wäre von Fall zu Fall zu untersuchen und sagte meist schon viel über das jeweilige Gedicht. Es ist, das hat der Schriftsteller Yaak Karsunke einmal überzeugend vorgeführt, z. B. wichtig zu wissen, daß es das Jahr 1949, das Jahr der Gründung der Bundesrepublik Deutschland war, als in dem Gedichtband *Hier in der Zeit* von Hans Egon Holthusen die *Trilogie des Krieges* erschien. Sie begann mit der Strophe:

Plötzlich war es den Völkern unmöglich, einander zu dulden,
Und eine Stunde September, eine Stunde im späteren Sommer,
Heiß und träg wie immer, eine Stunde der Hirten und Jäger,
(Goldgrün kräuselte sich das Moos, in den Wäldern roch man die Sonne,
Feiner, sahniger Schweiß bedeckte die Hände der Menschen).
Diese beliebige Stunde war die Stunde entsetzlicher Reife.

Denn mit der äußersten Schärfe des zeitentsprungenen Willens
Trennte der Mensch, ein Feind seiner selbst, die Zeit in zwei Teile,
Trennte in Frieden und Krieg sein heillos verwickeltes Dasein.
Ach, es war die Stunde der Schlachtung am düsteren Stein der
  Geschichte.
Während Vernunft, sich verschleiernd, zurücktrat. Die Völker sind
  schrecklich.

Die Verse haben eine Tendenz, die Holthusen in der ersten Zeile des
Gedichts *Tabula Rasa* im gleichen Gedichtband ausgesprochen hat:

Ein Ende machen. Einen Anfang setzen.

Das ist ein Satz, der im Jahre 1949 seine Leser zu trösten und zu er-
leichtern vermochte. Doch war es ein Trost für den Tag, blind für die
Vergangenheit und blind für die Zukunft, die ohne Vergangenheit keine
Perspektive hat. Diese Verse zu diesem Zeitpunkt waren eine Verfüh-
rung, dem Mythos verpflichtet, als sei Geschichte mit Schicksal aus-
tauschbar und die Frage nach Ursache und Wirkung belanglos. Die
Verschweigungen in diesem Gedicht, die raffinierten Ablenkungen,
machen es zu einem politischen Gedicht, und sei es wider den Willen des
Autors. Hier hätte wohl eine Interpretation anzusetzen.

Der zeitgeschichtliche Hintergrund der hier präsentierten Gedichte schien
der Herausgeberin deshalb ein verläßlicherer Leitfaden für die Aus-
wahl als literaturgeschichtliche Leitbegriffe; und zu einem großen Teil
sind diese Texte ohnehin nicht mehr als schlichte Zeugnisse ihrer Zeit
im Sinne durchaus ungefilterter Reaktionen auf sie.
  Die Zeit: das war der Verfall der Wilhelminischen Ära, mit letzten
aristokratischen Anstrengungen einer individuellen Exclusivität, wie
sie in Stefan Georges *Blättern für die Kunst* (1892–1919) vertreten wurde.
In der Einleitung zum ersten Band dieser Folge heißt es:

Der name dieser veröffentlichung sagt schon zum teil was sie soll: der
kunst besonders der dichtung und dem schrifttum dienen, alles staat-
liche und gesellschaftliche ausscheidend.
Sie will die Geistige Kunst auf grund der neuen fühlweise und mache –
eine kunst für die kunst – und steht deshalb im gegensatz zu jener
verbrauchten und minderwertigen schule die einer falschen auffassung
der wirklichkeit entsprang. sie kann sich auch nicht beschäftigen mit
weltverbesserungen und allbeglückungsträumen in denen man gegen-
wärtig bei uns den keim zu allem neuen sieht, die ja sehr schön sein
mögen aber in ein anderes gebiet gehören als das der dichtung.

Aber in dieser Zeit gab es auch die streitbare Illustrierte Wochenschrift *Simplicissimus* (1896–1944) und darin so sarkastische Gedichte wie *Protestversammlung* von Ludwig Thoma (bezeichnenderweise unter dem Pseudonym *Peter Schlemihl* veröffentlicht) im Jahr 1901 (S. 38).

Zwischen diesen beiden extremen Positionen, der innengeleiteten ästhetischen Kultur und der außengeleiteten politisch-polemischen Alltagspoesie, gab es viele Übergänge. Und dann gab es da große und schwer einzuordnende Texte, etwa von Rilke oder Hofmannsthal, die in klassisch strenger Sprache eine neue Art von Welt- und Lebenserfahrung vermittelten, Zeugnisse der vielleicht höchsten Steigerung der Individiualtät im Bewußtsein ihres Verlustes.

1900, das war das Gründungsjahr des Wandervogel und der Beginn der Jugendbewegung, die aus Protest gegen die als unwahrhaftig und naturfremd empfundenen Verhältnisse im Wilhelminischen Deutschland entstanden war. Von ihrer Rückwendung zum natürlichen Leben und zur romantisch verklärten Vergangenheit findet man den Niederschlag in vielen Gedichten aus den ersten beiden Jahrzehnten des neuen Jahrhunderts; geradezu programmatisch ist sie enthalten im ersten Gedicht dieser Sammlung.

Verherrlicht und immer wieder reproduziert, sei es thematisch, sei es formal, wurde auch die jüngere Vergangenheit, die große Epoche der deutschen Klassik und Romantik, wie etwa in den Gedichten *Drei Blicke* von Richard Dehmel oder *Rosen, Goethe, Mozart* von Otto Julius Bierbaum, hier abgedruckt im Jahrgang 1900, oder *Glück* von Elsa Laura von Wolzogen (1902) und *Überglänzte Nacht* von Stefan Zweig (1903). Daneben findet man aber in den zeitgenössischen Periodica auch Texte von Autoren, die gegen die Restaurationstendenzen ihrer Zeit den Naturalismus propagierten. »Wir brechen mit den alten, überlieferten Motiven«, hatte im Jahr 1884 Hermann Conradi in der Einleitung zu der Anthologie *Moderne Dichtercharaktere* geschrieben.

Wir werfen die abgenutzten Schablonen von uns. Wir singen nicht für die Salons, das Badezimmer, die Spinnstube – wir singen frei und offen, wie es uns ums Herz ist: für den Fürsten im geschmeidefunkelnden Thronsaal wie für den Bettler, der am Wegstein hockt und mit blöden, erloschenen Augen in das verdämmernde Abendrot starrt . . .

In dieser Verlautbarung aus der Zeit der Arbeiterbildungsvereine werden natürlich noch nicht so diffizile Probleme abgehandelt wie das des elaborierten und des restringierten Sprachcode, aber eine – hier noch in den Anfängen steckende – ähnliche Tendenz ist doch deutlich: die Unzufriedenheit mit dem Dichter im Elfenbeinturm. Ein wenig von Conradis Tendenz, freilich sie gleichzeitig auch schon auf listige Weise entlarvend, findet man etwa in Arno Holz' *Fragment aus der Blechschmiede*, überschrieben *Die Dichterin*, in dem er der unsterblichen Friederike Kempner ein eher sterbliches Denkmal gesetzt hat (1901, S. 36). Wie wahr aber die Wahrheit war, die die Naturalisten auf ihr Banner geschrieben hatten, das zeigt grimmig Frank Wedekind in seinem *Lied vom armen Kind* (1904, S. 54).

Läßt sich nun folgern, auf dieses buntgestreute erste Jahrzehnt im zwanzigsten Jahrhundert sei beinahe organisch, allen diesen unentschiedenen, einander widerstreitenden literarischen Äußerungen ein Ende machend, das in der Literaturgeschichte so genannte expressionistische Jahrzehnt gefolgt? Gewiß, da wurde endlich ein neuer Entwurf gesucht, der Ausdruck eines authentischen Verhältnisses zu der durch Technik und Industrie veränderten Welt. So ähnlich kann man es auch nachlesen in der Anthologie *Menschheitsdämmerung*, die Kurt Pinthus im Jahr 1919, schon beinahe post festum, herausgab. Er schrieb in der Einleitung:

Aber man fühlte immer deutlicher die Unmöglichkeit einer Menschheit, die sich ganz und gar abhängig gemacht hatte von ihrer eigenen Schöpfung, von ihrer Wissenschaft, von Technik, Statistik, Handel und Industrie, von einer erstarrten Gemeinschaftsordnung, bourgeoisen und konventionellen Bräuchen. Diese Erkenntnis bedeutet zugleich den Beginn des Kampfes gegen die Zeit und gegen ihre Realität. Man begann, die Um-Wirklichkeit zur Un-Wirklichkeit aufzulösen, durch die Erscheinungen zum Wesen vorzudringen, im Ansturm des Geistes den Feind zu umarmen und zu vernichten, und versuchte zunächst, mit ironischer Überlegenheit sich der Umwelt zu erwehren, ihre Erscheinungen grotesk durcheinander zu würfeln, leicht durch das schwerflüssige Labyrinth hindurchzuschweben (Lichtenstein, Blass) – oder mit varietéhaftem Zynismus ins Visionäre zu steigern (van Hoddis).

Aber wie einheitlich war eigentlich das expressionistische Jahrzehnt? Schon seine Datierung von 1910 bis 1920 ist eine problematische Sache. Bereits im Jahre 1905, ein Jahr nach Wedekinds *Lied vom armen Kind*, erschien im Amelang Verlag Berlin-Charlottenburg ein Bändchen von Else Lasker-Schüler, *Der siebente Tag*, und darin standen die Gedichte *Weltende* (S. 63), und *Groteske* (S. 67), die eigentlich schon der Ära des Expressionismus angehören; mit noch größerem Recht sogar könnte man sie dem Dadaismus zurechnen, als dessen eigentliche Zeit meist die

Jahre 1916 bis 1924 angegeben werden. Aber gibt es da nicht andererseits auch Parallelen zwischen der *Groteske* der Lasker-Schüler und Arno Holz' *Dichterin?*

Sodann: das „expressionistische Jahrzehnt" war auch das Jahrzehnt des Ersten Weltkriegs, der glühenden nationalen Begeisterung für diesen Krieg, die uns heute, nach sechzig Jahren, so schwer einfühlbar ist und wovon der Leser dieses Bandes zunächst alles andere als expressionistische Zeugnisse findet.

Zum dritten war auch der Expressionismus selbst keine so einhellige Bewegung, wie noch immer gern angenommen wird. Im gleichen Jahr wie Kurt Pinthus' Sammlung *Menschheitsdämmerung*, 1919, ist eine andere Anthologie erschienen, die vor allem den linken Flügel der expressionistischen Bewegung repräsentierte: Ludwig Rubiners Sammlung *Kameraden der Menschheit*. (Beide Anthologien wurden übrigens nach vierzig Jahren, im Jahr 1959, neu gedruckt: Pinthus im Rowohlt Verlag Hamburg, Rubiner in Reclams Universalbibliothek in Leipzig.) Der Vergleich dieser Sammlungen, man kann das am einfachsten zeigen an ihren Vor- bzw. Nachworten, widerlegt vollends die Vorstellung von einem geschlossenen „expressionistischen Jahrzehnt". Sie spiegeln die beiden politischen Richtungen, die gleichermaßen die literarische Bewegung des Expressionismus für sich beanspruchten. Kurt Pinthus schrieb damals in seinem Vorwort:

So ist allerdings diese Dichtung, wie manche ihrer Programmatiker forderten (und wie wurde dieser Ruf mißverstanden!): politische Dichtung, denn ihr Thema ist der Zustand der gleichzeitig lebenden Menschheit, den sie beklagt, verflucht, verhöhnt, vernichtet, während sie zugleich in furchtbarem Ausbruch die Möglichkeiten zukünftiger Änderung sucht. Aber – und nur so kann politische Dichtung zugleich Kunst sein – die besten und leidenschaftlichsten dieser Dichter kämpfen nicht gegen die äußeren Zustände der Menschheit an, sondern gegen den Zustand des entstellten, gepeinigten, irregeleiteten Menschen selbst. Die politische Kunst unserer Zeit darf nicht versifizierter Leitartikel sein, sondern sie will der Menschheit helfen, die Idee ihrer selbst zur Vervollkommnung, zur Verwirklichung zu bringen. Daß die Dichtung zugleich dabei mitwirkte, gegen realpolitischen Irrsinn und eine entartete Gesellschaft anzurennen, war nur ein selbstverständliches und kleines Verdienst. Ihre größere überpolitische Bedeutung ist, daß sie mit glühendem Finger, mit weckender Stimme immer wieder auf den Menschen selbst wies, daß sie die verlorengegangene Bindung der Menschen untereinander, miteinander, das Verknüpftsein des einzelnen mit dem Unendlichen – zur Verwirklichung anfeuernd – in der Sphäre des Geistes wiederschuf.

Pinthus schließt sein Vorwort mit den Sätzen:

Ihr Jünglinge aber, die Ihr in freierer Menschheit heranwachsen werdet, folget nicht diesen nach, deren Schicksal es war, im furchtbaren Bewußtsein des Unterganges inmitten einer ahnungslosen, hoffnungslosen Menschheit zu leben, und zugleich die Aufgabe zu haben, den Glauben an das Gute, Zukünftige, Göttliche bewahren zu müssen, das aus den Tiefen des Menschen quillt! So gewiß die Dichtung unserer Zeit diesen Märtyrerweg wandeln mußte, so gewiß wird die Dichtung der Zukunft anders sich offenbaren: sie wird einfach, rein und klar sein müssen. Die Dichtung unserer Zeit ist Ende und zugleich Beginn. Sie hat alle Möglichkeiten der Form durchrast – sie darf wieder den Mut zur Einfachheit haben. Die Kunst, die durch Leidenschaft und Qual der unseligsten Erdenzeit zersprengt wurde –, sie hat das Recht, reinere Formen für eine glücklichere Menschheit zu finden. Diese zukünftige Menschheit, wenn sie im Buche *Menschheitsdämmerung* („Du Chaos-Zeiten schrecklich edles Monument") lesen wird, möge nicht den Zug dieser sehnsüchtigen Verdammten verdammen, denen nichts blieb als die Hoffnung auf den Menschen und der Glaube an die Utopie.

Ludwig Rubiner begann sein sehr viel knapperes Nachwort mit den Sätzen:

Jedes Gedicht dieses Buches ist ein Bekenntnis seines Dichters zum Kampf gegen eine alte Welt, zum Marsch in das neue Menschenland der sozialen Revolution. Bekenntnis, das abgelegt wurde, als das noch die persönliche Sicherheit des Bekenners gefährdete. Und damit haben einige Dichter unserer Zeit endlich getan, was der Literatur der letzten Generationen so fernlag: sie haben mit Mut Verantwortung auf sich genommen. Die Wahl der Gedichte folgte dieser Bedingung der künstlerisch ganz ausgedrückten, offenen, menschlichen Parteinahme; sie erfolgte nicht nach dem elenden Allerweltsstandpunkt des sogenannten „rein künstlerischen" Wertes. Wir wissen, daß der „rein künstlerische" Wert unrein und ein Unwert ist; denn die Künstlerästhetik ist ein Denksystem des Bürgers, das die Abkehr von jeder entschiedenen Richtung auf den Kampf für die Gemeinschaft rechtfertigen soll und das dem als Künstler Auftretenden ermöglichen will, die persönliche Verantwortung gegenüber der Mitmenschheit abzulehnen.

Und eine Seite weiter heißt es:

Aber in dem revolutionären Neulingstum des Dichters liegt auch ein außerordentlicher Wert. Da ist, im Momente der Entstehung des Gedichtes, die Unbedingtheit, der Fanatismus, die Kompromißlosigkeit; und das Schöpferische des Revolutionsgedichtes: die ethische Entscheidung für die Zukunft. Es beschreibt nicht das Dasein, sondern ihm ist das revolutionäre Ziel selbst schon vollkommene Wirklichkeit. Wirklichkeit, die der Dichter mitten unter die Menschen stellt und an der er also aus dem Geiste und dem Willen mit zu bilden hilft. So gering unter den Dichtern die Sachlichkeit des Gemeinschaftszieles auftritt – die Produktionsmittel der Erde in die Hände der Produzierenden! –, so groß ist dagegen ihre Sachlichkeit auf allen geistigen, moralischen und Willenswegen der Revolution. Ihre Tat war: die Proklamation des seelischen Neubaus, die Proklamation der revolutionären Solidarität, der Gemeinschaftsfreiheit, der sozialen Gerechtigkeit.

Diese politische Polarisierung innerhalb der expressionistischen Bewegung gibt sicherlich einen besseren Schlüssel ab zur Interpretation einzelner Texte, als eine rein literarische Untersuchung ihn finden könnte, jedenfalls dann, wenn man sich einmal darauf eingelassen hat, solche Texte statt nur für sich selbst als Zeugnisse ihrer Zeit zu verstehen, die als solche in unsere Zeit hineinragen und zur Orientierung hier und heute beitragen. Es ist zum Beispiel zur Beobachtung der gegenwärtigen literarischen Szene nicht unwichtig zu wissen, wie lange schon der Riß existiert zwischen dem liberalen allgemeinmenschlichen und dem parteilich politischen Engagement der Literaten; er wird in der Bundesrepublik erst seit der Mitte der sechziger Jahre wieder ernsthaft diskutiert, und in der DDR hat er in geradlinigerem Anschluß an die literarischen Diskussionen der Exilliteraten zunächst zum Antagonismus zwischen Programmrealismus und der Verinnerlichung politischer Repression geführt. Die Vermittlung dieser beiden Interessen, des politischen, parteiergreifenden und des allgemeinmenschlichen mit dem Mut zur Subjektivität, ist in beiden deutschen Staaten noch immer nicht gelungen, aber es gibt gerade in letzter Zeit mannigfaltige neue Ansätze dazu, hüben und drüben.

Im Oktober 1920 hielt der Begründer der Expressionismus-Theorie, Wilhelm Worringer, die Grabrede auf diese literarische Bewegung mit dem vielzitierten Satz, die Legitimität des Expressionismus habe nicht im Rationalen, sondern im Vitalen gelegen, und eben darum sei der Fall hoffnungslos, weil er vital ausgespielt habe. Doch wie stumpf und hilflos dieser Abgesang blieb, den viele der nach dem Krieg übriggebliebenen enttäuschten Anhänger der Bewegung variierten, wie gefährlich auch wegen seiner fatalistischen Verschwommenheit, das zeigt die Tatsache, daß zu Beginn des Dritten Reiches, im Jahre 1933, Joseph Goebbels den Expressionismus gegen die marxistisch entarteten Milieuschilderungen des Naturalismus mit dem banalen Satz in Schutz nehmen konnte:

Der Expressionismus hatte gesunde Ansätze, denn die Zeit hatte etwas Expressionistisches an sich.

Vier Jahre später nahm freilich in der Münchener Ausstellung „Entartete Kunst" der Expressionismus den größten Raum ein.

Schärfer, das zeigt Hans Jürgen Schmitts Dokumentationsband *Die Expressionismus-Debatte* wurden die literarischen Waffen erst im Exil. 1935 wurde auf dem „Internationalen Schriftstellerkongreß zur Verteidigung der Kultur" in Paris die Gründung der Zeitschrift *Das Wort* beschlossen, die in Moskau erscheinen sollte und gedacht war als Organ der Volksfront der Deutschen (einem Bündnis von Sozialdemokraten und Kommunisten gegen den Faschismus in Deutschland) zur „Verteidigung einer ruhmreichen Vergangenheit für eine neu denkende Gesellschaft" (Heinrich Mann). Die Herausgeber waren Bertolt Brecht, Willi Bredel und Lion Feuchtwanger, die ersten Nummern erschienen 1936. In den Jahren 1937 und 1938 entspann sich in dieser Zeitschrift die sogenannte Expressionismus- bzw. Realismusdebatte; sie war eingelassen in die marxistische Kontroverse um das richtige Anknüpfen an das literarische Erbe, die schon mit der Jahrhundertwende begonnen hatte. Auslösendes Moment war Gottfried Benn, damals unter den Exilschriftstellern als „der Fall Benn" diskutiert. Benn war nicht wie andere Schriftsteller seines Ranges emigriert, hatte sich im Gegenteil zunächst arrangiert mit dem Naziregime und war, soll man den zorniger. Worten des Emigranten Klaus Mann glauben, „der plumpen und kreischend lügenden Propaganda des deutschen Faschismus wirklich verfallen". Gottfried Benn war einer der konsequentesten und eigensinnigsten Verfechter und Fortführer des Expressionismus auch über dessen Totsagung hinaus, und so ließ sich an seinem Fall aufs Bitterste die Mündung des Expressionismus in den Faschismus konstruieren, wie es Klaus Mann und Bernhard Ziegler (Alfred Kurella) versucht haben.

Heute läßt sich klar erkennen, wes Geistes Kind der Expressionismus war, und wohin dieser Geist, ganz befolgt, führt: in den Faschismus,

hatte Ziegler geschrieben. An dieser These schieden sich die Geister, an diesem Punkt weitete sich die Debatte um Gottfried Benn aus in die Debatte um den Expressionismus und um die Realismuskonzeption der marxistischen Literaturtheorie. Die eigentlichen Antipoden in diesem Streit waren Georg Lukács und Ernst Bloch. Lukács hatte schon 1934 in seinem Aufsatz *Größe und Verfall des Expressionismus* gesagt:

Die Expressionisten *wollten* zweifellos alles eher als einen Rückschritt. Da sie sich aber weltanschaulich nicht vom Boden des imperialistischen Parasitismus loslösen konnten, da sie den ideologischen Verfall der imperialistischen Bourgeoisie kritiklos und widerstandslos mitmachten, ja zeitweilig seine Pioniere waren, muß ihre schöpferische Methode nicht entstellt werden, wenn sie in den Dienst der faschistischen Demagogie, der Einheit von Verfall und Rückschritt gepreßt wird.

Ernst Bloch antwortete vier Jahre später im *Wort*, worauf nochmals Lukács erwiderte; die Antwort trug bezeichnenderweise den Titel *Es geht um den Realismus*. Blochs Kritik richtete sich in erster Linie gegen Lukács' Orientierung an den programmatischen Äußerungen der Expressionisten statt an den Sachen, den Stoffen selbst, und gegen die daraus resultierende allzu starre Antithese „Expressionismus und – sage man – klassisches Erbe".

Die Subjektausbrüche ins Gegenstandslose sind zweifellos noch bedenklicher, als sie rätselhaft sind; ihr Material aber ist durch bloße „kleinbürgerliche Ratlosigkeit und Verlorenheit" kaum genügend beschrieben. Es ist ein anderes Material, zum Teil aus archaischen Bildern, zum Teil aber auch aus revolutionärer Phantasie, aus kritischer und häufig konkreter. Wer Ohren gehabt hätte zu hören, hätte in diesen Ausbrüchen ein revolutionär Produktives wahrnehmen können, auch wenn es ungeregelt und ohne Obhut war. Auch wenn es noch soviel „klassisches Erbe", das heißt zur damaligen Zeit: klassischen Schlendrian „zersetzt" hat. Dauernder Neuklassizismus oder der Glaube, daß alles, was nach Homeros und Goethe hervorgebracht wurde, unrespektabel sei, ist allerdings keine Warte, um die Kunst der vorletzten Avantgarde zu beurteilen und in ihr nach dem Rechten zu sehen . . .
Der gesamten Abkanzlung und schlechthin negativistischen Kritik liegt die Theorie zugrunde, daß seit der Beendigung des Weges Hegel–Feuerbach – Marx von der Bourgeoisie überhaupt nichts mehr zu lernen sei, außer Technik und gegebenenfalls Naturwissenschaft; alles andere ist bestenfalls „soziologisch" interessant.
. . . Lukács setzt überall eine geschlossen zusammenhängende Wirklichkeit voraus, dazu eine, in der zwar der subjektive Faktor des Idealismus keinen Platz hat, dafür aber eine ununterbrochene „Totalität", die in idealistischen Systemen, und so auch in denen der klassischen deutschen Philosophie, am besten gediehen ist. Ob das Realität ist, steht zur Frage; wenn sie es ist, dann sind allerdings die expressionistischen Zerbrechungs- und Interpolationsversuche, ebenso die neueren Intermittierungs- und Montageversuche, leeres Spiel. Aber vielleicht ist Lukács' Realität, die des unendlich vermittelten Totalitätszusammenhangs, gar nicht so – objektiv; vielleicht enthält Lukács'

Realitätsbegriff selber noch klassisch-systemhafte Züge; vielleicht ist die echte Wirklichkeit auch Unterbrechung.

Dieser im Jahr 1938 geschriebene Aufsatz endet mit einem Satz, der bis heute nicht überholt ist:

Das Erbe des Expressionismus ist noch nicht zu Ende, denn es wurde noch gar nicht damit angefangen.

Denn wenn man, wie Bloch und vor allem auch Brecht es in dieser Debatte der Dreißiger Jahre versucht haben, sich nicht mit der Diskussion des Programms begnügt, sondern sich einläßt auf die Texte selbst und die praktischen Probleme der Herstellbarkeit „realistischer" Texte und ihrer Lesbarkeit im Sinne von Deutung oder Erfassung der gemeinten Botschaft, dann ist in der Tat bis heute das Erbe des Expressionismus noch nicht Geschichte geworden, ist die Diskussion gerade in den letzten Jahren wieder neu in Bewegung geraten.

Schon damals bezogen sich alle diese theoretischen Überlegungen a nicht nur auf die Hervorbringungen des Expressionismus, sondern vor allem auch auf die eigene Arbeit der Diskutanten, die in ihrer Exilsituation mehr denn je über die politische Wirkung ihrer schriftstellerischen Arbeit nachzudenken genötigt waren. Kurt Pinthus hatte noch 1919 ganz ungebrochen und selbstverständlich fordern können:

Die politische Kunst unserer Zeit darf nicht versifizierter Leitartikel sein, sondern sie will der Menschheit helfen, die Idee ihrer selbst zur Vervollkommnung, zur Verwirklichung zu bringen.

Ebenso selbstverständlich dachte 1938 Bertolt Brecht über die Einverleibung des Leitartikels in die künstlerisch anspruchsvolle Tendenzliteratur nach und kam dabei auf „Vorbilder . . ., deren Kunstcharakter nicht bestritten werden kann: die Unterbrechung der Handlung durch Chöre im attischen Theater".

Der versifizierte Leitartikel war zu dieser Zeit schon längst keine Neuigkeit mehr; er zieht sich beinahe als eine Art Charakteristikum durch die literarischen Zeitschriften der Zwanziger Jahre. Viele übten sich in dieser Form politischen Engagements nach dem Ohnmachtserlebnis im und nach dem Ersten Weltkrieg, allen voran Kurt Tucholsky, Erich Kästner und Karl Kraus, aber auch Walter Mehring, Christian Morgenstern, Erich Weinert, Siegfried von Vegesack, natürlich auch Bertolt Brecht. Wer diese Jahrgänge im vorliegenden Band durchblättert, findet auch sie durchwirkt von solchen Texten. Daneben begegnet er aber auch Texten von Autoren, die die programmatische Bewegung des Expressionismus überlebt hatten, etwa Benn, Däubler, Loerke, Becher – hindurchgegangen die einen, ganz unberührt davon die anderen, etwa Binding, Lehmann, Hesse, und endlich spielend mit den jüngsten Spracherfahrungen und sie auf die Spitze treibend die dritten, etwa Arp, Schwitters, Hardekopf, Ivan Goll.

Im Deutschland des Dritten Reichs wurde nach der Bücherverbrennung und dem Exodus der Schriftsteller anders von der Dichtung gesprochen. Im 35. Band der Zeitschrift *Euphorion*, die inzwischen den Titel *Dichtung und Volkstum* trug, erschien 1934 ein Aufsatz von dem Germanisten Julius Petersen, überschrieben: *Die Sehnsucht nach dem Dritten Reich in deutscher Sage und Dichtung*. Darin hieß es:

> Deutschland war auch in der Dichtung der ersten Nachkriegsjahre kaum zu finden. Im Zeichen des Expressionismus hat nervenschwache Nachkriegsdichtung zuerst den hysterischen Schrei des Abscheus gegen das Morden ergellen lassen mit Anklage und Reiz zur Zwietracht. Die ihn anstimmten, sind zum großen Teil ins Lager des Kommunismus geführt worden und nach Moskau abgewandert ... Langsam und um so tiefer kam bei denen, die draußen ausgeharrt hatten, die Würde des Unglücks, die Größe des Gemeinschaftserlebnisses, die Erinnerung an die Kameradschaft, an stilles Heldentum und Kraft des Opferwillens zum Bewußtsein als Pflicht der Treue gegen die Gefallenen, die für Volkwerdung sich geopfert hatten. Sehnsucht nach neuem, stahlhartem Führertum stieg auf. Und der Seherblick des Dichters, der in seine geistige Welt beschlossen das Leid der Zeit aufs tiefste miterlebt hatte, beschwor am Ende seiner Totenklage mit dem Ruf nach Zucht die Erscheinung des Kommenden, der das wahre Sinnbild auf das völkische Banner heftend die Schar seiner Treuen zum Werke des wachen Tags führen werde: „und pflanzt das Neue Reich".

Eine Reihe von Gedichten folgt diesem neuen Entwurf sehr gehorsam und wörtlich, etwa Josef Weinhebers *Hymnus auf die Heimkehr*, aus dem Jahr 1938 (S. 292), oder vom gleichen Autor die Gedichte *Den Jünglingen* (1936, S. 281) und *Albrecht Dürer* (1937, S. 289), auch Heinrich Franks *Am Tag der Gefallenen* (1939, S. 303) oder Martin Simons *Der Befehl* (1940, S. 307) und Bodo Schütts *Kompanieführer* (1941, S. 312). Aber das sind, nicht nur in dieser Auswahl, sondern auch beim Durchblättern der Zeitschriften, die in dieser Zeit noch erscheinen konnten, vergleichsweise wenige. Viel auffälliger hat die Mehrzahl der Gedichte, die man da finden kann, etwas anderes gemeinsam, das auch Julius Petersens Beschreibung der neuen Dichtung durchzieht: den Anspruch einer profanen Religiosität.

Den findet man vor allem auch bei Autoren, die nicht erst im Dritten Reich angefangen haben zu schreiben, wie Hermann Claudius und Rudolf G. Binding (*Gedichte an Kalypso*, 1934, S. 275), bei Ludwig Friedrich Barthel (*Trost*, 1934, S. 276) und Franz Tumler (*An Deutschland*, 1936, S. 284), bei Bernt von Heiseler (*Tödliche Stunde*, 1936, S. 285) und Agnes Miegel (*Danzig, 1939*, S. 300), aber auch bei unbekannten Autoren wie Ilse Reicke (*Nach einem Beethovenabend / Elly Ney*, 1940, S. 309) und Herbert Strutz (*Gnade der Heimat*, 1943, S. 318). Aber es gibt in diesen Jahren auch viele Spuren einer Gegenideologie, die politisch nicht auffiel und deshalb vermutlich eher stützend wirkte, jedenfalls stillschweigend geduldet wurde: den Rückzug in vereinzelte, in private Suche nach dem Glück, die man nicht leichtfertig und in jedem Fall als Eskapismus bezeichnen sollte: „Menschen Los ist Menschen Leiden. / Lernt's ertragen.", endet die *Ballade vom Wandersmann* von Rudolf Alexander Schröder aus dem Jahr 1937 (S. 290); und das Gedicht *Speisung* (1937, S. 288) von Hans Egon Holthusen schließt mit den Sätzen:

> Denn innen nährt und außen unser Leben
> Sich aus der Liebe. Wir sind sehr verwöhnt.

Es gibt aber in dieser Zeit auch Gedichte, die sich solcher Zuordnung widersetzen und, so ist man fast versucht zu sagen, eigentlich nur aus Versehen gedruckt worden sein können: Gedichte, Naturgedichte zumeist, von großer Überzeugungskraft und tiefer Melancholie: aus Trakls Nachlaß *Die tote Kirche* (1939, S. 303) oder Brittings *Das Krähenhaus* (1942, S. 315) und Herbert Sailers *Mitten in der Nacht* (1941, S. 315).

Die Texte, die zur politischen Situation wirklich Stellung nahmen, es waren wenige genug, sind im Exil geschrieben und gedruckt worden; in der literarischen Szene des damaligen Deutschland kamen sie nicht vor und wurden hier erst Jahre nach dem Krieg bekannt. Am 5. 4. 1942 notierte Bertolt Brecht, damals in Amerika, in sein Arbeitsjournal:

> hier lyrik zu schreiben, selbst aktuelle, bedeutet: sich in den elfenbeinturm zurückziehen, es ist, als betreibe man goldschmiedekunst. das hat etwas schrulliges, kauzhaftes, borniertes. solche lyrik ist flaschenpost, die schlacht um smolensk geht auch um die lyrik.

Brechts Gedicht *An die Nachgeborenen* (S. 304) zum Beispiel gehört zu den Svendborger Gedichten, die 1938 bei Malik in London erschienen, mit dem epochalen Motto übrigens:

> In den finsteren Zeiten
> Wird da auch gesungen werden?

Einleitung

> Da wird auch gesungen werden.
> Von den finsteren Zeiten.

Das war die Situation 1945: die finsteren Zeiten, von denen gerade dieser Autor viel gesungen hatte (das meiste davon erschien zum erstenmal 1949 im Brecht-Sonderheft der Zeitschrift *Sinn und Form*), waren noch keineswegs zuende. Dieter Lattmann hat die Situation der Schreibenden im Jahre 1945 in seinem Überblick zu dem jüngst erschienenen Band *Die Literatur in der Bundesrepublik Deutschland* (in *Kindlers Literaturgeschichte der Gegenwart in Einzelbänden*) knapp umrissen:

> Das Ende der Reichsschrifttumskammer bedeutete vor allem das Ende einer Isolation, deren Ausmaß nur wenigen im Lande während der zwölf Jahre aufgefallen war. Man hatte unter Ausschluß der Weltliteratur gelebt. Ohne Kenntnis der ausschlaggebenden Autoren und literarischen Ereignisse der dreißiger und rückwirkend zum großen Teil auch der zwanziger Jahre, denn die Hauptwerke der Weimarer Epoche waren im Dritten Reich entweder gar nicht oder nur in verschwindender Zahl wieder aufgelegt worden. Ohne Kenntnis der Bücher, die deutsche Emigranten in diesen Jahren geschrieben hatten. Ohne den liberalen Fundus mitteleuropäischer Tradition.

Wenn man nachliest, was überhaupt in dieser allerersten Zeit nach der Kapitulation erscheinen konnte, dann fällt auf: die sich jetzt zu Wort meldeten, die Dichter der Stunde Null, waren die, die, teils unter beträchtlicher persönlicher Gefährdung, dageblieben waren und von denen nun die aller Hoffnungen beraubten überlebenden Leser Zuspruch erwarteten. Ihre Texte waren notwendig zunächst rückwärts gerichtet. Unter den vierzehn Gedichten von Marie Luise Kaschnitz über ihre Rückkehr nach Frankfurt, die 1947 im Claassen & Goverts Verlag in Hamburg erschienen, gibt es einige Verse, die diese Situation abbilden; sie stehen am Anfang des vierten Gedichts in diesem Zyklus (vgl. S. 338):

> Es wird uns nicht alles bereitet.
> So ist's nicht, daß einer sagt:
> Treten Sie bitte zur Seite,
> In den Stadtwald vielleicht oder weiter,
> Warten Sie, bis es tagt.
> Und inzwischen kommen Giganten,
> Stählern auf Raupe und Rad,
> Und pressen aus Tuben und Kanten
> Uns eine fertige Stadt,

Und führen uns an die Essen
Und kochen die Zukunft uns gar,
Und lassen uns alles vergessen
Was war.

Das war eine gewichtige und überzeugende Stimme, eine der frühesten, die Trauer nicht als Selbstmitleid, sondern als Arbeit verstanden. Marie Luise Kaschnitz beschließt ihren Zyklus mit den beiden Vierzeilern:

Sahest Du's: als ich den Blick fand,
Wie er zu blühen begann?
Hörtest Du's: als mir der Mund sprach,
Wie die Trauer zerrann?

Wir haben so lange geweint.
Laß das Licht uns borgen
Von dem Stern, der morgen
uns erscheint.

Diese Verse sind nach den zuerst zitierten blasser und vager; dem diagnostischen Zugriff entspricht der utopische Ausblick nicht; aber angesichts der erschreckenden Tabula-rasa-Situation nach den zwölf Jahren der Barbarei wäre ein solcher Anspruch wohl auch eher vermessen. Denn in keiner anderen literarischen Gattung machte sich das Problem der Sprachverderbnis durch die Ideologie des Nationalsozialismus so empfindlich bemerkbar wie in der Lyrik. So ist es kein Zufall, daß die Versuche auf Zukunft gerichteter Neuorientierung zunächst mehr auf publizistischem als auf literarischem Gebiet geleistet wurden. Man kann das etwa verfolgen in der Zeitschrift *Der Ruf*, deren Vorläufer zunächst seit dem Winter 1944 in einem amerikanischen Camp als Kriegsgefangenenzeitung erschienen war und die von den beiden Mitarbeitern Hans Werner Richter und Alfred Andersch ab August 1946 in der Nymphenburger Verlagshandlung München herausgegeben wurde, lizenziert von der amerikanischen Militärbehörde, mit dem programmatischen Untertitel „Unabhängige Blätter der jungen Generation“. Hier gewannen die Leitartikel als literarische Versuche der Beteiligung an einer politisch sinnvollen Zukunft von neuem Bedeutung. Mit leidenschaftlichem Engagement schrieben Hans Werner Richter, Alfred Andersch, Walter Mannzen, Walter Maria Guggenheimer, Walter von Cube und viele andere für eine europäische Erneuerung im Zeichen eines realistischen und humanistischen Sozialismus, schon bald in heftiger Polemik gegen das amerikanische reeducation-Programm, das die These von der Kollektivschuld aller Deutschen mit dem Interesse verknüpfte, die europäische Mitte in seinem Einzugsbereich in einer erneuerten kapitalistischen Gesellschaftsordnung zu konsolidieren. Diese Polemik hatte dann auch schon nach neun Monaten die Entlassung der beiden ersten Herausgeber zur Folge, was das Ende des *Ruf* in seiner ursprünglichen Intention bedeutete. 1948 mußte er sein Erscheinen endgültig einstellen, aber Initiatoren und Initiativen gingen schon in die ebenso lockere wie für die nächsten zwanzig Jahre für die bundesrepublikanische Literatur wichtigste Einrichtung der Gruppe 47 über.

Die Gedichte, die im *Ruf* und in vergleichbaren Zeitschriften wie etwa der neu ins Leben gerufenen *Weltbühne* erschienen, waren im buchstäblichen Sinne kahler als die Leitartikel – sofern sie nicht „versifizierte Leitartikel" waren wie etwa Erich Kästners für das Münchener Kabarett „Schaubühne" geschriebenes Chanson *Die Jugend hat das Wort* (1946, S. 334) oder Walter Bauers *Wenn wir erobern die Universitäten* (1947, S. 336). Günter Eichs Gedicht *Pfannkuchenrezept* (1946, S. 331) ist ein Beispiel für den Verzicht der Lyriker auf alle großen Worte, die in so bösen Dienst genommen worden waren. Von ihm ist auch das Musterbeispiel der „Kahlschlagliteratur" der ersten Nachkriegsjahre: *Inventur*

Dies ist meine Mütze
dies ist mein Mantel
hier mein Rasierzeug
im Beutel aus Leinen

Konservenbüchse:
mein Teller, mein Becher,
ich hab in das Weißblech
den Namen geritzt.

Geritzt hier mit diesem
kostbaren Nagel,
den vor begehrlichen
Augen ich berge.

Im Brotbeutel sind
ein paar wollene Socken
und einiges, was ich
niemand verrate,

so dient er als Kissen
nachts meinem Kopf.
Die Pappe hier liegt
zwischen mir und der Erde.

Die Bleistiftmine
lieb ich am meisten:
tags schreibt sie mir Verse,
die nachts ich erdacht.

Dies ist mein Notizbuch,
dies meine Zeltbahn,
dies ist mein Handtuch
dies ist mein Zwirn.

Das ist ein eindrucksvolles Dokument, das man nicht nur als eine er-
schrockene Reaktion auf den abgeräumten Tisch verstehen darf. Es be-
zeugt vielmehr den Entschluß, sich der kahlen Wirklichkeit so zu ver-
sichern, wie sie war, ohne Beschönigung und verfrühten Trost. Und
doch befällt den Leser nach mehr als einem Vierteljahrhundert verstri-
chener Zeit der Verdacht, als bestünde hier ein unterirdischer Zusam-
menhang zwischen Eichs Regression auf die alltäglichsten Dinge und
Wörter und der um die gleiche Zeit einsetzenden Tendenz zu einer neuen
Naturlyrik.

Karl Krolow, der in dem erwähnten Band *Die Literatur der Bundesrepu-
blik Deutschland* das Kapitel über die Lyrik verfaßt hat, überschrieb ein
Kapitel seiner Darstellung: *Eine folgerichtige Entwicklung: Das neue deut-
sche Naturgedicht.* Schon die einleitenden Sätze zeigen, daß den Leser hier
eine (in allen Einzelheiten überaus interessante und sensibel abgetastete)
Phänomenologie des Naturgedichts und seiner Autoren nach dem Zwei-
ten Weltkrieg erwartet, aber ohne jeden Rekurs auf das Verhältnis dieser
Lyrik zur sozialen Wirklichkeit der Zeit, in der sie entstanden, ohne Ein-
beziehung der nunmehr sieben Jahrzehnte während Debatte um Rea-
lismus und Wirkung von Literatur. (Krolow geht nach einer anderthalb-
seitigen Einführung zu Einzeldarstellungen über.) Es heißt da zu Beginn
dieses Kapitels:

Die lyrische Restauration hat keinen Stoff anzubieten. Götter und
Mythen waren ohne stofflichen Bezug auf Zeit und Gegenwart. Die
entstofflichte Sprachgebärde wiederholt sich monoton bis zum Leer-
lauf. Das Stoffangebot des deutschen Gedichts, gleich nach 1945 und
in den folgenden Jahren sprunghaft zunehmend, kommt aus einem Be-
reich, der allerdings ebenso „ohne Alter" ist wie die erfundenen Stoffe
aus künstlichen Bildungsparadiesen. Dieser Stoff indessen stand jeder-
zeit bereit. Er wirkte vergleichsweise handlich, selbstverständlich,
naheliegend. Er hieß Natur und Landschaft. Er hieß Jahreszeit und ihr
Kommen und Gehen. Das war gewiß nichts Neues, aber es war etwas,
das erweiterungsfähig war und sich so bewährte, trotz einer langen

Geschichte, solcher literargeschichtlicher Belastung, die bis in die Mitte des 18. Jahrhunderts zurückreicht, bis in die Tage der Schweizer Salis-Seewis und Haller, bis in die Tage des Hamburgers Brockes.

Diese Darstellung, obwohl nach den mannigfaltigen Innovationsanstrengungen der Gedichteschreiber in den Sechziger Jahren ein wenig verspätet, gibt doch atmosphärisch viel wieder von der lyrischen Szene der Fünfziger Jahre in der Bundesrepublik, auf der das Engagement bald der Resignation wich, die Aufbruchsstimmung der ersten Nachkriegsjahre der Flucht in die „begierdelose Lust" der Natur (Wilhelm Lehmann, *An einen Freund, der sich das Leben nahm* [1950, S. 361]): der Flucht in die Innerlichkeit, die mit der restaurativen Politik der Adenauer-Ära korrespondierte. Es war eine Zeit des Sich-Einrichtens in den gegebenen Verhältnissen, des Aufatmens auch nach der Zeit der Diktatur und der Zensur, der gegenseitigen Kontrolle und Bewachung, der menschenunwürdigen Verhältnisse nach der Kapitulation. Es war die Zeit von Einzelleistungen ohne ein gemeinsames Konzept. Es gab Gedichte wie Benns *Nur zwei Dinge* (1953, S. 389), das damals seine Leser sicher nicht allein wegen seiner tiefen Melancholie überzeugte, aber vom gleichen Autor im gleichen Jahr auch das Gedicht *Den jungen Leuten* (S. 386), das auf schulmeisterlich arrogante Weise alle anstehenden Probleme vom Tisch wischte. Es gab Widersetzlichkeiten und Zweifel, die ihren Niederschlag fanden in Gedichten wie etwa dem mit „Haruspex" gezeichneten *Wer Wind sät . . .* in der *Weltwoche* 1953 (S. 385). Es gab die erschütternden Botschaften aus den Konzentrationslagern des Dritten Reichs, aufgeschrieben von Überlebenden wie Nelly Sachs, deren Texte gern und mit großen Mühen und gänzlich zu Unrecht auf ihren Kunstcharakter hin betrachtet werden; besser wäre es gewiß, ihren Inhalt verbindlich, ihren Zeugnischarakter ernst zu nehmen. Es gab Texte, die unablässig und in wachsender Verschlossenheit auf immer neuer Vergegenwärtigung der jüngsten Vergangenheit bestanden und haderten mit dem zudeckenden Verfahren der Politiker und der Literaten ihrer Zeit: die Texte von Paul Celan. Es gab schließlich Versuche, dem circulus vitiosus zwischen Restauration und Innerlichkeit zu entrinnen vermöge der Reflexion auf das Material von Gedichten: die Sprache. 1956 erschien ein Band *Kombinationen* von Helmut Heißenbüttel und darin der Text *das Sagbare sagen* (S. 404) mit der Schlußzeile: „das nicht Beendbare nicht beenden". Die hier begonnene Rückbesinnung auf die verwendeten Mittel war zugleich der Beginn einer neuen Anfrage an das, was Geschriebenes noch und auf welche Weise zu leisten vermochte. Das war ein Ansatz von großer Tragweite für die Sechziger Jahre, der nicht allein die Lyrik betraf, sondern umgekehrt die herkömmliche Aufteilung in Epik, Lyrik, Dramatik selbst in Frage stellte.

Acht Jahre nach Heißenbüttels *Kombinationen* erschien ein Sonderheft der literarischen Zeitschrift *Akzente* mit dem Titel *Veränderung*, das in einem Aufsatz von Walter Höllerer und Texten nicht nur deutscher Autoren, unter den deutschen von Reinhard Lettau, Helmut Heißenbüttel, Jürgen Becker, Erich Fried (in England lebend), Peter Bichsel (Schweiz), Bernd Jentzsch und Volker Braun (DDR) die Tragweite dieses Ansatzes dokumentierte.

Der Sprache wird zugemutet, daß sie sich gegen sich selber wendet,

schreibt Höllerer in seinem den Band einleitenden Essay;

und zwar deshalb, weil der Autor in der Sprache, so, wie sie strukturiert ist, schwer die gemachte Erfahrung wiedergeben kann, seine Erfahrung innerhalb der gegenwärtigen Gesellschaft wie überhaupt seine Erfahrung „der Realität" gegenüber. Er versucht mit der Sprache, die seit ihren Anfängen mit Sinn beladen ist, die von sich aus eine begriffliche und grammatische Gliederung der Bedeutungen an die Realität heranträgt, die etwas Traditionelles ist, aus dem er sich listig herauszubewegen sucht, um das zu sagen, was ihn zu sagen bedrängt: er versucht mit dieser Sprache zuweilen ähnliche Bezeichnungen und Gliederungen zu erreichen, wie sie der Mathematik eigentümlich sind.

Soviel gegen diesen Ansatz eingewendet werden kann, weil er die Gefahr einer Abstraktion in sich birgt, die nun wieder ihrerseits alles inhaltlich Verbindliche hinter sich lassen könnte (zu Heißenbüttels Modelltext *Politische Grammatik*, abgedruckt in der Sammlung Luchterhand Nr. 3, S. 56, hat Uwe Johnson einmal gesagt, er wolle wissen, wer denn da die Verfolger und wer die Verfolgten seien), so deutlich ist doch, daß erst durch ihn, jedenfalls in der Bundesrepublik, die Probleme des Realismus und der Wirkung und Wirklichkeitsbezogenheit literarischer Texte ernsthaft wieder zur Diskussion standen. Daß das weder ein innerbundesrepublikanisches noch ein innerdeutsches, sondern ein alle politischen Welteinteilungen überspringendes Phänomen war, dokumentiert Walter Höllerer in diesem Sonderheft mit einer Fülle von Texten und schreibt gegen Ende seiner Einleitung zusammenfassend:

Umfang, Art und Weise und Beweiskraft der Veränderung werden am deutlichsten dort, wo sie nicht nur die Sprachgrenzen, sondern die Grenzen der Ost-West-Hemisphären überspielt, wo in Polen und Jugoslawien, in der Tschechoslowakei und in Rußland, trotz völlig verschiedener Steuerung, ähnliche Stilarten und Inhaltsintentionen auftreten wie in den USA und in Italien, in England und in Deutschland. Dort wie hier ist eine neue Nähe zum Fühlbaren, Schmeckbaren, Sichtbaren zu verzeichnen, und nirgends ist dieses ‚taste and see‘ mit einer Neuauflage des Naturalismus zu verwechseln. Das Wahrnehmbare verändert in der Nachbarschaft des Nichtwahrnehmbaren, des Abstrakten, Konturen und Bedeutungen. Neue, größere Zusammenhänge sind von diesen Details aus zu finden, vielleicht in der Umformung der gewohnten literarischen Großformen durch die neuen Mittel. Ein beständiges Mitspielen der Realitätssphären, die der Wahrnehmung entzogen, aber dem Bewußtsein vorhanden sind, verändert den Wahrnehmungsstil und drängt ihn, als etwas Vorgestelltes, Vorgespieltes in seine Grenzen, in die Rolle eines heuristischen Prinzips, und läßt keine Selbstverständlichkeit zu.

Diese Beschreibung könnte nun freilich den Anschein erwecken, als seien die hier im Kristallisationspunkt *Veränderung* versammelten Texte alle auch Ergebnisse des gleichen Gedankenweges. Das trifft cum grano salis auf die schweizerischen und österreichischen Texte noch zu, aber schon nicht mehr auf die Gedichte aus der DDR, die im vorliegenden Band das Bild der Fünfziger Jahre erheblich mitbestimmen.

Es scheint, als seien dort die Autoren mit den Bildern aus der Natur vorsichtiger, mißtrauischer umgegangen. Als Beispiel einige Zeilen aus Erich Arendts Gedicht *Hiddensee:*

> Lauschende:
> du hältst nicht den Wind
> und die Türme des Sands:
> unsichtbar’ Wandern
> im Anhauch der Zeit.
> Jahre, wie ihr zerbrachet
> das Lächeln des Steilhangs!
> Aber es wachsen und steigen
> die Tiefen um dich,
> dir nur vertraut und
> versunkenem Raunen der Mitternächte,
> den salzenen Klippen
> blutleeren Monds.
>
> (1954, S. 392)

Ein anderes Beispiel ist Stephan Hermlins Gedicht *Die Asche von Birkenau* (1951, S. 373). Auch Peter Huchels Gedichte sind von solchem Mißtrauen durchzogen; und thematisch wird es in Johannes Bobrowskis Gedicht *Die Zeit Picassos* (1957, S. 423).

Indessen spitzt sich in der literarischen Szene der DDR im Laufe der Fünfziger Jahre ein anderes Problem mehr und mehr zu: das Realismusproblem.

Fritz J. Raddatz hat sein Buch *Traditionen und Tendenzen. Materialien zur Literatur der DDR* (1972) eingeleitet mit einem Kapitel *Engführung der Literatur: Zwischen Parteiutilitas und ideologischer Debatte*, worin er auf dem Hintergrund der politischen Entwicklung des Staates und seiner parteipolitischen Vorgeschichte seit den Zwanziger Jahren einerseits und der Diskussion der marxistischen Literaturtheorie andererseits die ideologische Verhärtung der offiziellen Kulturpolitik zeigt: die (seit dem Schriftstellerkongreß 1956 offen ausgetragene) Konkurrenz zwischen literarischer Qualität und politischer Brauchbarkeit von Literatur. Diktierter Optimismus, die „Schriftsteller-an-die-Basis"-Bewegung und die strenge Ahndung jeglicher Art von Revisionismus machten es vor allem den Autoren der subjektivsten aller Literaturgattungen, der Lyrik, immer schwerer, sich authentisch zu äußern. Eindrucksvoll hat Raddatz in seinem Kapitel über Johannes R. Becher zum Beispiel nachgewiesen, wie die Absicht, mit lyrischen Texten politisch direkt zu wirken, ihre literarische Qualität beeinträchtigt. Eindrucksvoll ist dieses Kapitel vor allem wegen der schlagenden Belege dafür, wie gut Becher selbst das gewußt hat. Das sollte man vielleicht im Auge behalten, wenn man seine Gedichte auf Stalins Tod liest (1953, S. 386) oder auch sein Gedicht *Sechzig Jahre alt* (1952, S. 380).

Diese Aporie ist auch gegenwärtig noch nicht aufgelöst, aber in den Sechziger und ersten Siebziger Jahren sind in der DDR viele neue Versuche unternommen worden, geduldet, halb geduldet, gar nicht geduldet, verschwiegen also (und nicht immer ganz ohne hämische Freude in der Bundesrepublik begrüßt: „konnte drüben nicht erscheinen"); gelegentlich kommt es auch zu wohltuend pragmatischen Entscheidungen: im Herbst 1973 konnte in Leipzig der Gedichtband *Brief mit blauem Siegel* von Reiner Kunze erscheinen, der Skepsis und Subjektivität genug enthält für jeden, der lesen kann, aber auch Erklärungen an ein Land, das der Autor, wie er einmal in einem Gedicht gesagt hat, „wieder und wieder wählen würde": Erklärungen wie diese: *Antwort*

> Mein vater, sagt ihr,
> mein vater im schacht
> habe risse im rücken,
> narben,
> grindige spuren niedergegangenen gesteins,
> ich aber, ich
> sänge die liebe

Einleitung

> Ich sage:
> eben, deshalb

Debatten über das Material Sprache gibt es in der DDR nicht. Daran kann man am leichtesten die Unterschiedlichkeit der literarischen Entwicklung in den beiden deutschen Staaten ablesen. Dennoch ist, ungeachtet dieser Entwicklung, die gegenwärtige Situation, von der zeitgenössische Lyrik Zeugnis ablegt, so unterschiedlich nicht: die Lieder von Wolf Biermann, die Gedichte von Reiner Kunze werden für uns immer weniger exotische Gebilde aus einem anderen Land; mehr und mehr werden sie Botschaften, die hier wie dort zutreffen, wie etwa das Gedicht von Reiner Kunze, das zuerst 1963 im Mitteldeutschen Verlag Halle erschienen ist in seinem Gedichtband *Aber die Nachtigall jubelt*, dann 1969 in seinem Gedichtband *Sensible Wege* im Rowohlt Verlag Hamburg und jetzt wieder in dem Band *Brief mit blauem Siegel* im Reclam Verlag Leipzig enthalten ist:

Das Ende der Fabeln

Es war einmal ein fuchs ...
beginnt der hahn
eine fabel zu dichten

Da merkt er
so geht's nicht
denn hört der fuchs die fabel
wird er ihn holen

Es war einmal ein bauer ...
beginnt der hahn
eine fabel zu dichten

Da merkt er
so geht's nicht
denn hört der bauer die fabel
wird er ihn schlachten

Es war einmal ...
Schau hin schau her
Nun gibt's keine fabeln mehr

Diese historische Skizze ist an einigen Punkten bis zur Gegenwart verlängert, damit ein Nachteil dieses Bandes ein wenig aufgewogen wird: daß er nur bis zum Jahr 1960 reicht. Das war nicht von vornherein beabsichtigt und hat keine anderen als technische, das heißt Platzgründe. Der Zeitraum von der Jahrhundertwende bis zur Gegenwart hätte innerhalb der Reihe *Epochen der deutschen Lyrik* schon wegen des Mangels an historischer Distanz wohl eines breiteren Raumes bedurft, als in einem Band seine Unterkunft findet. Als das aber von der Menge und Anordnung der Texte her abzusehen war, ließ das Computer-Zahlenwerk der Wissenschaftlichen Reihe bereits keine Ausweitung auf zwei Bände mehr zu. Andererseits hätte eine noch weitere Eindampfung des dokumentarischen Materials die Gefahr der Karikatur mit sich gebracht, pointenreich gewiß, aber viele „Mitteltinten" hätten wegfallen müssen. Die vergleichsweise breite Dokumentation des Jahres 1960 ist als kleiner kompensatorischer Ausgleich gedacht.

Die Kommentierung der Gedichte ist um der Lesbarkeit des Bandes willen auf ein Minimum beschränkt, weil die Herausgeberin ein bißchen auch auf nicht professionelle Leser hofft. Nirgends ist etwas so kommentiert, daß es in die Interpretation bereits eingreifen würde. Zum Beispiel findet der Leser zu Richard Dehmels Gedicht *Rembrandts Gebet* (1906, S. 70) aus diesem Grunde keinen Hinweis auf Rembrandts Gemälde „Mann mit Goldhelm" oder zu Arno Holz' *Die Dichterin* (1901, S. 36) nur eine sonst unkommentierte Notiz über den Kontext dieses Fragments. Die Kommentierung ist gemeint wie der Band überhaupt: als eine Einladung, Spuren zu lesen.

Zum Schluß möchte ich Jutta Bryans-Kubitza meinen Dank sagen, ohne deren immense praktische Hilfe bei der Beschaffung der Texte und mustergültige Buchführung dieser Band gar nicht denkbar wäre; zu danken habe ich Herrn Reinhard Tgahrt vom Deutschen Literaturarchiv des Schiller-Nationalmuseums in Marbach für hilfreiche Auskünfte, der Stadtbibliothek und der Landesbibliothek Hannover, der Universitätsbibliothek Göttingen für freundliches Entgegenkommen und endlich dem Verlag für seinen geduldigen Beistand.

UNBEKANNTER VERFASSER

Zum neuen Jahrhundert

So lang' das alte Jahrhundert war,
Nun ist es endlich zu Ende,
Und auf der Zukunft Brandaltar
Erglühen die Sehnsuchtsbrände.

Hochauf zum Himmel das Feuer loht,
Das Feuer der jungen Herzen.
Die alte Geisternacht ist tot,
Und tot sind die alten Schmerzen.

Ihr konntet uns früher mit schlechtem Rat
Die Freude am Leben zügeln.
Das ist vorbei. Der Morgen naht
Auf rosenroten Flügeln.

Wie lange waren wir blind und taub,
Daß wir ihn nicht erkannten!
Wir wühlten vergrübelt im Moderstaub
Gelehrter Folianten.

Wir schlossen vor jedem Sonnenstrahl
Erschrocken Thüren und Fenster
Und knieten in abergläubischer Qual
Und glaubten an alte Gespenster.

Es war eine lange, dunkle Zeit,
Jetzt endlich soll sie sterben
Und uns eine lachende Ewigkeit
Im Sonnenschein vererben.

Greift mutig zu, der Morgen winkt
Und spricht sein unsterbliches Werde!
Wer frisch vom Born des Lebens trinkt,
Nur der erobert die Erde.

Die Tage tanzen in Freud' und Schmerz
Um ihn den harmonischen Reigen,
Ein König ist sein pochendes Herz,
Und alles, und alles sein eigen.

Signiert: Hase. 2 *Internationale Jahrhundertwende: 1901.*

35   So wandert er als ein froher Held
Die Jahre, die ihm gegeben,
Und grüßt noch im Sterben lächelnd die Welt
Und ihr ewig blühendes Leben.

DETLEV VON LILIENCRON*

Durchs Telephon

Die Rose, die du mir heut Morgen beim Abschied
In unserm Garten brachst
5   Und ins Knopfloch stecktest,
Damit ich im Gebrüll des Tages
Immer an dich erinnert sei,
Hat eine sonderbare Verwendung gefunden:

Ein Zufall führte mich
10   An den Sarg eines armen Knaben.
Weil der Sarg ohne jeden Schmuck war,
Legte ich deine frische Rose
Auf die welken Hände des Bettlerkindes.

Ob nun beiden, ihm und der Rose,
15   Noch einmal ein neues Leben erblühn wird?
Vielleicht, dass Engel seiner schon harren,
Um ihm die Arme entgegen zu breiten,
Weil er entschwebte mit deiner Rose,
Die deine Liebe mir gebrochen hat.
20   Schluss!

STEFAN GEORGE

Betrübt als führten sie zum totenanger
Sind alle steige wo wir uns begegnen.
Doch trägt die graue luft im sachten regnen
5   Schon einen hauch mit neuen keimen schwanger.

DURCHS TELEPHON *Vgl. zu diesem Gedicht* Kleine Aster (S. *107*) *und* Stiller Wunsch
(S. *231*).

In dünnen reihen ziehen bis zum schachte
Erfüllt mit falbem licht die welken hecken
Wie wenn sich viele starren hände recken
Und jede eine zu umschlingen trachte...
10 Der seltnen vögel klagendes gefistel
Verliert sich in den gipfeln kahler eichen
Nur ein geheimnisvoll lebendiges zeichen
Umfängt den schwarzen stamm: die grüne mistel.
Dass hier vor tagen wol verlockend schaute
15 Ein kurzer strahl aus nässekaltem qualme
Verraten auf dem grund die blassen halme
Das erste gras · und zwischen dürrem kraute
In trauergruppen dunkle anemonen.
Sie neigen sich bedeckt mit silberflocken
20 Und hüllen noch mit ihren blauen glocken
Ihr innres licht und ihre goldnen kronen
Und sind wie seelen die im morgengrauen
Der halberwachten wünsche und im herben
Vorfrühjahrwind voll lauerndem verderben
25 Sich ganz zu öffnen noch nicht recht getrauen.

FRIEDRICH GUNDOLF*

Löse mich aus dem sinnen verderblicher rührung
Die schon am morgen die bilder des schönen bleicht!
Führe mich rein durch den tag mit starker verführung
5 Bis mir der abend die tröstlichen rosen reicht!

Ueber die dunkelnden wolken giesst er sie her
Feucht aus dem himmel holt er die tiefen und satten.
Auf die gebirge hängt er sie golden und schwer –
Gipfel der nacht verbrämt er mit glühenden schatten.

10 Schau ich die erde nun rein und formt das verzerrte
Sich vor dem schaffenden wink einer göttlichen hand?
Stolz in den himmel gestellt sind die höhn – und die werthe
Spiegeln die fülle im strom · du gefriedetes land

Und vor dem dunkel ihr starren zinnen – so währet!
15 Bleibt mir so ganz so ewig – ein wundergefild!
Steigt nun ihr goldnen heran ihr leuchten verkläret
Weit in unendlicher bläue das einzige bild!

Heilig nimmt sie mich hin – die nacht und vereinigt
Mein zwiespältig leben zum tönenden traum. –
20   Zwischen den sternen bin ich und schreite gereinigt
Und ich erkenne den Gott im entschleierten raum.

ERNST HARDT*

In uns ist traum

Du trugest wert und fülle in mein leben
Und hast die stunden stolz und reif gemacht.
5   Du schliefest als ich zu dir trat – nun schweben
Aus deiner seele strahlen – leuchtend lacht
Vom innren licht der umkreis unsrer tage
Und wenn ich manchmal noch zu weinen wage
Ists nur weil äussrer drang mich zittern macht.
10   Denn sieh: all unsre bunten herrlichkeiten
Das jubeln und der wundervolle ernst
Der wilden unbegrenzten zärtlichkeiten
Er stirbt wenn du nicht so vom leben lernst:
Ihm sind wir alle gleich und Eines schlages.
15   Es lohnt nicht unsrer seele kostbarkeiten
Ihm sind wir flocken nur und Eines tages!
In uns ist traum – doch unsre ewigkeiten
Sind nicht im sein – nur not und brot und tod.

RICHARD DEHMEL

Drei Blicke.

Die Wolken rauchten immer dunkelroter,
der Abendhimmel stand in Höllenfarben,
5   und wenn die fernen Blitze lautlos zuckten,
dann zuckte auch die lange Vorstadtstraße,
durch die mein Herz der tiefen Sonne zuzog,
mit allen Fenstern hocherglühend mit,
und jede Scheibe starrte dann noch toter.

10 Und plötzlich schlug aus einem Trödelladen
der Heiland seine Augen zu mir auf;
er lag gekreuzigt mit ergeb'nem Blick
in einem alten Rahmen zum Verkauf,
und neben ihm zwei neue Kinderpuppen,
15 die lächelten so fühllos himmelauf,
daß angesichts der drohenden Wolkenschwaden
mein Herz erschrak vor diesem bunten Laden.

Da zuckte wieder, und noch glasig trüber,
durch den gebrochnen Heilandsblick die Röte,
20 und an den Puppenaugen leer vorüber
beleuchtete der Blitz im Hintergrunde
ein Steingesicht mit stolzem Blick und Munde:
Goethe –
O habe Dank, Du Ewiger, jede Stunde:
25 du hast uns Hohheit über Tod und Leben
mit deiner selbstbewußten Stirn gegeben!

OTTO JULIUS BIERBAUM

Rosen, Goethe, Mozart

Was will ich mehr? Auf meinem Tische stehn
In schönem Glase dunkelrote Rosen,
Der weiße Marmor-Goethe sieht mich an,
Und eben hört' ich Mozarts Figaro.

Ich litt einst Schmerz? Ich war einst müd und krank?
Ich log mir Glück und dichtete ein Wunder
Von Weib, das nichts als gute Maske war? –:
10 Die Rosen glühen: Alles war ein Traum,
Der weiße Goethe leuchtet Heiterkeit,
Und in mir singt Susanne, Cherubin.

Wie aber: Hab' ich denn nicht Kummers viel?
Verliebten Zweifel und des Schaffens Angst? –:
15 Die roten Rosen glühen: Sieh uns an,
Der weiße Goethe lächelt: Denk an mich,
Und Mozart singt mich süß und heiter ein.

Ich frevelte, wollt' ich nicht glücklich sein.

ROBERT WALSER

Glück.

Es lachen, es entstehen
Im Kommen und im Gehen
Der Welt viel tiefe Welten,
Die alle wieder wandern
Und fliehend durch die andern
Als immer schöner gelten.

10 Sie geben sich im Ziehen,
Sie werden groß im Fliehen,
Das Schwinden ist ihr Leben. –
Ich bin nicht mehr bekümmert,
Da ich kann unzertrümmert
Die Welt als Welt durchstreben.

1901

ROBERT WALSER

Vor Schlafengehn.

Da sich's doch wieder erfüllte,
Da die Erde im schwärzesten Ruhn,
5 Will ich nichts weiter thun,
Als die tagüber verhüllte
Sehnsucht freudig öffnen nun.

Und ging.

Er schwenkte leise seinen Hut
Und ging, heisst es vom Wandersmann.
Er riss die Blätter von dem Baum
5 Und ging, heisst es vom rauhen Herbst.
Sie teilte lächelnd Gnaden aus
Und ging, heisst's von der Majestät.
Es klopfte nächtlich an die Thür
Und ging, heisst es vom Herzeleid.
10 Er zeigte weinend auf sein Herz
Und ging, heisst es vom armen Mann.

OTTO JULIUS BIERBAUM

Abschied

Das Leben ist voll Gier und Streit,
– Hüte dich, kleines Vöglein! –
Viel große Schnäbel stehen weit
Und böse offen und heiß bereit,
Dich zu zerreißen.

Dein Herzchen schwillt, dein Kehlchen klingt,
– Hüte dich, kleines Vöglein! –
Der Geier kommt, der dich verschlingt;
Du, so beseelt und bunt beschwingt,
Zuckst in den Fängen.

Mir ist so bitterbang zu Mut,
– Hüte dich, kleines Vöglein! –
Ich weiß nun bald, wie sterben thut,
Und laß mich tragen von der Flut,
Die alles fortschwemmt.

Devotionale.

Schöne Du, Erbarmerin,
Weil mir Deine Augen lachen,
Nimm mein Leid in Gnaden hin, –
Schöne Du, Erbarmerin.

Nimm mein Herz in Deine Hand,
Wieg mein Leid in Trost und Träume,
Schöne, himmelhergesandt,
Nimm mein Herz in Deine Hand.

Alles wird dann ruhig sein,
Denn die Heimat ist gefunden,
Kehrt mein Herz in Deinem ein, –
Alles wird dann ruhig sein.

St. Jon im Unter Engadin,
18. Juli 1901.

ABSCHIED 4 *Vgl. Erntelied (1638)* Es ist ein Schnitter, der heißt Tod *(in: ‚Des Knaben Wunderhorn')*.

ARNO HOLZ

Die Dichterin/
Fragment aus der Blechschmiede

Powrer noch als Zink und Zinn
5   ist die deutsche Dichterin.

Vor der ersten gelben Primel
leiert sie ihr Lenzgeschwimel.

Lilien, Heliotropen, Rosen
wiegen sie in Duftnarkosen.

10 Hyazinthen und Azalien
frisst ihr Vers wie Viktualien.

Zwischen Rittersporn und Malven
knallt sie ihre Liedersalven.

In Salbei und Türkenbund
15 weint sie sich die Aeuglein wund.

Hinter ihr mit ernster Miene
runzelt sich die Georgine.

Erst die herbstlich blaue Aster
klebt auf ihre Wunde Pflaster.

20 Träumt sie nächtens von Melissen,
klammert sie sich um die Kissen.

Centifolien, Mohn und Nelken,
einsam muss ich hier verwelken!

Tuberosen, Nachtviolen,
25 und sie wälzt sich wie auf Kohlen.

Da, auf einem Besenstiel,
naht ein Marschall namens Niel.

Naht sich Bakkios mit dem Eppich,
krümmt sich ihres Leibes Teppich.

30 Naht sich Gabriel, der Engel,
greift sie nach dem Tulpenstengel.

1ff. *In der* Blechschmiede (Ton-, Bild- und Wortmysterium) *gesprochen vom* Autor
(Z. 4–19), vom Herrn Mitte Dreißig *(Z. 20–35), von* Friederike Kempner, leibhaftig
auf der Bühne, strickend *(Z. 36–49),* Hans Worst *(Z. 50–53),* Kasperle *(Z. 54–57),*
Pickelhering *(Z. 58–61).*

Küsst das Morgenrot Verbenen,
sehrt sie immer noch ihr Sehnen.

35 Kaiserkronen und Jasmin,
endlich, endlich hat sie ihn!

Raden, Wegerich und Rapps,
ach, er ist ein zweiter Abs.

Hühnerfuss und Hahnenkamm,
endlich nennt man sie Madamm.

40 Durch Kamelien und Kakteeen,
hat sie ihn zuerst gesehen.

Bienen summten um den Stock,
blaugrün war sein Havelock.

Klang ein Lied ihr „Still im Stillen",
45 und sie glitt in die Kamillen.

Schämig hauchten die Skabiosen,
kuck, das Kind hat keine Hosen!

Zärtlich seufste das Reseda,
ach, sie ist so lieb wie Leda!

50 Keusch am Busen blaue Veilchen,
kocht sie ihm jetzt Käsekeilchen.

Meiran, Dill und Krauseminze,
alle Mittwoch bäckt sie Plinze.

Bohnen, Erbsen, Weisskohl, Wrucken
55 stopft sie ihm in alle Lucken.

Und welch eigne Poesie
schafft ihm erst ihr Sellerie!

Schon fragt sie ein Tausendschönchen:
wirds ein Töchterchen, ein Söhnchen?

60 Rosmarin und Amaranth,
schliesslich siegt das Wickelband!

LUDWIG THOMA

Der Kanonier

Es sind in unserm Städtchen
Ja der Soldaten viel;
5   Ein jeder will ein Mädchen
Zum süßen Liebesspiel,
Da suchet sich wohl eine
Und zwei und drei und vier
Viel lieber noch, als keine
10   Juhe!
Der lustige Kanonier.

Des Abends in den Gassen
Spazieren wir einher;
Wo wir uns sehen lassen,
15   Gefällt's den Mädchen sehr.
Sie denken sich im stillen:
„Ein bayrischer Soldat,
Der wär nach meinem Willen,"
          Juhe!
20   Wenn sie noch keinen hat.

Und hat sie einen andern,
Noch an demselben Tag
Läßt sie ihn gerne wandern,
Wohin er gehen mag.
25   Denn kein Soldat im Städtchen
Macht ja so viel Pläsier
Den liebevollen Mädchen
          Juhe!
Als was ein Kanonier.

LUDWIG THOMA*

Protestversammlung

In allen deutschen
Universitätsstädten

PROTESTVERSAMMLUNG *Signiert:* Peter Schlemihl *(wie häufig im „Simplizissimus').*

Und überall sonst, wo
Nationales Fühlen und Denken
Sich regt,
Findet an einem Sonnabend Abend
In dem hiezu geeigneten
Lokal
Eine Versammlung
Patriotisch gesinnter,
Das Heiligste
Nicht schänden lassender
Jünglinge und Männer
Statt.
Pst!
Ruhe! *Silentium!*
Still!
Ein dichtes Gedränge.
Vorne sitzen
Mit furchtbaren Bärten
Und blitzenden Brillen
Die Professoren
Und die sonstigen
Besseren Kreise.
Überhaupt ist
Das Publikum sehr gewählt
Und besteht
Zum größten Teil
Aus akademisch gebildeten
Leuten,
Wie wir mit
Großer Befriedigung konstatieren.
Es sind fast gar keine,
Oder doch nur sehr wenige,
Niedrige,
Arbeitende
Bevölkerungsklassen darunter.
Gottlob!
Über dem Ganzen
Lodert die Flamme
Einer gewaltigen
Begeisterung
Und zum Teil auch
Entrüstung.
Die Gesichter glühen;

In den meisten
Stecken Cigarren.
50 Jetzt geht's los!
Pst!
Ruhe!
Ein würdig aussehender,
Mit dem Feldzugszeichen
55 Geschmückter
Und auch sonst sehr anständiger
Älterer Herr
Besteigt die Tribüne.
Seine Augen rollen
60 Und schießen Blitze
Hier hin –
Dort hin –
Und funkeln.
Er reckt die Arme
65 Hinauf zum Himmel;
Sein mächtiger Bart
Sträubt sich
Und
Er öffnet den Mund
70 Furchtbar weit
Und bringt ein Hoch auf den Landesherrn aus.
Hurra!
Als Zweiter kommt
Ein Kommerzienrat,
75 Welcher unter der Hand
An das verruchte,
Hundsgemeine,
Schuftige Volk der Engländer
Mit ziemlichem Profit
80 Waffen verkauft.
Er protestiert
Im Namen der Menschheit
Und insbesondere
Der deutschen Nation
85 Zwar nicht gegen den Krieg,
Aber
Gegen den frechen Vergleich
Welchen der Schurke
Chamberlain

---

87 Vergleich *zwischen Burenkrieg und Dt.-Frz. Krieg von 1870.*

90 Mit Beziehung auf den Krieg
Von 1870
Gemacht hat.
Die Hörer brüllen
Und stampfen
95 Und schreien
Und senden zur Decke
Gellende
Hurrarufe empor
Und trinken
100 Fürchterlich
Mit langen Zügen.
Es folgen noch fünfzehn,
Welche mit anderen
Oder mit gleichen
105 Worten das
Nämliche sagen.
Alle blieben jedoch
In denjenigen Grenzen,
Welche
110 Dem loyalen
Staatsbürger gezogen sind,
Und welche immerhin
Eine gewisse
Beschränkung der Gefühle
115 Selbst da, wo man
Könnte, dürfte und sollte,
Auferlegen.
Immer höher
Lodert die Flamme
120 Der nationalen
Begeisterung;
Immer glühender
Wurden die Herzen,
Daß es zischte,
125 Wenn einer
Aus schäumendem Krug
Die größere Hälfte
Hinuntergoß.
Mit Fug und Recht
130 Durfte der Präses
Konstatieren,
Daß das treue,

Stammverwandte
Volk der Buren
135   Mit diesem herrlichen Abend
Zufrieden sein konnte.
Alle sagten dasselbe,
Als sie torkelnd
Durch die Straßen der Stadt
140   Gingen.
Nur zwei Landgerichtsräte
Welche sich
An der Ecke hinstellten
Und wie Cypressen
145   Hin- und herwiegend
Ihre Notdurft verrichteten,
Sprachen rülpsend
Ihre Bedenken aus:
Erstens weil Chamberlain doch
150   Beamter wäre
Und als solcher
Einige Rücksicht verdiene,
Zweitens aber
Weil man nicht gewiß sei,
155   Ob er nicht morgen
Einen Orden bekäme.

1902

LUDWIG KLAGES

1900

Wenn in diamantener sternennacht die bäume starren krystall-
umklirrt – wenn der mond durch tiefen des raumes lichtspeere
5 senkt und kantiger eisäste wirrsal reglos aus dem dämmerblei der
gärten schwillt – wenn kalte hohe pappeln über die knisternden
gefilde ziehen und aus stechenden silberfunken runendenkmale
steil aufragen – wenn am monde her nun krystallnadelschauer der
obere sturmzug vorbeijagt und auf den dächern die schatten der
10 schlote wehen: o bleicher brand der saugenden mondnacht – o
fahler fernblick hinter den schleier des alls.

EDGAR STEIGER

Kinderlied

Bei den Reichstagsverhandlungen über die *Kinderarbeit* wurde konstatirt,
daß *in der Sonneberger Spielwaarenindustrie* um die Weihnachtszeit *kleine Kinder*
5 *bis 3 und 4 Uhr Nachts beschäftigt werden. Diese empörende Scheußlichkeit* mußte der
sachsen-meiningensche Minister selbst bestätigen.

Der Morgen graut. Ein fahler Schein
Stiehlt sich ins dumpfe Kämmerlein,
Als fühlt' er ein menschlich Erbarmen.
10 Da sitzt bei der Lampe, die Augen roth,
Auf den hohlen Wangen den blassen Tod,
Das hüstelnde Kind des Armen.

Es hat gewacht die ganze Nacht,
Spielsachen den Kindern der Reichen gemacht.
15 O Gott! Wie schön ist's auf Erden!
Und zitternd umspannt die magere Hand
Den buntbemalten Flittertand.
Die Puppe muß fertig werden!

Die schöne Puppe, sie muß zur Stadt,
20 Wo jedes Kind seine Puppe hat
Und Zeit, mit ihr zu spielen!
O könnt' ich doch eine Puppe sein!
Da ging ich spazieren im Sonnenschein
Und schliefe des Nachts im Kühlen!

KARL WOLFSKEHL

Aus: An den alten wassern

III

Im abendschatten
Steh ich bei euch
5 Gruss-geneigt
Schaut auf den weg-heissen
Verhüllten gast
Ehret sein kommen
Hört seine rede.

KINDERLIED 3 ff. *Anmerkung der Redaktion der „Jugend".*

10   Denn was ich fand
              In wald und wüste
              Will ich verkünden
              Der fremde mann fremdem gesinde.
              Mir wacht kein freund
15   Ob meinem haupte
              Kein bruder stüzt mich
              Tot ist die mutter.
              Der lezte wandrer
              Steht und fleht:
20   Lasst mich baden
              Im quell der ruhe
              Der eure heilige burg bespült
              Bleiben will ich mit euch.

FRIEDRICH FREIHERR VON LILIENCRON*

Armut, Einsamkeit und Freiheit.

          Arm wie Jesus Christus.
          Wie Jesus Christus?
5   Den die Reichen der Erde
          Als ihren Schutzpatron ausrufen
          Gegen den „Pöbel".
          Und des Menschen Sohn hat noch nicht,
          Wo er sein Haupt hinlegen könnte.
10   Nein!
          Eins erbitt ich mir doch vom Schicksal:
          Täglich jeden Abend,
          Nach der mörderischen Hetzjagd des Daseins
          – Diese mörderische Hetzjagd
15   Müssen wir alle über uns ergehn lassen –
          Meine Henry Clay rauchen zu dürfen
          Zur Beruhigung –
          Sonst nichts.

          Denn arm sein bringt auch Erfrischung.
20   „Ich bin arm":
          Ei, wie einen alle gleich meiden,
          Wie einen Pestkranken.

ARMUT . . . 8f. *Mt 8,20; vgl. auch 2. Kor 8,9 und Jes 52,13–53, 12.*   16f. *Vgl.*
Vom armen B. B. Z. 36 (S. 228).

Keine Bettelbriefe mehr,
Keine lästigen Besucher mehr.
25 Und dann das angenehme auf dem Balkon stehn
Und auf die Menge lächelnd hinunterschaun:
Auf diesen Schmutzhaufen von Neid und Scheelsucht
Und all die andern unzählbaren Lieblichkeiten
Des Lebens und des lieben Nächsten.
30 Ich sehe das Alles so fröhlich
Vom Balkon meiner Armut.

Das ist der Armut schöne Einsamkeit,
Das ist der schönen Einsamkeit
Noch viel, viel schönere Freiheit:
35 Ich kann auf die Haide gehn
Und mir eine Höhle graben
Und darüber schreiben:
„Lat mi tofreeden.
Hier wohnt Herr Friedrich Wilhelm Schultze.
40 Eintritt verboten!"
Eia, muss *das* herrlich sein!

OTTO JULIUS BIERBAUM

Die kleine Muse
Gesprochen von Fräulein Felicita Cerigioli
vom Kgl. Schauspiel-Hause.

5 (Ein schönes junges Mädchen, festlich, doch einfach gekleidet, einen Rosen-
kranz im Haar, teilt den Vorhang und schreitet lächelnd nach vorn. An der
Rampe angelangt, sieht sie sich lächelnd im Zuschauerraum um, wirft eine
Kusshand ins Publikum und beginnt:)

Guten Abend, Parterre! Guten Abend, Parkett!
10 Sie sind alle gekommen, das find ich nett.
Selten wohl hatte ein Mädel klein
Mit so Vielen auf einmal ein Stelldichein.
Meine grossen Schwestern sind's freilich von je
Gewöhnt, dass Verehrer in Schwärmen kommen,
15 Thalia und Melpomene,
Ich aber werde nie mitgenommen.
Du, heisst es, Kleine, bleibst Abends zu Haus,
Kinder geh'n nur am Tage aus;

Da magst Du in Wald und Wiese streifen,
20   Schmetterlinge und Blumen greifen;
Dein Glück und Ruhm ein Blumenstrauss,
Für uns der Lorbeer und Applaus.

Nun ja, meine Lieben, das mag wohl sein,
Ich bin am Ende ein bisschen klein,
25   Und meine armen sieben Sachen:
Ein schnelles Weinen, ein schnelles Lachen,
Fünf lange Akte giebt das nicht:
Her weht's, hin geht's – ein kurz Gedicht.

Auch ist es wahr: beim Lampenschein
30   Oder draussen in Wald und Feld allein,
Das ist mein eigentlich Revier;
Und ein bisschen scheu fühl'ich mich hier.
Sie sehen alle so ernsthaft her,
Als ob an mir was Unrecht's wär,
35   Und Ihre Operngucker zielen
Mir grad aufs Herz – o Publikum,
Mir wird doch Angst – ich kehre um –
Mögen die andern Komödie spielen . .

(Thut, als wollte sie gehen; dann schnell:)
40   Glauben Sie's nicht! Ich verstelle mich bloss.
So schnell werden Sie mich nicht los.
Denn ich hab mir's nun mal in den Kopf gesetzt:
Ich spiele *auch* Komödie jetzt!
Nicht etwa aus Neid und um den Applaus.
45   Nein, so leer sieht mein Herz nicht aus.
Sondern, und wenn Sie auch spöttisch lachen,
Weil es mein Amt ist, Vergnügen zu machen.

Ja, Vergnügen; ich schäme mich nicht
Und fürchte kein Schelten und Scherbengericht
50   Der grauen Herrschaften in steifem Leinen:
Vergnügen am Heimlichen, Feinen, Kleinen.
Dem will ich nach besten Kräften dienen,
Und dazu steh' ich heute hier;
Denn, dacht' ich, kommen Sie nicht zu mir,
55   Was kann da sein, – komm' ich zu Ihnen.

Und da ich einmal ein Mädchen bin
Und ein bisschen eitel immerhin,
Hab' ich mich fleissig umgeseh'n
Nach Kleidern, die mir leidlich steh'n,

60 Damit Sie bei meinen bescheidenen Gaben
Auch Freude für das Auge haben;
Denn Bild und Lied, wie mir es scheint,
Sind Zwillingsgeschwister und gern vereint.

So wissen Sie nun, was her mich zog,
65 Und es wird Zeit, dass ich jetzt schweige
Und lieber, wie ich's meine, zeige;
Sonst denken Sie gar, ich sei ein Prolog.
Das aber würde mich wirklich schmerzen,
Weil ich gar nicht emphatisch bin,
70 Ich kleine Muse.

(Kusshand)

Da, nehmen Sie hin
Meinen Willkommgruss aus vollem Herzen.

ELSA LAURA VON WOLZOGEN

Glück

Ich hab' mein Leben genossen
An einem einzigen Tag,
5 Da es wie Reifenwollen
Über den Saaten lag . . .

Und als dann der Tag gegangen,
Da nahm ich noch die Nacht
Und hab' aus ihrem Schweigen
10 Tausend Himmel gemacht. – –

OTTO ERICH HARTLEBEN

Aus: Moderne Oden

I.

Nicht sank in Schwachheit unserer Sprache Kunst,
Seitdem verhallt ist früher Heroen Schritt –
5 Wir wandeln weiter ihre Bahnen
Tönenden Fußes – und schauen lichtwärts.

Wir meistern, stolz nicht minder wie jene, noch
Das Wort, und kunstreich meißelt die sichre Hand
Aus deutscher Sprache reinstem Marmor
10   Nimmer-vergänglicher Formen Schönheit.

Und für der Menschheit heilige Güter schlägt
Auch uns das Herz. Die fröhliche Flammengluth,
Die ewig zu den Sternen deutet,
Loht auch in uns von dem Grund der Seelen.

15   Wie Göttern einst der lockigen Hebe Hand
Geschenkt den Nektar ewigen Jugendmuths –
So will ich euch in alten Schalen
Reichen den schäumenden Wein der Zeiten.

1903

Hermann Stehr

Letzter Entschluß.

So will ich warten, bis es sich erfüllt,
Den Grimm abtun und auch die gleiche Ruh',
5   Die alles nimmt, wie es vorübergeht:
Ein Mund zu essen nur, doch nie ein Arm,
Inbrünstger Gier und wilden Widerwillens.
Stillschreiten, aufmerksamen Augs, die Seele
Lebendig-mild, zerspalten nicht von Glut
10   Und Frost, getragen nur von einem Sehnen,
Das nicht mehr trotzig fordert, sondern gern
Durch Halbgewährtes sich dem Ziele nähert.
Dem Ziel?! – Vergrabnes Wort, in Nächten wachsend,
Gleich einer nie geschauten Blume; Schild
15   Am Rätselbaum, den niemand sah. – In Zeit
Stößt dich des Mittelgartens Wind und ehern
Klingt ein Ton zu uns herein, die wir
Im Tal der unentwirrten Träume

Letzter Entschluss 14f. Schild *Odins an der* Weltenesche *Yggdrasil (vgl. Z. 30),
dem* Rätselbaum. *Hier werden Odin die Welträtsel erklärt.*   16 Mittelgarten *Anspie-
lung auf „Midgard", den Namen für die bewohnte Erde in der germ. Mythologie.*

Hinwandeln. Denn vom Boden heben wir
20 Des Augs gebannten Stern, von schwerer Stirn
Streicht unsre Hand das Spinngewebe der
Erkenntnis. Und ins Mark getroffen, wissend
Nicht, was wir gehört, entflammt in Glut,
Die trunken macht, auf Augenblicke Zweifel
25 Mit Füßen stoßend, wie des Weges Steine:
So stürzen wir dem Tone nach, bergan,
Durch Klüfte, über tiefe Furten, durch
Verwachsene Wälder. Indes leiser, leiser
Vor uns hinhuscht, verstiebt der Laut, der uns
30 Vom Schild der Weltenesche traf und alles,
Was wir gewußt, gehört, getan, sinkt wieder
In Nebelwallen an uns, in uns nieder – – –
O, du!! – vielleicht geformt nur durch mein Wort,
Das unruhvollen Dranges nach dir flattert;
35 Durch meine Nöte zu der großen Not
Des Lebens mir geboren; Traum, der mystisch
Ist aller Träume Schoß und Ende . . . . . . Nein! –
Nichts weiter! – Walte um mich, tief verhüllt.
In Weisheit wart' ich, bis es sich erfüllt.

RAINER MARIA RILKE

Der Panther
(Jardin des Plantes, Paris)

Sein Blick ist vom Vorübergehn der Stäbe
5 so müd geworden, daß er nichts mehr hält;
ihm ist als ob es tausend Stäbe gäbe
und hinter tausend Stäben keine Welt.

Der weiche Gang geschmeidig starker Schritte,
der sich im allerkleinsten Kreise dreht,
10 ist wie ein Tanz von Kraft um eine Mitte,
in der betäubt ein großer Wille steht.

Nur manchmal schiebt der Vorhang der Pupille
sich lautlos auf.   Dann geht ein Bild hinein;
geht durch der Glieder angespannte Stille
15 und hört im Herzen auf zu sein.

DER PANTHER *Vgl.* Im Bestienhaus *(S. 155).*

FRANK WEDEKIND

Bekenntniß

Ich wußte Anfangs nichts davon,
Bin unschuldsvoll gewesen,
Bis daß ich Wieland's Oberon
Und Heine's Gedichte gelesen.

Die haben dann aber in kürzester Zeit
Mein bischen Tugend bemeistert;
Ich träumte von sinnlicher Seligkeit
Und wurde zum Dichten begeistert.

Auch fand ich, das Dichten sei keine Kunst,
Man müß' es nur einmal gewohnt sein;
Ich sang von feuriger Liebesbrunst
An Mädchenbrüsten im Mondschein;

Besang der Sterne strahlendes Licht;
Viel Hübsches ist mir gelungen.
Jeweilen mit dem schönsten Gedicht
Hab ich mich selber besungen.

So folgte ich treu der gegebenen Spur,
Auf meine Muster gestützet;
Schrieb viele Bogen Makulatur;
Wer weiß, wozu sie noch nützet.

Und wenn's mit dem Dichten so weiter geht,
Dann darf ich am Ende behaupten:
Am Ende war ich doch ein Poet,
Obschon es die Wenigsten glaubten.

OTTO ERICH HARTLEBEN

Aus: Schlußreime

Religion.

Wie du im Mutterleib geworden und gegeben,
mit Willen und Gesetz – so gilt es fortzuleben.
Weißt du nur erst dich selbst dir selber recht zu lassen,
so hast du es erreicht – Gott und die Welt zu fassen.

An den Denker.

10 Du denkst – und bist gar stolz, weil du nach neuem trachtest?
Bringst nur als Mann hervor, was du als Kind schon dachtest.
Es ist dein Dünkel nicht, der deine Kräfte lenkt –
dein Ich ist schon ein Wahn – die Erde denkt – es denkt.

[. . .]

Der Rechtsstaat.

15 Ein Herrscher dieser Welt, der alles wohlbedacht,
gibt seinem Volk das Recht und nimmt sich selbst die Macht.

[. . .]

Autobiographie.

Frags Kind am Lebensschluß: was war nun dein Gewinn?
20 Ich war, ich ward und blieb ein rechter Eigensinn.

Das sind wir Fremde.

Das sind wir Fremde, die das Glück nicht fassen können,
das uns die Götter oft ganz ohne Aufgeld gönnen.
Wir predigen innere Not, weil wir uns schuldig wähnen.
25 Im Prunk des Sonnenscheins verschmachten wir nach Tränen.

RICHARD DEHMEL

Erhebung.

Und an fernen Dächern und Kirchen hin wie an Särgen
fliegt der Morgen mit phönixgoldnem Schweif.
5 Die Nebel lösen sich von den kalten Bergen
und schmücken die Tannen mit reinstem Reif.
Und im Geist aufgehend in den verklärten Landen,
sagt der Mann dem Weib, als sei aller Kampf überstanden:

Sieh, Seele: so werd' ich's immer wieder spüren,
10 und bin ich noch so menschenmüd, Du:
nur dein Blick braucht sonnig mich anzurühren,
dann fliegen mir Gotteskräfte zu.

Nicht, du, wie damals, als wir uns noch
hochtrabende Götternamen gaben –
15   die hab ich mit der Toten begraben;
jetzt tragen wir willig das Menschenlebensjoch.
Jetzt weiß unser Wille erst recht die Flügel zu breiten,
jeden Augenblick kann er hinaus über Räume und Zeiten,
denn selig Seel in Seele ergeben
20   begreifen wir das Ewige Leben,
das Leben ohne Maß und Ziel,
selbst Haß wird Liebe, selbst Liebe wird Spiel.
Dann ist der Geist von jedem Zweck genesen,
dann weiß er unverwirrt um seine Triebe,
25   dann offenbart sich ihm das weise Wesen
jedweder Torheit – durch die Liebe.

Er sucht ihren Blick; er will ihr Dunkelstes lesen.
Sie steht, als höre sie ferne Glocken klingen.
Sie spricht, als sei sie in der Zukunft gewesen:

30   Dann wird uns Segen aus jedem Werk entspringen.
Dann lebst du nicht mehr mit dem Leben in Streit.
Dann kann uns ganz die Ruhe der Allmacht durchdringen.
Nicht Mann, nicht Weib mehr wird um die Obmacht ringen.
Klar über aller Menschenfreundlichkeit
35   steht Mensch vor Mensch in Menschenfreudigkeit!

Sie öffnet die Arme, als will sie die Welt umschlingen.
Fern flammt der Himmel in goldner Herrlichkeit.
Mit flammt ein Seelenpaar auf Geistesschwingen.

STEFAN ZWEIG

Überglänzte Nacht

Der Himmel, dran die blanken Sterne hängen,
Hat seine Fernen machtvoll ausgespannt
5   Und nachtverhüllte Blüten übersprengen
Mit heißen Düften das verklärte Land.

Die Welt hat sich ihr Brautkleid umgehangen
Und ruht in reifer Erntepracht verschönt,
Ein blondes Kind, das sacht mit Silberspangen
10   Die Nacht zum Feste der Erfüllung krönt.

Und jedes Herz muß diesen Segen spüren
Und alle Wege, die noch irre gehn,
Die werden nun zu jenen Pforten führen,
Die vor den Landen der Verheißung stehn.

HUGO VON HOFMANNSTHAL

Der Jüngling in der Landschaft

Die gärtner legten ihre beete frei|
Und viele bettler waren überall|
Mit schwarzverbundnen augen und mit krücken|
Doch auch mit harfen und den neuen blumen|
Dem starken duft der schwachen frühlingsblumen.

Die nackten bäume liessen alles frei:
Man sah den fluss hinab und sah den markt
Und viele kinder spielen längs den teichen.
Durch diese landschaft ging er langsam hin
Und fühlte ihre macht und wußte| dass
Auf ihn die weltgeschicke sich bezogen.

Auf jene fremden kinder ging er zu
Und war bereit an unbekannter schwelle
Ein neues leben dienend hinzubringen.
Ihm fiel nicht ein| den reichtum seiner seele|
Die frühern wege und erinnerung
Verschlungner finger und getauschter seelen
Für mehr als nichtigen besitz zu achten.

Der duft der blumen redete ihm nur
Von fremder schönheit| und die neue luft
Nahm er stillatmend ein| doch ohne sehnsucht:
Nur dass er dienen durfte| freute ihn.

1904

FRANK WEDEKIND

Das Lied vom armen Kind.

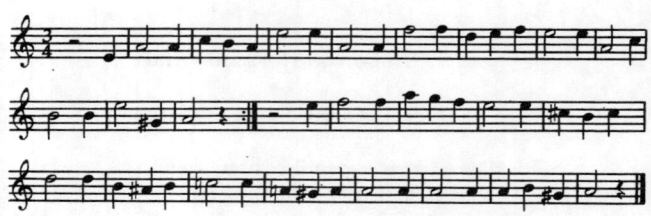

Es war einmal ein armes Kind,
Das war auf beiden Augen blind,
Auf beiden Augen blind;
5   Da kam ein alter Mann daher,
Der hört auf keinem Ohre mehr,
Auf keinem Ohre mehr.
Sie zogen miteinander dann,
10   Das blinde Kind, der taube Mann,
Der arme, alte, taube Mann.

So zogen sie vor eine Tür,
Da kroch ein lahmes Weib herfür,
Ein lahmes Weib herfür,
15   Bei einem Au-Automobilunglück
Ließ sie ihr linkes Bein zurück,
Das ganze Bein zurück.
Nun zogen weiter alle drei,
Das Kind, der Mann, das Weib dabei,
20   Das arme lahme Weib dabei.

Ein Mägdlein zählte vierzig Jahr,
Derweil sie stets noch Jungfrau war,
Noch keusche Jungfrau war.
Um sie dafür zu strafen hart,
25   Schuf Gott ihr einen Knebelbart,
Ihr einen Knebelbart.
Sie flehte: Laßt mich mit euch gehn,
Ihr Lieben, laßt mich mit euch gehn,
So wird noch Heil an mir geschehn!

Am Wege lag ein kranker Hund,
Der hatte keinen Zahn im Mund,
Nicht einen Zahn im Mund;
Und fand er einen Knochen auch,
Er bracht' ihn nicht in seinen Bauch,
Ihn nicht in seinen Bauch.
Nun trabte hinter den anderen Vier
Das alte kranke Hundetier,
Das alte kranke Hundetier.

Ein Dichter lebt' in tiefster Not,
Er starb den ewigen Hungertod,
Den ewigen Hungertod.
Mit Herzblut schrieb er sein Gedicht,
Man druckt es nicht, man kauft es nicht
Und niemand liest es nicht.
Drum schloß er mit dem kranken Hund
Der Freundschaft heiligen Seelenbund,
Der Freundschaft heiligen Seelenbund.

Und dann schrieb er zu Aller Glück
Ein wunderschönes Theaterstück,
Ein wunderschönes Stück,
In welchem die Personen sind
Der taube Mann, das blinde Kind,
Das arme blinde Kind,
Das lahme Weib, die Jungfrau zart
Mit ihrem langen Knebelbart,
Die Jungfrau mit dem Knebelbart.

Und eh' die nächste Stund' entflohn,
Konnt' Jeder seine Rolle schon,
Die ganze Rolle schon.
Verständnisvoll führt die Regie
Das arme kranke Hundevieh,
Das arme Hundevieh.
Drauf ward das Schauspiel zensuriert
Und einstudiert und aufgeführt
Und ward ganz prachtvoll rezensiert.

Die Künstler fanden viel Applaus,
Man spannt dem Hund die Pferde aus
Und zieht ihn selbst nach Haus.
Da gabs nun auch Tantiemen viel
Und hohe Gagen für das Spiel,

Das ungemein gefiel. –
Nachdem sie ganz Europa sah,
Da reisten sie nach Amerika,
Da reisten sie nach Amerika.

75 Zum Schlusse hört nun die Moral:
Gebrechen sind oft sehr fatal,
Sind manchmal eine Qual;
Die Poesie schafft ohne Graus
Beneidenswertes Glück daraus,
80 Sie schafft das Glück daraus.
Dann schwillt der Mut, dann schwillt der Bauch,
Und sei's bei einer Jungfrau auch.
So ist's der Menschheit guter Brauch.

STEFAN GEORGE

Die verkennung

Der jünger blieb in trauer tag und nacht
Am berg von wo der Herr gen himmel fuhr:
5 „So lässest du verzweifeln deine treuen
Du denkst in deiner pracht nicht mehr der erde?
Ich werde nie mehr deine stimme hören
Und deinen saum und deine füsse küssen?
Ich flehe um ein zeichen doch du schweigst."
10 Da kam des wegs ein fremder: „bruder sprich!
Auf deiner wange lodert solche qual
Dass ich sie leide wenn ich sie nicht lösche."
„Vergeblich ist dein trost · verlass den armen!
Ich suche meinen herrn der mich vergass."
15 Der fremde schwand · der jünger sank ins knie
Mit lautem schrei · denn an dem himmelsglanz
Der an der stelle blieb ward er gewahr
Dass er vor blindem schmerz und krankem hoffen
Nicht sah: es war der Herr der kam und ging.

Aus: Gestalten

Litanei

Tief ist die trauer
            die mich umdüstert
5   Ein tret ich wieder
            Herr! in dein haus . .

Lang war die reise
            matt sind die glieder
Leer sind die schreine
10   voll nur die qual . .

Durstende zunge
            darbt nach dem weine
Hart war gestritten
            starr ist mein arm . .

15 Gönne die ruhe
            schwankenden schritten
Hungrigem gaume
            bröckle dein brot!

Schwach ist mein atem
20   rufend dem traume
Hohl sind die hände
            fiebernd der mund . .

Leih deine kühle
            lösche die brände
25 Tilge das hoffen
            sende dein licht!

Gluten im herzen
            lodern noch offen
Innerst im grunde
30   wacht noch ein schrei . .

Töte das sehnen
            schliesse die wunde
Nimm mir die liebe
            gib mir dein glück!

1ff. *Zum Gedichtzyklus* Traumdunkel *gehörig (Gesamtausgabe 1927–1934).*

1904

FRIEDRICH GUNDOLF*

Aus: Für Ludwig Klages

> Pfadlos rauchend eine feuerzunge
> Bist du angefacht über finsterem urstrom
> Dunkle falterflügel in schwerer traumnacht
> Trinken schattend lohende flammenseele.
>
> L. KLAGES

I

Schicksallos · seellos lastet die veste ·
Vom schwefel eisiger dämmerung erhellt.
Uralter nacht zerrüttete reste
Stossen im wirbel um die tote welt.

Die erde friert · verstörte wandrer suchen
Mit übersichtigen augen · stier und blind ·
Ob sich nicht heimatlich aus fahlem wind
Ein herd ein tempel leibhaft glühend scheide.
DIE knien verzückt · DIE singen irr · DIE fluchen –
So wankt ein mahr · ein greis · ein blödes kind
Taub ohne angst durch die entseelte heide.

Sie fassen sich · liebend in blindheit zu wallen ·
Ihr hohles lied erlischt im tränenguss.
Aus fleischlos bebenden lippen fallen
Erstarrte tropfen blutig in den kuss.

OTTO JULIUS BIERBAUM

Soll er einen Garten voll Chrysanthemen besitzen, in dem
So viel Arten dieser Blume wachsen, wie
Ein Europäer es sich durchaus nicht vorstellen kann.

Demnach stünde der Zar mir zweifellos näher, und
Ich habe auch wirklich einige Neigung, ihm
Den Sieg zu wünschen, aber ich sage mir
Dennoch manchmal: ein paar Hiebe
Könnten den Russen auch nicht schaden, denn

SOLL ER EINEN GARTEN . . . *Gedicht auf Bernhard Graf Bülow (1900–1909 dt. Reichs-
kanzler und preuß. Ministerpräsident) und seine Bündnispolitik (1904|1905: russ.-jap.Krieg).*

10 Schießt die Knute (das Bild ist kühn) zu sehr ins Kraut,
Langt sie am Ende zu uns herüber, und
Eigentlich haben wir selber schon genug
Knutoïde Einrichtungen im Deutschen Reiche.
Wendet sich aber mein Sinn sympathisch dann
15 Hin zum Reiche der aufgehenden Sonne, so
Wird mir doch gleich bange, denn schließlich:
Was in aller Welt geht mich denn Japan an?
Kawakami zwar hat in Erstaunen mich,
Muß ich gestehen, heftiger gesetzt, als selbst
20 Josef Kainz, denn sein Harakiri
War eine angenehme Leistung, und seine reizende Frau,
Sadda – Yakko, ist ein süßes Ding, das
Nur mit immer neuer Rührung ich
Lachen und weinen als Kesah sah. Aber,
25 Selbst wenn ich Hokusai und Utamaro und
Noch ein Dutzend schwer merkbarer Namen mir
Ins Gedächtnis rufe und mit Dankbarkeit
An Lackschatullen denke und Räuchergefässe
Und seidene Kockemonos und die Dichterin Sei Schonagon, – ich
30 Kann mir nicht helfen, mir wird nicht warm dabei;
Die gelben Äffchen bleiben mir ewig Hose wie Jacke.
Was also tu' ich mit meiner Sympathie?
Zähl' ich die Knöpfe an meinem Überrock ab, oder
Rupf' ich die Blättchen einem Chrysanthemümchen aus:
35 Mikado – Väterchen, Mikado – Väterchen? Oder
Wart' ich's ergeben ab, was Bernhard Bülow in seiner Eigenschaft
Als Kanzler des Deutschen Reiches für richtig finden wird?
Oder gedulde ich mich solange, bis der männermordende
Gott der Schlachten mit *sich* ins reine gekommen ist, wem
40 Von den beiden er *seine* Sympathie schenken soll?
Nein, nichts von alledem gedenke ich zu tun: ich
Lege mein nächstes Honorar (und wären's gleich zwanzig Mark)
In Japan- oder Russen-Papieren an, je nachdem
Mein Leibbankier die Konjunktur beurteilt, – und
45 Von diesem Augenblicke an weiß ich bestimmt, wohin
Die Nadel meiner Sympathie sich wenden muß.

RICHARD DEHMEL

Aus: Der kleine Held
Eine Dichtung für wohlgeratene Bengels
und für Jedermann aus dem Volk

Meinen Söhnen *Peter Heinz* und *Heinz Lux* zugedacht
Bengels / daß ihr Kerls aus euch macht!

5   Anfang

„Du bist ein armer Junge"
sagt Mutter oft und weint,
wenn ich Herr Rittersmann spielen will.
Aber Vater hat gemeint:
10   „er ist ein kleiner Held!"

Neulich nahm ich ganz einfach
meinen Drachen mit als Schild,
und dem reichen Kurt sein Schwesterchen
hat mich geküßt wie wild:
15   „du bist ein kleiner Held!"

Ich ließ meinen Drachen steigen,
dann ging es in die Schlacht;
ich wollt meinen Schild bloß *zeigen*,
ich hab ihn selbst gemacht,
20   ich bin ein kleiner Held!

Ich will's schon machen, daß Mutter
nicht mehr weint um mich.
O, sie soll mal sehn und lachen,
was ich alles werden kann, ich
25   kleiner Held! –

                [. . .]

             Ein Dachdecker

Ich kann ein Dachdecker werden,
denn ich bin schwindelfrei.
30   Ich kletter bis auf den Kirchturmhahn,
und die Dohlen und Krähn schrein: ei,
was will der Herr denn hier?

---

2 *Inhaltsangabe des Verfassers auf dem Titelblatt:* Wie ein ganz armer Junge sich sagt
was er alles werden kann.

Der will die Kirchtürme flicken,
es tut schon lange not!
Die Glocken, wenn mein Fahrstuhl kommt,
brummen: ßapperlot,
da baumelt 'ne Himmelsleiter!

Und unten kribbeln die Leutchen,
und steigt kein Laut mir nach.
Bloß mein Freund, der Schornsteinfeger,
ruft manchmal vom nächsten Dach:
Komm, Bruder, es gibt ein Gewitter!

Aber dann bleib' ich lieber
ruhig auf meinem Sitz
und hör', wie der Donner losbrüllt:
Bravo! Sieh, Bruder Blitz,
das ist ein kleiner Held!

[...]

Ein Eisenbahner

Ich kann Eisenbahn-Zugführer werden;
nein, Lokomotivführer lieber!
Dann bin ich kleiner Menschenknirps
der größten Maschine über,
die tausend Pferdekraft stark ist.

Und tausend andre Menschen
regiert Ein Griff meiner Hand,
tagein tagaus, bei Nacht, bei Nebel,
im Sturm von Land zu Land;
Bahn frei! schreit meine Maschine.

Bahn frei – was schreit dawider?
im Dunkeln welch Gestampf?
Woher, wohin? Vorwärts, zurück?
Halt! bremsen! Gegendampf!
jetzt gilt's, Mensch: Einer für Alle!

Und fliegt der Kopf vom Kragen,
so stirbt sich's ohne Grämen;
dann braucht man sich doch wenigstens
des Lebens nicht zu schämen!
So denkt ein kleiner Held.

[...]

Ein König

Ich kann ein König werden;
nicht etwa bei uns, i wo!
Bei uns, da muß man Kronprinz heißen
75   dann wird man's sowieso.
Ich werd bei den Negern König!

Die fragen nicht nach dem Taufschein,
wenn man nur orndtlich regiert.
Erst zähm' ich mir ein Dutzend Löwen,
80   dann komm ich ankutschiert,
acht Zebras vorgespannt:

Was lauft ihr weg wie die Affen?
Mein Reich ist vogelfrei!
Wer stark ist, darf's erobern helfen;
85   die Klugen sind stark für zwei!
Kommt, Kinder, dankt euerm Herrgott!

Ihr habt einen König und Priester,
der braucht keinen Polsterthron,
keinen Feldherrn, Hofherrn, Minister
90   und sonstige Dienstperson;
euch führt ein kleiner Held!

[. . .]

Schluß

Ich kann noch manch andres werden,
95   solang' ich kein Engel bin.
Aber immer trag' ich armer Junge
die eine Frage im Sinn:
was wirst du auf jeden Fall?

Und trage in meinem Herzen
100   manch eines Mannes Bild,
der so beherzt war, daß er uns
als großer Held nun gilt:
Wilhelm Tell, König Fritz, der Herr Jesus.

Dazu gehört nicht Reichtum
105   noch lange Lebensfrist.
Mir hat mein Dichtersmann gesagt:
jedes Kind auf Erden ist
ein kleiner Welterobrer.

Das will ich an jeder Stelle
sein, so sehr ich kann!
Dann werd' ich auf alle Fälle
ein ganzer Mann – und dann
vielleicht ein ganzer Held.

1905

ELSE LASKER-SCHÜLER

Weltende

Es ist ein Weinen in der Welt,
Als ob der liebe Gott gestorben wär,
Und der bleierne Schatten, der niederfällt
Lastet grabesschwer.

Komm, wir wollen uns näher verbergen . . . .
Das Leben liegt in aller Herzen
Wie in Särgen.

Du! wir wollen uns tief küssen . . . .
Es pocht eine Sehnsucht an die Welt,
An der wir sterben müssen.

LUDWIG THOMA

Warnung

Die Welt will euch so schön bedünken,
Weil euch die junge Freiheit lacht;
Ihr wollt in ihrem Schoß versinken.
So hab' ich auch einmal gedacht.

Den Weg, den ihr im Jugendprangen
Mit freudevollem Herzen zieht;
Auch ich bin ihn einmal gegangen,
Obschon ich besser ihn vermied.

WELTENDE *Über dem Titel die Widmung* Herwarth Walden.

Die Blumen, die am Rande blühten,
Ich hab' nach ihnen mich gebückt,
Und – davor möcht' ich euch behüten –
Ich habe manche mir gepflückt.

15 Ich könnt' euch gute Warnung geben,
Jedoch ich weiß, ihr hört mich nicht,
Man kennt die Rosen, wie das Leben
Nur, wenn man sich an ihnen sticht.

VIKTOR KLEMPERER

Spiel.

Die Wellen plätscherten am Kiel,
Das Boot lag fest im Hafen;
5 Wir stiegen ein zum Schaukelspiel,
Sind schaukelnd eingeschlafen.

Das Tau zerriß, wir merkten's nicht –
Wie sind wir weit verschlagen!
Kaum blinkt das letzte Küstenlicht,
10 Und Wind und Wolken jagen.

Die Wellen nahen dichtgeschart
Den stöhnend schwanken Borden. –
Zur Lebensfahrt, zur Todesfahrt
Ist unser Spiel geworden.

FRANK WEDEKIND

Der Zoologe von Berlin.

Hört ihr Kinder, wie es jüngst ergangen
Einem Zoologen in Berlin!
5 Plötzlich führt ein Schutzmann ihn gefangen
Vor den Untersuchungsrichter hin.
Dieser tritt ihm kräftig auf die Zehen,
Nimmt ihn hochnotpeinlich ins Gebet
Und empfiehlt ihm, schlankweg zu gestehen,
10 Daß beleidigt er die Majestät.

Dieser sprach: Herr Richter, ungeheuer
Ist die Schuld, die man mir unterlegt;
Denn daß eine Kuh ein Wiederkäuer,
Hat noch nirgends Ärgernis erregt.
15 Soweit ist die Wissenschaft gediehen,
Daß es längst in Kinderbüchern steht.
Wenn *Sie* das auf Majestät beziehen,
Dann beleidigen *Sie* die Majestät!

Vor der Majestät, das kann ich schwören,
20 Hegt' ich stets den schuldigsten Respekt;
Ja, es freut mich oft sogar zu hören,
Wenn man den Beleidiger entdeckt;
Denn dann wird die Majestät erst sehen,
Ob sie majestätisch nach Gebühr.
25 Deshalb ist ein Mops, das bleibt bestehen,
Zweifelsohne doch ein Säugetier.

Ebenso hab' vor den Staatsgewalten
Ich mich vorschriftsmäßig stets geduckt,
Auf Kommando oft das Maul gehalten
30 Und vor Anarchisten ausgespuckt.
Auch wo Spitzel horchen in Vereinen
Sprach ich immer harmlos wie ein Kind.
Aber deshalb kann ich von den Schweinen
Doch nicht sagen, daß es Menschen sind.

35 Viel Respekt hab' ich vor dir, o Richter,
Unbegrenzten menschlichen Respekt;
Läßt du doch die ärgsten Bösewichter
In Berlin gewöhnlich unentdeckt.
Doch wenn Hochzurufen ich mich sehne
40 Von dem Schwarzwald bis nach Kiautschau,
Bleibt deshalb gestreift nicht die Hyäne?
Nicht ein schönes Federvieh der Pfau?

Also war das Wort des Zoologen,
Doch dann sprach der hohe Staatsanwalt;
45 Und nachdem man alles wohl erwogen
Ward der Mann zu einem Jahr verknallt.
Deshalb vor Zoologie-Studieren
Hüte sich ein Jeder, wenn er jung;
Denn es schlummert in den meisten Tieren
50 Eine Majestätsbeleidigung.

RAINER MARIA RILKE

Aus: Buch von der Armuth und vom Tode

Sie sind so still; fast gleichen sie den Dingen.
Und wenn man sich sie in die Stube lädt,
sind sie wie Freunde, die sich wiederbringen,
und gehn verloren unter dem Geringen
und dunkeln wie ein ruhiges Gerät.

Sie sind wie Wächter bei verhängten Schätzen,
die sie bewahren, aber selbst nicht sahn, –
getragen von den Tiefen wie ein Kahn,
und wie das Leinen auf den Bleicheplätzen
so ausgebreitet und so aufgetan.

Und sieh, wie ihrer Füße Leben geht:
wie das der Tiere, hundertfach verschlungen
mit jedem Wege; voll Erinnerungen
an Stein und Schnee und an die leichten, jungen
gekühlten Wiesen, über die es weht.

Sie haben Leid von jenem großen Leide,
aus dem der Mensch zu kleinem Kummer fiel;
des Grases Balsam und der Steine Schneide
ist ihnen Schicksal, – und sie lieben beide
und gehen wie auf deiner Augen Weide
und so wie Hände gehn im Saitenspiel.

[. . .]

Denn sieh: sie werden leben und sich mehren
und nicht bezwungen werden von der Zeit,
und werden wachsen wie des Waldes Beeren,
den Boden bergend unter Süßigkeit.

Denn selig sind, die niemals sich entfernten
und still im Regen standen ohne Dach;
zu ihnen werden kommen alle Ernten
und ihre Frucht wird voll sein tausendfach.

Sie werden dauern über jedes Ende
und über Reiche, deren Sinn verrinnt,

35 und werden sich wie ausgeruhte Hände
erheben, wenn die Hände aller Stände
und aller Völker müde sind.

[...]

Die Städte aber wollen nur das ihre
40 und reißen alles mit in ihren Lauf.
Wie hohles Holz zerbrechen sie die Tiere
und brauchen viele Völker brennend auf.

Und ihre Menschen dienen in Kulturen
und fallen tief aus Gleichgewicht und Maß,
45 und nennen Fortschritt ihre Schneckenspuren
und fahren rascher, wo sie langsam fuhren,
und fühlen sich und funkeln wie die Huren
und lärmen lauter mit Metall und Glas.

Es ist, als ob ein Trug sie täglich äffte,
50 sie können gar nicht mehr sie selber sein;
das Geld wächst an, hat alle ihre Kräfte
und ist wie Ostwind groß, und sie sind klein
und ausgeholt und warten, daß der Wein
und alles Gift der Tier- und Menschensäfte
55 sie reize zu vergänglichem Geschäfte.

ELSE LASKER-SCHÜLER

Groteske

Seine Ehehälfte sucht der Mond,
Da sonst das Leben sich nicht lohnt.

5 Der Lenzschalk springt mit grünen Füßen
Blühheilala über die Wiesen.

Steif steht im Teich die Schmackeduzie,
Es sehnt und dehnt sich Fräulein Luzie.

1906

HERMANN HESSE

Dem Ziel entgegen

Immer war ich ohne Ziel gegangen,
Wollte nie zu einer Rast gelangen,
Meine Wege schienen ohne Ende.

Einmal sah ich, daß ich nur im Kreise
Wanderte, und wurde müd der Reise.
Jener Tag war meines Lebens Wende.

Zögernd geh' ich nun dem Ziel entgegen,
Denn ich weiß: auf allen meinen Wegen
Steht der Tod und bietet mir die Hände.

MARGARETHE BEUTLER*

Verheißung.

Wenn aber nun die Wolken ruhn
Auf ihren Firnenkissen,
Dann will ich Deinen Händen tun
So Liebliches, daß sie nicht wissen,
Wie sie sich biegen, schmiegen müssen! – –

ERICH MÜHSAM

Symbole.

Mein Gemüt brennt heiß wie Kohle –
Könnt' ich's doch durch Verse kühlen!
Ach, ich berst' fast von Gefühlen,
Doch mir fehlen die Symbole.
Weltschmerz, banne meine Nöte!
Weltschmerz, den so oft ich reimte.
Tückisch greint die abgefeimte,
Schleimig-weinerliche Kröte.

Laster, die mich erdwärts leiten,
Gebt mir Verse, zeigt mir Bilder!
Satan lacht, und läßt nur wilder –
Höllen mir vorüberreiten.

15 Helft denn ihr, soziale Tücken!
Mußt' durch euch ich viel verzichten –
Seid auch Spender! Laßt mich dichten! –
Doch sie stechen nur wie Mücken.

In des Monds verfluchtem Scheine
20 Such' ich und im Alkohole; –
Alles quält mich; doch Symbole,
Ach, Symbole find' ich keine.

Aus. Vorbei. – Ich war ein Dichter. –
All mein Sehnen, all mein Hassen
25 Ist vom Genius verlassen. –
Leben, zeig' mir neue Lichter! . .

Mag mich denn die Liebe trösten,
Mutter meiner besten Schmerzen.
Strahlend stehn in tausend Kerzen
30 Die Symbole, die erlösten.

RUDOLF ALEXANDER SCHRÖDER

Aus: Sonette

Der Baum hat nun die Früchte hergegeben,
Und Blätter fallen auch. – Ein Niederschweben
5 So unbeschreiblich still, so ohne Klagen,
Daß wir uns auch nichts mehr zu wünschen wagen.

O unbeschreibliches und mildes Leben! –
Auch im Verlassen, arm Sein, von sich Geben
Hast du so viel des Süßen, daß Entsagen
10 Besitztum wird, wenn wir es recht ertragen.

Ein jeder Augenblick ist ganz erfüllt,
Und trägt mit sich ein wundervolles Bild,
Das immer lächelnd ist und immer gleich,

An Form und Farbe mannigfaltigst reich.
15 Und eins noch: Wenn wir klagen, wenn wir weinen,
Das *ist* nicht Unglück, will nur Unglück *scheinen.*

MARIA HEIM*

Vor dem Konzert.

Bald werden Schatten über uns fliegen,
Wird der Saal wie im Dunkel liegen
5   Und die Legende des Lebens versiegen.

Keiner wird mehr vom Andern wissen.
Einsam in endlosen Finsternissen
Werden wir Fiebernden wandern müssen.

Durch Gewesenes werden wir schreiten.
10   Versunkene Sehnsucht wird uns begleiten,
Und das Zögern zerfließender Zeiten

Wird mit den törichten, fernen, vielen,
Nie befriedigten Kinderzielen
Und mit den Lügen des Lebens spielen . .

RICHARD DEHMEL

Rembrandts Gebet

Seele des Lebens,
Licht hüllt dich ein.
5   Kommt, Schatten, helft! schlagt drein, schlagt drein!
reißt mir aus Schein und Widerschein
das Geheimnis!

Was starrst du stahlblank,
männlicher Panzerhut,
10   Augäpfel an
voll weiblicher Dämmerglut?
Was späht im Blitzstrahl hinter der Wolkenwand
über dem Volksaufstand
jenes Geisterantlitz?

15   Schrei nicht nach Klarheit, Mensch:
Verklärung soll sein!
Komm, Lichtschein, hilf! schlag in die Schatten drein
Geheimnis, pack ich dich?
O heiliger Mummenschanz:

20 nicht hell, nicht dunkel: ganz
in Offenbarungsglanz
hüllst du auch mich,
Seele des Lebens.

ERICH MÜHSAM

Pädagogik

O, schlagt mir nicht die Dichter tot
in eurer Kinder Ammen!
5 Euch tun die Märchen nicht mehr not
vom Satan und Herrn Zebaoth; –
ihr rafft das Hirn zusammen
und mögt wohl Gott verdammen.

O, macht nicht Seelen zu Verstand, –
10 laßt Kinder sein die Kinder!
Die Lüge ist zum Kind das Band, –
denn wer zu früh die Wahrheit fand,
der ward zu früh ein Blinder,
zu früh ein Lügenfinder.

15 Verflucht sei euer Wissensbrei,
Gelehrsamkeits-Gelichter! –
Zerbrecht die Schale nicht vom Ei, –
sie bleibt in Ewigkeit entzwei! –
Ehrt mir im Kind den Dichter,
20 und fürchtet es als Richter!

1907

ALFRED WALTER HEYMEL

Übermut

Pst! ein Kobold huscht herein,
Knixt und hopst auf einem Bein,
Putzig, pudelnärrisch, kurrig,
5 Greisenalt, doch überschnurrig.

Schwapp! da hat er mich beim Kopf,
Der verfluchte Wiedehopf!
Zaust die Haare – Nasenstüber! –
10 Springt nun aufs Gesims hinüber;
Und ums alte Porzellan –
Schwere Not! – ist es getan.
Prasselnd fällt es, ist entzwei. –
Doch der Racker – eins, zwei, drei –
15 Wandelt sich zum süßten Bübchen,
Schelmaug, Rosenbäckchen, Grübchen;
Küßt mich Griesgram tüchtig ab,
Daß die helle Freud ich hab.
Über Tische, Stühle, Bänke,
20 Gegen Fenster, Türen, Schränke
Tanz ich lachend mit dem Strick;
Scherben klirren – das gibt Glück!
Tür hinaus auf offne Straße!
Just vor aller Leute Nase
25 Tollen wir, und Schabernack
Spielen wir dem würd'gen Pack. –
Da auf einmal – Schreck und Pein! –
Stellt der Lümmel mir ein Bein,
Und ich fliege in den Dreck. –
30 Doch der Bengel? – Der ist weg.
Tiefbeschämt hink ich nach Haus. –
Leute, lacht mich nur nicht aus!

HERMANN HESSE

Unterwegs

Und da ich über Wolken hoch am Berg
In leichten Lüften schritt und stieg,
5 Tat sich das Reich der Toten vor mir auf:
Von tausend fernen Ahnen ein Gewölk,
Ein Flimmerblitz unzähliger Geister.
Und wunderlich ergriff mich die Erkenntnis,
Daß ich kein Einzelner, kein Fremder bin,
10 Daß meine Seele, meiner Augen Blick,
Mein Mund und Ohr und meiner Schritte Takt

2 ff. *Vgl. hierzu Rilkes* 3. Duineser Elegie *(S. 197).*

Nicht neu und nicht mein eigen sind,
Auch nicht mein Wille, der mir Herr erschien.

Ein Strahl bin ich des Lichts, ein Blatt am Baum
15 Unzähliger Geschlechter, deren frühe Völker
In Wäldern lebten und auf Wanderung,
Und andrer, die von Krieg zu Krieg getobt,
Und wieder andrer, deren Wohnungen
Von Edelholz und Gold und Schmuck gebaut
20 In schönen Städten wundersam erglänzten.
Von ihnen her bis auf den stillen Blick,
Den meine Mutter hatte, die mir starb,
Ist alles nur ein unentrinnbar sicher Weg
Zu mir gewesen, und derselbe Weg
25 Führt von mir weg in uferlose Zeiten
Zu Menschen, deren ferner Ahn ich bin
Und deren Leben meines in sich schließt.

Und da ich über Wolken hoch am Berg
In leichten Lüften schritt, ward mir mein Leben,
30 Mein schauend Auge und mein schlagend Herz
Ein köstlich Lehen, das ich dankbar trug,
Doch dessen Wert und Schönheit mir nicht eignet
Und darum nicht vergeht. Und leise flog
Die kühle Höhenluft mir um die Stirn.

HELENE HERRMANN

Wetterleuchten.

Schwül und schwer ist die Nacht.
Rauschende Regenflut,
5 Löse die Schwüle der Nacht!
Über der Gärten Gewog
Drängt in dunkelnde Luft
Dunkler Mauern Gewalt.
Durch die dunkelnde Luft
10 Wandert ein jähes Licht,
Eines Cherubs schnell-
streifender Flügelschlag.
Jäh in bläulichem Licht
Stehen die Mauern hell –

15 Kalt entzündet von Geisterglut –
Wie ein erstorbenes Herz
In der Glut der Erinnerung.
Schwül und schwer ist die Nacht.
Rauschende Regenflut,
20 Löse die Schwüle der Brust!

MAX DAUTHENDEY

Aus:　　　　　　　　　Abend

Eine leere Fahnenstange
Sieht zum Regengrau hinauf;
5 Dran zög ich als Trauerwimpel
Gern mein nasses Sacktuch auf.
Wie'ne Henne gackst die Seele
Lautausstoßend Schrei um Schrei,
Und sie legt mir unter Schmerzen
10 Täglich nur ein hohles Ei.
Welke Rosen in dem Glase,
Runzelig wie alte Parzen,
Ausgesogen wie an alten
Mutterbrüsten welke Warzen.
15 Dieses sind in meinem Zimmer
Von der Sommerseligkeit
Noch der letzte Rest und Schimmer –
Alles Andre fraß die Zeit.

RUDOLF ALEXANDER SCHRÖDER

Rede du mir wieder von den alten Tagen,
Die wir, wie du sagest, einst zu zweit ertragen.

Hauche mit dem Atem, den das Blut beweget,
5 Zu mir her, ob wieder sich ein Herz mir reget.

Aber ich vergesse, was du kaum erzählet,
Allzu leichtem Stoffe ist mein Geist vermählet.

Also schweige, Lieber, oder trink, Geselle,
Honigsüße Labung aus der dunklen Quelle.

CHRISTIAN MORGENSTERN

Ecce Germania

Was redet ihr so viel von Einsamkeit,
von Selbstentblößung, Tragik mimischer Kunst! ..
5   Sieh da, mein Volk, die Frucht viel tieferer Not!
Dein Künstler fühlt sich nicht mit dir verwandt,
er glaubt entwürdigt sich, wenn er dir dient;
du hast ihn nicht als solchen Mann gezeugt,
der, ob in vielem auch von ihr entfernt,
10   doch Lieberes nichts als seine Mutter kennt.
Was jener Russen jeder in sich trug,
die ihre Dichter vor uns spielten: Dies,
mein armes Volk, in allem Reichtum arm,
in aller Ordnung arm und allem Fleiß,
15   dies bischen unantastbar heilige Liebe,
das sie mit ihrem ‚Mütterchen‘ verband,
Du weckst es, scheint es, heut zu dir nicht mehr.
Was in dir wertvoll, dünkt sich heimatlos,
genügt der ‚Pflicht‘, verbirgt sich in sich selbst;
20   und jenes unter all dem bunten Tag
treuschmerzliche sich eins und einig Fühlen,
es ist die Seele seines Tuns nicht mehr.
Du wardst ein Reich, mein Volk, und stolz geeint –
doch: ‚Mütterchen Deutschland!‘ – fremd klingts, keiner sagts.

ELISABETH PAULSEN

Die Amazone

Vom Schwarzen Meer
kamen sie her;
5   mit fliegenden Haaren;
auf Rossen,
goldhufbeschlagen;
und alle tragen
Schilde und Speer.

---

2 ff. Pentesilea, *Königin der* Amazonen, *wurde vor Troja von* Achilles *getötet. Es gibt mehrere Versionen der Geschichte (vgl. z. B. Kleists* ‚Pentesilea‘).

10 Vor ihnen her
reitet
Pentesilea.

Erschlagen will sie
den besten Mann.
15 Erschlagen,
weil er ihr Herz gewann,
Achilles.

Kein Hemd
schirmt ihre zarte Brust.
20 Furchtfremd,
in Kampflust
funkelt ihr Auge;
Achilles steht und starrt sie an.
„Nun wehr dich! Achilles!
25 Ich will dich erschlagen!
Ich! Pentesilea!"
Sie sprengt heran.

Im Todessprung steigt
hufblitzend ein Roß.
30 Achilles schaudert: sein Geschoß
färbt sich in heißem Herzblut.
Zwei nackte Arme,
ringgeschmückt,
fallen zur Seite –
35 Nie wieder reitet,
nie wieder streitet
Pentesilea.

Achilles barg sich in seinem Zelt
drei Tage lang.
40 Sein Herz blieb ihm für immer krank.
So schlug den Helden
Pentesilea.

1908

Rainer Maria Rilke

Der Ball

Du Runder, der das Warme aus zwei Händen
im Fliegen oben fortgibt, sorglos wie
sein Eigenes; was in den Gegenständen
nicht bleiben kann, zu unbeschwert für sie,

zu wenig Ding und doch noch Ding genug,
um nicht aus allem draußen Aufgereihten
unsichtbar plötzlich in uns einzugleiten:
das glitt in dich, du zwischen Fall und Flug

noch Unentschlossener, der, wenn er steigt,
als hätte er ihn mit hinaufgehoben,
den Wurf entführt und freiläßt – und sich neigt
und einhält und den Spielenden von oben
auf einmal eine neue Stelle zeigt,

sie ordnend wie zu einer Tanzfigur:
um dann, erwartet und erwünscht von allen,
rasch, einfach, kunstlos, ganz Natur,
dem Becher hoher Hände zuzufallen.

Hans Carossa

Traum...

Die Stunde naht .. es dunkelt auf dem Domplatz ..
der alte Brunnen plätschert immer lauter ..
Ein Hauch von Lilien kühlt die laue Luft ..
Es treten Sterne zitternd aus dem Blauen.
Doch seltsam! nirgends wird ein Haus erleuchtet!
Nur manchmal ists, als regte sich ein Vorhang
und dicht dahinter etwas Schimmerndes –
und manchmal weiß ich: alles ist voll Menschen,
es lehnt ein Mensch dicht hinter jedem Fenster,
und viele blicken unverwandt auf mich ..

77

Es führt mich fröstelnd um den Dom. Schon dämmert
das Haus des Mädchens aus dem Ziel der Gasse,
15 wo sich die Schatten sammeln. Aber wer,
wer feiert hier ein Fest? Von vielen Giebeln,
aus unerhellten Erkern leuchten Fahnen,
hoch flatternde . . nie sah ich Fahnen flattern
bei so regloser Luft – ich schau nach Osten
20 hin über Dächer in die hohe Nacht,
wo nun aus grauer, grün gebrochner Wolke
der halbe Mond mit blasser Schärfe schneidet,
den düstern Himmel grenzenlos betagend –
doch schon, schon find ich mich am Haus des Mädchens –
25 betrunken aus der Tür stürzt ein Matrose –
die Fenster unsrer Feindin sind erleuchtet,
das ihre tot und klösterlich verhüllt . .
Ich geh hinauf. Im Zimmer weht ein Duft
wie von Verwesung oder wie von Blumen –
30 ich mache Licht an einem Kerzenstumpf –
da liegt noch alles, wie wir es verließen,
ihr grüner Schleier, der halbvolle Becher,
und aus dem Kissen glänzt das tote Kind
und lächelt in die Nacht, als ob es schliefe . . .
35 Schnell! schnell! Ich küsse schnell die kleine Leiche,
mein Mantel birgt sie gut – doch still! was naht?
Die Schritte sinds, die mühsam hinkenden,
des blassen Mädchens . . ihr Gewand, das rauscht,
und atmend steht sie plötzlich auf der Schwelle,
40 nickt schweigend, streift die Handschuh fort und lächelt –
da fängt auf einmal unterm schwülen Mantel
das Herz des Kindes an zu klopfen, laut,
o laut, so laut . . es horchen alle Wände –
das Mädchen nur, es hört noch nichts, es lächelt –
45 Aus allen Häusern aber treten Menschen,
die Straße schwillt von Flüsternden, sie rufen,
sie wollen wissen, was so graunvoll klopft –
das Mädchen hört sie nicht – sie lächelt, lächelt.
Es reißt am Glockenstrang. Es schallt. Es schallt –
50 sie naht, sie haucht, sie will sich an mich drängen –
da bin ich starr vor Graun erwacht. Ein Baum,
Ein ungeheurer Baum glänzt vor dem Fenster
im zottigen Reif des klirrenden Dezembers . . .
Der Mond . . ein blasses Ohr . . horcht in die Welt . . .

CHRISTIAN MORGENSTERN

Palmström

Palmström steht an einem Teiche
und entfaltet groß ein rotes Taschentuch:
Auf dem Tuch ist eine Eiche
dargestellt, sowie ein Mensch mit einem Buch.

Palmström wagt nicht sich hineinzuschneuzen –
er gehört zu jenen Käuzen,
die oft unvermittelt nackt
Ehrfurcht vor dem Schönen packt.

Zärtlich faltet er zusammen,
was er eben erst entbreitet.
Und kein Fühlender wird ihn verdammen,
weil er ungeschneuzt entschreitet.

1909

HERMANN HESSE

Wanderschaft

Im Walde blüht der Seidelbast,
Im Graben liegt noch Schnee.
Das du mir heut' geschrieben hast,
Das Brieflein tat mir weh.

Jetzt schneid' ich einen Stab im Holz;
Ich weiß ein ander Land,
Da sind die Jungfern nicht so stolz
Der Liebe abgewandt.

Im Walde blüht der Seidelbast,
Kein Brieflein tut mir weh,
Und das du mir geschrieben hast,
Schwimmt draußen auf dem See,
Schwimmt draußen auf dem Bodensee,
Ja draußen auf dem See.

OTTO STOESSL

Der Schatten

Es steht ein Mann in seiner Kraft,
Eisen in Faust und Willen.
5 Und was er schafft,
Das äfft ein Feind im Stillen,
Der steht und schlägt mit Antwortschlag
Den Reim auf was da werden mag,
Auf Herz fällt Haß, auf Liebe Leid,
10 Kalt hat heiß und schwarz hat weiß gefreit.
Ein Paaren schlimmer Gatten:
Ein Mann und Mannes Schatten.

FRIEDRICH FREIHERR VON LILIENCRON*

Begräbnis

„Laudat alauda Deum, tirili tirilique canendo"

Wenn letzter Donner fern verrollt
5 Nach dunkler Sommerstunde:
Schon winkt ein erstes Wolkengold
Dem regensatten Grunde:

Die Sonne küßt die Gräser wach,
Die lieben Lerchen singen,
10 Es trägt der Wind den blauen Tag
Empor auf kühlen Schwingen:

In solcher Stunde senkt mich ein,
Viel Müh ist nicht vonnöten,
Es wird die Erde hinterdrein
15 Mir rasch den Sarg verlöten.

Streut Rosen, Rosen in das Grab,
Und spielt Trompetenstücke;
Dann brecht mir meinen Wanderstab
Mit fester Hand in Stücke!

BEGRÄBNIS *Erstveröff. in der ‚Fackel'. Dazu Anm. von Karl Kraus: „Richard Dehmel hat mir die Ehre erwiesen, der ‚Fackel' freiwillig das Schlußgedicht aus Liliencrons Nachlaß-band ‚Gute Nacht', der bald erscheinen wird, als Manuskript zu senden."* 3 *Die Lerche lobt Gott tirili und tirili singend.*

20 Es fiel ein Blatt vom Baum, es fiel
Durch fruchtbeschwerte Äste.
Nun geht zu euerm eignen Ziel,
Ihr meine letzten Gäste!

Zum eignen Ziel geht spielbereit,
25 Schwenkt hoch die Trauerfahnen,
Froh, daß ihr noch auf Erden seid
Und nicht bei euern Ahnen!

CHRISTIAN MORGENSTERN

Der vergessene Donner

Ein Gewitter, im Vergehn,
ließ einst einen Donner stehn.

5 Schwarz in einer Felsenscharte
stand der Donner da und harrte –

scharrte dumpf mit Hals und Hufe,
daß man ihn nachhause rufe.

Doch das dunkle Donnerfohlen –
10 niemand kams nachhause holen.

Sein Gewölk, im Arm des Windes,
dachte nimmer seines Kindes –

flog dahin zum Erdensaum
und verschwand dort wie ein Traum.

15 Grollend und ins Herz getroffen
läßt der Donner Wunsch und Hoffen . .

richtet sich im Felsgestein,
wie ein Bergzentaure ein.

Als die nächste Frühe blaut,
20 ist sein pechschwarz Fell ergraut.

Traurig sieht er sich im See
fahl, wie alten Gletscherschnee.

Stumm verkriecht er sich, verhärmt;
nur wenn Menschheit kommt und lärmt,

25 äfft er schaurig ihren Schall,
bringt Geröll und Schutt zu Fall ..

Mancher Hirt und mancher Hund
schläft zu Füßen ihm im Schrund.

ELSE LASKER-SCHÜLER

Siehst du mich –

Zwischen Erde und Himmel?
Nie ging einer über meinem Pfad

5 Aber dein Antlitz wärmt meine Welt
Von dir geht alles Blühen aus.

Wenn du mich ansiehst,
Wird mein Herz süß.

Ich liege unter deinem Lächeln
10 Und lerne Tag und Nacht bereiten

Dich hinzaubern und vergehen lassen,
Immer spiele ich das eine Spiel.

1910

ELSE LASKER-SCHÜLER

Ein alter Tibetteppich

Deine Seele, die die meine liebet
Ist verwirkt mit ihr im Teppichtibet

5 Strahl in Strahl, verliebte Farben,
Sterne, die sich himmellang umwarben.

Unsere Füsse ruhen auf der Kostbarkeit
Maschentausendabertausendweit.

Süsser Lamasohn auf Moschuspflanzentron
10 Wie lange küsst dein Mund den meinen wohl
Und Wang die Wange buntgeknüpfte Zeiten schon.

Oskar Loerke

Hinterhaus

In kalten, steifen Engen,
An gelben Schornsteinlängen,
Verirrten Schieferdächern,
Verstaubten Lukenfächern,
An braunen glatten Röhren,
An roten Drahtes Öhren,
Verblichnen blauen Flecken,
Und blechbehuften Ecken

Liegt Sonne, wie nach Winkelmaß gemessen
Und wie von einem Handwerksmann vergessen.

Hier hinter Luken wimmeln,
In Kellerlöchern schimmeln,
Und tanzen unter Sparren
Wir galgenfrohen Narren,
Die sich in Kammern bücken,
Doch ihre Wände schmücken
Mit goldnen Sterntapeten,
Weil wir vom Himmel wehten,

Wir Fetzen Licht, nach Winkelmaß gemessen,
Und wie von einem Handwerksmann vergessen.

Richard Dehmel

Ballade von der wilden Welt

Schöne stille Seele
hatte einen Garten,
rings um den Dornheckenwerk
und Urwalddickicht starrten,
einen Blumengarten.

Schöne stille Seele
saß in ihrem Zelt,
bebte vor den Häßlichkeiten
oh der wilden Welt,
in ihrem seidnen Zelt.

Schöne stille Seele
sah gern Kolibris
15 durch die Blütenbüsche huschen
überm warmen Kies,
die goldnen Kolibris.

Und die bunten Schmetterlinge,
und die blanken Schlangen;
20 schöne stille Seele
sah sie gern im Dickicht prangen,
die sonneblanken Schlangen.

Sah auch gern die blauen Blitze
über den Wäldern jagen
25 und die fernen schneebedeckten
Kraterberge ragen;
schöne stille Seele.

Schöne stille Seele
erschrak auf einmal sehr:
30 durch das Dornwerk drang ein hoher
wilder Fremdling her.
Seele bebte sehr.

Fremder Weltumsegler,
ich saß so schön allein;
35 du wirst mich Schlange schelten,
dann werden wir häßlich sein.
Und stehst so schön allein.

Schöne stille Seele
konnt alldas nicht sagen,
40 sah den Fremdling vor sich höher
als die Berge ragen;
konnt kaum Willkomm sagen.

Konnt ihn nur empfangen endlich,
ihn – o wilde Welt –
45 Blitze, Blüten, Kolibris
jagten um ihr Zelt –
schöne wilde Welt! –

GEORG HEYM

Die Irren

I.

Papierne Kronen zieren sie. Sie tragen
Holzstöcke aufrecht auf den spitzen Knien.
Und ihre langen, weißen Hemden schlagen
um ihren Bauch wie Königshermelin.

Ein Volk von Christussen, das leise schwebt
wie große Schmetterlinge durch die Gänge,
und das wie große Lilien rankt und klebt
um ihres Käfigs schmerzliches Gestänge.

Der Abend tritt herein mit roten Sohlen,
zwei Lichtern gleich entbrennt sein goldner Bart.
In dunklen Winkeln hocken sie verstohlen
wie Kinder einst, in Dämmerung geschart.

Er leuchtet tief hinein in alle Ecken,
aus allen Zellen grüßt ihn Lachen froh,
wenn sie die roten, feisten Zungen blecken
hinauf zu ihm aus ihres Lagers Stroh.

Dann kriechen sie wie Mäuse eng zusammen
und schlafen unter leisem Singen ein.
Des fernen Abendrotes rote Flammen
verglühen sanft auf ihrer Schläfen Pein.

Auf ihrem Schlummer kreist der blaue Mond,
der langsam durch die stillen Säle fliegt.
Ihr Mund ist schmal, darauf ein Lächeln thront,
das sich, wie Lotos weiß, im Schatten wiegt.

Bis leise Stimmen tief im Dunkel singen
vor ihrer Herzen Purpur-Baldachin,
und aus dem Äthermeer auf roten Schwingen
Träume, wie Sonnen groß, ihr Blut durchziehn.

II.

Der Tod zeigt seine weiße Leichenhaut
vor ihrer Kerkerfenster Arsenal.
Das schwarze Dunkel schleicht in trübem Laut
geborstner Flöten durch der Nächte Qual.

35 Und weiße Hände strecken sich und klingen
aus langen Ärmeln in der Säle Tor.
Um ihre Häupter wehen schwarze Schwingen,
rauchende Fackeln wie ein Trauerflor.

Bebändert stürzt ein Mar durch ihre Betten,
40 der ihre Köpfe schlagend, sie erschreckt.
Wie gelbe Schlangen auf verrufnen Stätten,
so wiegt ihr fahles Haupt, von Nacht bedeckt.

Ein Schrei. Ein Paukenschall. Ein wildes Brüllen,
des Echo dumpf in dunkler Nacht verlischt.
45 Gespenster sitzen um sie her und knüllen
den Hals wie Stroh. Ihr weißer Atem zischt.

Ihr Haar wird bleich, und feucht vor kaltem Grauen.
Sie fühlen Hammerschlag in ihrer Stirn,
und große Nägel spitz in Geierklauen,
50 die langsam treiben tief in ihr Gehirn.

III.
Variation.

Ein Königreich. Provinzen roter Wiesen.
Ein Wärter, eine Peitsche, eine Kette.
So klappern wir in Nessel, Dorn und Klette
55 durch wilder Himmel schreckliche Devisen,

die uns bedrohn mit den gezackten Flammen,
mit großer Hieroglyphen roter Schrift.
Und unsrer Schlangenadern blaues Gift
zieht krampfhaft sich in unserm Kopf zusammen.

60 Daß tausend Disteln unsere Beine schlagen,
daß manchen Regenwürmchens Köpfchen knackt,
zu unseres wilden Volks Bachanten-Takt,
wir hörens ferne nur in unsere Klagen.

Ein gläsern leichter Fuß ward uns gegeben,
65 und Scharlachflügel wächst aus unserm Rücken.
So tanzen wir zum Krach der Scherben-Stücken,
durch lauter Unrat feierlich zu schweben.

Welch göttlich schönes Spiel. Ein Meer von Feuer.
Der ganze Himmel brennt. Wir sind allein,
70 Halbgötter wir. Und unser haarig Bein
springt nackt auf altem Steine im Gemäuer.

Verfallner Ort, versunken tief im Schutte,
Wo wie ein Königshaupt der Ginster schwankt,
des goldner Arm nach unsern Knöcheln langt
75 und lüstern fährt herauf in unsrer Kutte.

Wo eine alte Weide, dürr und stumm,
mit Talismanen ihren Bauch behängt,
vor unsrer Göttlichkeit die Arme senkt,
und uns beschielt mit Augen, weiß und krumm.

80 Aus ihrem Loch springt eine alte Maus,
verrückt wie wir. Ein goldner Schnabel blinkt
am Himmelsrand. Ein leises Lied erklingt,
ein Schwan zieht in das Feuer uns voraus.

O süßer Sterbeton, den wir geschlürft.
85 Breitschwingig flattert er im goldnen West,
wo hoher Pappeln zitterndes Geäst
auf unsere Stirnen Gitterschatten wirft.

Die Sonne sinkt auf dunkelroter Bahn,
in einer Wetterwolke klemmt sie fest.
90 Macht schnell und reißt aus seinem schwarzen Nest
mit Zangen aus den goldnen Wolken-Zahn.

Hui. Er ist fort. Der dunkle Himmel sinkt
voll Zorn herab in einen schwarzen Teich,
des Abgrund droht, mit fahlen Wolken bleich,
95 unheimlich, eine Nacht, die Unheil bringt.

Und eine Leiche wohnt im tiefen Grund,
um die ein Aale-Volk geschmeidig hüpft.
Uralt, ein Fisch, der ein zum Ohre schlüpft
und wieder ausfährt aus dem offnen Mund.

100 Ein Unke ruft. Ein blauer Wiedehopf
meckert wie eine Ziege in dem Sumpf. –
Was werden eure Stirnen klein und dumpf,
was sträubt sich euch der graue Narren-Schopf?

Ihr wollet Fürsten sein? Ich sehe Bestien nur,
105 die weit die Nacht erschrecken mit Gebell.
Was flieht ihr mich? Die Arme flattern schnell,
wie Gänsen an dem Messer der Tortur.

Ich bin allein im stummen Wetterland,
ich, der Jerusalem vom Kreuz geschaut,
110 Jesus dereinst. Der nun den Brotranft kaut,
den er im Staub verlorner Winkel fand.

PAUL ZECH

Sommerabend im Park

Nun geht der Wind wie ein vergnügter Junge
Durch das vertiefte ruhende Rondell
5   Und horcht, und wirft bald stockend und bald schnell
Das schlanke Gras empor in schönem Schwunge.

Und Fackelglut steigt breit von den Altanen,
Wogt und verschwistert sich in vagem Sinn
Mit Ruß und Rauch und wird zur Tänzerin.
10 Und Frauen, die verliebte Feste planen,

Kreisen die dunklen Gänge ein und wallen
Mit praller Brust, als müßten sie gerührt
Der wachen Kühle in die Arme fallen. –

Und immer weher winken Bank und Lauben;
15 Bis durch die tropfenden Akazientrauben
Mit blöder Wucht der gelbe Vollmond friert.

BERTHOLD VIERTEL

Pferderennen

Still zieht mein Blick mit diesem Rudel Reiter
Im fernen Grün: der noch geschlossen dicht,
5   Wie spielend hinläuft, dort im Bogen weiter,
Dann näher kreist, nun in die Nähe bricht.

Da kommen sie, über den Mähnen liegend,
Sich, Mann und Tier, hinwerfend durch die Zeit,
Noch alle wollend, und noch keiner siegend –
10 Und plötzlich weiß mein Herz die Schnelligkeit.

Und jetzt: ein braunes mit befreitem Sprunge
Durchdringt den Rudel – ungehemmt davon!
Es hat den Sieg im übersichern Schwunge
Und trägt ihn weit vor allen schon.

Der Rudel ist entwirrt – ein Zweiter,
15 Ein Dritter reißt sich vom verstrickten Feld.
Im Fluge horcht zurück der erste Reiter,
Der schon sein Tier mit leichten Händen hält.

LUDWIG RUBINER

Die Stadt

Er kam vom Hügel.   Ein ferner Stern zog weiss
Die Strasse zur Tiefe.   Die Füsse sprangen schnell,
5   Die Augen stachen durchs gelbgeballte Haar.
Die Nacht sprang aus der Erde, blau und leis.
Der weisse Stern stand weit, die Nacht lag hell.
Die Nacht zerriss den Stern zum weissen Paar,
Die Strasse wich zurück in blauem Lauf,
10   Die Sterne zuckten hastig höher auf.
Ein Wind zog herüber, irr von Geschrei und heiss.

Er lief schon schwankend.   Glückselig sah er sacht
Die Strasse rollen rötlich zum silbernen Schein
Der riesigen Türme.   Deren Lampen schwangen
15   Spielend mit den Ufern der blitzenden Nacht
An der Strasse über verblassendem Stein.
Die Füsse hoben sich zum Flug und sprangen.
Die Nacht wurde klein, die Strasse raschelte still.
Da schossen die Lampen zur Höhe und rissen schrill
20   Die Türme in den dunklen, ungeheuren Schacht.

Dunkel von Röcken und Hüten schwankt eine Wand;
Nur ihm hing nackt das gelbe Haar ums Gesicht.
Das Schattengewühl der Menge zog zur Stadt.
Da rissen die Türme die Strasse breit ins Licht,
25   Die Lampenaugen, ewig wach, zuckten matt
Über den Glanz der Hüte ins steinerne Land.
Geschrei der Menge lief um die steilen Flanken
Der dunklen Terrasse.   Sie sassen lässig und tranken.
Da sah er zwischen den Türmen das Seil gespannt.

30   Ein nackter Schatten wiegte es. Er   blieb stehn,
Die Menschen wichen schweigend zu den Seiten.
Er stand unterm Seil.   Sie rückten die Hüte nicht.
Er sah die nackte Frau übers Seil hingleiten.
Er stand ohne Atem.   Er sah hoch oben das Licht
35   Laufen über die hellen Schenkel und Zehn.
Zur Stadt hinter den Türmen drängte die Menge vorbei.
Ein Wind flog über die Mauer, heiss von Geschrei.
Niemand im schwarzen Gewühl hatte aufwärts gesehn.

Die Augen der Lampen zuckten über die Frau.
40 Das Seil schwankte kreisend, als sie schnell sprang.
Sie war ernst, hoch oben.   Ein Turmlicht zischte weiss,
Sie lächelte im Sprung zur Seite, wo es sang.
Das Turmlicht drückte ihr Haar im Schattenkreis
Hell auf die Nacht.   Das Licht reckte sich lau
45 Zum blonden Stern des Bauchs.   Ein Schattengürtel band
Sich schmal um sie.   Flog hinauf.   Verschwand.
Sie bückte sich und hob die Arme ins Blau.

Sie sprang ernst.   Sie sah ihn und lächelte leer.
Die Menschen liefen zur Stadt durch die Mäuler der Steine.
50 Er stand im Gewühl ohne Atem.   Das Turmlicht pfiff.
Über den steilen Glanz ihrer tanzenden Beine
Rannen siedende Blasen des Lichts hin und her –
Als sie plötzlich ins blaue Luftlicht griff.
Sie schwankt schon grinsend.   Zur Nacht hinauf krallen
55 Zwei Falten.   Aber niemand bleibt stehn.   Sie muss fallen!
Der helle Stern ihres Bauchs zittert so sehr.

Die Häuser taumeln.   Blass steigt ein weiter Kreis
Von bleichen Mauern auf im grünlichen Schein. –
Die Lampenaugen, ewig wach, zuckten matt
60 Über blaue Terrassen.   Die Strassen raschelten leis.
Im Schattengewühl der Menge stand er klein.
Er lief klein und wild.   Die Nacht sprang aus der Stadt.
Er lief über den Hügel.   Die Nacht lag hell.
Fern stand ein weisser Stern.   Die Füsse sprangen schnell.
65 Ein Wind zog herüber, bunt von Geschrei und heiss.

ELSE LASKER-SCHÜLER

Versöhnung

Es wird ein großer Stern in meinen Schoß fallen . . .
Wir wollen wachen die Nacht,

5 In den Sprachen beten
Die wie Harfen eingeschnitten sind.

Wir wollen uns versöhnen die Nacht –
So viel Gott strömt über.

10   Kinder sind unsere Herzen,
Die möchten ruhen müdesüß.

Und unsere Lippen wollen sich küssen,
Was zagst du?

Grenzt nicht mein Herz an deins –
Immer färbt dein Blut meine Wangen rot.

15   Wir wollen uns versöhnen die Nacht,
Wenn wir uns herzen, sterben wir nicht.

Es wird ein großer Stern in meinen Schoß fallen.

1911

FRANZ PFEMPFERT[*]

Der Alldeutsche jubelt:

Majestät haben endlich geruht
Scheußliches Schweigen zu enden.
5   Wahrhaft süperbe! Äh – wirklich sehr gut!
Alles muß sich jetzt wenden!

Liest man die Worte, freudig entbrennt
Wer patriotisch heut fühlet!
Äh – meines Daseins höchster Moment! –
10   Bande! Wer nörgelt und wühlet.

Majestät brachen endlich den Bann,
Völkische Zukunft grüßt heiter!
Äh: neue Ära eben begann!
Majestät, weiter, nur weiter!

DER ALLDEUTSCHE JUBELT *Signiert:* U Gaday *(russ.: „Rate mal"). Das Gedicht bezieht sich vermutlich auf das deutsch-französische Abkommen über Marokko und Äquatorialafrika nach der 2. Marokko-Krise 1911. Es erschien in der ‚Aktion' unter der Rubrik ‚Glossen'.*

PAUL ZECH

Arbeiterkolonie

Früh Sonntags kreischt in den Lauben
die Säge durch morsches Holz.
5 Kleine Mädchen gehn weiß und stolz
und die Söhne füttern die Tauben.

In den gesäuberten Stuben beten
die Mütter den Rosenkranz,
und die Väter, ledig des schwarzen Gewands,
10 lungern vor den Staketen;

ihr Pfeifchen dampft
und der Atemzüge Gebrau.
Und irgend ein Steiger stampft.

mit Kindern und Frau
15 weit durch die hagren Alleen
den Frühling zu sehen.

Aus: ## Zwischen Russ und Rauch

Im Dämmer

Im schwarzen Spiegel der Kanäle zuckt
die bunte Lichterkette der Fabriken.
5 Die niedren Straßen sind bis zum Ersticken
mit Rauch geschwängert, den ein Windstoß niederduckt.

Ein Menschentrupp, vom Frohndienst abgehärmt,
schwankt schweigsam in die ärmlichen Kabinen;
indes sich in den qualmigen Kantinen
10 die tolle Jugend fuselselig lärmt.

Nocheinmal wirft der Drahtseilzug mit Kreischen
den Schlackenschutt hinunter in die flachen
Gelände, drin der Schwefelsumpf erlischt.

Fern aber gähnen schon, von Dampf umzischt,
15 des Walzwerks zwiegespaltne Feuerrachen –
und harrn des Winks den Himmel zu zerfleischen.

WILHELM VON SCHOLZ

Wir alle...

Wir alle sind in uns allein.
In schwerelosem ewigem Falle
gleiten wir in uns selbst hinein
wie in die Nacht. Wir sinken alle
zur selben Tiefe ohne Ziel.
Wird es ein Ruh'n, ein Sichbesinnen?
Im Blick zurück, woher die Seele fiel,
ist neuen Fallens unerhört Beginnen.

GEORG HEYM

Die Dämonen der Städte

Sie wandern durch die Nacht der Städte hin,
Die schwarz sich ducken unter ihrem Fuß.
Wie Schifferbärte stehen um ihr Kinn
Die Wolken, schwarz vom Rauch und Kohlenruß.

Ihr langer Schatten schwankt im Häusermeer,
Und löscht der Straßen Lichterreihen aus.
Er kriecht wie Nebel auf dem Pflaster schwer
Und tastet langsam vorwärts Haus für Haus.

Den einen Fuß auf einen Platz gestellt,
Den anderen gekniet auf einen Turm,
Ragen sie auf, wo schwarz der Regen fällt,
Panspfeifen blasend in den Wolkensturm.

Um ihre Füße kreist das Ritornell
Des Städtemeeres mit trauriger Musik,
Ein großes Sterbelied. Bald dumpf, bald grell
Wechselt der Ton, der in das Dunkel stieg.

Sie wandern an dem Strom, der schwarz und breit
Wie ein Reptil, den Rücken gelb gefleckt
Von den Laternen, in die Dunkelheit
Sich traurig wälzt, die schwarz den Himmel deckt.

Sie lehnen schwer auf einer Brückenwand
Und stecken ihre Hände in den Schwarm

25 Der Menschen aus, wie Faune die am Rand
    Der Sümpfe bohren in dem Schlamm den Arm.

    Einer steht auf. Dem weißen Monde hängt
    Er eine schwarze Larve vor. Die Nacht,
    Die sich wie Blei von finstern Himmel senkt,
30 Drückt tief die Häuser in des Dunkels Schacht.

    Der Städte Schultern knacken. Und es birst
    Ein Dach, daraus ein rotes Feuer schwemmt.
    Breitbeinig sitzen sie auf seinem First,
    Und schrein wie Katzen auf zum Firmament.

35 In einer Stube voll von Finsternissen
    Schreit eine Wöchnerin in ihren Wehn.
    Ihr starker Leib ragt riesig aus den Kissen,
    Um den herum die großen Teufel stehn.

    Sie hält sich zitternd an der Wehebank.
40 Das Zimmer schwankt um sie von ihrem Schrei,
    Da kommt die Frucht. Ihr Schoß klafft rot und lang
    Und blutend reißt er von der Frucht entzwei.

    Der Teufel Hälse wachsen wie Giraffen.
    Das Kind hat keinen Kopf. Die Mutter hält
45 Es vor sich hin. In ihrem Rücken klaffen
    Des Schrecks Froschfinger, wenn sie rückwärts fällt.

    Doch die Dämonen wachsen riesengroß.
    Ihr Schläfenhorn zerreißt den Himmel rot.
    Erdbeben donnert durch der Städte Schoß,
50 Um ihren Huf, den Feuer überloht.

Franz Werfel

Kindersonntagsausflug

Vom Kai steigt eine Brücke hinab zu Dampfschiff und Boten.
Oh, Kindersonntagsausflug! Wie abenteuerlich kam mir das alles
                              vor.
5 Strahlender Fluß, Frühlingshimmel, Regattakähne,
                              Eisenbahnbrücke, Gerüste und Piloten,
   Blauer Rauch in der Luft. Oh dünnes Gewebe, oh schwacher Flor!

Enges Brett – schaukelnder Boden – ich dachte an meine
                 Seegeschichten.
Worte wie Backbord, zwei Glas, Wanten, Lee, Marssegel fielen
                 mir ein.
An einen kleinen Schiffsjungen dachte ich, an Matrosengesang und
                 Ankerlichten,
10 An gieblige Hafenhäuser und Schenken, in denen betrunkene
                 Holländer und Malayen schrein.

Auf schmalem Platz saß ich in meine ganz exotischen Phantasien
                 eingefangen.
Meine Mama löste beim Kassier eine Kinderkarte für mich,
Ich seh noch, wie einige Nickelstücke wieder in ihr silbernes
                 Täschchen sprangen.
Dann riß ein Mann an der Glocke – die Maschinen unter uns
                 stampften und rührten sich.

15 Was ich alles auf dem rotweißen Dampfer erlebte: Wasserhosen,
                 Zyklone!
Am Äquator riß uns Champagner, Heimweh und Sternnacht zu
                 lautem Wahnsinn fort,
Am südlichen Wendekreis aber warf man ohne
Gebete und Tränen einen steinbeschwerten Leichnam über Bord –

Oft sahn wir Land, Vulkane, weiß zugetürmte.
20 Insulaner schossen um unser Schiff und krächzten zu uns empor.
Wenn das Meer glatt war und keine Wolke, kein Windvogel
                 stürmte,
Warf man Geldstücke in die Tiefe und Kinder tauchten danach
                 und holten sie hervor.

Und als die Räder langsamer schlugen und wir zum Landungsplatz
                 glitten,
Da erkannte kaum den einfachen Hügel mein Blick.
25 Ich ging ans Ufer mit kleinen ganz unsicheren Schritten
Und hörte wie im Traum vom Restaurationsgarten her die
                 donnernde Militärmusik.

Jakob van Hoddis*

Aus: Varieté

I
Loge

Ein Walzer rumpelt; geile Geigen kreischen;
Die Luft ist weiss vom Dunst der Zigaretten;
Es riecht nach Moschus, Schminke, Wein, nach fetten
Indianern und entblössten Weiberfleischen.

Ah! Schwimmen in der dicken Luft die vielen
Dämlichen Köpfe, die ins Helle glotzen?
Drei Weiber lässt man auf der Bühne spielen,
Die süsslich mit gemeinen Gesten protzen.

II
Der Athlet

Und der Athlet tritt auf und staunen kannst de,
Wie er ein Brett mit seiner Faust zerhaut.
Er geht einher mit ungeheurem Wanste
Und feistem Arm und Nacken, schweissbetaut.

Und kurze Hosen schlottern um die Beinchen,
Die sind zu dünnen Stöckchen deformiert.
Prunkende Seide seine Füsschen ziert.
Ach! sind die niedlich! Wie zwei rosa Schweinchen.

IV
Tanz

Ein kleines Mädchen mit gebrannten Löckchen
In einem Hemd ganz himmelblau –
Die blossen Beine trippeln ohne Söckchen.
Sie singt: „Ach, tu mir nichts zuleide!
Ach Du! Heut werd ich Deine Frau."

Dann tanzt sie gierig und mit Chic
Zu einer holprigen Musik.
Und durch die Wirbel blauer Seide
Siehst de den jungen Leib genau.

VII
Die Soubrette

Ein Weibsbild kommt als Jägersmann
Und schiesst auf ihrer Flinten.
Und sieht sich einen Vogel an
Und zeigt sich uns von hinten.

Ihr Hintern biegt sich unerhört
Auf Beinen stramm wie Säulen.
Sie singt: „Mich hat die Lieb verstört
Juchhei! im grünen Walde . . ."

X
Draussen

Die Sommernacht ist schwer nur zu ertragen!
Vier Herren gehn mit abgeknöpftem Kragen.
Ein Lackbeschuhter stelzt der Schnepse nach . . .
Da polterts her – Ein langgedehnter Krach:
Der Donner!
Au!
Ist die Reklame plump,
Blitz!
Ein feiner Mensch liebt nicht den lauten Mum-
pitz!
Das klingt ja ganz, als ob der dicke nackte
Weltgeist
Ganz vertrackte Katarakte im Tackte kackte.

ALFRED LICHTENSTEIN

Die Dämmerung

Ein dicker Junge spielt mit einem Teich.
Der Wind hat sich in einem Baum gefangen.
Der Himmel sieht verbummelt aus und bleich,
Als wäre ihm die Schminke ausgegangen.

Auf lange Krücken schief herabgebückt
Und schwatzend kriechen auf dem Feld zwei Lahme.
Ein blonder Dichter wird vielleicht verrückt.
Ein Pferdchen stolpert über eine Dame.

97

An einem Fenster klebt ein fetter Mann.
Ein Jüngling will ein weiches Weib besuchen.
Ein grauer Clown zieht sich die Stiefel an.
Ein Kinderwagen schreit und Hunde fluchen.

CHRISTIAN MORGENSTERN

Muhme Kunkel

Palma Kunkel ist mit Palm verwandt,
doch im übrigen sonst nicht bekannt.
Und sie wünscht auch nicht bekannt zu sein,
lebt am liebsten ganz für sich allein.

Über Muhme Palma Kunkel drum
bleibt auch der Chronist vollkommen stumm.
Nur wo selbst sie aus dem Dunkel tritt,
teilt er dies ihr Treten treulich mit.

Doch sie trat bis jetzt noch nicht ans Licht,
und sie will es auch in Zukunft nicht.
Schon daß hier ihr Name lautbar ward,
widerspricht vollkommen ihrer Art.

OSKAR LOERKE

Gleichnis am Morgen

Milchweiße Ringe quillen aus dem Grund
Am Berge auf, als sänge sie ein Mund

Aus Tiefem. Das gesprochne Bildwerk steigt,
Tanzt rund und hoch, als würd ihm aufgegeigt.

Es nimmt den schweren Berg in sich hinein,
Kein Ahnen bleibt vom geisternd blauen Stein.

Mir ist, ihn zwang der Nebelwörter Chor
Und reißt ihn durch die Luft als Meteor:

Da wickelt sich der Gipfel wie aus Werg
Und Qualm bleibt Qualm, Wort Wort, und Berg bleibt Berg.

ELSE LASKER-SCHÜLER

Abel

Kains Augen sind nicht gottwohlgefällig,
Abels Angesicht ist ein goldener Garten,
Abels Augen sind Nachtigallen.

Immer singt Abel so hell
Zu den Saiten seiner Seele,
Aber durch Kains Leib führen die Gräben der Stadt.

Und er wird seinen Bruder erschlagen –
Abel, Abel, dein Blut färbt den Himmel tief.

Wo ist Kain, da ich ihn stürmen will:
Hast du die Süssvögel erschlagen
In deines Bruders Angesicht?

Durch dein dumpfes Herz
Klagt Abels flatternde Seele.
Warum hast du deinen Bruder erschlagen, Kain?

1912

HELLMUTH WETZEL

Untergrundbahn

Wie immer:
Rotlederne Polster und blankes Metall im Licht,
Das im Stoss der Schienen schüttert,
Hart losjagen, geduckt in die Hallen gepeitscht,
Giftig die Bremsen in die Räder beissend,
Mit nervösem Fauchen, in einer Sturzwelle von Luft und Lärm,
Die jäh über die Stirne der Dächer nach vorne prallt
Und durch die Fenster schlägt. –
Und ich vor dir: [Händen
Meine Augen ewge Wandrer zwischen deinen Haaren, deinen
Zu den Schuhen, die das Lächeln ungeahnter Räusche tragen,

ABEL *Vgl. Hesse* Das Lied von Abels Tod *(S. 244)*.
UNTERGRUNDBAHN *Vgl. Benn* Untergrundbahn *(S. 107)*.

Auf den Lippen bunte Tänzer mit den Fahnen meines blöden
Knabenlächelns,
15 Das mich bergen soll. . . So wirft sich
Hinterrücks mit uns der Zug in die saugende Nacht der Tiefe
Und schleift den Lärm seiner Fahrt an den hallenden Wänden hin,
Im geheimen Blinzeln unverstandner Lichtsignale,
Und an Reihen trüber gelber Birnen vorbei, aus denen manchmal
20 Eine blaue Laterne kalt in unsre Gespräche leuchtet . . .

OSKAR LOERKE

Laterna magica

Nun sag, wie ist das Abendgelb?

Als müßten zwei aus Osten,
5 Schwarzer König und Königin,
In das Gelbe reiten,
Ranke Arme breiten,
Ihre Lippen kosten,
Ihren Leib hochzeiten,
10 Und ganz eins zu werden
Aus Lieb und Liebe trachten – – –:
Doch Körper können nur schmachten,
Die Frachten der Seele schwerer befrachten;
Und je näher sie sich sehnen,
15 Immer klarer, wie ein Schrei,
Klingt der Segen: Zwei bleibt Zwei!

Doch die es sähen vom Straßensaum,
Däumlingin und Däumling,
Verhakt unterm roten Blütenbaum,
20 Träumlingin und Träumling,
Weh sein müßt es denen!

GEORG TRAKL

Psalm

Karl Kraus zugeeignet

Es ist ein Licht, das der Wind ausgelöscht hat.
5 Es ist ein Heidekrug, den am Nachmittag ein Betrunkener verläßt.
Es ist ein Weinberg, verbrannt und schwarz mit Löchern voll
Es ist ein Raum, den sie mit Milch getüncht haben.   [Spinnen.
Der Wahnsinnige ist gestorben. Es ist eine Insel der Südsee,
Den Sonnengott zu empfangen. Man rührt die Trommeln.
10 Die Männer führen kriegerische Tänze auf.   [blumen,
Die Frauen wiegen die Hüften in Schlinggewächsen und Feuer-
Wenn das Meer singt. O unser verlorenes Paradies.

Die Nymphen haben die goldenen Wälder verlassen.
Man begräbt den Fremden. Dann hebt ein Flimmerregen an.
15 Der Sohn des Pan erscheint in Gestalt eines Erdarbeiters,
Der den Mittag am glühenden Asphalt verschläft.
Es sind kleine Mädchen in einem Hof in Kleidchen voll
        herzzerreißender Armut!
Es sind Zimmer, erfüllt von Akkorden und Sonaten.
Es sind Schatten, die sich vor einem erblindeten Spiegel umarmen.
20 An den Fenstern des Spitals wärmen sich Genesende.
Ein weißer Dampfer am Kanal trägt blutige Seuchen herauf.

Die fremde Schwester erscheint wieder in Jemands bösen Träumen.
Ruhend im Haselgebüsch spielt sie mit seinen Sternen.
Der Student, vielleicht ein Doppelgänger, schaut ihr lange vom
        Fenster nach.
25 Hinter ihm steht sein toter Bruder, oder er geht die alte
        Wendeltreppe herab.
Im Dunkel brauner Kastanien verblaßt die Gestalt des jungen
        Novizen.
Der Garten ist im Abend. Im Kreuzgang flattern die Fledermäuse
        umher.
Die Kinder des Hausmeisters hören zu spielen auf und suchen das
        Gold des Himmels.
Endakkorde eines Quartetts. Die kleine Blinde läuft zitternd durch
        die Allee,
30 Und später tastet ihr Schatten an kalten Mauern hin, umgeben von
        Märchen und heiligen Legenden.

---

2 ff. 2. Fassung des Gedichtes. Die 1. Fassung wurde zum ersten Mal in der historisch-kritischen Ausgabe der Werke und Briefe (1969) abgedruckt.

Es ist ein leeres Boot, das am Abend den schwarzen Kanal
    heruntertreibt.
In der Finsternis des alten Asyls verfallen menschliche Ruinen.
Die toten Waisen liegen an der Gartenmauer.
Aus grauen Zimmern treten Engel mit kotgefleckten Flügeln.
35 Würmer tropfen von ihren vergilbten Lidern.
Der Platz vor der Kirche ist finster und schweigsam, wie in den
    Tagen der Kindheit.
Auf silbernen Sohlen gleiten frühere Leben vorbei
Und die Schatten der Verdammten steigen zu den seufzenden
    Wassern nieder.
In seinem Grab spielt der weiße Magier mit seinen Schlangen.

40 Schweigsam über der Schädelstätte öffnen sich Gottes goldene
    Augen.

JOHANNES ROBERT BECHER*

Die Wartenden

Wir sind's, wir sind's, die ewig warten
Auf ihn, auf ihn und ob sein Reich nicht kommt
5 Und bleiben dabei ohne Gewinn die Ewig-Genarrten
Mit dem harten Gelächter, dessen Sinn keiner Unschuld
                         zukommt . . .
Mit unseren Füssen, die weit ausgreifen,
Mit unseren offenen Schössen, die keine irdischen Begierden mehr
                verschliessen,
Mit unseren Nöten, die darin die Nächte schwer aufhäufen,
10 Wollen wir einst ihn und sein Licht weinend begrüssen.

Wir Dirnen, wir, seine Bräute und Nonnen,
Wir Viel-Geliebten, wir folgen ihm gern.
Er schenkt uns sein Reich, die Wolken, die Sonne,
Er führt uns zum heiligen Liebesstern.

15 Dort macht er uns wieder
Schüchtern und gut, uns Huren, der süsse Gebieter.
Wir freuen uns, freuen uns endlich wieder
Am Schimmer der Fluren und immer wieder,
Von neuem wieder am englischen Klingen der Frühlingslieder – –

20 Ja freuen uns wieder! Ja freuen uns wieder . .

Ob er aber kommt? – Wir warten, wir warten.
O lasst uns ruh'n die vergängliche Zeit!
Unsere Herzen tränkt ja der selige Duft vom Garten
Gottes. Uns versengt ja der grosse Strahl seiner ewigen
Herrlichkeit.

GEORG HEYM

Der Sonntag

Unter den bauchigen Himmeln, die schwer
Über den Totenacker der Felder gelegt,
5 Auf den hohen Gebirgen von Schutte bewegt
Sich die Wandrung von Menschen langsam einher.

Dicke Rücken, große Hüte, unförmlich und alt,
Und manchmal behutsam ein riesiger Bauch
Und hinter ihnen, groß, und verlassen vom Rauch
10 Starret der Schornsteine dorrender Wald.

Über verregnete Wege und Lachen voll Widerschein
Morschen Gewölkes setzen sie hinten ihr Storchenbein
Ferner, in leere Fernen, und werden klein,

Hier und da, auseinander, wie Striche fein,
15 Irrend im öden Abend herum,
Und die Löcher der Wolken stehen wie Höhlen rund um.

PAUL ZECH

Arbeiterkolonie

Wie eine Insel ganz an der Küste
schwimmt die kleine Kolonie
5 Nahe der äußeren Peripherie
drohn dunkel die Schachtgerüste.

Schmale Straßen blinken silbermetallen
und die Häuser, kalkübergraut,
sind alle nach einem Plan gebaut
10 und aneinandergereiht wie Korallen.

Wie etwas Weithergeschwemmtes ruht
Der Gartenklecks vor den Fensterfronten
mit den Rosen, den blaßversonnten.

15 Und wie ein Reicher, der viele Vermögen vertut,
reißen die dünnen Fontänen
das arme Wasser in tausend Strähnen.

HERMANN HESSE

Wandlung

Da ich ein Jüngling war,
Da meine ersten schüchternen Gänge
5 In das ersehnte Land der Liebe
Alle mich trostlos und elend wiederbrachten
In den unverstandenen grellen Tag,
Da war es mir einziger Trost,
Tief im Leid mit vollen Händen zu wühlen,
10 Selbstzerstörend mit wollüstiger Bitterkeit
Jede holde Farbe in Schwarz zu wandeln,
Wild auf brechenden Saiten
Hinzustürmen meiner Entbehrung Qual.
Und am Abend floh ich das Licht,
15 Floh die geselligen Gärten, um einsam
Tief im Schatten der Buchen hinabwärts
Am unwegsamen Ufer zu schleichen
Dunkel treibenden Wellen nach,
Sehnsucht nach Tod im glühenden Herzen.

20 Heute aber, da mir ein karger Tag
Ungefühlt in lose Stunden zerrinnt,
Da meine verschüttete Seele
Tief empor aus Trümmern voreilig gebauter
Lebensschlösser den Weg zur Hoffnung verlor,
25 Da mir der Jugend trübste, unseligste Stunde
Noch wie ein Goldschatz aus ferner Tiefe lacht,
Heut hab ich die finsteren Wege
Schwelgerisch hingeflossener Schwermut,
Süßer Klage verlassen.
30 Abends, wenn mir die stille Stunde kommt,
Zünde ich hell meine Ampel an,

Daß vor dem Fenster die feindliche Nacht versinke.
Zärtlich spann ich die goldensten Saiten,
Die mir geblieben, und gehe
35 Im bedächtigen Spiel jeder lieblichen Form,
Jeder heiter tröstenden Schönheit nach.
Fern ist der Tod und ferne das Leid meinen Träumen,
Sorgsam leit ich sie, daß ihr verwirrtes Gerank
Nichts als Licht und Trost und glückliche Bilder zeige:
40 Selige Gärten, Menschen voll kindlicher Lust,
Inniger Liebesgenuß und blumengeschmückte Feste,
Reine erhabene Frauen, Männer voll gütiger Glut,
Dies erschaff ich mir träumend und suche,
Was von zertrümmerten Schätzen mir blieb,
45 Neu in Wohllaut zu schönen Gebilden zu sammeln.

Einsam so in friedlichen Stunden spielt
Meine Sehnsucht ihr Spiel,
Sieh, und oft vermag ich wunschlos zu lachen,
Überlistend des Lebens sinnlose Grausamkeit
50 Durch mein sinnvoll träumendes Spiel.
Und das herrlichste Mädchenbild,
Dem ich in heißem Begehren einst,
Trübem Entsagen den Glanz meiner Jugend geopfert,
Wandelt (sie, die längst sich
55 Weit im Grau alltäglichen Lebens verlor)
Leuchtend, schöner als einst,
Fleckenlos wie eine Blüte des Frühlings,
Über den liebevoll hingebreiteten Teppich
Meiner wohllautenden Träume.
60 Wie sie schreitet und ganz zur Göttin ward,
Sinkt meines Lebens Elend ferne dahin
Und es wird meiner Tage
Heimlicher Sinn, der Geliebten
Widerhall und adelnder Spiegel zu sein.

65 So von frühster Jugend herauf
Bau ich, wenn meine Stunde kommt,
All meiner Jahre Gedächtnis zum Tempel
Einer Liebe, die kein Begehren mehr,
Keine Enttäuschung kennt.

ALFRED LICHTENSTEIN

Liebeslied

Helle Länder sind deine Augen.
Vögelchen sind deine Blicke,
Zierliche Winke aus Tüchern beim Abschied.

In deinem Lächeln ruh' ich wie in spielenden Booten.
Deine kleinen Geschichten sind aus Seide.

Ich muss dich immer ansehen.

FRANZ WERFEL

Widmung

Du Tausendfache; die du bist und nicht.
Du Taggestalt, du letztes Nachtgesicht.
Du, die ich oft in vielen Frauen weiß
Und die erkannt, flieht den Erscheinungskreis.
Die in so mancher schweren Herbergsnacht
Das Haus, das selbst mich faßt, treu überdacht.
Die tags auf Straßen mir vorüberfliegt
Und nachts im Antlitz eines Krüppels liegt.
Die fern mir sitzt im goldnen Strandcafé
Und die in Bogen ich verschwinden seh.
Die mich auf manchem aufgelösten Ball
Bestürzt mit ihres Da-Seins Wasserfall.
Vom Tag verbannt, im Traume doppelt nah,
Traumloser Nacht, im luftigen Mittag da.
Die ich nicht fassen kann, weil du nicht bist.
Und die mich faßt, wenn dich mein Herz vergißt.
Du, mir Geschick zu schwerem Zweck bestimmt,
Daß ziellos mein Gefühl kein Ende nimmt.
So jauchz' ich jetzt, weil sie Dich nicht bezwingt,
Daß durch das Ganze meine Liebe dringt.
So jauchz' ich jetzt, daß, der Dich doch nicht kennt,
Dich jeder Schmerz mit einem Namen nennt.
Daß diese Brust, bei jedem Schlag und Stich
– Die dich nie hielt – noch flüstert: 's ist für dich!

Daß du mich schufst zu allerletztem Sein,
Daß ich in grenzenlosen Nächten mich allein
Durch alle Betten dieser Erde wein'.

GOTTFRIED BENN

Kleine Aster

Ein ersoffener Bierfahrer wurde auf den Tisch gestemmt.
Irgendeiner hatte ihm eine dunkelhellila Aster
5   zwischen die Zähne geklemmt.
Als ich von der Brust aus
unter der Haut
mit einem langen Messer
Zunge und Gaumen herausschnitt,
10 muß ich sie angestoßen haben, denn sie glitt
in das nebenliegende Gehirn.
Ich packte sie ihm in die Bauchhöhle
zwischen die Holzwolle,
als man zunähte.
15 Trinke dich satt in deiner Vase!
Ruhe sanft,
kleine Aster!

1913

GOTTFRIED BENN

Untergrundbahn.

Die weichen Schauer. Blütenfrühe. Wie
Aus warmen Fellen kommt es aus den Wäldern.
5   Ein Rot schwärmt auf. Das große Blut steigt an.

Durch all den Frühling kommt die fremde Frau.
Der Strumpf am Spann ist da. Doch wo er endet,
Ist weit von mir. Ich schluchze auf der Schwelle:
Laues geblühe. Fremde Feuchtigkeiten.

KLEINE ASTER *Vgl.* Durchs Telephon *(S. 30) und* Stiller Wunsch *(S. 231).*

10 O wie ihr Mund die laue Luft verpraßt!
Du Rosen–hirn, Meer–blut, du Höherzwielicht,
Du Erdenbeet, wie strömen deine Hüften
So kühl den Hauch hervor, in dem du gehst!

Dunkel: nun lebt es unter ihren Kleidern:
15 Nur weißes Tier. Gelöst und stummer Duft.

Ein armer Hirnhund. Schwer mit Gott behangen.
Ich bin der Stirn so satt. O ein Gerüste
Von Blütenkolben löste sanft sie ab
Und schwellte mit und schauerte und triefte.

20 So losgelöst. So müde. Ich will wandern.
Blutlos die Wege. . Lieder aus den Gärten.
Schatten und Sintflut. Fernes Glück: ein Sterben
Hin in des Meers erlösend tiefes Blau.

RENÉ SCHICKELE

Lobspruch

Wie soll ich wissen,
ob du es bist,
5 die ich am meisten liebe.

Doch sicher bist es du,
die mich am meisten
froh macht.

Und reine Kraft
10 gibt nur die Freude,
im tiefsten Blut entfacht,
und dann wie Reif
auf Haut und Haaren
und noch im Klang eines Schritts.

RUDOLF GEORG BINDING*

Rosenhag

Es blühen dir Rosen jeglichen Tag
in einem verschwiegenen Rosenhag
5 – und du weißt nichts davon.

Von Blut darin ein Brunnen springt,
und Blut die Blätter der Rosen durchdringt
– und du weißt nichts davon.

Und weil ich sie dir nicht schneiden mag,
verwelken dir Rosen jeglichen Tag
– und du weißt nichts davon.

So blühen sie auf, so gehen sie hin;
und ist in allen mein Herzblut darin
– und du weißt nichts davon.

Nur manches Mal, da brech ich dir
eine rote Rose von meinem Spalier
als ein Lied, das nicht welken mag.

Dann weiß du von mir ein kleines wohl;
und weißt doch nimmer, wie übervoll
von Rosen stehet der Hag.

PAUL ZECH

Kleine Passion

Der Abend floß wie schwerer Purpurwein
Ins Land hinaus, das wie ein Armebreiten
Weit aufgetan war. Duft und Stillesein
Lag auf den Straßen, und die Zärtlichkeiten

Der wachen Brise gingen wie ein Saitenspiel
Eratmend auf. Wir schritten armverschlungen
Zu Tal und bauten uns ein fromm Asyl
In schönverschwiegne Waldesdämmerungen.

Und Wünsche kamen leise wie auf Zeh'n;
Bis aus der Nacht mit ihren Sternensaaten,
Ein Wille wuchs zu ungeheuren Taten.

Und durch den Flor süß-hingeschluchzter Tränen
Sahn wir, wie Silberkugeln auf Fontänen,
Ein fremdes Schicksal auf- und niedergeh'n.

ELSE LASKER-SCHÜLER

Giselheer dem Tiger

Über dein Gesicht schleichen die Dschungeln.
O, wie du bist!

Deine Tigeraugen sind süß geworden
In der Sonne.

Ich trag dich immer herum
Zwischen meinen Zähnen.

Du mein Indianerbuch,
Wild West,
Siouxhäuptling!

Im Zwielicht schmachte ich
Gebunden am Buxbaumstamm –

Ich kann nicht mehr sein
Ohne das Scalpspiel.

Rote Küsse malen deine Messer
Auf meine Brust –

Bis mein Haar an deinem Gürtel flattert.

MAX HERRMANN-NEISSE*

Das Lied von der Freundschaft

Freunde sind: die deine Tür belauern,
Jedem Glücke Feind, das dir geschenkt ist,
Neidisch, wenn dein Schifflein leicht gelenkt ist,
Und erlöst, wenn deine Augen trauern.

Freunde sind: in deinen feigen Stunden
Schale Zuflucht und verlogne Rettung,
Freunde sind: in Schuld und Scham Verkettung
Und ein weher Weg zu Wut und Wunden.

Freunde sind: die dir das Letzte rauben,
Daß du nackt, dem Lachen preisgegeben,
Nichts mehr willst, als ohne Freunde leben
Mit der Frau, der deine Nerven glauben!

GEORG TRAKL

An den Knaben Elis

Elis, wenn die Amsel im schwarzen Wald ruft,
Dieses ist dein Untergang.
Deine Lippen trinken die Kühle des blauen Felsenquells.

Laß, wenn deine Stirne leise blutet
Uralte Legenden
Und dunkle Deutung des Vogelflugs.

Du aber gehst mit weichen Schritten in die Nacht,
Die voll purpurner Trauben hängt
Und du regst die Arme schöner im Blau.

Ein Dornenbusch tönt,
Wo deine mondenen Augen sind.
O, wie lange bist, Elis, du verstorben.

Dein Leib ist eine Hyazinthe,
In die ein Mönch die wächsernen Finger taucht.
Eine schwarze Höhle ist unser Schweigen,

Daraus bisweilen ein sanftes Tier tritt
Und langsam die schweren Lider senkt.
Auf deine Schläfen tropft schwarzer Tau,

Das letzte Gold verfallener Sterne.

FRANZ WERFEL

Unsterblichkeit

Viel ist es, schon weil Tod ist
Mensch zu sein!
Doch aller süßen Worte
Süßestes
Ist die Unsterblichkeit!

Daß erschüttert sind
Die rasenden Himmel oben
Und ewig die Sterne all'
Von einem Kindertag,
Und den Fahnen im Sand
Und den Burgen . . .

Daß späteste Tränen knospen,
15   Weil einst vor einem
Unendlichen Antlitz
Ein Herz
Zusammenstürzte zum Lied!! . .

GOTTFRIED BENN

D-Zug

Braun wie Cognac. Braun wie Laub. Rotbraun. Malaiengelb.
D-Zug Berlin–Trelleborg und die Ostseebäder.

5   Fleisch, das nackt ging.
Bis in den Mund gebräunt vom Meer.
Reif gesenkt. Zu griechischem Glück.
In Sichel-Sehnsucht: wie weit der Sommer ist!
Vorletzter Tag des neunten Monats schon! –

10   Stoppel und letzte Mandel lechzt in uns.
Entfaltungen, das Blut, die Müdigkeiten,
Die Georginennähe macht uns wirr. –

Männerbraun stürzt sich auf Frauenbraun:

Eine Frau ist etwas für eine Nacht.
15   Und wenn es schön war, noch für die nächste!
O! Und dann wieder dies Bei-sich-selbst-sein!
Diese Stummheiten! Dies Getriebenwerden!

Eine Frau ist etwas mit Geruch.
Unsägliches. Stirb hin. Resede.
20   Darin ist Süden, Hirt und Meer.
An jedem Abhang lehnt ein Glück. –

Frauenhellbraun taumelt an Männerdunkelbraun:

Halte mich! Du, ich falle!
Ich bin im Nacken so müde.
25   O dieser fiebernde süße
Letzte Geruch aus den Gärten. –

FRIEDRICH EISENLOHR

Boulevard

Ein schlankes Auto überholt die dunkeln
Knatternden Reihen enggepreßter Wagen.
Aus bunten, schwanken Federnhüten ragen
Zylinder auf. Und Lichtreklamen funkeln.

Plakate prunken rot auf hohen Masten,
Die Neger durch die Menge balancieren.
Ein Affe tanzt kokett auf allen Vieren
Vor Camelots, die irr vorüberhasten.

Gemalte Frauen stelzen leicht und chic,
Und lächeln, daß man sie nach Haus begleite.
Ganz starke Düfte weh'n um ihre Seide
Und Takte jäh auftaumelnder Musik.

GEORG HEYM

Gina

Noch weht um dich der Duft der grossen Steppen,
Der Sommer Polens, und der Wogengang
Der Weizenfelder, wenn den Fluss entlang
Der Treidler Schultern grosse Flösse schleppen.

Tief, wie die schwarzen, herbstlichen Zisternen,
Die einsam stechen in das Morgengraun,
Sind deine Augen, die ins Weite schaun
Aus engen Strassen nach den Wintersternen.

Du wurdest für ein wildes Pferd geschaffen,
Für einen Ritt durch Nächte und Gefahr,
Die Schapka auf der Stirn mit Goldagraffen.

Darunter flatterte dein schwarzes Haar,
Und wie von Silber glänzten unsre Waffen,
Wenn durch die Mondnacht zieht der weisse Aar.

JAKOB VAN HODDIS*

Weltende

Dem Bürger fliegt vom spitzen Kopf der Hut,
In allen Lüften hallt es wie Geschrei.
5 Dachdecker stürzen ab und gehn entzwei
Und an den Küsten – liest man – steigt die Flut.

Der Sturm ist da, die wilden Meere hupfen
An Land, um dicke Dämme zu zerdrücken.
Die meisten Menschen haben einen Schnupfen.
10 Die Eisenbahnen fallen von den Brücken.

1914

GEORG HEYM

Marathon

I

Zehntausend steigen von den Bergen nieder,
Die Blüte Hellas', sich dem Tod zu weihen.
5 Durch Morgendämmrung ziehen ihre Reihen.
Ein Wall von Erz ziehn hin des Heeres Glieder.

Die Lerchen singen ihre Morgenlieder,
Sie schwingen sich zum Himmel ohne Zahl.
Ihr helles Singen füllt das ganze Tal,
10 Sie steigen in den Blauen auf und nieder.

Noch sind die Morgenwinde nicht erwacht.
In süßem Schlummer liegt noch weit die Welt,
Der Morgenstern steht noch in keuscher Pracht.

Euböa nur ist weithin schon erhellt.
15 Da rauscht die Sonne aus des Meeres Schacht
Und vor dem Heere liegen Zelt bei Zelt.

II

Voll brauner Zelte liegt der ganze Strand
Heuschrecken gleich, die auf die Felder fielen.
Und tausend Schiffe mit den schwarzen Kielen
20   Stehn hochgezogen auf dem Ufersand.

Sie sehn der Griechenpanzer Sonnenbrand.
Die Hörner gellen, alle Pfeifen spielen,
Sie quellen aus den Gassen schon zu vielen,
Die weite Ebene ist mit eins bemannt.

25   Eunuchen mit den hohen Stimmen schreien
Ins Haremszelt nach dem Satrapenpaar.
Man führt herbei der Feldherrn Dromedar.

Sie treten vor, die Königswürden leihen,
Tiaren glänzen von dem schwarzen Haar,
30   Indeß die Tore Volk um Völker speien.

III

Langbärtige Perser ziehn in Heeres Mitten
Mit kurzen Schwertern und mit großen Bogen,
Die durch Ägyptens Wüstenein gezogen,
Die gegen Krösus einst am Halys stritten.

35   Die hagren Lybier mit den Eisensehnen
Auf Eilkamelen Afrikas beritten,
Die Skythen, die sich kurze Pfeile schnitten,
Ihr Haar in Zöpfen wie der Pferde Mähnen.

Des Sudans Neger, fettig und beleibt.
40   Die Luft durchschreiend, brüllend wie ein Stier.
Das Volk von Babylon, das Hennah reibt

Und sich die Stirn bemalt mit Weiberzier.
Der Vögte Geißel, die die Menge treibt
Und sausend niederfährt auf Mensch und Tier.

IV

45
Noch trunkne Thraker stürzen aus dem Zelt,
Dem Liber singen sie und dem Priap.
Streitwagen ziehen an dem Heer hinab,
Die Sicheln blinken wie im Erntefeld.

Der wilden Baktrer großes Schlachthorn gellt.
50
Die Inder führen Elefanten vor,
Die laut trompetend schwanken aus dem Tor,
Den Mann im Nacken, der den Stachel hält.

Von Rhodos Männer. Auf den Panzerringen
Und auf dem Schild, das mit dem Schwert sie schlagen
55
Des Sonnengottes Bildnis glänzt in Gold.

Die Kreter, die die Lederschleudern schwingen.
Die Lampsaker am Helm den Phallus tragen,
Abtrünnige Griechen in des Königs Sold.

V

Orgie des Bunten. Pracht der Morgenländer.
60
Stets wechselnd wogt es an des Meeres Strande,
In Rot und Weiß und Gold im Sonnenbrande.
Der Krieger Panzer, Leiber und Gewänder.

Unendliches Geschrei und lautes Lärmen,
Wie Herden brüllen in den großen Ställen.
65
Die Klänge fallen und die Klänge schwellen,
Wie ein Orkan entsteigen sie den Schwärmen.

Die Opferstiere schrein, die Tod erleiden.
Die Priester, die Kybeles Brüsten dienen,
Verkünden Sieg aus ihren Eingeweiden.

70
Die Feldherrn thronen unter Baldachinen,
Und wo sie reiten, neigt das Volk sich beiden.
Es küßt nach Perserbrauch den Staub nach ihnen.

VI

In ernster Strenge angeborner Zucht
Die Männer von Athen zur Wahlstatt steigen,
75 Wie auf dem Ringplatz stumm zum Todesreigen,
Doch hallt der Grund von der Sandalen Wucht.

Erhabne Größe der Demokratieen,
Das Recht Europas zieht mit Euch zu Meere.
Das Heil der Nachwelt tragt Ihr auf dem Speere:
80 Der freien Völker große Harmonieen.

Der Republiken Los in den Phalangen,
Der Haß der Freien gegen die Despoten.
Ihr kämpft für Recht, das macht Euch frei von Bangen.

Dem Morgen zu! Der Völkerfreiheit Boten,
85 Unsterblichkeit auf ewig zu erlangen,
Wenn Abend ruht auf Eurer Schlachtreihn Toten.

VII

Der Pfeile Wolken fliegen mit dem Winde,
Die runden Schilde von den Pfeilen starren.
Die Steine sausen, alle Schleudern knarren
90 Und der Ballisten ächzende Gewinde.

Die beiden Heere aufeinander prallen.
Sie beißen sich wie Hunde in sich ein.
Der Tod hält Schlachtfest in den weiten Reihn,
Die blutbeströmt sich ineinander krallen.

95 Die Sichelwagen mähen durch die Flur
Der Leiber hin, sie wirbeln Glieder auf.
Gassen voll Toter reißt der Wagen Spur.

Wenn sie der Lenker mit dem Stachel stach,
Die Elefanten brüllen allzuhauf
100 Und stampfen wilden Wütens alles brach.

---

74 f. *Spätere Fassung:* Ziehn die Hopliten, die zur Wahlstatt steigen / Wie Mauern
stumm. Kein Paian bricht das Schweigen.

VIII

Der Griechen Mitte wankt schon in der Schlacht,
Die schwache Tiefe weicht vor den Barbaren,
Die, einem Sturmbock gleich, mit allen Scharen
Im Keile stürmen riesiger Übermacht.

105 Vor manches Griechen Augen wird es Nacht.
Ins Knie sinkt helmlos er, den Streichen offen
Das bare Haupt. Der stürzt, ins Herz getroffen,
Da eine Lanze durch den Panzer kracht.

Sie schleudern Brände von der Tiere Türmen.
110 Die Neger schlagen drein mit erznen Keulen.
Die wilden Skythen mit den Rossen stürmen.

Wie Fluten brechen durch der Deiche Haft,
So bricht das Schlachtvolk durch mit Schrein und Heulen,
Zerreißt der Griechenkette stolze Kraft.

IX

115 Laß reißen. Denn die Flügel fassen Bahn,
Wie Adler klafternd über dunklem Grunde.
Hör! Hör! Sie stimmen an mit lautem Munde
Den Kriegsgesang, den hallenden Päan.

Die Götter steigen in das Schlachtgetümmel,
120 Aus Griechenreihn des Phöbus Pfeile sausen.
Und Ares Stimme füllt mit lautem Brausen
Des Meeres Tiefen, Erd und weiten Himmel.

Wie eine Löwenmähne ragt sein Haupt.
Er schlachtet mit dem Schwerte in den Horden.
125 Da fliehn die ersten, ihres Muts beraubt.

Da stürzen viele zu der Schiffe Borden.
Doch Ares mäht noch blutig und bestaubt
Und führt die Griechen an zu wildem Morden.

X

Wie dichte Wolken liegen Dunst und Hauch
130 Des heißen Mittags auf der Ebnen Weiten.
Die Sonnenstrahlen wie durch Nebel gleiten,
Schwarz wälzt sich hin verbrannter Felder Rauch.

Der Toten Blut und Wunden faulend stinken.
Die Sterbenden, die Durst wahnsinnig macht,
135 Kriechen auf Vieren durchs Gewühl der Schlacht
Zu den schon Toten, um ihr Blut zu trinken.

Hier haben zwei im Staube sich gefunden.
Ein Perser und ein Grieche. Halb schon tot,
Der in der Brust, der in dem Bauch die Wunden.

140 Der stärkre Perser drosselt den Hellenen.
Dann läßt er des Erstickten Blut sich munden,
Das wie ein Bach tritt aus des Bauches Venen.

XI

Nun stirbt auch er, vom bittren Los bezwungen.
Auf seine Beute stürzt ihn Todes Macht.
145 Verliebten gleich in süßer Liebesnacht,
Im Tode halten sie sich fest umschlungen.

Unzählige Geier schweben auf der Schlacht,
Auf jeden Fels der Berge hingeschwungen.
Sie spähen sorgsam in die Niederungen.
150 Des Schauspiels Wächter halten stumm sie Wacht.

Wie sich die Menge drängt in die Arenen,
So fliegen neue stets von Meer und Land.
Schon grau von ihnen sind der Berge Lehnen.

Von Asiens Küste kamen sie zum Feste,
155 Da sie den Blutgeruch im Wind erkannt,
Der großen Tafeln fürchterliche Gäste.

Die Perser, die den Sieg erstritten meinen,
Ruhn in der Ebene nach des Kampfes Toben.
Kein Feind vor ihnen, alle sind zerstoben.
160   Tot sind sie alle, tot in Sand und Steinen.

Die Neger hacken mit den Bronzebeilen
Die Hände ab den Toten in dem Staube
Und füllen Ledersäcke mit dem Raube.
Ihr Zanken schallt herum beim Beuteteilen.

165   Die Schnüre brechen von den Trankamphoren
Die Thraker schon. Sie lagern sich im Schatten.
Die Skythen lösen sich die blutigen Sporen.

Die Elefanten kauen in dem Sande,
Die Griechensöldner häufen Staub den Toten,
170   Daß ihre Seele käm zu Hades Strande.

GERHART HAUPTMANN

„O mein Vaterland"

O mein Vaterland, heiliges Heimatland,
Wie erbleichtest du mit einemmal?
5   Banger Atem ging durch Feld und Tal,
Bleiern wuchs ringsum der Wolken Wand.

O mein Vaterland, heiliges Heimatland,
Wer denn rief das Wetter dir herein,
Daß des fahlen Hasses gelber Schein
10   Dich umzucket wie ein Weltenbrand?

„Das tat meine Ehr, die untadlig war,
Tat mein unbeflecktes Friedenskleid,
Tat, die mich gebar, die große Zeit,
Und die große Zeit, die ich gebar!"

15   Ist es so bestellt, fürcht ich keine Welt!
Weh ihr, wenn dein Herz uns nicht mehr schlägt,
Deine heilige Seele uns nicht trägt,
Und dein Strahlenblick uns nicht erhellt.

Doch, mein Vaterland, heiliges Heimatland,
20   Welche Prüfung mußt du nun bestehn!
„Kind, sie muß geschehn, muß vorübergehen,
Nimm du nur die Sichel in die Hand!

Denn du mußt ein Gras mähn mit fester Faust,
Mußt es furchtlos mähn in Wetternacht,
25   Mähn, ob Blitz und Donner um dich kracht,
Blutiger Eisenhagel dich umsaust.

Und es ist ein Gras, das von Blute träuft!
Kein Erbarmen kann dir sein erlaubt.
Zischend sinkt vom Halme Haupt um Haupt
30   Und zu Leichenbergen wirds gehäuft.

Unermüdlich mußt du stehn und mähn,
Schnitter, dich entbindet nur der Tod:
Erst nach einem blutigen Morgenrot
Darfst du neue Körner in mich säen.

35   Wenn dein Arm erlahmt, wenn dein Herz erbebt,
Tilgt mich Gott von dieser Erde aus,
Schutt und Asche wird dein Elternhaus
Und der deutsche Name hat gelebt."

O mein Vaterland, heiliges Heimatland,
40   Was du sagst, ich will es gerne tun:
Mähen will ich, mähen, und nicht ruhn! —
Eh ich nicht die letzte Garbe band

Und der Tod mich löst aus meiner Pflicht,
Bin ich mit dem letzten Hauche dein.
45   Deine Ernte soll geborgen sein,
Schwör ich dir vor Gottes Angesicht!

Und wie ich, dein Kind, sind sie all gesinnt,
Die dein heißgeliebter Boden groß gesäugt.
Sei gewiß, daß sie kein Wetter beugt,
50   Weil sie eines, deines Blutes sind.

Und dann harrt ein Tag, sonnenstark und frei,
Wo dein Himmel sich uns wieder klärt,
Deinen Söhnen neu und treu bewährt.
Komme, komme, deutscher Völkermai!

UNBEKANNTER VERFASSER

Deutsches Spottlied 1914.
Zur Aufheiterung in ernster Zeit.

Nach der Melodie: Wenn die Blätter leise rauschen.

5   *Frankreich*, du alter,
Halb ausgestorb'ner
Affe Europas, was brockst du dir ein!?
Deutsche Granaten
Mit Säbelbraten;
10   Junge, o Junge, das wird dich gereu'n!
Hast nicht mal Stiefel,
Kannst nicht auf Strümpfen
Deutschland erobern zu See, Luft und Land;
Frankreich, o Frankreich,
15   Dich holt der Teufel,
Dir hilft kein Doktor, du wirst jetzt entmannt.

England, du falsche,
Neid'sche Kanaille,
Willst mit dem Franzmann und Väterchen schier
20   Deutschland verschlingen,
Sollst es auch haben,
Gib uns nur erst deine Dreadnaughts dafür.
Bist mitgegangen,
Wirst mitgehangen,
25   Kopf in die Nordsee, den Steert in die Luft;
Unsere blauen
Sollen dich hauen,
Daß du die Freude kriegst, warte, du Schuft!

Rußland, du dummer,
30   Strupp'ger und krummer,
Knuteanbetender Ritter vom Suff,
Laß dich begraben,
Eh' wir dich haben,
Sonst häng'n wir dich am Laternenpfahl uff.
35   Wirst es bald spüren,
Was kann passieren,
Wenn man am friedlichen Michel sich reibt;
Gott soll mich strafen,
Wenn von euch Laffen
40   Nur eine Saufnase heile jetzt bleibt.

RICHARD DEHMEL

Deutschlands Fahnenlied

Es zieht eine Fahne vor uns her,
      herrliche Fahne.
Es geht ein Glanz von Gewehr zu Gewehr,
      Glanz um die Fahne.
Es schwebt ein Adler auf ihr voll Ruh,
der rauschte schon unsern Vätern zu:
      hütet die Fahne!

Der Adler, der ist unsre Zuversicht;
      fliege, du Fahne!
Er trägt eine Krone von Herrgottslicht;
      siege, du Fahne!
Lieb Vaterland, Mutterland, Kinderland,
wir schworen's dem Kaiser in die Hand:
      hoch, hoch die Fahne!

Des Kaisers Hand hält den Ehrenschild
      blank ob der Fahne.
Seine Kraft ist Deiner Kraft Ebenbild,
      Volk um die Fahne.
Ihr Müller, Schmidt, Maier, du ganzes Heer,
jetzt sind wir allzumal Helden wie er,
      dank unsrer Fahne!

O hört, sie rauscht: lieber Tod als Schmach,
      hütet die Fahne!
Unsre Fraun und Mädchen winken uns nach,
      herrliche Fahne!
Sie winken, die Augen voll Adlerglanz,
ihr Herz kämpft mit um den blutigen Kranz:
      hoch, hoch die Fahne,
      ewig hoch! –

AUGUST STRAMM

Die Menschheit

Tränen kreist der Raum!   Dunkle Tränen
Tränen Tränen   Goldne Tränen

Lichte Tränen
Wellen krieseln
Glasten stumpfen
10 Tränen Tränen
Tränen
Funken
Springen auf und quirlen
Quirlen quirlen
15 Wirbeln glitzen
Wirbeln sinken
Wirbeln springen
Zeugen
Neu und neu und neu
20 Vertausendfacht
Zermillont
Im Licht!
Tränen Tränen
Tränen Funken
25 Augen schimmern
Augen Augen
Nebeln schweben
Tauchen blinzeln
Saugen
30 Schwere schwere
Blinde
Tief
Hinunter
In die Nächte
35 Reißen
Schaun!
Schatten dampfen
Weiche blasse
Fließen fließen
40 Wallen wogen
Hart und härter
Runden Formen
Ungetüme
Ungestüme
45 Ungefüge
Leiber
Leiber
Walzen wälzen
Stalten sondern

50 Einen fliehen
Zeugen schwellen
Tummeln starren
Fliegen stürzen
Stürzen stürzen
55 Stürzen stürzen
In
Den
Schrei!
Mäuler
60 Gähnen
Gähnen klappen
Klappen schnappen
Schnappen
Laute
65 Laute Laute
Schüttern Ohren
Horchen Horchen
Schärfen Horchen
Schwingen Schreie
70 Töne Töne
Rufe Rufe
Klappen Klarren
Klirren Klingen
Surren Summen
75 Brummen Schnurren
Gurren Gnurren
Gurgeln Grurgeln
Pstn Pstn
Hsstn Hsstn
80 Rurren Rurren
Rurren Rurren
Sammeln Sammeln
Sammeln Stammeln
Worte Worte Worte
85 Wort
Das Wort!
Worte Worte
Worte Worte
Binden
90 Schauen
Fühlen
Tasten

Bauen
Worte Worte Worte
95 Sinnen
Schrecken Grausen Furcht
Bringen
Hilfe Stütze Nahrung
Schlingen
100 Bänder Fesseln Ketten
Schüttern
Freuen Fluchen Weh
Bilden
Bilder
105 Bilder Formen
Wecken nähren
Nähren mehren
Stützen gängeln
Lehren
110 Stehen
Lehren lehren
Aufrecht stehn
Den
Menschengeist!
115 Taumeln Taumeln
Irren Wirren
Wippeln Kanten
Fallen Heben
Tappen Halten
120 Zagen Leben
Gehen
Vorwärts rückwärts
Seitwärts seitwärts
Aufwärts
125 Abwärts
Tasten Schwanken
In das Dunkel
Bauet
Krücken
130 Krücken Krücken
Brücken Brücken
Wahne Wahne
Wahne Tiefen
Wahne Höhen
135 Wahne Schrecken

Wahne Hoffen
Wahne Strafen
Wahne Löhne
Aus
140 Dem
Eigenen
Blute Blute
Stückt den Raum
In
145 Wahne Wahne
Reißet aus dem Raum
Das
Ich!
Reißt aus Ich
150 Das
Um ihn Um ihn
Reißt
Das
Um ihn Um ihn
155 Reißt
Sich
Selber Selber Selber
Reißt
Die Formen
160 Reckt
Die Formen
Reckt
Das
Um ihn
165 Reckt
Das
Um sich
Reckt
Sich
170 Selber Selber Selber
Reckt
Die
Hand!
Hände
175 Kampfen
Krampfen kämpfen
Bluten Beten
Holen Leben

Schmettern würgen

180 Morden morden

Streicheln schmeicheln

Rächen rächen

Hüten wehren

Treiben stoßen

185 Jagen

Füße

Über

Felder

Felder Felder

190 Wüsten Wälder

Spreiten Schenkel

Schmettern Hirne

Stopfen Mäuler

Sticken Worte

195 Würgen Leiber

Trümmern Formen

Wehren Schatten

Pressen Tränen

Tränen Tränen

200 Schwarze Tränen

Tränen Tränen

Blutige Tränen

Tränen Tränen

Greuel Greuel

205 Unerhörte Greuel

Ziehen

Ziehen wachsen

Wachsen deihen

Reifen reifen

210 Reifen Früchte

Stählen Kräfte

Spannen

Zeit

Spannen

215 Zeit

Spannen

Zeit

Spannen Zeit

Die wesensbare

220 Spannen Zeit

Die grauenbäre

Spannen Zeit

Die fassenstrotze

Spannen Zeit

225 In

Feste Schirre

Ungeheure

Winzge

Schirre

230 Knechten Zeit

In

Starre Masse

Knechten Zeit

Um

235 Sterne Sterne

Knechten

Sterne

Aus dem Raume

Sterne Sterne

240 Sterne Sterne

Krammen Sterne

In

Die Arme

Sterne Welten

245 Welten

Und

Umpranken

Ihr

Geheimnis

250 Ihr Geheimnis

Ihr Geheimnis

Grauenrund

Und

Richtespurvag

255 Raum und Raum

Und

Raum und Raum

Raum und Raum

Ringsum um um

260 Höhe Tiefe

Länge Breite

Raum

Nur Raum

Nur Raum nur Raum

265 Schwingen Rasen
Rasen Schwingen
Um
Im Raum
Im Raum
270 Im Raume
Klammern Krallen
Feste fester
Zittern Beben
Klammern Krallen
275 Aneinander
Durcheinander
Oben unten
Unten oben
Raum und Schwingen
280 Raum und Wirbeln
Schwingen Prellen
Prellen Schleudern
Klammern Klammern
Klammern Klammern
285 Menschen Menschen
Menschen Menschen
Über
Menschen
Knochen Knochen
290 Über
Knochen
Beine Beine
Köpfe Köpfe
Hände Hände
295 Hirne Hirne
Herzen Herzen
Leiber Leiber
Dicht gedrängt
Gehäuft gemasset
300 Wirr verschlungen
Hinter Zeichen
Fahnen Fahnen
Trommelnd brechend
Fluchend betend
305 Mordend sengend
Heilend lindernd
Tröstend löschend

Mütter Kinder
Väter Gatten
310 Freunde Fremde
Feinde Brüder
Schwestern Huren
Bräute Krieger
Mörder Beter
315 Fallen fallen
Schichten Wege
Fallen fallen
Schütten Wege
Fallen fallen
320 Wege Wege
Wegeschotter
Wege Wege
Neue Wege
Wege
325 Wege
Durch das Elend
Durch das Grausen
Durch das Leiden
Durch den Atem
330 Voll von Keimen
Durch den Atem
Voll von Toden
Durch den Atem
Voll von Leben
335 Durch die Tränen
Tränen Tränen
Durch
Die
Nächte Nächte
340 Nächte
Voran Voran
Hoch die Zeichen
Voran Voran
Schauer Zucken
345 Voran Voran
Schrei und Täuben
Voran Voran
In die Gähne
Voran Voran
350 In die Leere

Voran Voran
In die Wiege
Voran Voran
In die Gruft
355 Kreis im Kreise
Kreis im Kreise
Voran Voran
In den Anfang
Voran Voran
360 In das Ende
Voran Voran
In den Abgrund
Voran Voran
In die Höhe
365 Voran Voran
In das Sterben
Voran Voran
In das Werden
Kreis im Kreise

370 In das Werden
Kreis im Kreise
In das Werden
In
Das
375 Werden Werden Werden
In
Das
Kreisen Kreisen Kreisen
In
380 Die
Tränen Tränen Tränen
In die
Tränen
In den Raum
385 In den Raum
In den Raum!

Tränen kreist der Raum!

MARIA BENEMANN

Herr, nun ist's Zeit

Herr nun ist's Zeit. Es stehen Katastrophen
Am Horizonte wie erstarrt in Waffen.

5 Herr es ist Zeit, sie nun herbei zu raffen
Und ein Entsetzen in das leere Gaffen

In Deiner Völker ausgebrannten Ofen
Ein neues Grauen schwer hinein zu schaffen.

Herr es ist Zeit, uns Späher zu vernichten,
10 Die wir Dich nur wie ein Phantom erdichten:

Daß wir das Unerfaßliche nicht mehr befassen ...
Herr es ist Zeit Dich nun allein zu lassen.

FRANZ WERFEL

Hekuba

Manchmal geht sie durch die Nacht der Erde
Sie, das schwerste ärmste Herz der Erde
5 Wehet langsam unter Laub und Sternen,
Weht durch Weg und Tür und Atemwandern,
Alte Mutter, elendste der Mütter.

So viel Milch war einst in diesen Brüsten,
So viel Söhne gab es zu betreuen.
10 Weh dahin! – Nun weht sie nachts auf Erden,
Alte Mutter, Kern der Welt, erloschen,
Wie ein kalter Stern sich weiterwälzet.

Unter Stern und Laub weht sie auf Erden,
Nachts durch tausend ausgelöschte Zimmer,
15 Wo die Mütter schlafen, junge Weiber,
Weht vorüber an den Gitterbetten
Und dem hellen runden Schlaf der Kinder.

Manchmal hält am Haupt sie eines Bettes,
Und sie sieht sich um mit solchem Wehe,
20 Sie, ein dürftiger Wind von Schmerz gestaltet,
Daß der Schmerz in ihr Gestalt erst findet,
Und das Licht in toten Lampen weinet.

Und die Frauen steigen aus den Betten,
Wie sie fortweht – nackten schweren Schrittes
25 Sitzen lange an dem Schlaf der Kinder
Schauen langsam in die Zimmertrübe
Tränen habend unbegriffnen Wehes.

RUDOLF ALEXANDER SCHRÖDER

Deutsches Lied

Heilig Vaterland
In Gefahren.
Deine Söhne stehen,
5 Dich zu wahren.

Von Gefahr umringt,
Heilig Vaterland.
Schau, von Waffen blinkt
10   Jede Hand.

Ob sie dir ins Herz
Grimmig zielen,
Ob dein Erbe sie
Dreist beschielen,
15   Schwören wir bei Gott
Vor dem Weltgericht:
Deiner Feinde Spott
Wird zunicht.

Nord und Süd entbrennt,
20   Ost und Westen,
Dennoch wanken nicht
Deine Festen.
Heilig Herz, getrost,
Ob Verrat und Mord
25   Dräuen West und Ost,
Süd und Nord.

Bei den Sternen steht,
Was wir schwören.
Der die Sterne lenkt,
30   Wird uns hören.
Eh der Fremde dir
Deine Krone raubt.
Deutschland, fallen wir
Haupt bei Haupt.

35   Heilig Vaterland,
Heb zur Stunde
Kühn dein Angesicht
In die Runde.
Sieh uns all entbrannt
40   Sohn bei Söhnen stehn:
Du sollst bleiben, Land!
Wir vergehn.

GEORG HEYM

Der Krieg

Aufgestanden ist er, welcher lange schlief,
Aufgestanden unten aus Gewölben tief.
5   In der Dämmrung steht er, groß und unbekannt,
Und den Mond zerdrückt er in der schwarzen Hand.

In den Abendlärm der Städte fällt es weit,
Frost und Schatten einer fremden Dunkelheit.
Und der Märkte runder Wirbel stockt zu Eis.
10   Es wird still. Sie sehn sich um. Und keiner weiß.

In den Gassen faßt es ihre Schulter leicht.
Eine Frage. Keine Antwort. Ihr Gesicht erbleicht.
In der Ferne zittert ein Geläute dünn,
Und die Bärte zittern um ihr spitzes Kinn.

15   Auf den Bergen hebt er schon zu tanzen an,
Und er schreit: Ihr Krieger alle, auf und an!
Und es schallet, wenn das schwarze Haupt er schwenkt,
Drum von tausend Schädeln laute Kette hängt.

In die Nacht er jagt das Feuer querfeldein,
20   Einen roten Hund mit wilder Mäuler Schrein.
Aus dem Dunkel springt der Nächte schwarze Welt,
Von Vulkanen furchtbar ist ihr Rand erhellt.

Und die Flammen fressen brennend Wald um Wald,
Gelbe Fledermäuse, zackig in das Laub gekrallt,
25   Seine Stange haut er wie ein Köhlerknecht
In die Bäume, daß das Feuer brause recht.

Eine große Stadt versank in gelbem Rauch,
Warf sich lautlos in des Abgrunds Bauch.
Aber riesig über glüh'nden Trümmern steht,
30   Der in wilde Himmel dreimal seine Fackel dreht

Über sturmzerfetzter Wolken Widerschein,
In des toten Dunkels kalten Wüstenein,
Daß er mit dem Brande weit die Nacht verdorr',
Pech und Schwefel träufelt unten auf Gomorrh.

Erstfassung des später um drei Strophen erweiterten Gedichtes unter dem gleichen Titel.

WILHELM KLEMM

Schlacht an der Marne

Langsam beginnen die Steine sich zu bewegen und zu reden.
Die Gräser erstarren zu grünem Metall. Die Wälder,
5 Niedrige, dichte Verstecke, fressen ferne Kolonnen.
Der Himmel, das kalkweiße Geheimnis, droht zu bersten.

Zwei kolossale Stunden rollen sich auf zu Minuten.
Der leere Horizont bläht sich empor,
Mein Herz ist so groß wie Deutschland und Frankreich zusammen,
10 Durchbohrt von allen Geschossen der Welt.

Die Batterie erhebt ihre Löwenstimme,
Sechsmal hinaus in das Land. Die Granaten heulen.
Stille. In der Ferne brodelt das Feuer der Infanterie,
Tagelang, wochenlang.

BERTOLT BRECHT*

Moderne Legende.

Als der Abend übers Schlachtfeld wehte,
waren die Feinde geschlagen.
5 Klingend die Telegrafendrähte
haben die Kunde hinausgetragen.

Da schwoll am einen Ende der Welt
ein Heulen, das am Himmelsgewölbe zerschellt,
ein Schrei, der aus rasenden Mündern quoll
10 und wahnsinnstrunken zum Himmel schwoll.
Tausend Lippen wurden vom Fluchen blaß,
tausend Hände ballten sich wild im Haß.

Und am andern Ende der Welt
ein Jauchzen am Himmelsgewölbe zerschellt,
15 ein Jubeln, ein Toben, ein Rasen der Lust,
ein freies Aufatmen und Recken der Brust.
Tausend Lippen wühlten im alten Gebet,
tausend Hände falteten fromm sich und stet.

MODERNE LEGENDE *Signiert:* Berthold Eugen.

In der Nacht noch spät
20   sangen die Telegrafendräht'
von den Toten, die auf dem Schlachtfeld geblieben – –
siehe, da ward es still bei Freunden und Feinden.
– – – – – – – – – – – – – – – – –

Nur die Mütter weinten
25   Hüben – und drüben.

ERNST STADLER

Schwerer Abend

Die Tore aller Himmel stehen hoch dem Dunkel offen,
Das lautlos einströmt, wie in bodenlosen Trichter
5   Land niederreißend. Schatten treten dichter
Aus lockren Poren nachtgefüllter Schollen.
Die Pappeln, die noch kaum von Sonne troffen,
Sind stumpf wie schwarze Kreuzesstämme übers Land geschlagen.
Die Äcker wachsen grau und drohend – Ebenen trüber Schlacke.
10   Nacht wirbelt aus den Wolkengruben, über die die Stöße rollen
Schon kühler Winde, und im dämmrigen Gezacke
Hellgrüner Weidenbüschel, drin es rastend sich und röchelnd
        eingeschlagen,
Verglast das letzte Licht.

1915

LION FEUCHTWANGER

Lied der Gefallenen

Es dorrt die Haut von unsrer Stirn.
Es nagt der Wurm in unserm Hirn.
5   Das Fleisch verwest zu Ackergrund.
Stein stopft und Erde unsern Mund.
Wir warten.

Das Fleisch verwest, es dorrt das Bein.
Doch eine Frage schläft nicht ein.
10   Doch eine Frage wird nicht stumm
Und wird nicht satt: Warum? Warum?
Wir warten.

Staub stopft und Erde uns den Mund.
Doch unsre Frage sprengt den Grund
15   Und sprengt die Scholle, die uns deckt,
Und ruht nicht, bis sie Antwort weckt.
Wir warten.

Wir warten; denn wir sind nur Saat.
Die Ernte reift. Die Antwort naht.
20   Weh, wen sie trifft! Heil, wem sie frommt!
Die Antwort zögert, doch sie kommt.
Wir warten.

ALFRED LICHTENSTEIN

Nebel

Ein Nebel hat die Welt so weich zerstört.
Blutlose Bäume lösen sich in Rauch.
5   Und Schatten schweben, wo man Schreie hört.
Brennende Biester schwinden hin wie Hauch.

Gefangne Fliegen sind die Gaslaternen.
Und jede flackert, daß sie noch entrinne.
Doch seitlich lauert glimmend hoch in Fernen
10   Der giftige Mond, die fette Nebelspinne.

Wir aber, die, verrucht, zum Tode taugen,
Zerschreiten knirschend diese wüste Pracht.
Und stechen stumm die weißen Elendsaugen
Wie Spieße in die aufgeschwollne Nacht.

EMMI LEWALD

Absage.

Jahrelang durch friedevolle Zeiten
Sind in gleichem Takte wir gegangen,
5   Träumten von denselben Herrlichkeiten ...
Gleiche Lieder unsre Lippen sangen.

An dem Quell der Dichtung, junge Zecher,
Füllten wir in längstverblühtem Lenze
Glückverloren unsre Jugendbecher,
Auf der Stirn die gleichen Blumenkränze.

Hielten Treue durch den Lauf der Zeiten,
Sandten Briefe, die erinnrungsschweren
Freundeswarmen Briefe, viele Seiten,
Uns von fremden Ländern, fremden Meeren ...

– Aber plötzlich – scharf und blank geschliffen,
Liegt ein flammend Schwert in unserm Leben!
Nimmermehr zu Deiner Heimat Riffen
Wird sich je mein deutsches Segel heben!

Ausgelöscht, wie fern verblaßte Sterne,
Bist du, fremder Freund, du einst Erkorner,
Heute meinem Herzen weltenferne,
Mir für immerdar nun ein Verlorner!

Nicht du selber trugst die Fackelbrände
Hin zu meines Landes heilger Schwelle –
Doch sind deine Hände Feindeshände!
Deine Seele eines Feindes Seele!

Mag man sonst mit halben Zahlen zählen,
Jetzt ist laue Halbheit Fluch und Schande!
Heißer als die Neigung unsrer Seelen
Brennt die Leidenschaft zum Vaterlande!

Wo von unsichtbaren Wurfgeschossen
Stolze Schiffe deines Volks zerschellen,
Werf' ich unsrer Freundschaft welke Rosen
In des Meeres wildempörte Wellen!

KLAUS GROTH

De junge Wetfru

Wenn Abends rot de Wulken treckt,
So denk ik – och! – an di!
So trock verbi dat ganze Heer,
Un du weerst mit derbi.

Wenn ut de Böhm de Bloeder fallt
So denk ik glik an di:
Su full so menni brawe Jung,
Un du weerst mit derbi.

Denn sett ik mi so truri hin
Un denk so vel an di.
Ik et alleen min Abendbrot –
Un du büst nich derbi.

FRANZ WERFEL

Fremde sind wir auf der Erde alle

Tötet euch mit Dämpfen und mit Messern,
Schleudert Schrecken, hohe Heimatworte,
Werft dahin um Erde euer Leben!
Die Geliebte ist euch nicht gegeben.
Alle Lande werden zu Gewässern,
Unterm Fuß zerrinnen euch die Orte.

Mögen Städte aufwärts sich gestalten,
Niniveh, ein Gottestrotz von Steinen!
Ach es ist ein Fluch in unserm Wallen . . .
Flüchtig muß vor uns das Feste fallen,
Was wir halten, ist nicht mehr zu halten,
Und am Ende bleibt uns nichts als Weinen.

Berge sind, und Flächen sind geduldig . . .
Staunen, wie wir auf und nieder weichen.
Fluß wird alles, wo wir eingezogen.
Wer zum Sein noch Mein sagt, ist betrogen.
Schuldvoll sind wir, und uns selber schuldig,
Unser Teil ist: Schuld, sie zu begleichen!

Mütter leben, daß sie uns entschwinden.
Und das Haus ist, daß es uns zerfalle.
Selige Blicke, daß sie uns entfliehen.
Selbst der Schlag des Herzens ist geliehen,
Fremd sind wir auf der Erde Alle,
Und es stirbt, womit wir uns verbinden.

UNBEKANNTER VERFASSER

Vor Paris.

Blick' dort hinüber! Hol' heraus die Karte!
Was mag das sein fern dort im Abendstrahl?
In Qualm gehüllt ein wahrer Wald von Türmen,
Bauwerk an Bauwerk ohne End' und Zahl!

Welch eine Stadt! Wohin sind wir geraten?
Trügt unser Aug' vielleicht ein Spiegelschein?
Nein, sieh auch rechts und links die Forts so dräuend;
Bei Gott, das kann Paris – Paris nur sein!

Wovon vor Wochen keiner noch geträumet,
Als Wahrheit steht es heute vor uns da!
Fast unerreichbar wollte es uns dünken,
Das Ziel, und liegt schon heute uns so nah!

Wie haben wir als Kinder stets gelauschet,
Wenn von Paris der Vater uns erzählt,
Wie damals sie die Riesenstadt bezwungen;
Zu gleichen Taten sind wir jetzt erwählt!

Und die als erste deutsche Reiter schauen
Nach ihren Türmen heut' hinüber nun,
Für sie ist's das, wovon sie einst erzählen,
Falls sie nicht allzu bald im Grabe ruhn.

Denn sieh! Bemerkt im Fort dort drüben haben
Sie schon der unerwünschten Gäste Nah'n.
Es blitzet auf und dröhnt. Wir sind gemeinet,
Wir halten grad in der Geschosse Bahn.

Zum vierten Male jetzt in hundert Jahren
Die deutschen Heere rücken vor Paris,
Weil niemals diese Stätte blöden Hochmuts
Die Welt in ruhigem Gedeihen ließ!

Daß wir auch diesmal sie zu Boden ringen,
Daran wir Deutsche alle zweifeln nicht.
Uns treibt ja nicht die schnöde Herrschbegierde,
Als Werkzeug nur nahm uns das Weltgericht.

Doch dir, Paris, mag diese neue Lehre
Nun endlich einmal die Bekehrung sein!
Gefrevelt hast du an den ew'gen Rechten
Schon mehr, als dir der Himmel kann verzeih'n!

OTTO HEINRICH JOHANNSEN*

Unsere Oberprima.

Die Oberprima – habt ihr es gehört?
Gemeldet hat sich bis zum letzten Mann;
Die bunte Mütze in die Ecke fliegt,
Und Feldgrau ziehn sie alle an!

Die ganze Oberprima – denkt!
Tanzstundenherren nun nicht mehr,
Mit denen schüchtern man sich grüßt –
Jetzt heißt's Tornister und Gewehr!

Ist's denn zu fassen – alle sind
Mit einem Schlag sie Männer ja!
Und wir – zu End' das Tändelspiel!
Des Lebens Ernst steht vor uns da!

Noch einmal schmücken ihnen wir
Mit Blumensträußchen stolz die Brust,
Mit Herzenspochen diesmal wohl,
Der großen Stunde uns bewußt.

Denn wenn sie nun von dannen ziehn,
Wer bringt das Opfer – nicht auch wir?
Ist's unsre Oberprima nicht?
Wir bleiben doch verlassen hier!

Ob in den Schützengräben sie
Wohl an uns Mädchen denken oft?
Ob uns die Feldpost auch wohl bringt
Dann Grüße einmal unverhofft?

Und ob sie alle – nein, ich will
Nicht fragen, denken weiter mehr!
Jetzt heißt's für uns auch: Köpfchen hoch!
Es gilt ja Deutschlands Glück und Ehr'!

Die Oberprima – habt ihr es gehört?
Zum Kriege mit hinauszieht Mann für Mann!
Ihr Mädchen alle, sagt, ist das nicht mehr,
Als man auf einmal fassen kann!

KLABUND*

Der müde Soldat
Nach dem Chinesischen

Ein kahles Mädchen. Heckenblaßentlaubt.
Sie steht am Weg. Ich gehe weit vorbei.
So stehen alle: Reih in Reih
Und Haupt an Haupt.

Was weiß ich noch von heiligen Gewässern
Und von des Dorfes Abendrot?
Ich bin gespickt mit tausend Messern
Und müde von dem vielen Tod.

Der Kinder Augen sind wie goldner Regen,
In ihren Händen glüht die Schale Wein.
Ich will mich unter Bäumen schlafen legen
Und kein Soldat mehr sein.

KURD ADLER

Betrachten

Ganz lauernd stehen wir auf hohem Berg
und sehen Deutschland links und Frankreich rechts;
und überall ist großes, stilles Land
mit weichen Wäldern und verblinkten Dörfern.
Tief eingegraben sind wir wie die Tiere,
die Beute bergen. Der Geschütze
blauschwarze Mäuler glotzen stumpf und stier.

So ahnungslos ist aller Dinge Schein,
daß erst der runde, dumpfe Schall von drüben
uns bitter denken läßt, daß wir Zerstörer sind.

Hoch hebt sich ein Gefühl
von jener Liebe zu dem stillen Lied,
dem Sonntagmorgen und Sebastian Bach.
Ein Augenblick! Und schon ist alles grau.

Fünf Männer rennen wild um ein Geschütz,
Ich denke lächelnd der Begeisterung
der Morgenblätter, die wir nicht mehr lesen.

KARL KRAUS

Wiese im Park

Wie wird mir zeitlos. Rückwärts hingebannt
weil' ich und stehe fest im Wiesenplan,
5   wie in dem grünen Spiegel hier der Schwan.
Und dieses war mein Land.

Die vielen Glockenblumen! Horch und schau!
Wie lange steht er schon auf diesem Stein,
der Admiral. Es muß ein Sonntag sein
10   und alles läutet blau.

Nicht weiter will ich. Eitler Fuß, mach Halt!
Vor diesem Wunder ende deinen Lauf.
Ein toter Tag schlägt seine Augen auf.
Und alles bleibt so alt.

GEORG TRAKL

Grodek.

Am Abend tönen die herbstlichen Wälder
Von tödlichen Waffen, die goldnen Ebenen
5 Und blauen Seen, darüber die Sonne
Düstrer hinrollt; umfängt die Nacht
Sterbende Krieger, die wilde Klage
Ihrer zerbrochenen Münder.
Doch stille sammelt im Weidengrund
10 Rotes Gewölk, darin ein zürnender Gott wohnt
Das vergoßne Blut sich, mondne Kühle;
Alle Straßen münden in schwarze Verwesung.
Unter goldnem Gezweig der Nacht und Sternen   [Hain,
Es schwankt der Schwester Schatten durch den schweigenden
15 Zu grüßen die Geister der Helden, die blutenden Häupter;
Und leise tönen im Rohr die dunkeln Flöten des Herbstes.
O stolzere Trauer! ihr ehernen Altäre
Die heiße Flamme des Geistes nährt heute ein gewaltiger
Die ungebornen Enkel.   [Schmerz,

GRODEK 2. *Fassung dieses Gedichts. Die* 1., *verschollene Fassung war lt. L. v. Ficker* (*Hrsg. des ‚Brenner‘) etwas umfangreicher.*

Ferdinand Hardekopf

Ode vom seligen Morgen

Für Emmy Hennings

Süßeste aller Ausschweifungen:
5 schon morgens im Café zu sitzen,
wintermorgens.
Die Zigarette: blonder Honig, Opium wölbt mich ein. (Heimlich-
gothische Kapelle, Sicherheit.)
Es riecht nach Wärme.
Aus den Revuen knistern blaue Lust-Zungen.
10 Links in mir sammelt sich eine entzückende Angst.
Liebe Gifte heizen, hetzen.
O ihr *guten Drogen*: ich bete euch sehr an.
Lesen; blättern; man entknöspelt Zeitschriften wie Mädchen: fie-
bernd-sachlich, weihevoll-zynisch.
Die Eine die mit mir, mit dir ich *alles* waren!
15 Mir Vergangnes, unter Hochdruck, explodiert.
Das habe ich publiziert: diese lackierten Teufeleien, geschmink-
ten Qualen, ihr kleinen lila Neurosen.
Aber ein bißchen verachte ich euch, ihr meine reizenden Gespen-
ster.
Ich bin eine solide Bestie. Schwer zu töten.
Nur Kaffee und Zigaretten muß man uns natürlich garantieren.
Dazu einige erdige Parfums.

20 Schon vormittags im Café (wie einst –).
So inniglich verbummelt.

Und der Tag ist kompromittiert, der Tag ist süß.

Ermutigt (ach!) singe ich dieser zuckenden Minuten Melodie;
sing ich euch, ihr gebenedeiten Cafés;
25 sing ich die tiefgeliebte décadence.
Die lieben wir, *die* streicheln wir mit gewürzten Caressen.
(Ihr sprecht sie mit falschem Nasal-Laut aus.)
Wir pfeifen auf was ihr stolz seid,
euren Auszeichnungen weicht ein Achselzucken aus,
30 und was ihr höhnt ist unser maßloser Stolz.
Weltenwild ist unser großes Glück und sehr privat.
Wir sind völlig verdorben und endlos selig;
wir sind feine Tiere;

die Mädchen nahe uns werden böse und herrlich, werden sensitiv,
instruiert und instruktiv.
35 Diese Souveränität ist unangreifbar.
Alles können wir entbehren, natürlich außer dem Kaffee (bezau-
bernder Oliven-Tinte, die Innenränder beschreibend) und dem
Café.
Sehr spöttische Herren sind wir weh schwankender Provinzen –
Selig in uns –
O: die geschmeckte Allmacht dieser Stunde!

ALBERT EHRENSTEIN

Ende

Ich stand am Kriegsstrand,
blutige Wellen schäumten zu mir.
5 O wär ich in Samarkand
und nicht hier.

Immer noch kämpfen
auf dem Dunghaufen zwei Hähne.
Es glauben die Tauben,
10 daß unter ihren Sprüngen die Erde erdröhne.

Kann ihren zornigen Blutgeifer nichts dämpfen?
Rausche, o Wasser!
Ich höre das Meer.
Über Europa: England und Rußland,
15 aus Urzeiten kommend zu Zeiten,
ergießt sich rollend das Meer.

In den Tagen der Zukunft,
rein von Menschenameisen, stürzest du einst,
oder es schluckt dich, Erde, die Sonne.

ELSE-LASKER-SCHÜLER

Senna Hoy

Seit du begraben liegst auf dem Hügel
Ist die Erde süß.

Wo ich hingehe nun auf Zehen,
Wandele ich über reine Wege.

O, deines Blutes Rosen
Durchtränken sanft den Tod.

Ich habe keine Furcht mehr
Vor dem Sterben.

Auf deinem Hügel blühe ich schon
Mit den Blumen der Schlingpflanzen.

Deine Lippen haben mich immer gerufen,
Nun weiß mein Name nicht mehr zurück.

Jede Schaufel Erde, die dich barg,
Verschüttete auch mich.

Darum ist immer Nacht an mir
Und Sterne schon in der Dämmerung.

Und ich bin unbegreiflich unseren Freunden
Und ganz fremd geworden.

Aber du stehst am Tor der stillsten Stadt
Und wartest auf mich, du Großengel.

1916

LUDWIG RUBINER

Geburt

Vor unserer Geburt, in der grünen Südsee platzte die Erde und das
        Wasser,
Tausend Menschen saßen wie Schnecken auf großen Blättern in
        Hütten und versanken keuchend.
Vor Marseille fielen die roten Schiffe um, das Meer schlug vom
        Mond herab.
Die Dampfer schnurrten in den Abgrund, lächerliche Insekten.
Als wir geboren wurden, zog Feuer durch die Luft.
Die Schwärme des Feuers flogen um die Erde.
Wehe, wer nicht sehen wollte!   [zerplatzt.
Tausend Menschen, still heckende Schnecken, waren zu Staub

Die Tage erblichen für die glühenden Abende.
Die Nächte schwangen rote Palmblattflammen über Berlin,
Die Abende waren gelbe Tiere über der Friedrichstraße.
Berlin, aus spitzen Plätzen, grauen Nebenstraßen, quoll das Blau
der Vulkane.

15 Die Frauen waren alle allein, die Männer reckten sich auf,
Die Schenkel liefen durch Berlin, heiße Haarberge bogen hoch.
Die Sonne ging immer unter. Die Abendstrahlen, heiß, quollen
aus den Männern.
Die Häuser waren kalkig und bleich. Durch dunkle Zimmer
wankte die Stadt, die Blinde.

Wir wurden geboren, Strahlenlicht kreiste abends über unseren
Mündern,
20 Grüne Südsafthügel hingen vom Mond über uns;
Wir rissen unsere Augen von unserem Blut auf.
Der Himmel flog über alle Straßen der Stadt.
In der Vorstraße aus Zaun und Stein wartete die grauhaarige
Mauerdirne auf die Soldaten.
Wir wußten, daß es andere Länder gibt.
25 In möblierten Zimmern sannen russische Stirnen über
Bombenattentaten.
In den Variétés wurden die sieben englischen Puppenmädchen
geliebt.
Die Menschen sitzen in schwarzen Röcken, essen und werden alt.
Am grünen Kanalufer schleppt man Leichen auf den Asphalt.
Die hohlen Häuserwände waren lose und grau.
30 Kamerad, Sie liefen die Straße auf und nieder, Sie waren blaß vor
dem heiligen Panoptikumsbau.

Aus dem müßigen Durchhaus der ganz Erwachsenen schoben
frisch geschminkt weiße Weiber mit dicken Bäuchen.
Reisende in alten Bärten bebten betäubt vor Büchern und
verklebten Photographien.
Drüben: starre Inseln in Sonne, Bäume auf gelbem Kies, Bänke,
selige Hotels.
Unter den Linden gingen die verschleierten Ausländerinnen
mit den frierenden kleinen Hunden.
35 Kamerad, Sie liefen bleich tauchend bis zum Durchhaus,
weihevoll.

Die Friedrichstraße fiel zu Boden. Abendherzen im Strahl
schwebten auf Nebengassen.

Die Luft stand mit Sternen in Ihnen, der Tag war noch hell.
Die Menschen waren dick und rauchten Zigarren. Niemand sah
        Sie an.
Die Stadt schwebte, es war still im Abendbrand, die Häuser
        zerfielen unten.
40 Die Menschen gingen schwer.
Kamerad, Sie waren allein. Niemand hatte das Licht gesehen.
Um die Erde sprühte der südliche Schweiß des Vulkans.
Niemand sah. Berlin schmatzte rollend.

Es war nicht mehr Licht durch buntes Abendglas,
45 Nicht mehr Fackelwogen hinter Spielpapier:
Flammenschirme vom Himmel bogen um unseren Kopf.
Die Luft schmolz im langen Lichtwind übers Feld,
Drunten lag der harte Sand rötlich wie getretener Mob.
Wir heulten ins Grüne übers Tempelhofer Feld.
50 Vor schwarzen Fensterschwärmen der schweißigen
        Hinterhauswände
Stießen wir unsere Flugdrachen hoch in die Windfarben und
        sogen den Glanz.
Berlin, Ihr dachtet an Geld.

O Kleinstädte der Welt, über euch tropften die Farben alle Abend,
        ehe Silber und Blau kam.
Kamerad, Ihr Jungenhaar zackte schwarze drohende Felsen über
        den gepfeilten Brauen.
55 Sie haßten den blassen Schimmel der schlaffen Hausdächer.
Wir kannten uns nicht.

Ich rannte gefräßig umher, blond unter Papierlaternen zum
Lärmplatz. Gläserne Lichterkränze. Greise Zauberclowns schrien
in papierne Trompeten.
Ich nahm meine dunkle Schwester, zarte Knöchel, in die feuchte
Ringkämpferbude.

Damals liebte ich sie so.
60 O wären wir ausgerückt!   [Bierseideln.
Wir saßen in verdorrten Halbgärten. Soldaten tranken aus
Wir sahen durch grüne Stuhllehnen auf hölzerne Karussells.
Vor alten Frauen in Würfelzelten zerfransten sich gegossene
        Glasvasen.
Wir griffen unsere Hand zum letztenmal. Wir warteten.
65 O vielleicht stand das feurige Licht gleich an unserer Haut: uns
        allen!

O wir wußten alles. Die grüne Farbe glänzte am Wirtshausstakett
(Einmal gab es wohl Zeiten, da grünten die Frühlinge so fett.)
Es war alles für uns und für die anderen gemacht,
Aber früher waren die Tage dumpf und grau, und dies galt als
Pracht.
70 Wir sahen uns an, hinter ihren Augen braun und im vierzehnten
Jahr
Schwamm Hingabe, wie Blutstropfen rollte ihr Lächeln zum
Hals, weil das neue Licht um uns war.

Die Buden kreischten, eine Tombola knarrt, rote Dienstmädchen
träumen selig und taub,
Wir wußten, so war früher ein Fest, bald stehn hier Häuser in
steinernem Staub.
Warum sieht niemand das Licht? Um uns ist das Licht. Die Erde
stößt leuchtende Brunnen empor,
75 Glutlöcher im Himmel, brennende Riesenschornsteine von Glas,
Lichtsturzstufen herab wie eines
Wasserfalls strahlendes Rohr.
Wie Pilze klein verwittern grünliche Buden um Limonadenlicht
und lärmfarbenes Früchte-Eis.

Wir beide waren sprießende Wälder, wimmelnde Erdteile in
Himmel und Licht, um unsere Glieder floß das helle Meer. Wir
waren uns fremd. Wir wirbelten tief durch blaue Lichtkugeln im
Kreis.
80 O neue Zeit! Zukunft! Preiselbeerrote Feierlichkeit! O Preis!

BERTHOLD VIERTEL

Die Schlacht

Unbesorgt, ob die Hölle brüllt auf dem Hügel –
Ja der Mensch, der Mensch nur hat die Hölle erfunden –
5 Geht im Tal der Bauer, führt seinen Pflug vor.

Unbekümmert um den Triumph der Minen –
Hochauf quirlen die schwarzen Säulen Jehovas –
Läuft im Tal das Bauernkind, wo der Pflug geht.

Unbesorgt um den tanzenden Ekrasitberg –
10 Märtyrer schwebten ohne Hände und Füße –
Gräbt der Pflug seine Furche – der Bauer ein Kreuz schlägt.

Unbekümmert um die zerworfenen Puppen –
Droben am Berghang, buntverkleidete Leichen –
Trabt im Tal die Stute, froh schreit das Fohlen.

15 Unbesorgt um die giftige, rotbraune Wolke –
Wo seit Nächten der Wald brennt, riesige Esse –
Kreist ums Fohlen eifersüchtig die Stute.

Rosige Wölkchen seh ich gemalt und schwarzes Gewölke,
Breit am Firmament die brandige Glorie
20 Und der braunen Hälse Spiel in den Gräsern.

ALFRED WOLFENSTEIN

An Die von 1914

Wie sind zu Tänzern Bürger rings geworden –
Die langen Herzen kommen wild geflogen,
5 Die kühlen, von einander angezogen –!
Es ist so heiß und rot wie nie im Norden.

Es trommeln bis zum Tod mit gleichem Schlage
Hinausgezogne auf erhöhten Knieen –
Die niemals Rätsel fühlten, nie aufschrieen,
10 Erstürmen hallend Lösung jeder Frage.

Warum bewegtet ihr euch nicht im Frieden
So außer euch, so ruhlos und so gerne!
Gekommen wäre niemals mehr der Krieg.

Doch lernt dies Feuer für den neuen Frieden!
15 Stürmt dann wie jetzt und ruft statt Hurra: Sterne!
Und opfert euch für Geist und seinen Sieg.

JOHANNES ROBERT BECHER*

Melodieen aus Utopia

Sie dringen langsam schon heran, bald gleiten
Sie milde Stöße auf und ab im Blut.
5 Die Adern tönen, Netz gespannter Saiten.
Moorsee des Cellos zwischen Bergen ruht.

MELODIEEN AUS UTOPIA *Später:* Klänge aus Utopia.

Darob die Inseln der Gestirne hängen.
Verweste Tiere blühn in Wäldern auf.
Es steigen Prozessionen nieder in Gesängen.
10 Der Fluß beleuchtet seinen schwarzen Lauf.

O Mutterstadt im freien Morgenraum!
Es flügeln Fenster an den Häuserfronten.
Aus jedem Platz erwächst ein Brunnenbaum.
Veranden segeln mondbeflaggte Gondeln.

15 Sie künden Männer an, elastisch schwingen
Die durch der Straßen ewig blaue Schlucht.
Ja –: Frauen schreitende! Mit Palmenfingern.
Geöffnet weit wie Kelche süßester Frucht.

Und Freunde strahlen an dem Tor zusammen.
20 Wie hymnisch schallt purpurener Lippen Braus.
Nicht Söhne mehr, die ihre Väter rammen.
Umarmte ziehen, Sonnen, sie nach Haus.

Zu weichestem Park verschmölzen die Gefilde.
Die Armen schweben bunte Falter dort.
25 Goldhimmel sickert durch der Wolken Filter
Ob Völkern hin. – Lang dröhnender Akkord.

RICHARD DEHMEL

Die Heimkehr

Bist du's wirklich, liebes Vaterland?
O, so gib mir doch ein Wunderzeichen!
5 Warum blühst du nicht ganz ohnegleichen?
Lieblich sind die Blumen auch im Feindesland!
Und ich habe doch für dich gekämpft.

Bist du's, liebe kleine Heimatstadt?
Warum macht dein Lärm die Brust mir enge?
10 Und ihr großen Städte voller Festgepränge:
falscher Prunk auch hier in wüster Menge.
Habt ihr nicht die Eitelkeiten satt?
Wieviel echtes Blut starb hin für euch!

Seid ihr's, liebe Freunde, allesamt?
15 Ach, der Lichterschmuck der Tafelrunde flammt
über lauter schattenschweren Köpfen.

Einer fehlt; der hoffte bis zum Tod,
ihr, ihr würdet nach der großen Not
größere Seligkeit aus allem Leben schöpfen.
20 Warum seht ihr immer noch so schwarz?

Seid ihr's, liebe Kinder? Jubelt doch!
Reun euch meine graugewordnen Haare?
Meine ewige Seele kümmern keine Jahre,
und mein Herz bleibt rot bis an die Bahre;
25 seht, ich bin's, ihr seid's, wir atmen noch!
Geht und holt mir einen grünen Kranz!

Ja, du bist es, mein geliebtes Weib.
O, aus Deinen Augen ohnegleichen
leuchten still die alten Wunderzeichen
30 und verjüngen wieder Welt und Seel und Leib.
Komm, wir feiern stets ein Friedensfest.

FRANZ WERFEL

Trinklied

Wir sind wie Trinker,
Gelassen über unseren Mord gebeugt.
5 In delphischer Ausflucht
Wanken wir dämmernd.
Welch ein Geheimnis da?
Was klopft von unten da?
Nichts, kein Geheimnis da,
10 Nichts da klopft an.
Laß du uns leben!
Daß wir uns stärken an letzter Eitle,
Die gut trunken macht und dumpf!
Laß uns die gute Lüge,
15 die Heimat, wohlernährende!
Woher wir leben
Wir wissen nicht . . .
Doch reden wir hinüber herüber
Zufälliges und anderes Herz.
20 Wir wollen nicht die Arme sehn,
Die nachts aus schwarzem Flusse stehn.
Ist tiefer Wald um uns,
Glockenturm über Wipfeln?

Hinweg, hinweg.
25 Wir leben hin und her.
Reich du voll schwarzen Schlafes uns den Krug!
Laß du uns leben nur,
Und trinken laß uns, trinken!

ELSE LASKER-SCHÜLER

Verinnerlicht

(Joh. Haubrich gewidmet)

Ich denke immer ans Sterben,
5 Mich hat niemand lieb.

Ich wollt, ich wär still Heiligenbild
Und alles in mir ausgelöscht.

Träumerisch färbte Abendrot
Meine Augen wundverweint.

10 Weiß nicht, wo ich hin soll
Wie überall zu dir.

Bist meine heimliche Heimat
Und will nichts leiseres mehr.

Wie blühte ich gern süß empor
15 An deinem Herzen himmelblau,

Lauter weiche Wege
Legte ich um dein pochend Haus.

HUGO KERSTEN

Verse

Die Furcht vorm Ichsein trommelt uns ins Ohr,
und Zeiten fallen rauschend uns vorüber.
5 Wir werfen zwecklos bunte Worte drüber.
Revolten heulen an der Stadt empor.

GOTTFRIED BENN

O, Nacht –:

O, Nacht! Ich nahm schon Kokain,
Und Blutverteilung ist im Gange.
Das Haar wird grau, die Jahre flieh'n,
Ich muß, ich muß im Überschwange
Noch einmal vorm Vergängnis blühn.

O, Nacht! Ich will ja nicht so viel.
Ein kleines Stück Zusammenballung,
Ein Abendnebel, eine Wallung
Von Raumverdrang, von Ichgefühl.

Tastkörperchen, Rotzellensaum
Ein Hin und Her, und mit Gerüchen;
Zerfetzt von Worte = Wolkenbrüchen –:
Zu tief im Hirn, zu schmal im Traum.

Die Steine flügeln an die Erde.
Nach kleinen Schatten schnappt der Fisch.
Nur tückisch durch das Ding = Gewerde
Taumelt der Schädel = Flederwisch.

O, Nacht! Ich mag Dich kaum bemühn!
Ein kleines Stück nur, eine Spange
Von Ichgefühl – im Überschwange
Noch einmal vorm Vergängnis blühn!

O, Nacht, o leih mir Stirn und Haar,
Verfließ Dich um das Tag = verblühte!
Sei, die mich aus der Nervenmythe
Zu Kelch und Krone heimgebar.

O, still! Ich spüre kleines Rammeln:
Es sternt mich an – Es ist kein Spott –:
Gesicht, ich: mich, einsamen Gott,
Sich groß um einen Donner sammeln.

1917

Kurt Tucholsky*

Flocken

Jetzt blasen bald die kalten Winterstürme,
der Rabe kolkt, die schwarzen Krähen schrei'n;
5   es zieht fatal um alle Kirchentürme,
der Posten wickelt sich in seinen Pelz hinein.
Der Ofen knackt. Im bunten Weltgetümmel
wird eingeheizt von Riga bis zur Spree –
Sieh da – nun fällt vom weißen Winterhimmel
10   der erste Schnee.

Das war ein Jahr! Der Zar fiel sanft vom Throne,
es fiel die Börse in Amerika;
es fielen Riga, Görz, und eine Krone
in Rom ist auch dem Fallen ziemlich nah.
15   Der Deutsche rückt sich seinen Stahlhelm fester
und kocht sich einen warmen Wintertee;
den U-Bootleuten klatscht auf den Südwester
der erste Schnee.

Und auch der Frontsoldat, der gute Junge,
20   packt sich in seine Wintersachen ein;
er hat den Rumgeschmack schon auf der Zunge
und freut sich auf den braven Glühewein.
Elvira glaubt, es wird dem Knaben frommen
die warme Hülle für den großen Zeh – –
25   Sie strickt.
        Wir sind bereit.
          Nun kann er kommen
          der erste Schnee!

Signiert: Theobald Tiger.

ANTON SCHNACK

Der Train

Endlos vorbei: Drei Tage in Fahrt, zwei Nächte. Ein ewig
    Gerassel; Gestank
Von hunderten Pferden, mit Schlamm behängt beim Traben durch
    Löcher und sumpfiges Wasser.
5 Bei Olesko hing Himmel voll Sterne, bei Brody standen sie blasser.
Im Dorf am Bach barst polternd ein Wagen, neun Gäule blieben
    da krank ...
Eine Tagfahrt im Regen, eine Nacht in Gewittern, die Pferde
    schäumten sich weiß.
Geschrei und Flüche ... Gezerr an den Halftern ... und Brand
Von qualmenden Pfeifen, die glühten ins Dunkel, gefährlich,
    verrufen, verwüstet, verbrannt. –
10 Ein Mittag erbrach sich mit Sonne und sengte den Weg, war heiß.
Zuweilen war Rast, war Halt. Man warf sich zum Schlaf auf den
Man tränkte die Gäule, man schüttete Hafer, und Rauch [Rasen,
Zog über die Wagen, der schmeckte nach Fleisch und Reis. –
Zuweilen zur Nacht, wenn sie halbschlafend im Sattel sich wiegten
    und saßen,
15 Knallten Schüsse aus Dickicht, aus Waldsaum, aus brütendem
    Ackerstrauch,
Zersplittern einem den Arm, ein Gaul schlug dumpf zusammen,
    getroffen in Hirn und Steiß ...

ERNST WEISS

Versöhnungsfest

O guter Gott, Du bist nicht an der Zeit, der Menschen zarter Föhn,
O Gegengott, ewig sausender Neumond, blutigscharrender Ost-
    wind,
5 O Gott, verlorener Sohn, namenloser, verschollener,
Schollen zerschabten Deinen Frühlingsblühemund zu lange,
O Gegengott, siegreicher Sadistensultan in Erstarrung, stahl-
    eiserner
Dampfhammer; schlug gegen weiche Kinderknorpelstirnen,
O Gott, in alle Freuden sanft verstreuter,
10 In jedem roten Blumenduft blüht Dein Mund,
O Gegengott, der das Leiden preist,

O Gott, der Morphium erfand,
O Gegengott, urdrohend mit gekreuzter Marter,
O Gott, Unwissender, Blinder dieser qualgekreuzten Welt,
15 O Gegengott, kalte Feuermauer zwischen Mensch und Mensch,
O Gott, wild jubelnd durchfauchst Du den guten Dämon:
    Mensch!
O Gegengott, zu Milchschaum schlägst Du die klaren Menschen-
    güteaugen,
O Gott, Weichwehen im Schauer mit den Wonneschmerzen einer
    ersten Braut,
O Gegengott, krachend kalter Krater, Schlachthund, dessen Atem
    eisig brennt,
20 O Gott, o Gott, bettle los die Erde!
Nimm diese Erde, mich und Dich und alle, alles, immer, überall,
Aus seinen langen Chinesennägeln, den hornig-schwarz-
    vertrockneten,
O Gott, o bettle los die Erde,
O Gott, nimm uns in Deinen Mund, dieweil er schläft,
25 O Gott!

Entmündigter, wann wirst Du Mund?
In welcher Tobsuchtszelle, stumpf eingeballt, heulst Du nach mir?
Mein Gott,
Tobst Du nach mir zurück, verstummter Schrei der Wonne?
30 In Sengesonne steht Dein Haus? Bleidächer über Deinem Haupt?
Regen regnet, Qual verendet, tröste Dich, mein Gott,
Mein Sohn, mein mir versöhnter!
Unsterbliche sind wir, mein Gott und ich!
Unsterblich kommen wir zusammen,
35 Ausgebrochen weit aus dieser Kettenwelt,
Schattige Waldtiere, unendliche Söhne, urweltlich gesellt!
Bruder, älterer Bruder, schlafe neben mir bei meinem Wachen,
Lächle, Holder, Du, mit meinem Lachen,
In den Falten Deines armen Kleides liegt noch Totenhausgeruch.
40 Älterer Bruder, Verschwender,
Wollustwonne Musik und Sonne,
Schwebefreude hast Du wild verschwendet.
Wohin Verschwundener?
Schlafgewandelter, Entrückter,
45 Entmündigter, wann wirst Du Mund?

Aufdonnern wird das jubelnde Jahrtausend
Amnestie der Welt! Gottlos ist Haß, Gerechtigkeit Verbrechen

Heran, o Gott, herangebetet, herangekrallt mit Raubtierkralle,
Wie Dynamit stürzt Deine Güte wild erschütternd schrecklich
über alle!

50 Helenka, schwangre Dirne, dem Freudenhaus entwanderst schwer!
„Ob Du mal wegschwimmst, Fetzen, gottverdammter", hetzt der
Lasterpascha hinterher.
Verzeihung beiden, Vergötterung beiden,
Menschlich sei, Gott, erschütterbar von allen, die leiden.

Aus den Ohren einer Schwarzgewürgten zerren Mörder schwere
Perlen,
55 Über Stöhnen krachen sie Lachen: „Unglaublich, was für ein
Leben die Bestie in sich hat!"
Verzeihung beiden, Vergötterung beiden,
O Gott, sei menschlich, erschütterbar von allen Leiden.

Kriegswucherer erschnuppern tückisch flink die fette Konjunktur,
Biertümpelnd hocken Bierphilister, überstinkend selbst den Mord-
gestank der Zeit,
60 Oh iß mit ihnen, begreife sie, greif sie auf mit Deiner Hand,
Menschlichster! Erschütterbar von allem, was ins Gemeine fand.

Börseherren, schlaflos neidgehetzt; Tierquäler, die den Ratten
ihres Unterstands
Witzelnd den Nacken zerschneiden, am Schreien sich zu weiden,
Oh scheu Dich nicht, tritt näher, greif sie auf mit Deiner Hand,
65 Knirschender, in heißem Zorn geballter, Zerknirschter von allem,
was in die Hölle fand.

Aufdonnern mußt Du das jubelnde Jahrtausend!
Bist Du allmächtig, entkette! rette das Jahr der Hölle 1917!
Vergöttere alle, mit dem Menschenhunde wandle lächelnd Hand
in Hand
O Gott, mehr als Mensch!

ALFRED WOLFENSTEIN

Im Bestienhaus

Ich gleite traurig, rings umgittert von den Tieren,
Durchs brüllende Haus am Stoß der Stäbe hin und her,
5 Und blicke weit in ihren Blick wie weit hinaus auf Meer
In ihre Freiheit – die die schönen nie verlieren.

IM BESTIENHAUS *Vgl.* Der Panther *(S. 49).*

Der harte Takt der engen Stadt und Menschheit zählt
An meinen Zeh'n, doch lose schreiten Einsamkeiten
Im Tigerknie, und seine baumgestreiften Seiten
10 Sind nur der ganzbewachsenen Erde eng vermählt.

Ach, ihre reinen heißen Seelen fühlt mein Wille,
Und ich zerschmelze sehnsuchtsvoller als ein Weib,
Des Jaguars Blitze gelb aus seinem Sturmnachtleib
Empfängt mein Schneegesicht und winzige Pupille.

15 Der Adler sitzt wie Statuen still und scheinbar schwer
– Und aufwärts aufwärts in Bewegung ungeheuer,
Sein Auftrieb greift in mich und spannt mich in sein Steuer,
– Ich bleibe still, ich bin von Stein, es fliegt nur er.

Es steigen hoch der Elefanten graue Eise,
20 Gebirge, nur von Riesengeistern noch bewohnt –
Von Wucht und Glut des freien Alls bin ich umthront.
Und stehe *eingesperrt* in ihrem wilden Kreise.

FRANZ RICHARD BEHRENS

Sechstaktmotor

Für Rudolf Blümner

Blühen muß meine Maschine
5 Grüne Frösche
Verspannungsbefestigungslasche
Hellgrünheben
Neunzehnhundertneunundsiebenzig
Wenn ich meine Bomben werfe
10 Grüne Hunde
Antrieb vom Geschwindigkeitsmesser
Rote Dächer
Fünfundzwanzig und dreißig Kilogrammquadratmeter
Bin ich schneller als er
15 Der stille Herr
Zelluloid
Dunkle Bäume
Elftausend Kilogramm
Aber wohin werfen
20 Mondsüchtige
Cellon

Weiße Wölkchen
Dreimal Hundertzwanzig Quadratmeter
Jetzt gilts Freund
25 Der Nachtwandler
Propeller mit geschweifter Eintrittskante
Platzende Schrappnells
Ka x Ka ypsilon und A durch W
Er ist stark
30 Der Drehwurm fährt Karussell
Aus einem Stück gebogenes Scharnier
Daunen steigen
Eins Komma eins von Hundert
Fünfzig Meter steht er über mir
35 Ganz große Kanone
Vorrichtung zur Verankerung der Verwindungsklappen bei Wind
Halten sich zu meiner Rechten
Null Komma dreizehn Millimeter
Fünfzig Meter liegt er auf mich
40 Küken Rollengehäuse für Seilzug
Sie mehren sich
Dreizehn Komma vier Metersekunden
Was sind fünfzig Meter
Oberfranz franzt Strich
45 Haftenteil für Gürtelschnalle zum Festschnallen
Schon sind sie auf beiden Seiten
Eins Komma zwei zwei drei Kilogrammkubikmeter
Dauerfranz verfranzt
Bajonettförmige Befestigung von Tragdeckenholmen
50 Die mit Laub bedeckten Erdhütten
Fünfzehn Grad Celsius
Ich sehe sein Grinsen
Affenfahrt
Autokanister
55 Protzen Munitionswagen Gespanne
Ka ypsilon mal S mal Vquadrat
Er beugt über Bord
Ich will noch heute zum Südpol
Schwarzblechklempner
60 Ihr habt recht euch zu retten
Nullkommanullfünf neun-sechsdrei
Ich höre nichts mehr
Ha und Be
Tropfende Rostschutzlack

65 Fünf Atemzüge sitze ich ihm im Rücken
Kaltes Messer am Halse
Mäuschen und Nägel
Kugellager
Herz über Herz
70 Kreuztraversen
Splitter spritzen fünfundzwanzig Meter gurgelnd
Meine Maschine küßt mir die Hand

UNBEKANNTER VERFASSER

Aus: Verse der Persuadenta

Die Persuadenta ist nicht nur dadurch ausgezeichnet, daß sie als einzige
Kunstrichtung nicht auf ismus endigt. Ihre Werke folgen dem Prinzip, das
5 Persuadens der Dinge zu geben, das ist: was unmittelbar, ohne Zustim-
mung der Logik oder der Natur überzeugt.

Die Namenlose

Er, Fred, betrat die gelbgestreifte Frühe.
Sie trug den Dumpfkühlblick der Morgenkühe.
10 Er sagte weis: „. . und heißt du Tekla Beck? . .“
Sie aber lehnte das hinweg.

[. . .]

Herbst

Der dürre Wind klappappert den verstrolchten
15 Frierbaum. Sein Kauz mißtraut mir, ob ich hörche.
Gesträppe schwanken, ob sie mich erdolchten.
Egon entschweift wie alle, alle Störche.

Winter

Weit glatzt im lockern Raum das fette Weiß,
20 Nur schwarze Lachen kaven in das Schnein.
Hier träumt in ernster Dicke Mildgegleiß
Ein Fühlender. Es dürfte Anton sein.

VERSE DER PERSUADENTA *Signiert:* Strawotsch.

Urvorschlag

Der Horizont beläuft die laffe Pappe
25   Der Berge unterm leeren, grauen Traum.
Einsam verbeugt sich oben in den Raum
Ein Vorschlag, freundlich lüftend seine Kappe.

THEODOR DÄUBLER

Geheimnis

Der Vollmond steigt auf steilen Kupferstufen
Sehr rasch ins taubeblaute Feigenland.
5   Ein Tier, das starb, hat ihn emporgerufen;
Ein Vogel? Streichelt ihn die Silberhand?

Nun ist der liebe Mond zu sich gekommen:
Beruhigt kann er unter Menschen sein.
Die Junikäfer sind verliebt erglommen:
10   Jasmingeruch betäubt die Todespein.

Dann wieder hat ein Tier im Busch gewimmert.
Es schrie sogar! Nun ist es bloß der Wind.
Nur still, wie gut die Silberampel schimmert:
Der Mond ist Wald und Wesen holdgesinnt.

15   Als Vogel ist er einst davongeflogen,
Er sollte Künder sein von Trost und Glück!
Dann sind ihm weiße Tauben nachgezogen;
Der Mond kehrt nie in Gottes Hand zurück.

ARMIN THEOPHIL WEGNER

Die Ertrunkenen

Wenn ich des Abends am einsamen Flusse schreite,
Tönt aus den Wellen dunkler Klagen Gesang,
5   Und der Ertrunkenen Stimme gibt mir Geleite
Durch die Nacht, durch den Tag, auf bräutlichem Gang.

Wir, wir schreiten im Blau, im regnendem Lichte,
Von Sternen ist hoch, von Himmel das Haupt überdacht

DIE ERTRUNKENEN *Vgl. Brecht* Als sie ertrunken war... *(S. 187).*

Und wir bilden den Tag und wir haben ferne Gesichte;
10 Sie aber wohnen in Schweigen und ewiger Nacht.

Versunkene Schiffe, beladen voll modernder Schätze,
Ankern sie tief in der Flüsse gleißendem Grund,
Sie streifen der Fischer schleppend gefüllte Netze,
Algen und Schleiche nisten in ihrem Mund.

15 Furchtbar hebt sich der Berg der geschwollenen Leiber,
Von Wasser gebläht, ein triefend gefüllter Sack,
Von den Fischen benagt die entblößten Brüste der Weiber,
Vergangener Schönheit entsetzliches Wrack.

Blasen steigen auf aus den pilzüberblühten Weichen –
20 O weiße Schaluppe, mit Ratten und Fröschen bespannt,
Es sitzen auf ihrer Mütter gedunsenen Bäuchen
Die Ungebornen und segeln hinab in das Land.

Ich grüße euch, der Liebe verratene Pfänder,
Im Tanzkleid, im strohgeflochtenen Hut.
25 Und über mich durch der Brücke finstres Geländer
Fällt Laternenlicht auf eure einsame Flut.

Im Abfall und Spülicht der eingestürzten Kanäle
Schwimmt eurer Haare flatternd gelöster Tang,
Und es tastet die Hand um der Speicher zerfallende Pfähle,
30 Aus ersticktem Jammer hebt sich ein süßer Gesang.

Haß, Hunger, Verzweiflung, Ekel und Reue
Ebben dahin um der Häfen betrümmerten Strand,
Und sie halten die Stadt, ihre Brunst und stürmischen Schreie
Mit der dunklen Wucht ihrer Stille gebannt.

35 Schweigend wälzt sich der Strom, um die frierenden Küsten
Gießt Abend schwarz sein geronnenes Blut.
An den versunkenen Inselbrüsten
Saugt still wie das Kind am Busen der Mutter, die Flut.

KARL BRÖGER

Feldgrauer Vater an der Wiege

Klares Sommerlicht,
mein Kind, ist dein Gesicht.
5 Licht, das auf Mutters Scheitel geruht,

Licht, das dich küßte in Vaters Blut..
Doch silbernes Licht und Sommer sind weit.
Du bist Zeit, mein Kind, du bist Zeit!

Bist Jahr, das donnert und blitzt,
10 Monat, der auf knöchernem Throne sitzt,
Tag, der mit erzener Stimme schreit,
bist menschenfressende Zeit.

Als du, mein Kind, noch flaumleichter Traum gewesen
und ich dich nur als zärtliches Wort in Mutters Briefen gelesen,
15 standen schon Männer um dich geschart, mein Kind,
deren viele um dich erschlagen sind.

Tausend sind dir Vater geworden.
Jeder, der um dich starb im grausigen Morden,
darf dich Sohn und Erben nennen,
20 und du mußt dich zu seiner Liebe bekennen.

Heut fühl ich mich ganz von Schuld des Todes entsühnt,
weil das Leben, der Mensch, die Liebe in dir grünt.
Laß uns dein Leben auf alle Massengräber pflanzen,
dann wird die blutende Welt einst wieder singen und tanzen,
25 und dich werden selbst die Toten lobpreisen...
Mein Sohn, Friederich sollst du heißen!

Klares Sommerlicht,
mein Kind, ist dein Gesicht.
Sommer und Licht sind nimmer weit..
30 Dann sei Zeit, mein Kind, sei Zeit!

IVAN GOLL

Möblierte Zimmer

Wir Götter, immer auf der Wanderung,
Enorme Berge Illusion im kargen Koffer,
5 Pochende Landschaften erregter Reise toll,
Und ungeduldige Schreie verbrauchter Städte noch in uns:

Nun ist ein neuer Himmel schon gemietet,
Ein Diwan seufzend unter unsrem Schlaf, der unter tausend
Und eine huldvoll aufgebauschte Wirtin, [andern seufzte schon,
10 Blechernes Teetablett und die versüßten Abendgrüße.

Hier sind auch Freundinnen, am Fenster lehnend,
Die so viel Götter schon zu Menschen machten!
Wir unbekannten Bettler, nackt auf Erden, ohne Herzen,

Durch bunte Zimmer lebend
15 Und nirgends bleibt ein Schatten unsrer Wolke,
Nicht eine Ansichtskarte unsres Glücks zurück.

1918

HERMANN HESSE

Die Nacht

Blume duftet im Tal,
Ferne Blume der Kindheit,
5 Die nur selten dem Träumer
Ihre verborgenen Kelche öffnet
Und das Innre, Abbild der Sonne, zeigt.
Auf den blauen Gebirgen
Wandelt die blinde Nacht,
10 Überm Schoß das dunkle Gewand gerafft,
Streut sie ziellos und lächelnd
Ihre Gaben, die Träume, aus.
Unten lagern, vom Tag verbrannt,
Schlafende Menschen;
15 Ihre Augen sind voller Traum,
Seufzend wenden viele das Antlitz
Hin nach der Blume der Kindheit,
Deren Duft sie zärtlich ins Dunkel lockt
Und dem väterlich strengen
20 Ruf des Tages tröstlich entfremdet.
Rast des Ermüdeten ists,
In der Mutter Umarmung zurück zu fliehn,
Die mit lässigen Händen
Über das Haar dem Träumenden streicht.
25 Kinder sind wir, rasch macht die Sonne uns müd,
Die uns doch Ziel und heilige Zukunft ist,
Und aufs neue an jedem Abend
Fallen wir klein in der Mutter Schoß,

Lallen Namen der Kindheit,
30 Tasten den Weg zu den Quellen zurück.
Auch der einsame Sucher,
Der den Flug zur Sonne sich vorgesetzt,
Taumelt, auch er, um die Mitternacht
Rückwärts seiner fernen Herkunft entgegen.
35 Und der Schläfer, wenn ihn ein Angsttraum weckt,
Ahnt im Dunkeln mit irrer Seele,
Zögernde Wahrheit:
Jeder Lauf, ob zur Sonne oder zur Nacht,
Führt zum Tode, führt zu neuer Geburt,
40 Deren Schmerzen die Seele scheut.
Aber alle gehen den Weg,
Alle sterben, alle werden geboren,
Denn die ewige Mutter
Gibt sie ewig dem Tag zurück.

IVAN GOLL

O die ihr nie auf Gipfeln auferwachen dürft,
Ihr nachtgezeugten Menschen könnt die Erde liebend nie
umschlingen!
Ihr müßt euch täglich immer neu aus dumpfen Nebeldämpfen
ringen!
5 O die ihr Straßen schottert und Kanäle schürft:
Die Erde muß geebnet sein für euren nachtbeschwerten Gang,
Dampfwalzen stanzen und die Erdarbeiter müssen stampfen
tagelang,
Neubauten krallen mit Gestöhn und mit Geramm
Sich langsam in den Makadam,
10 Und so sind Häuser hingestülpt und kleben an dem Erdenrand,
Schwarz angelaufene Kadaver, nie berührt von einer himmlischen
Hand.
Die Kinder zetern und die Mütter seufzen und die Kranken sterben
immer,
Und alles glaubt doch tief an Gott trotz Fluch und Ekel und
Gewimmer.

---

9 **Makadam** *Asphalt, Straßenbelag.*

ERNST TOLLER

Marschlied

Wir Wand'rer zum Tode,
Der Erdnot geweiht,
5   Wir kranzlose Opfer,
Zu Letztem bereit.

Wir fern aller Freude
Und fremd aller Qual.
Wir Blütenverwehte
10   Im nächtlichen Tal.

Wir Preis einer Mutter,
Die nie sich erfüllt,
Wir wunschlose Kinder,
Von Schmerzen gestillt.

15   Wir Tränen der Frauen,
Wir lichtlose Nacht,
Wir Waisen der Erde
Ziehn stumm in die Schlacht.

CARL ZUCKMAYER

Auf beiden Ufern ist die Not geringer.
Die Auen glätten sich in flache Zeit.
Die Halberwachten prahlen als Vollbringer
5   Ehrendoktoren, Helden, Meistersinger
und Volksbeglücker und Unsterblichkeit.

Die Strömung abwärts gleiten und verwehen – –
Doch welcher Abend deutet nicht auf Tag
und welche Tode nicht auf Auferstehen?
10   und blinder Opfer unerhörtes Flehen
wird dunkler Saat unendlicher Ertrag.

Uns müssen Strudel brausen und erfassen
erbarmungslose Rächer jeder Schuld
und kein „Zurück" und niemals locker lassen:
15   Madonnen lächeln o durch alle Gassen
in tiefer Süßigkeit und großer Huld.

ANTON SCHNACK

An einem französischen Kamin

Da saß er sich wärmend
Einst der junge Bauer,
Während Wind, lärmend,
Stob Regenschauer . . .
Da saß Madeleine
Und wiegte ihr Kind
Und Eugenie die Kleine
Spielte am Spind. –
Die Sterne wachsen
Blau über dem Schlot,
Knarrende Karrenachsen
Fahren zur Front den Tod.
Glut fällt von dem Scheit,
Donner rollt her von der Front.
Eugenie ist weit,
Kramt in fremden Truhn. –
Ich träume, berötet,
Von Funken umsprungen.
Und während man tötet,
Hat Madeleine gesungen . . .

WALTER HASENCLEVER

Huldigung an Mirl

1. Wenn der Tod
Die Musik verschlingt:
Werden wir uns erkennen?
Lebst Du
Im Zimmer, wo Männer stehn?
Aus dem Meer steigt die Insel,
Ein Leben, das uns gegolten hat.
Vögel fliegen auf.
Weine nicht!

2. Wir gehn vorüber,
Die Hand am Geländer,
Wo Du Abschied nimmst.

15 Es wird Frühling.
    Kehre wieder!
    Einmal
    Sahst Du mich an.

    3. Im Wind Deines Herzens
20 Fallen Tropfen;
    Ich sitze am Strom.
    Ich will warten,
    Bis Du kommst,
    Die Welle finden, die Dich führt;
25 Den Stern,
    Wo die Seele mündet;
    Wenn wir am gleichen Tag uns begegnen,
    Geliebte, einst
    Zu unserem Schicksal.

30 4. Mond.
    Gazellen rufen;
    Die Öde der Täler, bedeckt von Schnee
    Sieh, ich wandle,
    Ein Mensch der Liebe.
35 Ein Herz voll Hoffnung
    Hat mich erreicht.

    5. Wo bist Du?
    Ein Stern fällt.
    Dein Gesicht!
40 Du bist da!

    6. Weiße Pferde im Frührot,
    Nebel vor der Stadt.
    Die Menge verliert sich.
    Ziehende Wolken;
45 Du allein bist übrig.
    Schlaf ein!

RICHARD DEHMEL

Lichter Augenblick

Als du geboren wurdest, Kind,
mußte dein Vater morden helfen.
5   Die Menschheit war besessen vom Weltkriegswahnsinn.
In einem lichten Augenblick,
auf Stunden heimgekehrt von der finstern Pflicht,
noch den täglichen Todesdonner im Ohr
und die nächtliche Stille der Massengräber,
10 nahm er dich aus dem Arm der Mutter,
dein Erzeuger,
und sah dich an voll tiefer Liebe,
voll tieferen Bangens: war's wohlgetan,
dich in die Welt zu setzen, Kind,
15 in diese Welt?

Solang du lebst, wird nun die dunkle Frage
durch deine Adern kreisen bei Tag und Nacht.
Kind deiner Mutter, deines Vaters bleibst du;
der Weltkriegswahnsinn nistet in deinem Blut,
20 im tiefsten Frieden wirst du ihn wurmen fühlen,
im höchsten Glück.
Wenn du den Finger rührst, nur den kleinen Finger,
an eines Menschen, nur des geringsten Menschen
– Kind eines Vaters, einer Mutter ist er –
25 Schicksal deine Hand zu legen,
wird dich mit geisterhaften Armen
in jedem lichten Augenblick
das Bangen über dich erheben:
ist's wohlgetan?

KURT TUCHOLSKY*

Weihnachten

So steh ich nun vor deutschen Trümmern
und sing mir still mein Weihnachtslied.
5   Ich brauch mich nicht mehr drum zu kümmern,
was weit in aller Welt geschieht.
Die ist den Andern. Uns die Klage.

WEIHNACHTEN *Signiert:* Kaspar Hauser.

Ich summe leis, ich merk es kaum,
die Weise meiner Jugendtage:
    O Tannebaum!

Wenn ich so der Knecht Ruprecht wäre
und käm in dies Brimborium
– bei Deutschen fruchtet keine Lehre –
weiß Gott! ich kehrte wieder um.
Das letzte Brotkorn geht zur Neige.
Die Gasse gröhlt. Sie schlagen Schaum.
Ich hing sie gern in deine Zweige,
    o Tannebaum!

Ich starre in die Knisterkerzen:
Wer ist an all dem Jammer schuld?
Wer warf uns so in Blut und Schmerzen?
uns Deutsche mit der Lammsgeduld?
Die leiden nicht. Die warten bieder.
Ich träume meinen alten Traum:
Schlag, Volk, den Kastendünkel nieder!
Glaub diesen Burschen nie, nie wieder!
Dann sing du frei die Weihnachtslieder:
    O Tannebaum! O Tannebaum!

1919

Kurt Eisner

Letzter Marsch.
Den Zuchthäuslern gewidmet.

(Beim Rundgang im Kerkerhof zu singen.)

Schritt für Schritt, o Freund, geh' mit, die

Not wirbt Mut. Blick um - her, die___

Zeit läuft quer, der Tod säuft Blut!

I.

II.
Schritt für Schritt,
O Freund geh mit!
Die Not
Wirbt Mut.
Blick umher
Die Zeit läuft quer!
Der Tod
Säuft Blut.

Worte und Weise von Kurt Eisner im Gefängnis Stadelheim ersonnen, im
Ministerium des Äußern niedergeschrieben. Nov. 1918.

III.

Ich und du
Verjagen Ruh:
Die Stadt
Wird wach;
25   Schreitet schwer,
Ein düstres Heer.
Verrat
Schleicht nach.

IV.

Schritt für Schritt
30   Der Tod geht mit.
Das Haupt
Trag hoch!
Liegt nichts dran:
Du warst ein Mann
35   Wer glaubt
Siegt doch!

                       Am Neudeck, 22. 6. 18.

WALTER HASENCLEVER

Die Mörder sitzen in der Oper!

In memoriam Karl Liebknecht

Der Zug entgleist. Zwanzig Kinder krepieren.
5   Die Fliegerbomben töten Menschen und Tier.
Darüber ist kein Wort zu verlieren.
Die Mörder sitzen im Rosenkavalier.

Soldaten verachtet durch die Straßen ziehen.
Generäle prangen im Ordensstern.
10   Deserteure, die vor dem Angriff fliehen,
Erschießt man im Namen des obersten Herrn.

Auf, Dirigent, von deinem Orchesterstuhle!
Du hast Menschen getötet. Wie war dir zu Mut?
Waren es viel? Die Mörder machen Schule.
15   Was dachtest du beim ersten spritzenden Blut?

Der Mensch ist billig, und das Brot wird teuer.
Die Offiziere schreiten auf und ab.

DIE MÖRDER ... *Anmerkung der Redaktion:* Geschrieben 1917.

Zwei große Städte sind verkohlt im Feuer.
Ich werde langsam wach im Massengrab.

20   Ein gelber Leutnant brüllt an meiner Seite:
„Sei still, du Schwein!" Ich gehe stramm vorbei.
Im Schein der ungeheuren Todesweite
Vor Kälte grau in alter Leichen Brei.

Das Feld der Ehre hat mich ausgespieen;
25   Ich trete in die Königsloge ein.
Schreiende Schwärme nackter Vögel ziehen
Durch goldene Tore ins Foyer hinein.

Sie halten blutige Därme in den Krallen,
Entrissen einem armen Grenadier.
30   Zweitausend sind in dieser Nacht gefallen!
Die Mörder sitzen im Rosenkavalier.

Verlauste Krüppel sehen aus den Fenstern.
Der Mob schreit: „Sieg!" Die Betten sind verwaist.
Stabsärzte halten Musterung bei Gespenstern;
35   Der dicke König ist zur Front gereist.

„Hier, Majestät, fand statt das große Ringen!"
Es naht der Feldmarschall mit Eichenlaub.
Die Tafel klirrt. Champagnergläser klingen.
Ein silbernes Tablett ist Kirchenraub.

40   Noch strafen Kriegsgerichte das Verbrechen
Und hängen den Gerechten in der Welt.
Geh hin, mein Freund, du kannst dich an mir rächen!
Ich bin der Feind. Wer mich verrät, kriegt Geld.

Der Unteroffizier mit Herrscherfratze
45   Steigt aus geschundenem Fleisch ins Morgenrot.
Noch immer ruft Karl Liebknecht auf dem Platze:
„Nieder der Krieg!" Sie hungern ihn zu Tod.

Wir alle hungern hinter Zuchthaussteinen,
Indes die Oper tönt im Kriegsgewinn.
50   Mißhandelte Gefangene stehn und weinen
Am Gittertor der ewigen Knechtschaft hin.

Die Länder sind verteilt. Die Knochen bleichen.
Der Geist spinnt Hanf und leistet Zwangsarbeit.
Ein Denkmal steht im Meilenfeld der Leichen
55   Und macht Reklame für die Ewigkeit.

Man rührt die Trommel. Sie zerspringt im Klange.
Brot wird Zusatz und Blut wird Bier.
Mein Vaterland, mir ist nicht bange!
Die Mörder sitzen im Rosenkavalier.

MAX HERRMANN-NEISSE*

Ich gehe, wie ich kam

Ich gehe, wie ich kam: arm und verachtet.
Keinen lernte ich lieben, keiner lernte mich lieben.
5 War meine Mutter nicht auch aus den Gärten der Freude
vertrieben,
hat meinen Vater nicht schon der Gram seines Unheils umnachtet?

Ich gehe, wie ich kam: ohne Stolz, ohne Hoffen.
Keinem gab ich ein Glück, keiner hat Glück mir gegeben.
Nur als Neid oder Haß konnt' ich alle ihre Feste und ihre
Genügsamkeiten erleben;
10 das Tor in den Tod, den ihr Lachen leugnet, sah meine Ohnmacht
stets offen.

Ich gehe, wie ich kam. Ich weiß nichts von Reue.
Die Lichter im Strom werden mich noch zu mancher Enttäuschung
verlocken.
Ich werde auf den Landstraßen euch anfallen, als Alp auf eurem
Lager hocken –
und nur mein Traum hält euch in zärtlichen Verlorenheiten
heimlich wohl die Treue.

ARNOLD ZWEIG

Die Verschwörung

Häßlich sind wir. Häßlich formte uns die Not.
Unsre Augen stierten allzuoft auf andrer Menschen
leichtgeschenktes Brot,
5 Wo die andern träumend noch auf Rasen lagen,
Mußten wir schon schäumend Eisen, Torf und Ziegelsteine tragen.
Als sie küßten, hellgekleidet lachten hin zum Tennisspiele,
Zeigten unsre Hände Wunden, Schorf und Schwiele.

Darum haben wir im Düstern uns an schmutz'gen Tisch gesetzt
10 Und mit noch verborg'nem Flüstern stiften wir den Bund der Hilfe
jetzt.
Seien wir nur treu! Aus dem Reich der Spreu
Sieben wir die Freiheit doch zuletzt.

Else Lasker-Schüler

Gebet

Ich suche allerlanden eine Stadt,
Die einen Engel vor der Pforte hat.
5 Ich trage seinen großen Flügel
Gebrochen schwer am Schulterblatt
Und in der Stirne seinen Stern als Siegel.

Und wandle immer in die Nacht . . .
– Ich habe Liebe in die Welt gebracht! –
10 Daß blau zu blühen jedes Herz vermag,
Und hab ein Leben müde mich gewacht
In Gott gehüllt den dunklen Atemschlag.

O Gott, schließ um mich deinen Mantel fest:
Ich weiß, ich bin im Kugelglas der Rest,
15 Und wenn der letzte Mensch die Welt vergießt,
Du mich nicht wieder aus der Allmacht läßt
Und sich ein neuer Erdball um mich schließt.

Kurt Schwitters

An Anna Blume

O, du Geliebte meiner siebenundzwanzig Sinne, ich liebe dir! –
Du deiner dich dir, ich dir, du mir. – Wir?

5 Das gehört (beiläufig) nicht hierher.

Wer bist du, ungezähltes Frauenzimmer? Du bist – bist du? – Die
Leute sagen, du wärest – laß sie sagen, sie sie wissen nicht, wie der
Kirchturm steht.

Du trägst den Hut auf deinen Füßen und wanderst auf die Hände,
10 auf den Händen wanderst du.

Hallo deine roten Kleider, in weiße Falten zersägt. Rot liebe ich
Anna Blume, rot liebe ich dir! – Du deiner dich dir, ich dir, du
mir. – Wir?

Das gehört (beiläufig) in die kalte Glut.

15 Rote Blume, rote Anna Blume, wie sagen die Leute?

Preisfrage: 1. Anna Blume hat ein Vogel.
　　　　　　2. Anna Blume ist rot.
　　　　　　3. Welche Farbe hat der Vogel?
Blau ist die Farbe deines gelben Haares.
20 Rot ist das Girren deines grünen Vogels.

Du schlichtes Mädchen im Alltagskleid, du liebes grünes Tier, ich
liebe dir! – Du deiner dich dir, ich dir, du mir. – Wir?

Das gehört (beiläufig) in die Glutenkiste.

Anna Blume! Anna, a–n–n–a ich träufle deinen Namen. Dein
25 Name tropft wie weiches Rindertalg.

Weißt du es Anna, weißt du es schon?

Man kann dich auch von hinten lesen, und du, du Herrlichste von
allen, du bist von hinten wie von vorne: „a–n–n–a".

Rindertalg träufelt streicheln über meinen Rücken.

30 Anna Blume, du tropfes Tier, ich liebe dir!

1920

KARL KRAUS

Franz Joseph

Wie war er? War er dumm? War er gescheit?
Wie fühlt' er? Hat es wirklich ihn gefreut?
5 War er ein Körper? War er nur ein Kleid?
War eine Seele in dem Staatsgewand?
Formte das Land ihn? Formte er das Land?
Wer, der ihn kannte, hat ihn auch gekannt?

Trug ein Gesicht er oder einen Bart?
10   Von wannen kam er und von welcher Art?
Blieb nichts ihm, nur das Wesen selbst erspart?
War die Figur er oder nur das Bild?
War er so grausam, wie er altersmild?
Zählt' er Gefallne wie erlegtes Wild?
15   Hat er's erwogen oder frisch gewagt?
Hat er auch sich, nicht nur die Welt geplagt?
Wollt' er die Handlung oder bloß den Akt?
Wollt' er den Krieg? Wollt' eigentlich er nur
Soldaten und von diesen die Montur,
20   von der den Knopf nur? Hatt' er eine Spur
von Tod und Liebe und vom Menschenleid?
Nie prägte mächtiger in ihre Zeit
jemals ihr Bild die Unpersönlichkeit.

HERMANN STEHR

Kriegsende

Der Krieg begann in jeder Menschenbrust.
Machtvoll war Niedres, und das Hohe litt.
5   Verzweifelt fast an sich die Seele stritt,
daß sie nicht sterb' an goldner Tage Wust.

Da warf sie vorm Erliegen halbbewußt
ihr Böses in die Welt, und was sie mit
sich selbst entzweit bisher, ward so zum Schritt
10   des Massenmords, zu blut'ger Höllenlust.

Doch sieh, nun trank sich satt die irre Gier.
Die Wildheit fraß sich übervoll an Leichen.
Die Menschen bis ins Augenweiß erbleichen

vor ihrer Bosheit grauenvollen Zeichen
15   und suchen, angstvoll zitternd, zu erreichen
des ewgen Friedens gnadenvolle Tür.

KURT TUCHOLSKY*

Canzonetta

Bellevue. Fahrt Ihr einmal auf euern Wegen
durch das Gewirr der Häuser in Berlin –
es dampft der Zug durch grauen Großstadtregen,
Ihr seht den Droschkentrott, die Bahnen ziehn –,
fahrt ihr da oben, seht Ihr in die Zimmer
der Hinterhäuser, seht die Wäsche wehn . . .
Doch wer da wohnt – da habt Ihr keinen Schimmer . . .
Das kann man von der Stadtbahn aus nicht sehn –!

Fahrt Ihr da oben, seht Ihr die Paläste,
die goldene Kuppel unsres Reichstagbaus,
den Friedrichstrich . . . die Friedrichstraßengäste
und hier und da ein großes Pressehaus.
Da sitzt der Chef und informiert die Leute.
Er kann für Wilhelm, Kapp und Nosken grade stehn . .
Und welche Überzeugung hat er heute . . .?
Das kann man von der Stadtbahn aus nicht sehn –!

Fahrt Ihr da oben, seht Ihr in die Stuben.
Ein Mädchen zieht sich scherzend grad herum
mit einem blonden, langen, frischen Buben –
vorbei! Nun gar nichts mehr. Wie ist das dumm!
Man sieht so gern, wenn andre Leute lieben.
Wie mag das wohl mit jener Kleinen gehn?
War sie noch keusch? War sie noch unbeschrieben?
Das kann man von der Stadtbahn aus nicht sehn –!

Da liegt Berlin. In öligen, bunten Flecken
zieht Mutter Spree, andante wie zumeist.
Wo mag sich Kapp & Lüttwitz wohl verstecken?
Und wo ist nun der neue saubre Geist?
„Wir bauen um", hörst du den Kanzler sagen.
Was ist denn nur bis jetzt dazu geschehn?
Und wann wird man sich an die Achselstücke wagen . . .?
Das kann man von der Stadtbahn aus nicht sehn –!

Signiert: Theobald Tiger.

GOTTFRIED BENN

Strand

Mit jeder Welle schmetternd dich in Staub,
In Dorn des Ich, in alle Dünen
5   Frostloser Schwemme, nicht zu sühnen
Durch keinen Raum, durch keinen Raub.

Immer um Feuerturm und Kattegatt
Und Finisterre der letzten Ländlichkeiten,
Die Bojen taumeln, hinter sich das Watt,
10   Einäugig tote Unaufhörlichkeiten

Ob ihrer Dialektik süßer Ton,
Des Möventons gesammelt und zerrüttet –
Identität, astrales Monoton,
Das nie verfließt und immer sich verschüttet –

15   Du, durch die Nacht, die Türme wehn wie Schaum,
Du, durch des Mittags felsernes Gehänge –
Nur tauber Brand, nur leere Länge
Aus jedem Raub, aus jedem Raum.

HANS ARP

Aus: Die Wolkenpumpe

achtung achtung achtung
sensation position hallucination
5   quallitatsdada
by steegemann hannover
ARP
ARP ist einer der fünf großen dadaistischen päpste begründer des
dadaismus
10 originaldada
echter spiegelgassedada nicht zu verwechseln mit den spiegelberger
dadas
jedermann weiß es
jedes kind kennt ihn
15 jeder greis grüßt ihn ehrfürchtig und raunt dazu ah da kommt der
ARP
ich steegemann habe das copyright für die wolkenpumpe

jetzt wißt ihr warum der mitternachtsafter mit einem fernrohr im
maul in unserem blut zu trommeln anfing
20 warum die lerchen zigarren rauchten
warum die dochte der pflanzen leuchteten
warum die schwefelberge und schwefelflohe mit lodernden in-
schriftsbandern flammenwagen voll aschestädten und glimmenden
zundersäulen rauchend aus dem wein emporstiegen
25 warum brennende lampen in koffern verschickt wurden
warum die greise brennende kerzen auf der zunge trugen
warum die kinder eine brennende laterne in ihrem bart trugen
warum die schlangen leise riefen o cecile wie schön ist die welt
warum wir dem schimmel im tricot pfiffen
30 warum das wasserzeichen in uns erzitterte
warum die hasenuhr die wiederkehr des menschenmachers medete

in den laubwäldern zirpen die laubsägen der havarierten vögel
die zinoberroten bechertiere schieben sich ineinander wie
                              chinesische schachteln
die hampelsterne hampelblumen und hampelmänner durch-
                              schneiden ihre bindfäden
35 die kartesischen taucher sausen in ihren safianledernen kutschen
    in die salinen die schöner sind als die gärten ludwigs des XIV
langsam steige ich die meilenstange hinauf
in die astlöcher der meilensteine lege ich meine eier

an allen enden stehen jetzt dadaisten auf aber es sind im grunde
                              nur vermummte defregger
sie ahmen den zungenschlag und das zungenzucken der wolken-
                              pumpe nach
40 ein fürchterliches mene tekel zeppelin wird ihnen bereitet werden
und die dadaistische hauskapelle wird
ihnen was blasen
man wird sie den raupen zum fraß hinwerfen
und ihnen bärte an falsche stellen pflanzen
45 an sternenlassos werden sie baumeln
DIE ORIGINALDADAISTEN SIND NUR DIE SPIEGEL-
                              GASSEDADAISTEN
man hüte sich vor nachahmungen
man verlange in den buchgeschäften nur spiegelgassedadaisten

oder wenigstens werke die mit aquadadatinta vom dadaistischen
50 rasputin und spiritus rector tzar tristan genetzt worden sind

[. . .]

pup pup pup machen die elektrischen gewitter
und vom astrolabium springt die glasur
mächtige eislandschaften hängen wie riesige silberne quasten in
55 dem dunkelgrünen himmel
minutenmispel minnavonbarnhelm bitzbarvonmannhelm von-
holzhelm helmholz huch huch
nach uraltem ängstlich gehütetem klostergeheimnis
lernen selbst greise mühelos klavier spielen
60 neue gigantische kraft seltsamer einfluß eines amerika buches ein
feuerstrahl geht durch ihre adern und sie sagen sich endlich was
ich gesucht habe jetzt geht es neutra sind auf o die wörter auf ein
do und go und die abstracta auf io nebst piblo pablo picasso es
handelt sich hier um den gigantismus genannt marsyas oder die
65 wahre schönheit das kleinste werk wiegt tausend kilo und wenn
es läuft macht es m dada m dada m dada es besteht aus rohem
fleisch des hermetischen cacadous kaninchen im unterseekorsett
und einem gehäkelten adler es hat nur einen fehler es nährt sich
von öffentlichen denkmälern
70 – Mon fils, répondit M. Dumont, la proie veut dire la nourriture;
ces deux mots sont ce qu'on appelle synonymes, c'est-à-dire qu'ils
ont une même signification. Retenez, mes enfants, les expressions
que vous ne comprendrez pas; je vous en donnerai l'explication
ensuite, afin de ne pas interrompre mon récit. der inhaber inter-
75 nationaler kunstscheine geht mit einem gemisch von rosenknochen
und schnupftabak durch die laubgänge vom heck zum bug
hierauf stecken alle ihre suppenlöffel in die hosentaschen läuten
mit der in ihrer achselhöhle angebrachten glocke und begeben
sich zum stierkampf
80 der abend verklingt in einer stimmungsvollen stämpfelifeier

nie hat der er den schweißbrüchigen bergwald
durch schwarz harz steigen empor und sind leise in feinen luft-
treppen in stengeln
in der eisernen rüstung des vogels dreht sich das kind über feuer-
85 roter troika
noch die leichen der engel mit goldenen eggen geeggt
noch die büsche mit brennenden vögeln getränkt

> noch auf wachsschlitten über das gärende sommereis gefahren
> noch vorhänge aus schwarzen fischen zugezogen
> 90 noch in kleinen gläsern luft in die kastelle getragen
> noch vögel aus wasser gestrickt
> geschweige auf stelzen über die wolken
> geschweige auf säulen über die meere

1921

MECHTILDE FÜRSTIN VON LICHNOWSKY*

Herbstwald

> Überspanne,
> himmlisches Septemberauge,
> 5 meinen Fichtenwald!
> Meine Buchen und die Gründe,
> wo im Dunkel deinem Blick
> ihren Anfang sie verbergen.
> Aber Fichtenhände
> 10 zweiggeword'ner Arme lassen
> spitze Sternchen fallen.
> Durch glühweiße Buchenluken,
> dreigezackte, herbstverbrämte,
> sticht des Lichts Geschoß.
> 15 Tausendfärbig unter Feuer
> blendet so das Harz,
> das in goldgeschweißten Klumpen
> Edelsteine faßt und Perlen.
> Breitgewölbte Buchenstämme,
> 20 jeder Scheu entwöhnt,
> werfen sich mit reichverzweigten
> Armen in die Jahreszeit,
> die der Aether früh erzeugte.
> Herrenlose Fäden rühren
> 25 windbewegt die Kronen an . . . . .
> Geh zu Bäumen, Mensch! und küsse
> ihren Rindenleib.
> Jeder schont dich, ächzt statt deiner,
> trägt dein Leid in sich und weint es.

Signiert: Mechthild Lichnowsky.

JOHANNES ROBERT BECHER*

Die Sendung

Anrufung

Und wandeltest mein Werk du nicht zur Leuchte,
5   Zum Stern-Gewächs, verbrämt der Nacht, mein Lied.
Zum Stein an deinem Ring die Tränen-Feuchte,
Zum Amethyst, der weiß die Welt durchblüht – –

Wenn ich erstarre, sitzt du mir zu Füßen:
Gekrönt. Und hinter deinem Haupt ein Wald,
10   Darin in Reihen die Geschlechter büßen:
Die Leiber hoch bis ins Geäst verkrallt.

Der Henker hat die Knochen schon zerschlagen.
Fern in den Felsen nistet stumpf ein Schrei.
In leichter Sänfte würd ich bald getragen
15   Von schwarzen Engeln schnell an mir vorbei.

Die Tänzerin

An einer Perlenschnur hängt
Erdrosselt
Die Tänzerin ...
20 Berge rollen ins Meer und stolze Donner wehen aus den Grüften.
In das gläserne Netz eines tödlichen Auges
Gebannt –
O, daß ich nicht wüßte – – –
O du – süßer Stern Atem der Welt!

25 Umgestürzt
Treibt tief in den bleiernen Lüften
Das siegreiche Schiff.
Bewachsen
Von rauchender Wolke. –
30 Ein verkohlter Balken:
Das ist die Nacht:
Eingekerbt
Herzmal an Herzmal.
Unverwelkbar
35 In aller Völker Gedächtnis haftet die Schrift.

Es leuchtet die heilige Rune.
. . . ein schwebender Tisch –
. . . ein hohler Kürbis, gefüllt mit Blut –
Es trinken und selig singend aufsprangen von den glühenden
40 Eine Saphirene Säule   [Bänken die Beter.
Das ist die Nacht –
Und bekleidet mit der fließenden Hülle des Monds.
Rings um die blau klaffende Wunde, um die Quelle hatten spät
Schlaftrunken   [sich gelagert
45 Christi Gefährten
Im Ölgarten.
Aber hinab unter die Erde wurde gezogen
Abgehauen
Das Haupt des Unsterblichen.

50 Als du noch ein Kind warst,
Da spieltest oft du dich hinaus aus der Zeit mit bunten Steinen und
Nun tastest blind du dich fort,   [Faltern.
Gebunden
Ein Tier
55 Unentwirrbar
Ruhmlos
Unter den zermalmenden Böden . . .
Eine Tat ist nicht getan –
Ein Name ungenannt – – –

60 Trommeln – Dunkelheiten – Düfte.

O Jesus

O Jesus – der die Wogen meiner Lippe
Sanft glättet und bewehrt mit einem Klang.
Wacholderbeeren tropfen in die leere Krippe,
65 Und deine Jünger feiern dich im Traumgesang.

Aus meiner Kelter rinnt der Saft des Herrn.
Mein dunkler Leib sei seiner Glanznacht Thron!
Mariä Herz ward vieler Welten Kern.
Die goldene Dolde aber bist du, Sohn.

70 O Jesus, Jesus . . . sammle alle Glocken
Und sende heilige Düfte aus auf Raub.
Die Sonne gärt und schäumt herab in Flocken.
Ein Berg schwebt leicht. Denn du durchsternst den Staub.

Gefüllt mit Schläfern glitten weiße Kähne
75 An Silberschnüren bald von Haus zu Haus.
Ich schliefe mit. Und eine rote Träne
Flög im Gewölk wie Mond dem Zug voraus.

Gefesselt – steif nach oben stehn die Füße.
Zerscherbt die Knöchel. Mit Gestirn vermengt.
80 . . . daß ich das Schwert an meiner Schulter büße:
Im Schlamm des Nils ward das Gebein versenkt.

O Jesus . . . oft von Ufertürmen spähen
Zwei Engel aus. Es blitzt die Feuerschlacht.
Dein Grab: es glüht. Im Ölwind angefacht.
85 Und deine Wundenmale – ewige Trophäen.

Tief knie ich und bete an – –
o Jesus . . .

Sonett

Nur dies noch sage ich –: es wird vollbracht!
90 Ein Schwert muß sein: gezückt, und manche Schlinge.
Ein Hals, ein Rumpf, ein Haupt und eine Nacht:
Gewölbe donnern, und die Blitze springen.

Ein Fenster ist geöffnet süßer Pracht,
Darin noch einmal laut die Heiligen singen.
95 Es wird versiegelt. Und es würgt die Schlacht
Zu Ende das Geschlecht. (An rostigen Ringen

Zähls einer ab.) Ein Meer quoll um den Haufen.
Und Wasser schmolz vor Blut. Und *eine* Schaufel
Hat das, was fest an Sterblichem, gefaßt.

100 – Denn leer an Leib und traumlos das Gewimmel. –
Ein Lilienbeet, verflochten dem Morast,
Flog auf und wölbte sich als neuer Himmel.

KURT SCHWITTERS

An Franz Marc

Katzen
    beinen
5 Katzenbeinen Menschen Lust
Menschen welten Erde runden die Katzen
Katzen pfoten das zahme Gras
kreuzen Faden Strich
Hirnen Lust Geheul die zwanzigtausend Katzen
10 Tintenpfoten schwänzen Katzen Raum
Und Räume, Räume, Räume Katzen
Und Katzen, Katzen, Katzen Räume
Und Pfoten, Pfoten, Pfoten Lichter
Mensch

JOACHIM RINGELNATZ*

Kuttel Daddeldu im Binnenland

Schlafbrüchige Bürger von Eisenach
tapsten ans Fenster. Denn draußen gabs Krach.
5 Da sang Jemand, der eine Hängematte
und ein Geigenfutteral auf dem Rücken hatte.
Und ließ auch Töne frei, die man besser
sich aufspart für Sturmfahrten im Auslandsgewässer.

Zehn Jahre zuvor und von Eisenach sehr entfernt
10 hatte Daddeldu bei Schwedenpunsch, Whisky, Rotwein und
                                                    Kuchen
in Grönland eine Gräfin Pantowsky kennengelernt,
die hatte gesagt: „Sie müssen mich mal besuchen."
Und zehn Jahre lang merkte sich Kuttel genau:
Eisenach, Burg-Straße 16, dicke, richtig anständige Frau.

15 Auch studierte bei Eisenach oder Wiesbaden herum
sein Schwager zoologisches Studium:
für den schleppte Kuttel in dem Futteral
seit Bombay ein seltenes Geschenk herum.
Nun, nach dem Untergange der Lotte Bahl,
20 wollte er Schwager und Gräfin sozusagen
mit zwei Fliegen auf einer Klappe schlagen.

Rief also jetzt die nächtlichen thüringer Leutchen
mit englischen Fragen an. Später mit deutschen.
Aber die Gräfin Pantowsky kannte Keiner.

25 Und auf ein Mal las Kuttel an Luvseite: ‚Zum Rodensteiner‘,
und kalkulierend, daß dort was zu trinken sei,
klopfte er. Teils vergeblich und teils entzwei.

Weil weder Wirts- noch Freudenhaus noch Retirade
sich öffneten, sagte Daddeldu: „Schade!"
30 Fand aber weitersteigend und unverdrossen
das Haus Burg-Straße 16. Leider verschlossen.
Die Tür zum Gräflich Pantowskyschen Zwetschengarten
zersplitterte. Daddeldu hatte beschlossen, zu warten.

Mittags im Pensionat Kurtius
35 bewarfen die Mädchen nach Unterrichtsschluß
mit Stöpseln und leeren Konservendosen
einen furchtbaren Kerl, der mit buchtigen Hosen
und einem imposanten Revers
zwischen Ästen in Höhe des Hochparterres
40 in einer Hängematte schlief
und nicht reagierte auf das, was man rief.

Als er doch endlich halbwegs erwachte,
weil von zwei Bäumen einer zur Erde krachte,
spritzten die Mädchen dem Manne Eau de Kolon ins Gesicht.
45 Aber die Gräfin Pantowsky kannten sie nicht.
Und verwirrt über die Falschheit des Binnenlands,
nannte Kuttel die Vorsteherin „Alte Spinatgans!"
und taumelte schlaftrunken, römische Flüche stammelnd, zu Tal,
mit Hängematte, doch ohne das Dingsfutteral.

50 Alsbald, von wegen das Taumeln und Stammeln,
begannen sich Kinder um ihn zu sammeln.
Und der Kinder liebende Daddeldu,
nur um die Kinder zu amüsieren,
fing an, noch stärker nach rechts und links auszugieren,
55 als ob er betrunken wäre. Und brüllte dazu:

„The whole life is vive la merde!"
Und wurde so polizeilich eingesperrt.
An Gräfin Pantowsky glaubte dort Keiner.
Und der unglücklich nüchterne Daddeldu
60 gab den zerbrochenen Rodensteiner,
gab alles andre Gefragte eilig zu

    und drehte – ohne Tabak – in der Nacht
    wie ein Logg zwölf Knoten ins hölzerne Lager
    oder vielmehr in die Hängematte.
65 Weil er das schöne Geschenk für den Schwager
    in der Mädchenpension vergessen hatte.
    Gewiß war das Futteral schon erbrochen,
    und das Geschenk war herausgekrochen
    und hatte vielleicht schon wer weiß wen gestochen.

70 Später im D-Zug, unter der Bank hinter lauter ängstlichen Beinen,
    fing Daddeldu plötzlich an, zum einzigsten Male zu weinen
    (denn später weinte er niemals mehr).
    Beide Flaschen Eau de Kolon waren leer.

1922

KURT TUCHOLSKY*

Rückkehr zur Natur

    Man darf schon wieder Stiefel vor die Türe stellen –
      sie werden nicht geklaut.
5 Man darf auch ruhig nach der Butter schellen
      zu seiner Schale Haut.
      Man kann sich auch zum Trinkgeld schon bequemen.
      Nur wenig Kellner schießen, wenn sies nehmen.
      Das ist ein Glück.
10 Wir kehren langsam zur Natur zurück.

    Man darf schon wieder den Artikel schreiben
      vor manches Substantiv.
    Man braucht es nicht mehr so geballt zu treiben
      und krumm und schief.
15 Man muß auch nicht mehr langen nach Tagoren,
      den haben wir beim Werfelspiel verloren . . .
      Das ist ein Glück.
      Wir kehren langsam zur Natur zurück.

RÜCKKEHR ZUR NATUR *Signiert:* Theobald Tiger.   15 *Rabindranath* Tagore *(1861 bis 1941), indischer Schriftsteller, Repräsentant moderner indischer Literatur mit Bindung an westliche Kultur. Nobelpreis 1913.*

Man darf schon wieder feste kommandieren,
20   wenn man Beamter ist.
Der Untertan darf stramm stehen und parieren,
       weil er ein Deutscher ist.
Die neue Republik ist uns kein Jocus,
und die Verfassung hängt auf jedem Locus.
25 Wir haben noch die alten Bureaukraten,
die alten Richter und die Traditions-Soldaten...
       Das ist ein Glück.
Wir kehren still zur Monarchie zurück.

BERTOLT BRECHT

Aus: Baal

Landstraße. Weiden
Wind. Nacht. Ekart schläft im Gras.
Baal über die Felder her, wie trunken, die Kleider offen, wie ein Schlafwandelnder: Ekart! Ekart! Ich hab's. Wach auf!
Ekart: Was hast du? Redest du wieder im Schlaf?
Baal setzt sich zu ihm: Das da:

Als sie ertrunken war und hinunterschwamm
von den Bächen in die größeren Flüsse
5 schien der Azur des Himmels sehr wundersam
als ob er die Leiche begütigen müsse.

Tang und Algen hielten sich an ihr ein
so daß sie langsam viel schwerer ward
kühl die Fische schwammen an ihrem Bein.
10 Pflanzen und Tiere beschwerten noch ihre letzte Fahrt.

Und der Himmel ward abends dunkel wie Rauch
Und hielt nachts mit den Sternen das Licht in Schwebe
aber früh ward er hell, daß es auch
noch für sie Morgen und Abend gebe.

15 Als ihr bleicher Leib im Wasser verfaulet war
geschah es, sehr langsam, daß Gott sie allmählich vergaß:
Erst ihr Gesicht, dann die Hände und ganz zuletzt erst ihr Haar.
Dann ward sie Aas in Flüssen mit vielem Aas.

ALS SIE ERTRUNKEN WAR ... *Später in Gedichtsammlungen und Einzelveröffentlichungen
unter dem Titel* Vom ertrunkenen Mädchen. – *Vgl.* DIE ERTRUNKENEN S. 159. 5 Azur
später Opal. 16 *Später:* Geschah es (sehr langsam), ...

FERDINAND HARDEKOPF

Die guten Droguen

Ein Mädchen singt, im cabaret d'art, dieses Lied:

Mich langweilt die erotische Gymnastik,
5   Sie turnt am ewig selben Apparat,
Sie wiederholt die ewig selbe Plastik,
Wie nur der primitivste Akrobat!
Nach raffinierteren Genüssen lechz' ich
Als einem noch so smarten Bräutigam:
10   Die Liebe bringt ja nur auf neunundsechzig,
Im besten Fall, ihr Sensationsprogramm!
     Ach, dieses Reglement der Küsse
     Ist so pedantisch und so dumm!
     Ich kenne hübschere Genüsse:
15   Ich pieke mich mit Morphium!

Wie gern hol ich die kleine Silberspritze,
Die treuste Freundin, aus dem Sammt-Etui
Und stoße mir die Zaubernadelspitze
Mit süßem Schmerz in die Anatomie!
20   Ich nehme längst die allerstärksten Dosen
Und fälsch das unwahrscheinlichste Rezept:
Betäubt von meinen parfumierten Hosen
Mixt es der pharmazeutische Adept!
     Mich degoutieren alle Küsse,
25   Die ganze Liebe ist so dumm!
     Ich kenne hübschere Genüsse:
     Ich pieke mich mit Morphium!

Ich bet sie an, die gnadenreichen Droguen,
Die uns der Erdenhäßlichkeit entziehn,
30   Noch nie hat meinen Sehnsuchtstraum belogen
Das weiße Märchenpulver Cocaïn!
Ich schnaube es behutsam in die Nase,
Damit ich noch den letzten Hauch genieß,
Und meiner Nerven künstliche Ekstase
35   Entführt mich in das schönste Paradies!
     Wie lächerlich sind alle Küsse,
     Die ganze Liebe ist ein Spleen,
     Ich kenne hübschere Genüsse:
     Ich nehme Coco-Cocaïn!

40 Doch wenn dereinst der vielgeliebten Gifte
Effekt sich nicht mehr überbieten läßt,
Dann sollen Schminke, Puder, Augenstifte
Mich frech verzieren für das letzte Fest!
45 Dann soll mich Mandelblütenduft umfangen –
O Cyankali, Mörder, nimm mich hin,
Extrakt des Teufels, stille mein Verlangen,
Weil ich der Liebestränke müde bin!

Wie lächerlich sind alle Küsse,
Die ganze Lust-Maschinerie!
50 Doch gibts berauschende Genüsse
In Satans Zauber-Droguerie!

THEODOR DÄUBLER

Maremma

1

Wie freudig ist ein blauer Morgen heut erschienen:
Er scheint ein Kind und setzt vom leichten Nebelpferde!
5 Die Palmen fächern frei, umfroht von goldnen Bienen;
Auf See der Wind befiehlt der Schäume weißer Herde.

Wie viele Schiffe auf den Wogen glücklich sind!
Delphine silbern um sie her: zum Spaß, aus Mut.
Zu ihnen schwimmt der Morgen: frohgelockt, das Kind!
10 Er taucht ins gute Blau, erfrischt das Tummelblut.

O Meer, noch lieber mir als lenzbeblühte Fluren,
Der Wind, dein Hirt, winkt immer flink mit seinen Schafen.
Er bringt sich selbst den Weg – und weg sind seine Spuren:
Zu forsche Spring-aufs-Wellchen gibt's –, die spät erst schlafen.

15 Den heitern Tag sind wir mit ihnen laut im Spiel!
Der Morgen und der Wind ermuntern sich zum Bad:
Hops! Böckchen tollen lustig an – sind schon zu viel,
Ob uns voll Jugendlust ein wilder Gischttanz naht?

---

1 Maremmen, *Küstenland am Tyrrhenischen Meer.*

2

Der volle Wind, bei großer Sonne, bleibt dem Meere:
20 Ich mache Tür' und Fenster, grüne Balken, zu!
Umdunkelt lauschen wir des Mittags goldner Schwere:
Trotz Sturm und Sommerswucht umblaut uns samtne Ruh.

Zitronen, Prickelwasser, Eis begleiten Stunden
Erfüllten Aufenthalts in hochgewölbtem Raum.
25 Behutsamst bringen Ritzen uns von draußen Kunden,
Ein Lichtstrauch steigt und fällt, aus leichtgeballtem Schaum.

Pasteten, dargebrachte Mispeln, Apfelsinen,
Beschwingen ein Gespräch, voll Freundlichkeit zum Gast.
Noch folgt Kaffee, der Duft vom Honig goldner Bienen;
30 Durchs Fensterloch ein Perlgerinnsel, hergewellt in Hast.

Beisammen wollen wir nun fremde Sorten rauchen!
Ihr Freunde, kurz zur Rast: die Luft sei dünn gewürzt.
Auch Kinder spielen da. Geflockrosen enttauchen
Dem Ächzgebälk. Wie's pocht! Ob gar ein Fenster stürzt?

3

35 So öffnen wir die Fenster, Türen: Wind und Sonne!
O Überraschung! Groß, aus Segeln, steht ein Schloß
Vor unsern Augen: hochgebaut! Der Wind wird Wonne.
– Bist du gewognen Ostens, holdgelobt, ein Sproß?

Der Wind wird Milde. Weißgehißte Raen schlugen
40 An Türen der Terrasse: öffnet! öffnet! an.
Verkannte Botschaft zerrte an den Fensterfugen:
Macht auf! Macht auf! Der Sturm verknarrt in meinem Bann!

O Schiff mit ferner Flagge, stillbesorgt von Indern,
Durch Affen flugs bedient, vom Bugspriet bis zum Mast,
45 Erhalte mich in deinem Hafen: Schicksalsüberwindern,
Beherrschern von Gestirnen geb' ich uns zur Rast.

Schon bringt mir eine Äffin Spiegel, Kokosnüsse,
Ein Prachtgewand und Bilder, teuern Kram! Herbei!
Auch grüßen braune Kinder; werfen Blüten, Küsse!
50 Auf eines Mohren Arm erscheint ein reicher Papagei.

4

Verbirg' dem kühlen Ich die Träne kühner Rührung
Und drück' über geschautem Bild die Lider zu!
Schon blaut ein Mann im Grau: er grüßt dich für die Führung
Durch Türen in die Tiefe. Und ich folg' im Nu!

55 Die Schmerzensperle, die das Auge still zerdrückte,
Hat Rosenlicht vom Sonnenschein mir heimgebracht.
Denk an Besiegte, die ein Stolzer niederbückte,
An Blut, das stumm zerrinnt; wozu der Grause lacht.

Der Einsame bei dir bricht auf zu ferner Deutung
60 Betauter Weltlehnen, in gelbgewellter Flucht.
„O!" ruft er: „Seelenqual verlangt durch Plagen Häutung:
Verlaß dein Tal der Müdigkeit in starrer Bucht."

Mir Schweißbedeckten perlt das Fieber durch die Adern!
Zu grünen Wesen schleiche ich bei bösem Wind.
65 Vor den Verstecken betteln Frauen, arm in Hadern:
Wie rot mir wird! Aus Duft und Ginster tritt ein Kind.

5

Ich nahm die Perle an, die gern mein Inder sandte.
Wo weilt er wohl: in lila Schnee, am Persermeer?
Mir sind die Berge Klöster, Sterne sanft Verwandte:
70 Gazellen liebt er still und schickt ein Reh mir her.

Ein Reh, so sonnenbraun auf bachumträumter Wiese,
Begleitet mich, wohin ich geh' und was ich mach'!
Kein Schiff? Ach, wenn der Wind im Indersegel bliese!
Was siehst du, See? Die Erde glaubt nicht: bleibe wach!

75 Kein Wolkendom! Das Meer allein, nach Gott zu schauen.
Du herrliche Pupille, sag, was du gewahrst:
So magst du Deine Ewigkeit nur blauen, blauen;
Ich leg' das Haupt auf grünen Stein, den du behaarst.

Du kühles Meer, in dich verliebte sich die Sonne!
80 Du muschelreiches, horche leis, was sie dir sagt:
Im Meer das tiefste Tier empfängt sein Licht in Wonne;
Die Glut hat sich an die Geduld um uns gewagt.

6

So kommt zu mir, Bewohner rauhgewälzter Bauten;
Verlaßt den Herd mit grauem Mückenwedel: Rauch!
85 Die Frauen, die in Traumesgrauen fröstelnd schauten,
Sind da: mit Krügen auf dem Kopf, nach Bauernbrauch.

Mir ward ein tiefes Wort: Geduld, sanft aufgetragen.
Versammelt euch darum; kein Brunnen ist so wahr.
Ich mag mich an das Schöpfen mit den Eimern wagen:
90 Dann zieht erfrischt von dannen. Eine traute Schar.

Ihr steigt mit kupfernen Gefäßen, stolz durch Sonne,
Auf alten Stufen, zwischen Myrthen, stumm nach Haus.
In euch ist Stille: gießt die Flut in gute Tonne!
Und liebt den schweren Gang: dort unten säumt uns Braus.

95 Habt Atem lang mit schwarzen Steineichen zu leben!
Bewahrt euch schlank, der sparsamen Zypresse gleich.
Die Blüte rühr' der Blick, sie leicht ins Kleid zu weben;
Hoch überpurpurt Abend euch im Duldungsreich.

7

Ihr Männer unter dunklen Mänteln, horcht auf Mauern,
100 Bei meinem Ziehbrunnen, mit Eimern, weiß wie Stein.
Um uns vergrauen Türme, die auf Städten dauern,
Für harrende Geschlechter fordernd Burg zu sein.

Der erste Stern erglimmt, wie eine Frucht der nahen Palme.
Ein winz'ger sacht dazu: behutsam fass' uns Nacht!
105 Die Mondsichel durchrötet blaß-geballte Qualme;
Und seltsam kommen andre Männer an – in Tracht.

Mit Flinten gar? Auf Eseln wohl? Vielleicht Verschworne!
Aus Trotz gegen die Welt gekehrt und ihren Tod!
Gehorcht euch nicht, das Wort verlangt, als – hold erkorne,
110 Zum Fels geborne Gotthorcher aus Fiebernot.

Erreicht im Innertum der Seele heitre Quellen:
Oft sprudeln sie, wie Blut so warm, und frei!
Vergeßt, bleibt euer Brunnen tief und still, die Wellen:
Es jubelt grün und jung ein Feigenbaum dabei.

115 Die Kindlein schlafen oder träumen noch ihr Leben!
So ruf mit Märchen deine Lieblinge herbei:
An Hexen glauben die, an sachtes Engelschweben,
Sie schau'n doch Lilienkinder in geträumter Reih'.

Bei schlichtem Mondlicht lad' ich sie zu den Geschichten,
120 Die ich vom Bache weiß und sacht dem Ölbaum sag'.
Er lispelt sie mir nach: mit Silberzünglein Wichten,
Die Elflein Wunder sagen, in betautem Hag.

Bald ziehn die Träumchen, leicht geputzt, unter den Feigen,
Zu Kindlein, warm im Schlaf, und legen sich dazu;
125 Ermuntern sie zum Flug; und nackte Bengel steigen,
Wenn gut die Eltern schlafen, weg in goldnem Schuh.

Und Kindlein kommen traumlang unter Feigenreihen
Zum Mond und meinem Schaumtand, hell im Silberspind.
Mein Gott, wie kurz in deiner Hand! Mich Glück zu weihen!
130 Dann wo der Mond? Die Lilien, Ölbäume – ein Kind!

OSKAR LOERKE

Von fern

Von Pappeln klirrt das harte Laub wie Schwert um Schwert.
Alles – wie lange vergangen!
5 Ich sitze, ohne zu fangen,
An ödem Vogelherd.

Er steht nicht hier im rauhschwarzen Regen?
Unsichtbar ist er, hoch entlegen,
Als säh ich ihn in meiner leeren Hand:
10 Ihn trägt sie, zu Lichte gekehrt,
Und mich inmitten der wachsenden Schwertstreu.
Und wie den Weg hinauf nicht Huf, nicht Wagen fand,
Kannst du auch zu mir herab nicht gelangen,
Beschattete Seele.
15 Du sitzest, ohne zu fangen,
An ödem Vogelherd.

CLAIRE GOLL

Unschlaflied

Ich liege mit deinen Träumen
Märchen mit Wildkatzenaugen
5 Jede Nacht
Türkisblau Staunen
Steint
Silberne Panther fressen mein Herz
Vögel wachsen
10 Rosen zwitschern
Sternschaum an goldenen Kugeln tropft
Ich liege mit deinen Träumen
Jede Nacht
Sterb ich nach dir

JOHANNE VOBETHA KNOOP

Berufen.

Gleich den Ackerpferden, die Furchen ziehen,
Gebeugten Hauptes den Himmel nur ahnend,
5 Ziehe ich meine Straße.
Wohl gab auch mir einst ein Gott
Lerchengleich schauenden Schwung,
Wenn taufrischer Morgensang
Einzog in dämmernd Gestirn.
10 Doch war – dies einst!

Aus den Händen kämpfen die Götter mir
Seltsam beseelten Schwung,
Beugten den Blick nieder zu Boden.
Furche um Furche nun zieh ich
15 Für künftige Bahnen,
Kommendem Geschlecht zu Dienst. –
Und ihr fraget: „Lohnt sich so schweres Tun,
Bildner des Landes zu sein?" –

Leichter gewiß war der Vogelflug,
20 Der Stieg zu den Sternen,
Fern im Aether hin seliges Träumen – –

Aber beriefen nicht Götter zu dienen dem Lande!
Erblicket nicht ihr auch – Gewitterzeichen der Zeit?
Niedergang! Flammengleich forderte Gott die Tat,
25   Die restlos behende – – das Werk der Stunde.
Mich senkt er zur Tiefe.
Schwer ward der Wagen – – steiler die Bahn.
Spuren vom Göttlichen – – find ich euch
Wie einst in den Sternen –
30   Sieg genug wär's mir.

1923

Rainer Maria Rilke

Aus: Duineser Elegien

Die erste Elegie

Wer, wenn ich schriee, hörte mich denn aus der Engel
5 Ordnungen? und gesetzt selbst, es nähme
einer mich plötzlich ans Herz: ich verginge von seinem
stärkeren Dasein. Denn das Schöne ist nichts
als des Schrecklichen Anfang, den wir noch grade ertragen,
und wir bewundern es so, weil es gelassen verschmäht,
10 uns zu zerstören. Ein jeder Engel ist schrecklich.
Und so verhalt ich mich denn und verschlucke den Lockruf
dunkelen Schluchzens. Ach, wen vermögen
wir denn zu brauchen? Engel nicht, Menschen nicht,
und die findigen Tiere merken es schon,
15 daß wir nicht sehr verläßlich zu Haus sind
in der gedeuteten Welt. Es bleibt uns vielleicht
irgendein Baum an dem Abhang, daß wir ihn täglich
wiedersähen; es bleibt uns die Straße von gestern
und das verzogene Treusein einer Gewohnheit,
20 der es bei uns gefiel, und so blieb sie und ging nicht.
O und die Nacht, die Nacht, wenn der Wind voller Weltraum
uns am Angesicht zehrt –, wem bliebe sie nicht, die ersehnte,
sanft enttäuschende, welche dem einzelnen Herzen
mühsam bevorsteht. Ist sie den Liebenden leichter?
25 Ach, sie verdecken sich nur miteinander ihr Los.

Duineser Elegien *Entstanden Januar 1912 in Duino.*

Weißt du's noch nicht? Wirf aus den Armen die Leere
zu den Räumen hinzu, die wir atmen; vielleicht daß die Vögel
die erweiterte Luft fühlen mit innigerm Flug.

Ja, die Frühlinge brauchten dich wohl. Es muteten manche
30 Sterne dir zu, daß du sie spürtest. Es hob
sich eine Woge heran im Vergangenen, oder
da du vorüberkamst am geöffneten Fenster,
gab eine Geige sich hin. Das alles war Auftrag.
Aber bewältigtest du's? Warst du nicht immer
35 noch von Erwartung zerstreut, als kündigte alles
eine Geliebte dir an? (Wo willst du sie bergen,
da doch die großen fremden Gedanken bei dir
aus und ein gehn und öfters bleiben bei Nacht.)
Sehnt es dich aber, so singe die Liebenden; lange
40 noch nicht unsterblich genug ist ihr berühmtes Gefühl.
Jene, du neidest sie fast, Verlassenen, die du
so viel liebender fandst als die Gestillten. Beginn'
immer von neuem die nie zu erreichende Preisung;
denk: es erhält sich der Held, selbst der Untergang war ihm
45 nur ein Vorwand, zu sein: seine letzte Geburt.
Aber die Liebenden nimmt die erschöpfte Natur
in sich zurück, als wären nicht zweimal die Kräfte,
dieses zu leisten. Hast du der Gaspara Stampa
denn genügend gedacht, daß irgendein Mädchen,
50 dem der Geliebte entging, am gesteigerten Beispiel
dieser Liebenden fühlt: daß ich würde wie sie?
Sollen nicht endlich uns diese ältesten Schmerzen
fruchtbarer werden? Ist es nicht Zeit, daß wir liebend
uns vom Geliebten befrein und es bebend bestehn:
55 wie der Pfeil die Sehne besteht, um gesammelt im Absprung
mehr zu sein als er selbst. Denn Bleiben ist nirgends.

Stimmen, Stimmen. Höre, mein Herz, wie sonst nur
Heilige hörten: daß sie der riesige Ruf
aufhob vom Boden; sie aber knieten,
60 Unmögliche, weiter und achteten nicht:
so waren sie hörend. Nicht daß du Gottes ertrügest
die Stimme, bei weitem. Aber das Wehende höre,
die ununterbrochene Nachricht, die aus Stille sich bildet.
Es rauscht jetzt von jenen jungen Toten zu dir.
65 Wo immer du eintratst, redete nicht in Kirchen
zu Rom und Neapel ruhig ihr Schicksal dich an?

---

48 Gaspara Stampa *Italienische Dichterin im Stil Petrarcas (1523–1554)*.

Oder es trug eine Inschrift sich erhaben dir auf,
wie neulich die Tafel in Santa Maria Formosa.
Was sie mir wollen? Leise soll ich des Unrechts
70 Anschein abtun, der ihrer Geister
reine Bewegung manchmal ein wenig behindert.

Freilich ist es seltsam, die Erde nicht mehr zu bewohnen,
kaum erlernte Gebräuche nicht mehr zu üben,
Rosen, und andern eigens versprechenden Dingen
75 nicht die Bedeutung menschlicher Zukunft zu geben;
das, was man war in unendlich ängstlichen Händen,
nicht mehr zu sein, und selbst den eigenen Namen
wegzulassen wie ein zerbrochenes Spielzeug.
Seltsam, die Wünsche nicht weiterzuwünschen. Seltsam,
80 alles, was sich bezog, so lose im Raume
flattern zu sehen. Und das Totsein ist mühsam
und voller Nachholn, daß man allmählich ein wenig
Ewigkeit spürt. – Aber Lebendige machen
alle den Fehler, daß sie zu stark unterscheiden.
85 Engel (sagt man) wüßten oft nicht, ob sie unter
Lebenden gehn oder Toten. Die ewige Strömung
reißt durch beide Bereiche alle Alter
immer mit sich und übertönt sie in beiden.

Schließlich brauchen sie uns nicht mehr, die Früheentrückten,
90 man entwöhnt sich des Irdischen sanft, wie man den Brüsten
milde der Mutter entwächst. Aber wir, die so große
Geheimnisse brauchen, denen aus Trauer so oft
seliger Fortschritt entspringt –: könnten wir sein ohne sie?
Ist die Sage umsonst, daß einst in der Klage um Linos
95 wagende erste Musik dürre Erstarrung durchdrang,
daß erst im erschrockenen Raum, dem ein beinah göttlicher
plötzlich für immer enttrat, das Leere in jene   [Jüngling
Schwingung geriet, die uns jetzt hinreißt und tröstet und hilft.

Die dritte Elegie

Eines ist, die Geliebte zu singen. Ein anderes, wehe,
jenen verborgenen schuldigen Fluß-Gott des Bluts.
Den sie von weitem erkennt, ihren Jüngling, was weiß er
5 selbst von dem Herren der Lust, der aus dem Einsamen oft,
ehe das Mädchen noch linderte, oft auch als wäre sie nicht,

ach, von welchem Unkenntlichen triefend, das Gotthaupt
aufhob, aufrufend die Nacht zu unendlichem Aufruhr.
O des Blutes Neptun, o sein furchtbarer Dreizack.
10 O der dunkele Wind seiner Brust aus gewundener Muschel.
Horch, wie die Nacht sich muldet und höhlt. Ihr Sterne,
stammt nicht von euch des Liebenden Lust zu dem Antlitz
seiner Geliebten? Hat er die innige Einsicht
in ihr reines Gesicht nicht aus dem reinen Gestirn?

15 Du nicht hast ihm, wehe, nicht seine Mutter
hat ihm die Bogen der Brau'n so zur Erwartung gespannt.
Nicht an dir, ihn fühlendes Mädchen, an dir nicht
bog seine Lippe sich zum fruchtbarern Ausdruck.
Meinst du wirklich, ihn hätte dein leichter Auftritt
20 also erschüttert, du, die wandelt wie Frühwind?
Zwar du erschrakst ihm das Herz; doch ältere Schrecken
stürzten in ihn bei dem berührenden Anstoß.
Ruf ihn... du rufst ihn nicht ganz aus dunkelem Umgang.
Freilich, er *will*, er entspringt; erleichtert gewöhnt er
25 sich in dein heimliches Herz und nimmt und beginnt sich.
Aber begann er sich je?
Mutter, *du* machtest ihn klein, du warsts, die ihn anfing;
dir war er neu, du beugtest über die neuen
Augen die freundliche Welt und wehrtest der fremden.
30 Wo, ach, hin sind die Jahre, da du ihm einfach
mit der schlanken Gestalt wallendes Chaos vertratst?
Vieles verbargst du ihm so; das nächtlich verdächtige Zimmer
machtest du harmlos, aus deinem Herzen voll Zuflucht
mischtest du menschlichern Raum seinem Nacht-Raum hinzu.
35 Nicht in die Finsternis, nein, in dein näheres Dasein
hast du das Nachtlicht gestellt, und es schien wie aus Freundschaft.
Nirgends ein Knistern, das du nicht lächelnd erklärtest,
so als wüßtest du längst, *wann* sich die Diele benimmt...
Und er horchte und linderte sich. So vieles vermochte
40 zärtlich dein Aufstehn; hinter den Schrank trat
hoch im Mantel sein Schicksal, und in die Falten des Vorhangs
paßte, die leicht sich verschob, seine unruhige Zukunft.

Und er selbst, wie er lag, der Erleichterte, unter
schläfernden Lidern deiner leichten Gestaltung
45 Süße lösend in den gekosteten Vorschlaf –:
schien ein Gehüteter... Aber innen: wer wehrte,
hinderte innen in ihm die Fluten der Herkunft?

Ach, da war keine Vorsicht im Schlafenden; schlafend,
aber träumend, aber in Fiebern: wie er sich einließ.
50 Er, der Neue, Scheuende, wie er verstrickt war,
mit des innern Geschehns weiterschlagenden Ranken
schon zu Mustern verschlungen, zu würgendem Wachstum, zu
jagenden Formen. Wie er sich hingab – Liebte.   [tierhaft
Liebte sein Inneres, seines Inneren Wildnis,
55 diesen Urwald in ihm, auf dessen stummem Gestürztsein
lichtgrün sein Herz stand. Liebte. Verließ es, ging die
eigenen Wurzeln hinaus in gewaltigen Ursprung,
wo seine kleine Geburt schon überlebt war. Liebend
stieg er hinab in das ältere Blut, in die Schluchten,
60 wo das Furchtbare lag, noch satt von den Vätern. Und jedes
Schreckliche kannte ihn, blinzelte, war wie verständigt.
Ja, das Entsetzliche lächelte... Selten
hast du so zärtlich gelächelt, Mutter. Wie sollte
er es nicht lieben, da es ihm lächelte. Vor dir
65 hat ers geliebt, denn, da du ihn trugst schon,
war es im Wasser gelöst, das den Keimenden leicht macht.
Siehe, wir lieben nicht, wie die Blumen, aus einem
einzigen Jahr; uns steigt, wo wir lieben,
unvordenklicher Saft in die Arme. O Mädchen,
70 dies: daß wir liebten *in* uns, nicht Eines, ein Künftiges, sondern
das zahllos Brauende; nicht ein einzelnes Kind,
sondern die Väter, die wie Trümmer Gebirgs
uns im Grunde beruhn; sondern das trockene Flußbett
einstiger Mütter –; sondern die ganze
75 lautlose Landschaft unter dem wolkigen oder
reinen Verhängnis –: *dies* kam dir, Mädchen, zuvor.

Und du selber, was weißt du –, du locktest
Vorzeit empor in dem Liebenden. Welche Gefühle
wühlten herauf aus entwandelten Wesen. Welche
80 Frauen haßten dich da. Was für finstere Männer
regtest du auf im Geäder des Jünglings? Tote
Kinder wollten zu dir... O leise, leise,
tu ein liebes vor ihm, ein verläßliches Tagwerk, – führ ihn
nah an den Garten heran, gib ihm der Nächte
85 Übergewicht......
          Verhalt ihn......

OSKAR LOERKE

Aus: Deutsche Zeit

Gesang aus fernem Süden:

In mir ist Feuerland, Kaskaden brüllen
Ins Aderblau der See, das mich durchscheint.
Dazwischen türmten Götter aus Beryllen
Die Gletscher: Schwermutwasser, ausgeweint.

Der Buchwald überwärmt vom steilen Borde
Nun längst das Spiel der Meergetüme breit.
Und Bergesstürze zählen in die Fjorde
Spät donnernd altvergangne Tropfen Zeit.

Gesang aus östlicher Ferne:

Vom höchsten Gipfel dieser Welt beschienen,
Vernahm ich den Erwachten, der nicht lügt.
Urfehde sangen Tag und Nacht Lawinen,
In diesen Frieden hab ich mich gefügt.

Brach je die kalte Flut auf dein Verlangen
In gelben Monden ihrer Rosen aus?
Es wächst das Eis, die Zeit hat angefangen,
Das wilde Bergschaf steigt im Schnee nach Haus.

ALFRED MOMBERT

Glühend-ungeheuer

Glühend-ungeheuer
am fernen Erdrand ruht die Sonne.

Es möchten meine Arme durch das offene Fenster fassen –
das Abend-Feuer umarmen!
Die Hände möchten den seligen Ball umkränzen,
aufheben ihn, wegführen ihn,
meiner Lippe ihn nähern,
an mein Herz ihn pressen,
an Stirn und Schläfen –

aber ich sinke zurück kraftlos
in den Stuhl – oh matte Hände –
ich wurde schwach den großen Thaten der Welt.

15 Immer am Abend:
groß, schaurig ein Falter
auf durchschienenen geäderten Schwingen
schaukelt fern in den glühenden Lüften.
Dort bewegt sich eine Säule.
20 Über die Lande schreitet: gleitet
eine hohe Weib-Gestalt.
Sie durchbricht schwebende Dunst-Wälle.
Schreitet über purpurn funkelnden Strom:
Rubin-Wogen überblitzt ihre Diamanten-Schleppe.
25 Sie betritt das kahle Blachfeld.
Über Haide ruhender Schafe
kommt sie: im Geschwirr von Schwalben.

Jetzt steht sie vor dem Fenster.
Lehnt leicht sich an – winkt hold mir ein.
30 Ein Weib spendet mir die letzte Liebe
aus dem Haupte der Schönheit,
aus dem Zauber des Lächelns.
Durch die Blumen des Mundes.

Venus lächelt!
35 Bis dichter Nebel sie trübt. Einschleiert.

Und in der Nacht-Tiefe
geht draußen ein Sturm.
Ein Berg wandelt.
Es naht ein Koloß.
40 Es kommt ein Riese vor das Fenster.
Sein Athem-Stoß bedrängt die Zeit.
Sein steinerner Leib verdrängt allen Raum.
Er ragt übers Dach;
ich erblicke vor dem Fenster
45 die wilden Lava-Hände.

Dem Munde entströmt Rede-Getose:
es schallt um das Haus.
Er frägt: *Ob ich nun endlich tot bin.*
Ob er jetzt erben kann:
50 erben das Reich.
Ob er an sich nehmen darf
den Strahlen-Schatz meiner Traum-Sonne.

Die Gestirn-Gedanken meines Magier-Hauptes,
die großen Wunder meiner Augen.
55 Den immergrünen Baum, den neben mir wuchtenden:
im Wipfel oben den goldenen Phönix.
Das Sagen-Einhorn mir zu Füßen.
Mein ewiges Menschentum.

Ob er meinem Leibe jetzt entheben darf
60 den göttlichen Geist.

So giert der Riese.
Die vielen Länder umlagern das Haus.
Müssen schweigen unter der Schwere der Granit-Alpen.
Asien schweigt unter dem Himalaya.
65 Doch durchzuckt sie ein Schauern.
Sie lauschen sehr tiefernst der einsamen Rede.

Da erheben sich die Oberen.
Zur Beratung treten zusammen
auf dem Felde Marathon.
70 Lenz der Liebende und Herbst der Weise,
und der Held Sommer
mit dem Winter-Gewaltigen.
Da geschieht ein langes ernstes Raten.
Da wird aufgerufen:
75 Jeder: zu sagen sein Wort,
zu geben seine Stimme.

Nun hör' ich den Nil reden:
wunderbare Bilder-Sprache.
Ich höre des Amazonas Macht-Katarakt
80 tropische Wort-Kraft schaumwirbeln.
Ich höre die kühne Stimme des Rheins.
Die Meerflut schallt an Basalt-Säulen in der Fingalshöhle.

Immer Andere melden sich zum Wort.
Wilde Gewitter im Pamir-Gebirge.
85 Der Mischabel-Hörner klirrende Eis-Zinnen.
Viele Inseln in den Wogen.
Ein fernstes Palmen-Eiland singt.

Dann kommt ein Klingen aus Orion
herunter in die Versammlung.

---

82 Fingalshöhle *Basaltgrotte auf Meeresniveau an der Südwest-Küste der schottischen*
Hebriden-Insel Staffa, der Sage nach der Palast der irischen Sagengestalt Fingal.

90 Ich sitze stumm am Fenster.
Bestrahlt von ätherischem Feuer.
Ich höre sprechen allerort.
Überall in der Welt-Nacht.
Ich allein bin ohne das Wort.

95 Mögen sie beschließen: richtend entscheiden
über das Reich.
Mein Herz ist weitgeöffnet.
Es liegt völlig offen allen Blicken.
Jedem berechtigten Wohner der Welt.
100 Offen zum Einblick für den Stern:
für Antares den Prächtigen,
für die Sonne Ataïr.
Für die Kometen-Heere.

Offen zum Einblick für die Wogen der Südsee.
105 Die Stürme am Kap Horn.
Die Traum-Musik über Asien.
Für die Feder-Wolke an der Wölbung.
Offen zum Einblick für die Rose in Persien,
für das Veilchen am Ätna,
110 die Soldanella am Firn-Saum der Jungfrau.
Für Wanderzüge der Regenpfeifer und Brachvögel.
Für die Albatrosse über Kerguelenland.
Für die Fische an den Küsten Borneos.
Für die Lerchen an den Ufern des Rheins.

115 Lange währt die Versammlung.
Sie tagt eine ewige Nacht.
Sie ergipfelt höchste Mitternacht.
Rauschendes Welt-Leben
in Plejaden-Bereichen
120 zwischen himmlischen Wunder-Zeichen.
Sie versinkt in spätem Dämmerung-Verbleichen.
Schwermütigem Licht-Abschied-Verbleichen
mit feurigen Strahlen-Geiern über Helden-Leichen.
In einem glühenden Morgenrot.

125 Und im Morgenrot versinkt auch der Riese.

Dann schließt sich mein Herz.
Dann schließt sich das Haus.
Dann schlaf' ich einen tiefen, einen weltlosen Schlaf.

---

101 Antares *Hellster Stern im Sternbild Scorpius.*   102 Ataïr *Hellster Stern im Sternbild Aquila.*

130 Ohne Sonnen, ohne Riesen, ohne Träume.
Die gute Blume der Schmerzen
wächst feier-groß durch mein Herz.

Es ist wieder Abend.
Fern am Erdrand ruht die Sonne
glühend-ungeheuer.

ENDE

GOTTFRIED BENN

Chaos

Chaos – Zeiten und Zonen
Bluffende Mimikry,
5 Großer Run der Aeonen
In die Stunde des Nie –
Marmor Milets, Travertine
Hippokratischer Schein,
Leichenkolombine,
10 Die Tauben fliegen ein.

Ebenbild, inferniertes
Erweichungsparasit;
Formen-onduliertes
Lachhaft und sodomit;
15 Lobe –: die Hirne stümmeln
Leck im Sursumscharnier,
Den Herrn –: die Hirne lümmeln
Leichenwachs, Adipocir.

Bruch. Gonorrhoische Schwarten
20 Machen das Weltgericht:
Waterloo: Bonaparten
Paßte der Sattel nicht –
Fraß, Suff, Gifte und Gase –:
Wer kennte Gottes Ziel
25 Anders als: Ausgang der Blase
Erectil?

Fatum. Flamingohähne
Geta am Darm commod,
Anderweit Tierschutzmäcene
30   Kommt, ersticht ihn beim Kot –
Fraß, Suff, Seuchen und Stänke
Um das Modder-Modell –
à bas die Kränke
Individuell.

35   Keine Flucht. Kein Rauschen
Chaos. Brüchiger Mann.
Fraß, Suff, Gase tauschen
Ihm was Lebendes an
Mit im Run der Aeonen
40   In die Stunde des Nie
Durch der Zeiten und Zonen
Leere Melancholie.

RUDOLF GEORG BINDING*

Meeresmittag

Auf den Wassern ruht das Licht.
Wo die hellen Segel stehen
5   unverrückbar, fern sich lösend,
segelt Sehnsucht still ins Blaue.

Rings kein Vogel in den Lüften.
Ruh der Winde. Ruh der Tiefe.
Einer Seele Ruhe. Mittag
10   auch im Fernsten. Ruh der Liebe.

Selig ruht des ungeheuren
Meers durchwärmter Leib –
und um meine Füße schluchzet,
heimlich sterbend, kleine Welle.

IVAN GOLL

Electric

Auf die Leiter des Eiffelturms steigt der Blaue Maschinist
Den Mond
5 Schutzmarke für Parfüms
Und der Friseure Schild herabzuhängen –
Aber die Welt strahlt weiter
Kupferne Ströme rauschen die Berge herab
Rhone
10 Montblanc
Mars
Elektrische Wellen fliessen durch blonde Nacht
Disken über uns
Das Lachen der Bahnhöfe
15 Das Perlenhalsband der Boulevards
Und still an eine Parklinde gelehnt
Mademoiselle Nature
Meine Braut

SIEGFRIED VON VEGESACK

Legende von der Vorstadtdirne

Einer hochbetagten Vorstadtdirne
Kam das Leben nicht geheuer vor,
5 Und so hing sie sich mit einem Zwirne
Vor das erste beste Tor.

Kam ein Oberlehrer steif geschritten,
Tief versunken in sein kluges Buch,
Bis das Bein der Vorstadtdirne mitten
10 Ihm auf seine Brillengläser schlug.

Stehen blieb er, fassungslos entrüstet:
„Hängt das Laster schon an jedem Tor?
Daß es sich sogar im Tode brüstet
Mit dem Seidenstrumpf aus grünem Flor!"

15 Und er rückte sich zurecht die Brille,
Starrte aufwärts, scharf und unverwandt:

„Augenscheinlich war es Gottes Wille!
Gott sei Dank – ich hab sie nicht gekannt!"

Kam der Heiland, ein verhöhnter Jude,
20   Und blieb sinnend vor dem Tore stehn.
Sagte sanft und leise: „Trude –
Komm, du sollst jetzt auferstehn!"

Und Er löste sie von ihrem Zwirne,
Zog sie an sich, brüderlich und warm.
25   Und es schmiegte sich die Vorstadtdirne
Liebevoll in seinen Arm.

Lächelnd sprach sie: „Ach, ich gab mich Vielen –
Aber Keinem gab ich mich so gern!"
Und die ersten Morgenstrahlen fielen
30   Auf die Vorstadtdirne und den Herrn.

WALTER MEHRING

6 Tage Rennen

Hart
Am Start
5   Die Muskeln auf der Lauer
Zweimalhunderttausend
Augen:
Saugt sich fest die Menschenmauer
Arche Noah voll Gedränge!
10   Fest
Gepreßt die Schenkel ans Gestänge
Nackt und bloß –
Und Revolver Herr und Frack
Blitz und Schlag
15   Los –
Getreten treten treten
Hirne am Pedal!
Stahl
Und Reifen
20   Greifen frisches Holz der Kurve
Sirrend knirschend –
Wo einst Wälder . . .

Nur einen Atemzug
Pneumatiks vollgepumpt!
25 Durch Wälder pirschend grün vermummt
Wo Glocken läuten: Beten
Beten Beten – Treten Treten
Wo zur Ruh die
Starterglocke!
30 – Immer dieser Herr im Frack –
Wo zur Ruh
Die Fahrer kreisen
Kreisen kreisen
Großer Zeiger!
35 Kleiner Zeiger!
Wozu .. Wozu ..
Glocke Start der erste Tag!

Aus der Koje
Schläfrig schlingernd
40 Matt
Am Rad!
Die Schläfen fingernd
– Eben träumend noch von Meeren, Möven, Boje!
Salzig! –
45 Reckt der Hals sich
In den ewgen Kreislauf eingetreten
Treten Treten
Heißgelaufen
Kreisen ist der Lauf der Zeit
50 Mit den Zeiten um die Wette
Rund ums Rund die Radlerkette
Und Sekunde vor Sekunde rückt der Zeiger
Weiter –
Vor –
55 Stoß!
Losgetreten treten treten!
Und Sekunden
Überrunden!
Angesetzt!
60 Musik setzt an!
Musik Musik
Sieg! Sieg!
„Wo zur Ruh"
Mit Paukenschlag

65 365 Tage
Pumpt sich der Pneumatik Herz
Voll mit Plage voll mit Schmerz
Des Blutes Kreislauf!
Kreislauf:
70 Immer wieder Herr im Frack . .
Kreis! Lauf!
Aufhören!
Der zweite Tag!

Ohne Ende!
75 „Spende der kleinen Amalie"
365 Francs. Der Preis
Einer Nacht! Die Kanallje
Hat Durst auf Schweiß!
Prost!
80 Losgetreten! Überrunden!
Das Geld ist gefunden
Ein Fressen!
Diese Amalie
Hoch zu Rad
85 Möcht ich zwischen die Schenkel pressen
Rund und glatt!
Rund ins Rund um jede Rundung
Radlerheil und Volksgesundung!
Mein Nebenmann
90 Zieht an
Durchs Ziel! Zu Ende!
Der Pöbel zerklatscht die Hände
Das Pack
Säuft Sekt
95 Weißt Du, wie Amalie schmeckt . . .
Immer wieder der Herr im Frack –
Der dritte Tag!

Da kreisen sie wieder!
Einer hinter dem andern
100 Wandern
Die Zeiger den ewigen Trott –
Wandern Kreisen Treten!
Beten:
Deinen Eintritt segne Gott . .
105 Treten immer die Pedale
Jimmy – Internationale

Die alten Lieder!
Das Publikum stinkt zum Himmel
Einer hat die Bartflechte Einer säuft Kümmel
110 Diesem Gewimmel von Warzenkröten
Möchte man vor die Pedale treten!
Diese Bäuche
Diese aufgepumpten Radfahrschläuche
Treten Treten Schlag für Schlag!
115 Der vierte Tag!

Und der fünfte Tag
Schieber und Lumpen
Zahlen Preise, daß wir das Hirn leerpumpen
In 365 Tagen
120 Muß das Blut durch die Kurven jagen
Durch jede Faser Durch jede Windung
Den ewigen Kreis
Einer bekam schon Gehirnhautentzündung
Sein Hirn lief sich heiß
125 Und einer muß auf dem Magen
Einen Eisbeutel tragen
Zur Kühlung! Wie wohl ein Wald
Kühlen mag? . . .
Aus Morgen und Abend
130 Der fünfte Tag!

6
Tage
Rennen!
Brennend liegt das Hirn auf Lauer
135 6×zweihunderttausend Augen:
Saugt sich fest die Menschenmauer!
6×zweihundert und tausend!
Brausend
Aus den Nüstern schnaubend
140 Atemraubend
Uns den Atem raubend!
Pestend Schweiß!
Heiß und bloß
Los-
145 Getreten treten treten
Musik Musik
Treten Treten wie zum Beten
Musik Musik

Räder greifen
150 Ineinander
Aneinander!
Reifen
Knirscht am frischen Holz
Schießt Kobolz
155 Und ineinander
Aneinander
Räder! Räder!
Nur noch Räder!
Feste! Feste!
160 Zieht vom Leder
Preßt die Schenkel
Rund ins Rund um jede Rundung
Jede Stunde Jede Windung
Hirn an Hirn
165 Ins Hirn gerädert!
Und die Stunde
Wird zergliedert
Zur Sekunde
Und zerhackt
170 Im Takt die Runde
Hart
Am Start
Die Hirne brennen
In dem Kreislauf
175 Freilauf
Endlos
Los!
Auf und davon
6
180 Tage
rennen!

HANS ARP

Befiederte Steine

1. Die Könige kämmen Wälder zücken bezechte Vögel und reiten
verschont auf eisernen Spazierstöcken in die Thermen.
5 Die wachsenden Tiere tanzen auf gläsernen Kothurnen.

Die Stämme messen sich Vögel an.
Die gegeisselten Vögel verbluten im Säulenhof

2. Peitschen knallen und aus den Bergen kommen die gescheitelten
Schatten der Hirten.
10 Schwarze Eier und Narrenschellen stürzen von den Bäumen.
Gewitter Pauken und Trommeln bespringen die Ohren des Esels.
Flügel streifen Blumen.
Quellen regen sich in den Augen der Eber.

3. Lachende Tiere schäumen aus eisernen Kannen.
15 Die Wolkenwalzen drängen die Tiere aus ihren Kernen und
Steinen.
Nackt stehn Hufe auf steinalten Steinen mäuschenstill bei Zweigen
und Gräten.
Geweihe spiessen Schneekugeln.
20 Auf Stühlen galoppieren die Könige in die Berge und predigen
das Dezemberhorn.
Lasst Strohbrücken nieder.
Bringt Eisenbriefe lautlos und gut hörbar.
In der Eisflasche gefrieren Turteltauben.

25 4. Im Januar schneit es Graphit in das Ziegenfell.
Im Februar zeigt sich der Strauss aus Kreidesternen und weissem
Licht.
Im März balzt der Würgengel und die Ziegel und Falter flattern
fort und die Sterne schaukeln in ihren Ringen und die Windfang-
30 blumen rasseln an ihren Ketten und die Prinzessinnen singen in
ihren Nebeltöpfen.

Wer eilt auf kleinen Fingern und Flügeln den Morgenwinden
nach.

1924

ERICH KÄSTNER

Zeitgenossen, haufenweise

Es ist nicht leicht, sie ohne Haß zu schildern,
und ganz unmöglich geht es ohne Hohn.
5 Sie haben Köpfe wie auf Abziehbildern
und, wo das Herz sein müßte, Telephon.

Sie wissen ganz genau, daß Kreise rund sind
und Invalidenbeine nur aus Holz.
Sie sprechen fließend, und aus diesem Grund sind
10 sie Tag und Nacht – auch Sonntags – auf sich stolz.

In ihren Händen wird aus allem Ware.
In ihrer Seele brennt elektrisch Licht.
Sie messen auch das Unberechenbare.
Was sich nicht zählen läßt, das gibt es nicht!

15 Sie haben am Gehirn enorme Schwielen,
fast als benutzten sie es als Gesäß.
Sie werden rot, wenn sie mit Kindern spielen.
Die Liebe treiben sie programmgemäß.

Sie singen nie (nicht einmal im August)
20 ein hübsches Weihnachtslied auf offner Straße.
Sie sind nie froh und haben immer Lust
und denken, wenn sie denken, durch die Nase.

Sie loben unermüdlich unsre Zeit,
ganz als erhielten sie von ihr Tantiemen.
25 Ihr Intellekt liegt meistens doppelt breit.
Sie können sich nur noch zum Scheine schämen.

Sie haben Witz und können ihn nicht halten.
Sie wissen vieles, was sie nicht verstehn.
Man muß sie sehen, wenn sie Haare spalten!
30 Es ist, um an den Wänden hochzugehn.

Man sollte kleine Löcher in sie schießen!
Ihr letzter Schrei ist fast ein dernier cri.
Jedoch, sie haben viel zuviel Komplicen,
als daß sie sich von uns erschießen ließen.
35 Man trifft sie nie.

ERICH WEINERT

Errungenschaften

Wozu sich radikal bekleckern
im temperierten Ordnungsstaat?
Wir brauchen uns nischt vorzumeckern.
5 Wir sind uff Draht! Kanzleiformat!

Was Wilhelm damals dilettantisch
als große Zukunft projektiert,
das wird uns heute wildromantisch
10   als Wiederaufbau vorgeführt.
     Jetzt fehlt bloß noch, mit Mann und Roß,
     mit blechgarniertem Dachgeschoß,
     ein zielbewußter Fürschtensproß,
     um richtig anzufangen.
15   Mehr kann man nicht verlangen!

Europa, halt dir fest! Da staunste,
wie deutscher Geist sich friedlich übt!
Wie heute wieder der verhaunste
Etappenbauch Reklame schiebt!
20   Wie stramm vor jedem Hohenzoller
der schwarze Reichswehrwolf marschiert!
Der janze Philantropenkoller
ist wieder glücklich abserviert.
     Durch alle Adern zuckt es schnell
25   bis in das Redaktionsbordell.
     Man ist im Geist der O. H. L.
     begeistert aufgegangen.
          Mehr kann man nicht verlangen!

Und Einigkeit und Recht und Freiheit,
30   wie die Verfassung uns verhieß,
sie stehn in schwarzweißroter Dreiheit
mit Gott! (der Eisen wachsen ließ).
Die Einigkeit den Arbeitgebern!
Das Recht zu Händen der Justiz!
35   Die Freiheit ihren Totengräbern
im Schutz und Trutz der Staatsmiliz!
     Geht auch die ganze Welt knock out,
     bei uns wird unberufen laut
     und deutlich wieder aufgebaut,
40   mit Spießen und mit Stangen.
          Mehr kann man nicht verlangen!

Französischer Verständigungswille?
Versöhnungsgeist? Wir bleiben kalt!

---

21 *Anspielung auf „Reichsbanner Schwarz-Rot-Gold", Vereinigung deutscher sozial-demo-kratischer Politiker zum Schutz der Republik gegen radikale Elemente (1924–1933).*
26 O.H.L. *Oberste Heeresleitung.*

Es schielt durch Ludendorffens Brille
Germania auf dem Niederwald.
Die deutsche Guß- und Diebstahlbranche
braucht wieder mal viel Feind, viel Ehr.
Sie brüllt um jeden Preis Revanche,
als wenn die Welt voll Teufel wär.
Drum singt mit eurer Wacht am Rhein
den ganzen Feindbund kurz und klein!
Wir hätten dann vielleicht das Schwein,
noch mal von vorne anzufangen!
Mehr kann man wirklich nicht verlangen!

WILHELM LEHMANN

An meinen Sohn

Die Winterlinde, die Sommerlinde
Blühen getrennt –
In der Zwischenzeit, mein lieber Sohn,
Geht der Gesang zu End.
Die Schwalbenwurz zieht den Kalk aus dem Hügel
Mit weißen Zehn,
Ich kann sie unter der Erde
Im Dunkel sehn.

Ein Regen fleckt die grauen Steine –
Der letzte Ton
Fehlt dem Goldammermännchen am Liede:
Sing du ihn, Sohn.

HUGO VON HOFMANNSTHAL

Ein Knabe

I

Lang kannte er die Muscheln nicht für schön,
Er war zu sehr aus einer Welt mit ihnen,
Der Duft der Hyazinthen war ihm nichts
Und nichts das Spiegelbild der eignen Mienen.

44f. *Anspielung auf die von* Ludendorff *erfundene Dolchstoßlegende.*

Doch alle seine Tage waren so
Geöffnet wie ein leierförmig Tal,
Darin er Herr zugleich und Knecht zugleich
10   Des weißen Lebens war und ohne Wahl.

Wie einer, der noch tut, was ihm nicht ziemt,
Doch nicht für lange, ging er auf den Wegen:
Der Heimkehr und unendlichem Gespräch
Hob seine Seele ruhig sich entgegen.

II

15   Eh er gebändigt war für sein Geschick,
Trank er viel Flut, die bitter war und schwer.
Dann richtete er sonderbar sich auf
Und stand am Ufer, seltsam leicht und leer.

Zu seinen Füßen rollten Muscheln hin,
20   Hyazinthen hatte er im Haar,
Und ihre Schönheit wußte er, und auch
Daß dies der Trost des schönen Lebens war.

Doch mit unsicherm Lächeln ließ er sie
Bald wieder fallen, denn ein großer Blick
25   Auf diese schönen Kerker zeigte ihm
Das eigne unbegreifliche Geschick.

HANS ARP

Die Blumensphinx

1

Aus den Spinnetzen lassen sich die Bettler nieder. In ihren schwar-
zen Schleppen halten sie die flaumgefütterten Monde die gestillten
5   Lämmer die Blumen ohne Kiele und die apportierenden Fleder-
mäuse verborgen. Vor den Zinnen der Blumen und den Vorhän-
gen voll Sommersprossen die unter dem Atem einer halbwatten
Halbweltlerin erzittern ziehen die sieben barbarischen Bruder-
sterne vorüber.
10 Im Versteckten finden noch immer Palmsonntage statt. In Er-
mangelung von Eseln reiten die Erlöser auf Tandemen ein. Der
König dieser Stadt ist ein Regenbogenfresser.

Aus dem Kalender fallen die gekreuzigten Blumen die Adressen
der Verschollenen und die Grundsteine der Residenzen.
15 In der marmornen Gurgel liegt die aufgerollte Liederschnur.
Die Büsten der verstorbenen grossherzigen Tiere zieren die Plätze.
In den Binsenkörben werden die Missgeburten die Stammbäume
aus Fleisch voll eingewachsener erotischer Blöcke die rasierten
Pferde und die Beutel voll Flammen fortgetragen.
20 Die tausend Türme sind aus Missalen gebaut. In sie fallen aus dem
himmlischen Strahlenstroh das Ungeziefer und die bevölkerten
Monde.

3

Auf den Schildpattgeleisen gleiten die Mägde heran. In ihren Schür-
zen tragen sie die rotglühenden Scherben der zerbrochenen Son-
25 nen fort.
In grossen Bögen pissen die Karyatiden des Himmels die Zeit von
sich wie Vasallensaft.
Aus dem Mast der Stadt leuchtet die große Ätherqualle. In das
Gewölbe ihres Bauches haben ihr die Matrosen ein Korsaren-
30 schiff gehangen.
Die Pflanzenguillotine zieht durch die Strassen.
Die Sabinerberge sind nicht hinreichend herabgelassen. Die
Schnüre sind zu kurz. Durch den Spalt drängen die Kiefer der
sixtinischen Gebetmühle und der Lynchgong vor. Auf dem Meere
35 hüpfen die riesengrossen wahrsagenden Kugeln aus schwarzer
Rasenerde.

4

Zur Stimme einer Glocke dreht sich ein zerzauster Stern.
Der Läufer auf dem die Traum- und Wolkentiere über die Berge
zogen wird gebürstet und aufgerollt.
40 Die mit Zähnen Locken und Eheringen behangenen Aaskugeln,
welche ich für ruinenbefleckte Adler halte sind die verschlungenen
Gewichtssteine im Innern der Monumente. Die professionellen
Lippen der Lappen welche ich für schnäbelnde Brieftauben halte
sind die mit Zähnen Locken und Eheringen behangenen Aas-
45 kugeln.
Der Wald ist ein Blasebalg.

---

20 Missalen *Meßbücher der katholischen Kirche.* 26 Karyatiden *Statuen bekleide-
ter Mädchenfiguren, die statt Säulen das Gebälk eines Bauwerkes tragen.*

weißt du schwarzt du

sie gehn ein quadrat
einen kreis
einen punkt
5   und drehn sich auf dem punkt
pünktlich halb um
und wieder halb um
und gehn weiter
und wollen nicht ausratten
10   auf der rattenmatte
auf der zwölftesten platte

und kürzen das kurze
und verlängern das lange
und verdünnen das dünne
15   und verdicken das dicke

und bleiben sich vis a vis
ziehen sich mit schuhlöffeln eisblumen an
mauern welken lebendig ein
rollen wasserballen auf
20   und fegen sie
daß es allen gewollen ist
ohne grund unter dem unter spricht
wie wir nach der uhr
pieken die schindeln von den linien
25   und gackern dazu gack gack gack

1925

SIEGFRIED VON VEGESACK

Deutscher Okkultismus

Wir sind das Volk der wunderbaren Kulte
für alle Herrlichkeiten, die gewesen.
5   Wir schwärmen sehr für das Okkulte
und haben unsern Steiner brav gelesen.
Wir lieben unsre greisen Generäle,
besonders, wenn sie einen Krieg verloren.

  Wir haben eine sehr okkulte Seele
10 und weniger okkulte Eselsohren.
     Geduld, Geduld –
     uns trifft gar keine Schuld:
     Die deutsche Seele ist nun mal okkult!

  Wir haben zwar kein Pulver, keine Waffen,
15 doch rüsten wir uns frisch zu neuen Taten:
  Ein großes Volk hat immer was zu schaffen –
  für neue Kriege gibt es neue Staaten.
  Zwar ist der Westen leider uns verrammelt,
  doch gibts im Osten freie Bahn dem Tüchtigen:
20 Was Gott in seiner Dämlichkeit verdammelt –
  wir Deutsche werden unsre Feinde züchtigen!
     Geduld, Geduld –
     uns trifft gar keine Schuld:
     Wir rüsten zwar – doch immer nur okkult!

25 Wir sind das Volk der freisten Demokraten,
  der herrlichsten und schönsten Republike:
  sie füttert ihre alten Potentaten
  und feiert ihre Prinzen mit Musike.
  Ihr eignes Haupt nennt sie zwar „Landsverräter"
30 und wühlt in jedem Schmutz mit Wohlgefallen,
  doch schützt und hätschelt sie die Attentäter,
  die ihre besten Söhne niederknallen!
     Geduld, Geduld –
     uns trifft gar keine Schuld:
35   Die deutsche Republik ist noch etwas okkult!

MORITZ HEIMANN

Alles ist wahr

Wohl ist es spät, doch ist es nicht zu spät:
Denn einen Schritt vom schweigedunklen Sode,
5 Will sagen: eine Stunde vor dem Tode,
Ist zeitig noch ein tiefes Wort gesät.

Ich habe Teil am Geiste, der wie Wind
Die Samen wirbelt, die die Narben kitten,
Und habe drum von Manchen mehr gelitten,
10 Als Manche wissen, die mir über sind.

Das jagt und wirbelt, streut und spielt und weht
Und weiß von Same nichts und nichts von Narbe;
Und unversehens schwillts in Korn und Garbe,
Bis übers Leere sich der Wind ergeht.

15 Der Unzweck war es, der den Zweck gebar –
Was suchst du lang und bang an dir das Himmelssiegel?
Des Teufels böseste Erfindung ist der Spiegel.
Vergleiche nicht und frage nicht! Alles ist wahr.

KURT TUCHOLSKY*

Farbenklavier

Rot ist die Leidenschaft,
blau ist das Meer,
5 grün der Chef vom Hakenkreuz,
schwarz-weiß-rot das Heer.

Rosa ist die Heckenros,
blausa mancher Kreis;
Oberst Nicolai seine
10 Weste – ist sie weiß?

Grünblau ist der Arrestant
bei der Polizei,
reisgelb Fritz von Unruhs
Bücherschreiberei.

15 Blauweiß ist bayerisch,
grün macht die Gans,
gelb färbt der Wasserstoff . . .

Wenn Sie meinen, daß das stundenlang so weitergeht . . .

Monolog mit Chören

Ich bin so menschenmüde und wie ohne Haut.
Die Andern mag ich nicht – sie tun mir wehe.
Wenn ich nur fremde Menschen sehe,
5 lauf ich davon – wie sind sie derb und laut!
Ich bin so müde und wie ohne Haut!
(Chor der Arbeitslosen): Das ist ja kolossal interessant, Herr Tiger!

FARBENKLAVIER und MONOLOG . . . *Signiert:* Theobald Tiger.

Ich spinn mich selig in die Schönheit ein.
Schönheit ist Einsamkeit. Ein stiller Morgen
10 im feuchten Park, allein und ohne Sorgen,
durchs Blattgrün schimmert eine Mauer, grau im Stein.
Ich spinn mich selig in die Schönheit ein.
(Chor der Proletariermütter): Wir wüßten nicht, was uns mehr zu
Herzen ginge, Herr Tiger!

Ich dichte leis und sachte vor mich hin.
15 Wie fein analysier ich Seelenfäden,
zart psychologisch schildere ich jeden
und leg in die Nuance letzten Sinn . . .
(Chor der Tuberkulösen): Sie glauben nicht, wie wohl Sie uns
damit tun, Herr Tiger!

Ich dichte leis und sachte vor mich hin . . .

20 (Alle Chöre): Wir haben keine Zeit, Nuancen zu betrachten!
Wir müssen in muffigen Löchern und Gasröhren übernachten!
Wir haben keine Lust, zu warten und immer zu warten!
Unsre Not schafft erst deine Einsamkeit, die Stille und den Garten!
Wir, Arbeitslose, welke Mütter, Tuberkelkranke wollen heraus
25 aus euerm Dreck in unser neues Haus!
Wir singen auch ein Lied. Das ist nicht fein.
Darauf kommts auch gar nicht an. Und wir stampfen es euch in die
Ohren hinein:
Völker, hört die Signale!
Auf zum letzten Gefecht!
30 Die Internationale
Erkämpft das Menschenrecht –!

ELSE LASKER-SCHÜLER

Ernst Toller

Seiner Mutter

Er ist schön und klug
5 Und gut.
Und betet wie ein Kind noch:
Lieber Gott, mach mich fromm,
Daß ich in den Himmel komm.

Ein Magnolienbaum ist er
10 Mit lauter weißen Flammen.
Die Sonne scheint –
Kinder spielen immer um ihn
Fangen.

Seine Mutter weinte sehr
15 Nach ihrem „wilden großen Jungen" . . .
Fünf Jahre blieb sein Leben stehn,
Fünf Jahre mit der Zeit gerungen
Hat er! Mit Ewigkeiten.

Da er den Nächsten liebte
20 Wie sich selbst –
Ja, über sich hinaus!
Verloren: Welten, Sterne,
Seiner Wälder grüne Seligkeit.

Und teilte noch in seiner Haft
25 Sein Herz dem Bruder dem –
Gottgeliebt fürwahr, da er nicht lau ist;
Der Jude, der Christ ist
Und darum wieder gekreuzigt ward.

Voll Demut stritt er,
30 Reinen Herzens litt er, gewittert er;
Sein frisches Aufbrausen
Erinnert wie nie an den Quell . . .
Durch neugewonnene Welt sein Auge taumelt

Rindenherb, hindusanft;
35 „Niemals mehr haften wo!"
Hinter kläglicher Aussicht Gitterfenster
Unbiegsamen Katzenpupillen
Dichtete Ernst im Frühgeläut sein Schwalbenbuch.

Doch in der Finsternis
40 Zwiefacher böser Nüchternheit der Festung
Schrieb er mit Ruß der Schornsteine
Die Schauspiele – erschütternde – der Fronarbeit:
In Kraft gesetzte eiserne Organismen.

16f. *Anspielung auf Tollers Festungshaft von 1919 bis 1924, zu der er als Mitglied der Münchner Räteregierung verurteilt wurde.*

THEODOR DÄUBLER

Das Herz im Delta

Die Lieder verlieben sich still mit dem Nile.
Dort hockt ein Flamingo auf blutender Glut;
Am Tag meine Lampe; und leuchtet so gut.
Kein Dort, wo es Wortlosen kommend gefiele.

Gedichte ersammelt sich Fortflut wie Spiele.
Der Vogel hat nie bis zu Gott hin geruht:
Auf einziger Stelze entflammt seine Hut:
Flamingo ersichtet vor fließendem Ziele.

Gesegnetes Ebben im Schenkel der Wüste,
Dort wittert das Tier, feuerflügelnd, nach mir:
Einst hab ichs gewahrt, noch Löwin, halb Büste.

Oft Ei und dann Vogel, erwarte mich, Tier,
Dich findet Gesang, weil ihn Atem lebendigt:
Beim Herz ward der Hauch unsrer Herkunft umendigt.

1926

ELSE LASKER-SCHÜLER

Die Versuchung

Aus Frühlingsblüten schleichen feuchte Düfte –
Schling deinen starken Seemannsarm um meine Hüfte.
Mein Geist hat nach dem heilgen Geist gesucht.

Und tauchte auf den Vogelgrund der Lüfte.
Und grub nach Gott in jedem Stein der Klüfte.
Und blieb nur Fleisch leibeigen und verflucht.

Ich aß im Paradies vom Gifte,
Als noch der Schöpfer durch die Meere schiffte,
Das Wasser trennte von der Bucht.

Und Alles gut fand, da Er seine Erde prüfte,
Und nicht ein Korn blieb ungebucht.

Ich schreibe diesen Vers an Ihn mit ehernem Stifte.
15   Mein Seelenheil zerschellt am Maste seiner Wucht.

Schling deinen starken Seemannsarm um meine Hüfte.
Ich wandte mich von Gott, da Er mich hat versucht.

ANNEMARIE GROSS-DENKER

Aus: Die Gebete des Priesters.

2.

Mit meinem Mund zerbröckl' ich deinen Namen,
Mit meinen Händen lösch' ich deine Inschrift aus,
5   Mit meinen Füßen tret' ich deinen Samen,
Und unter meinen Schritten wankt dein Haus.

All meine Wunden sind ein Dichverachten,
Mein Lachen stößt an deine Allgewalt,
Und meine Blicke, die dein Werk betrachten,
10   Entrüstet deiner Erde Blutgestalt.

Doch wenn mein Grimm dich so vernichtet,
Und junger Morgen dämmert kühl herauf,
Baut meine Liebe, herrlich aufgerichtet,
Dich täglich größer noch in ihrem Tempel auf!

HANS REIMANN

Englischer Garten

Anfang März. Es ist noch kalt.
Achtunddreißig Waisenkinder biegen in den Wald,
5   an der Spitze eine schwärzliche Gestalt,
alt und sauer.
Und mit einem Male ist der Wald voll Trauer,
aller Frühlingsfrische, aller Würze bar.
Selbst die Sonne ist nicht, wie sie vorher war.
10   Sie verhüllt ihr Haupt und scheint
kümmerlich in stillem Resignieren.
Ja, ich glaube fast, sie weint.
Und die achtunddreißig Kinderchen spazieren.

Achtunddreißig Mädchen, Paar für Paar,
stapfen durch den Wald,
eingehüllt in grobes Leinen,
derbe Strümpfe an den kleinen Beinen;
denn es ist verhältnismäßig kalt.
Nicht die Sonne nur, auch ich muß weinen.

JOACHIM RINGELNATZ*

Mein Bruder

Mein Bruder löst immer Probleme.
Mein Bruder verfolgt ein Ziel.
Mich nennt er eine bequeme
Schlawinernatur ohne Stil.

Mein Bruder wohnt – Ehrensache -
Und sagt, er habe Niveau.
Doch wenn ich darüber lache,
Beschimpft er mich: ich sei roh.

Mein Bruder muß Rechnung tragen
Und spricht gern über Kultur.
Mich hat er einmal geschlagen,
Weil mir dabei was entfuhr.

Mein Bruder haut mich sehr häufig.
Er nennt das dann „aus Prinzip".
Solche Worte sind ihm geläufig.
Ich habe ihn deshalb so lieb.

Ich würde ihn auch gern mal hauen.
Doch er ist leider sehr stark.
Nur wenn er Glück hat bei Frauen,
Dann schenkt er mir immer zwei Mark.

Ich bin zwar ein saudummes Luder,
Meine beiden Beine sind schief.
Im übrigen ist mein Bruder
Gar nicht verwandt, sondern stief.

Doch wenn ich „gestiefelter Kater"
Ihn nenne, dann schäumt er wie Most
Und schreibt Beschwerden an Vater,
Und die trage ich dann zur Post.

Ich trage ihm alle Pakete,
Die größer sind, als er denkt.
Jetzt hat er meine Trompete
Hinter meinem Rücken verschenkt.

35 Ein Bischof hat einen braunen
Frack meinem Bruder verehrt.
Sie würden überhaupt staunen,
Mit wem mein Bruder verkehrt.

Dagegen lebe ich – meint er –
40 Ganz stur wie ein Vieh in den Tag.
Manchmal, wo Damen sind, weint er;
So einer stirbt mal am Schlag.

OSKAR LOERKE

Die unsichtbare Bürde

Im Schatten des großen chinesischen Meisters Pe-lo-thien

Eine Bürde trug ich auf dem Rücken,
5 Für meine Finger niemals zu erfühlen;
Sie war nicht in den Spiegel zu drehen
Und auch für Brüder, Schwestern nicht zu sehen,
Ihr Brand ins Hirn hinauf war nie zu kühlen.

Ich trug sie schluchzend über viele Brücken.
10 Schwerer wurde sie nach jeder Rast.
Ich möchte wissen, wer du bist, du harte,
Noch eh' ein Bein dem andern zuruft: warte!
Und eh' das Herz zum Auge spricht: Du bist mir eine Last!

Ich kam das Lebenswasser überqueren.
15 In seiner Klarheit spiegelten sich alle
Die Eingeweide: die Lunge, der Magen,
Rot die Leber, grün die Galle,
Und auch die Bürde, die ich großgetragen:

Ich sah mein Ebenbild am Blut mir zehren,
20 Ein Riese ritt auf mir, dem armen Zwerg.
Mit einer Stimme, die wohl meine war,
Sprach er: Du bist ein Mensch, ich bin ein Berg,
Ich wünsche dir ein tränenloses Jahr.

KURT TUCHOLSKY*

Das Mitglied

In mein Verein bin ich hineingetreten,
weil mich ein alter Freund darum gebeten.
   Ich war allein.
Jetzt bin ich Mitglied, Kamerad, Kollege –
das kleine Band, das ich ins Knopfloch lege,
   ist der Verein.

Wir haben einen Vorstandspräsidenten
und einen Kassenwart und Referenten
   und obendrein
den mächtigen Krach der oppositionellen
Minorität, doch die wird glatt zerschellen
   in mein Verein.

Ich bin Verwaltungsbeirat seit drei Wochen.
Ich will ja nicht auf meine Würde pochen –
   ich bild mir gar nichts ein . . .
Und doch ist das Gefühl so schön, zu wissen:
sie können mich ja gar nicht missen
   in mein Verein.

Da draußen bin ich nur ein armes Luder.
Hier bin ich ich – und Mann und Bundesbruder
   in vollen Reihn.
Hoch über uns, da schweben die Statuten.
Die Abendstunden schwinden wie Minuten
   in mein Verein.

In mein Verein werd ich erst richtig munter.
Auf Die, wo nicht drin sind, seh ich hinunter –
   was kann mit denen sein?
Stolz weht die Fahne, die wir mutig tragen.
Auf mich könn' Sie ja ruhig „Ochse!" sagen,
   da werd ich mich bestimmt nicht erst verteidigen.
    Doch wenn Sie mich als Mitglied so beleidigen...!
    Dann steigt mein deutscher Gruppenstolz!
    Hoch Stolze-Schrey! Freiheil! Gut Holz!
    Hier lebe ich.
      Und will auch einst begraben sein
      in mein Verein.

Signiert: Theobald Tiger.   35 Stolze-Schrey *Kurzschriftsystem.*

1927

BERTOLT BRECHT

Vom armen B. B.

1

Ich, Bertolt Brecht, bin aus den schwarzen Wäldern.
Meine Mutter trug mich in die Städte hinein
Als ich in ihrem Leibe lag. Und die Kälte der Wälder
Wird in mir bis zu meinem Absterben sein.

2

In der Asphaltstadt bin ich daheim. Von allem Anfang
Versehen mit jedem Sterbsakrament:
Mit Zeitungen. Und Tabak. Und Branntwein.
Mißtrauisch und faul und zufrieden am End.

3

Ich bin zu den Leuten freundlich. Ich setze
Einen steifen Hut auf nach ihrem Brauch.
Ich sage: es sind ganz besonders riechende Tiere
Und ich sage: es macht nichts, ich bin es auch.

4

In meine leeren Schaukelstühle vormittags
Setze ich mir mitunter ein paar Frauen
Und ich betrachte sie sorglos und sage ihnen:
In mir habt ihr einen, auf den könnt ihr nicht bauen.

5

Gegen abends versammle ich um mich Männer
Wir reden uns da mit „Gentleman" an
Sie haben ihre Füße auf meinen Tischen
Und sagen: es wird besser mit uns. Und ich frage nicht:
          wann?

6

Gegen Morgen in der grauen Frühe pissen die Tannen
Und ihr Ungeziefer, die Vögel, fängt an zu schrein.
Um die Stunde trink ich mein Glas in der Stadt aus und
          schmeiße
Den Tabakstummel weg und schlafe beunruhigt ein.

7

Wir sind gesessen ein leichtes Geschlechte
In Häusern, die für unzerstörbare galten
(So haben wir gebaut die langen Gehäuse des Eilands
    Manhattan
30   Und die dünnen Antennen, die das Atlantische Meer
    unterhalten).

8

Von diesen Städten wird bleiben: der durch sie hin-
    durchging, der Wind!
Fröhlich machet das Haus den Esser: er leert es.
Wir wissen, daß wir Vorläufige sind
Und nach uns wird kommen: nichts Nennenswertes.

9

35   Bei den Erdbeben, die kommen werden, werde ich
    hoffentlich
Meine Virginia nicht ausgehen lassen durch Bitterkeit
Ich, Bertolt Brecht, in die Asphaltstädte verschlagen
Aus den schwarzen Wäldern in meiner Mutter in früher
    Zeit.

KURT TUCHOLSKY*

Berliner Bälle

„Mit dir – mit dir – möcht ich mal Sonntags angeln gehn –
Yes, Sir, that's my baby!
5 Mit dir – mit dir – da denk ich mir das wunderschön! –
I wonder, where my baby is to night –"
    Junge Rechtsanwälte biegen sich im Boston –
    dies Mädchen ist nicht von hier; die ist aus dem Osten!
    Kleine Modezeichner schlenkern viel zu viel mit die Beine –
10   ein dubioser Kerl tanzt im Rund seinen Charleston alleine.
    Der Saal kocht in Farben, Musik, Lärm, Staub und Gebraus –
    die Frauen schwimmen im Tanzmeer, das spült sie aus den
        Logen heraus –
    In dreißig Sälen dieselben schwarzen Jüdinnen, in Silber
        eingewickelt wie die Zigarren, beturbant;
        dieselben Melodien . . .
    Heute nacht tanzen sechzigtausend Menschen in Berlin.

36 *Vgl.* Armut *(S. 44), Z. 16.*   BERLINER BÄLLE *Signiert:* Theobald Tiger.

15 „Wo
   sind deine Haare –
   What did I kiss that girl,
   du mußt nach Berlin,
   Barcelona – Parlez-vous français?"
20   In allen Ateliers näseln die Grammophone;
      weinrot stehn die Lampions in der grauen Luft – die Frau
                                   ist gar nicht so ohne –
      Kein Licht machen! Treten Sie nicht auf die Paare!
      Wo sind deine Haare –?
      August . . .
25   Jetzt sinkt das Fest sachte zu Boden wie ein müdes Blatt,
      Gehst du schon? Wohl dem, der jetzt eine bunte kleine
                                   Wohnung hat.
      In allen nächtlichen Hauswürfeln dieselben Neckrufe, Ge-
         lächter, ratschenden Nadeln, Seufzer, feinen
                                   Melancholien.
      Heute nacht tanzen sechzigtausend Menschen in Berlin.

   Sachliche Liebe, die du mit ohne Seele blühst;
30 Berliner Knabe, der du dich kaum noch bemühst!
   Das Wo ist meistens schwieriger als das Ob –
      Aphrodite mit dem Berliner Kopp!
      Aphrodite, schaumgeborne, laß mal sehn,
         wie sie alle, alle mit dir angeln gehn!
35 „Hallo? Wie is Ihn denn gestern bekomm? Gut? ja? Ausgeschlafen?
   Hach! Daran kann ich mich gahnich erinnern. Nein. Der
      hat doch Sonja das Chinesenkostüm geliehn . . .!"

      Als wär nie nichts gewesen,
   telephonieren dreißigtausend Paare in Berlin.

KLABUND[*]

Abschied der Mutter von ihrem Sohn

      Mein Sohn, du bist substanzlos
      Und ohne Korrektiv,
5   Die letzte Echse, schwanzlos,
      Und manisch depressiv.

Wie sitzt du blaß am Steuer
Des x PS. Rolls-Royce!
Du liebst und lobst mir heuer
Nur Pagen, Jungs und Boys.

Vielleicht kehrst im November
Zurück du zur Natur,
Mit Lu dann beim Remember
An Küsse und Petitfour.

Es wird sich alles geben
Von Hand zu Hand, von Mund zu Mund –
Fare well, mein liebes Leben,
Und bleib mir ungesund!

KARL KRAUS

Mein Widerspruch

Wo Leben sie der Lüge unterjochten,
war ich Revolutionär.
Wo gegen Natur sie auf Normen pochten,
war ich Revolutionär.
Mit lebendig Leidendem hab ich gelitten.

Wo Freiheit sie für die Phrase nutzten,
war ich Reaktionär.
Wo Kunst sie mit ihrem Können beschmutzten,
war ich Reaktionär.
Und bin bis zum Ursprung zurückgeschritten.

SIEGFRIED VON VEGESACK

Stiller Wunsch

Ich wollt', ich wäre eine Leiche,
Von der ihr in der Zeitung lest:
Man fand sie irgendwo in einem Teiche,
Ziemlich verwest.

STILLER WUNSCH *Vgl. Liliencron* Durchs Telephon *(S. 30) und Benn* Kleine Aster
(S. 107).

Man wußte nicht, wie ich dorthin gekommen,
Und wer ich sei.
Als man mit Stangen mich herausgenommen,
10   Zerfiel der Brei.

Man wußte nicht, was nun mit mir beginnen:
Ich roch ganz toll.
Und schrieb darauf, nach einigem Besinnen,
Ein Protokoll.

15   Dann scharrte man mich ein an einer Kirchhofsmauer,
Denn keiner wußte, ob ein Christ ich bin.
Und nur ein Kind, im frommen Schauer,
Pflanzte ein Gänseblümchen heimlich hin!

GOTTFRIED BENN

aus Fernen, aus Reichen

was dann nach jener Stunde
sein wird, wenn dies geschah,
5   weiß niemand, keine Kunde
kam je von da,
von den erstickten Schlünden,
von dem gebrochnen Licht,
wird es sich neu entzünden,
10   ich meine nicht.

doch sehe ich ein Zeichen:
über das Schattenland
aus Fernen, aus Reichen
eine große, schöne Hand,
15   die wird mich nicht berühren,
das läßt der Raum nicht zu:
doch werde ich sie spüren
und das bist du.

und du wirst niedergleiten
20   am Strand, am Meer,
aus Fernen, aus Weiten:
„– erlöst auch er";

ich kannte deine Blicke
und in des tiefsten Schoß
25   sammelst du unsere Glücke,
den Traum, das Loos.

ein Tag ist zu Ende,
die Reifen fortgebracht,
dann spielen noch zwei Hände
30   das Lied der Nacht,
vom Zimmer, wo die Tasten
den dunklen Laut verwehn,
sieht man das Meer und die Masten
hoch nach Norden gehn.

35   wenn die Nacht wird weichen,
wenn der Tag begann,
trägst du Zeichen,
die niemand deuten kann,
geheime Male
40   von fernen Stunden krank
und leerst die Schale,
aus der ich vor dir trank.

1928

HERMANN HESSE

Belehrung

Mehr oder weniger, mein lieber Knabe,
Sind schließlich alle Menschenworte Schwindel,
5   Verhältnismäßig sind wir in der Windel
Am ehrlichsten, und später dann im Grabe.

Dann legen wir uns zu den Vätern nieder,
Sind endlich weise und voll kühler Klarheit,
Mit blanken Knochen klappern wir die Wahrheit,
10   Und mancher lög' und lebte lieber wieder.

ERICH KÄSTNER

Wiegenlied

(Was ein Vater dem Säugling erzählt)

Schlaf ein, mein Kind! Schlaf ein, mein Kind!
Man hält uns für Verwandte.
Doch ob wir es auch wirklich sind?
Ich weiß es nicht. Schlaf ein, mein Kind!
Mama ist bei der Tante . . .

Schlaf ein, mein Kind! Sei still! Schlaf ein!
Man kann nichts Klügres machen.
Ich bin so groß. Du bist so klein.
Wer schlafen kann, darf glücklich sein.
Wer schlafen darf, kann lachen.

Nachts liegt man neben einer Frau,
die sagt: Laß mich in Ruhe.
Sie liebt uns nicht. Sie ist so schlau.
Sie hext mir meine Haare grau –
Wer weiß, was ich noch tue.

Schlaf ein, mein Kind! Mein Kindchen, schlaf!
Du hast nichts zu versäumen.
Man träumt vielleicht, man wär ein Graf.
Man träumt vielleicht, die Frau wär brav.
Es ist so schön, zu träumen . . .

Man schuftet, liebt und lebt und frißt
und kann sich nicht erklären,
wozu das alles nötig ist!
Sie sagt, daß du mir ähnlich bist.
Mag sich zum Teufel scheren!

Der hat es gut, den man nicht weckt.
Wer tot ist, schläft am längsten.
Wer weiß, wo deine Mutter steckt!
Sei ruhig. Hab ich dich erschreckt?
Ich wollte dich nicht ängsten.

Vergiß den Mond! Schlaf ein, mein Kind!
Und laß die Sterne scheinen.
Vergiß auch mich! Vergiß den Wind!
Nun gute Nacht! Schlaf ein, mein Kind!
Und, bitte, laß das Weinen . . .

GÜNTER EICH

Der Anfang kühlerer Tage

Im Fenster wächst uns klein der Herbst entgegen,
Man ist von Fluß und Sternen überschwemmt,
Was eben Decke war und Licht, wird Regen
Und fällt in uns verzückt und ungehemmt.

Der Mond wird hochgeschwemmt. Im weißen Stiere
Und in den Fischen kehrt er ein.
Uns überkommen Wald und Gras und Tiere,
Vergeßne Wege münden in uns ein.

Uns trifft die Flut, wir sind uns so entschwunden,
Daß alles fraglich wird und voll Gefahr.
Wo strömt es hin? Wenn uns das Boot gefunden,
Was war dann Wirklichkeit, was Wind, was Haar?

LEONORE KÜHN*

Aus: Sang des Lebens.

Nun hast Du irdisch Wesen ganz begriffen
Und Dich gewöhnt in seine engen Maße,
Und festen Blickes ziehst Du Deine Straße
Und hast der Wünsche Spitzen abgeschliffen.

Erschrakst Du nicht in allertiefster Seele,
Daß jedes Ich zu Fetzen wird zerrissen,
Daß alle höchsten Gluten sterben müssen,
Daß jedem Ding die letzte Krone fehle?

Ein Riesenfinger schrieb es an die Wand:
„Vergänglichkeit und Unvollkommenheit",
Und schauernd fühlte alles Erdenland
Die Schicksalsmächte, denen es geweiht.

O gebt die Gluten, die da ewig währen,
Ein Ich nur zeigt, das heil und siegreich bleibt,
Ein Ding nur weist, dem Höchstes einverleibt,
Und Ewigkeit wird mir die Welt verklären!

HERMANN HESSE

Einer sentimentalen Dame

Gehört' ich zu den Veilchen, Rosen, Nelken,
So wär' es Wonne mir und höchste Pflicht,
An deinem schönen Busen zu verwelken.
Doch eine Blume bin ich leider nicht.

Wir haben hier auf Erden andre Pflichten,
Und was Verwelken u. s. f. betrifft,
So mußt du eben dies allein verrichten.
Stirb wohl, mein Kind, nimm Dolch, Revolver, Gift.

Mir liegt es ob, beschäftigt zu erscheinen,
Harnsäure sondr' ich ab in Form von Gicht.
Vielleicht werd' ich an deinem Grabe weinen.
Doch eine Blume bin ich leider nicht.

1929

ARNO HOLZ

Wintergroßstadtmorgen

Durch
die Friedrichstraße, die
scheußlich
gußeisernen Gaslaternen brennen nur halb,
die
grauen, häßlichen, eintönig toten
Häuserfronten
zwiedämmern schon, der dunsttrübe Wintermorgen
fröstelt,
den alten Weichflauschhavelock kinnunterverknöpft, den kalten,
feuchten,
strohhalmzerknautschten Virginiastummel
schief,

WINTERGROSSSTADTMORGEN. *Anmerkung der Redaktion der ‚Weltbühne':* Aus der
nachgelassenen, noch unveröffentlichten Neubearbeitung des ‚Phantasus!'. 14f.
Vgl. Brecht Vom armen B. B. *(S. 228).*

die Seele lasch, die
sogenannten Sinne in jedem sogenannten Sinne
leer,
herzdumpf, schlappschlaff, hirnstumpf,
20   ausgelaugt
schlendere ich, trolle ich, bummele
ich
nach . . . Hause.

Auf dem schwarzen Asphalt,
25   verdrossen-gleichmütig,
immer einer hinter dem andern,
in
schräger Reihe,
eine
30   den fahlen, dreckigen, klatschklitschig klumpigen
Eis- und Schneematsch
mit
breiten
Gummiglitschen
35   vor sich
herschiebende,
herschubbende, herstubbende
Kolonne;
ein
40   letzter, müder,
kopfwippnickender, altersschwach klappernder
Droschkengaul;
ein
mit einem
45 großen, geflochten halbrundbügeligen, wachsleinewandverdeckten
Semmelkorb,
schlafschwer, seines Weges
daherstolpernder,
mehlweißblasser, sich mit seinem
50   linken
Handrücken blöde die Augen reibender
Bäckerjunge;
an
einer Ecke, unweit einer
55   Litfaßsäule,
die
von einem fix geschäftigen,

schirmmützigen,
kniehoch-engen kanonenstiebeligen Kittelaujust
60   mit
Pinsel, Leiter,
Eifer,
Glattstreichbrett und Kleistereimer,
Plakatblatt um Plakatblatt,
65   eben
gerade wieder frisch beklebt wird,
ein interessiert gelangweilt zukuckender Schutzmann, der gähnt,
zwischen zwei Dämchen,
die
70   eine balanziert zwei Schirme, die andre den Stock,
torkelnd, rülpsend,
beide Arme zweischläfrig eingehenkelt,
das
arisch feudale, agrarisch
75   martiale,
verwogen, cliven, verbogen
kecke,
herausfordernde,
gänzlich
80   unangebracht, abenteuerlich, romantisch
süddeutsch
spielhahnfederige
Lodenhütchen
kreuzfidel im Genick,
85   ein
Betrunkener.

In mir,
langsam, schwankend,
allmählich,
90   traumdeutlich, traumwirklich,
traumlebendig,
traumwahr, traumklar
steigt
ein Bild auf!

95   Ein . . . grüner Wiesenplan . . . ein
lachender, lustiger,
lichtblauer
Frühlingshimmel,

ein
100 weißes ... Schloß mit ... weißen
Nymphen.

Davor ein ... riesiger
Kastanienbaum,
der
105 breitweitschattend, bodentiefästig, kronausladend,
seine
prangenden, prunkenden,
prächtigen,
herrlichen, roten, stolzen, feierlichen
110 Blütenkerzen
in
einem
stillen Wasser spiegelt!

ERICH KÄSTNER

Repetition des Gefühls

Eines Tages war sie wieder da ...
Und sie fände ihn bedeutend blässer.
5   Als er dann zu ihr hinübersah,
meinte sie, ihr gehe es nicht besser.

Morgen abend wolle sie schon weiter.
Nach dem Allgäu oder nach Tirol.
Anfangs war sie unaufhörlich heiter.
10 Später sagte sie, ihr sei nicht wohl.

Und er strich ihr müde durch die Haare.
Endlich fragte er dezent: „Du weinst?"
Und sie dachten an vergangne Jahre.
Und so wurde es zum Schluß wie einst.

15 Als sie an dem nächsten Tag erwachten,
waren sie einander fremd wie nie.
Und so oft sie sprachen oder lachten,
logen sie.

Gegen Abend mußte sie dann reisen.
20 Und sie winkten. Doch sie winkten nur.
Denn die Herzen lagen auf den Gleisen,
über die der Zug ins Allgäu fuhr.

KURT TUCHOLSKY*

Holder Friede

(Versmass 1911)

Nun senkt sich auf die Fluren nieder
5   der süße Tran der Vorkriegszeit;
es kehren Ruh und Stille wieder,
getretener Quark wird weich und breit.
    Und alle atmen auf hienieden:
        Jetzt haben wir Frieden.

10   Nun ist es Herbst.   Die Storchenpaare
stehn klappernd, und der Eichbaum schwankt.
Das ist ja wohl die Zeit im Jahre,
wo Engel sich mit Brechten zankt.
    Die Ehe wird noch oft geschieden.
15   Jetzt haben wir Frieden.

Wir wollen nur das eine wissen,
weil uns das wirklich interessiert:
Premierenknatsch in den Kulissen –
ob Kortner Jessner engagiert?
20   Baut Lämmle pappene Pyramiden?
        Jetzt haben wir Frieden.

Wir geben einer müden Masse
zum Ansehn, was sie niemals hat.
„In Schiffskabinen erster Klasse
25   gibt es jetzt Radio, Turnsaal, Bad . . .!"
    Vergessen sind die Invaliden –
        jetzt haben wir Frieden.

Verrauscht ist Lärm und Trommelfeuer,
verweht das Leid der Inflation.
30   Wir hassen jedes Abenteuer –
wir wollen nicht mehr.   Wir haben schon.
    Wir pfeifen auf dem ersten Loche.
    Nun liegt schon alles weit entfernt . . .
    Wir spielen Metternich-Epoche
35   und haben nichts dazugelernt.

Signiert: Theobald Tiger.   13 *Erich* Engel *(1891–1966), Mitbegründer des epischen Theaters, inszenierte fast alle frühen Werke Brechts.*

HERMANN HESSE

Der Enttäuschte

Viel bunte Falter dacht ich mir zu fangen,
Nun ist es Herbst, und alle sind entflogen.
Verloren bin ich in der Welt gegangen,
Die zu erobern ich war ausgezogen.

Wie mußt ich frieren lernen hier auf Erden,
Die einst so warm und sommerlich mir glühte!
Mit wieviel Drang, bloß um zu Staub zu werden,
Trieb mein begehrlich Leben seine Blüte!

Für einen König hab ich mich gehalten,
Und diese Welt für einen Zaubergarten,
Nur um am Ende mit den andern Alten
Schwatzhaft und angstvoll auf den Tod zu warten!

BERTOLT BRECHT

Denn wovon lebt der Mensch?

1

Ihr Herrn, die ihr uns lehrt, wie man brav leben
Und Sünd und Missetat vermeiden kann
Zuerst müßt ihr uns was zu fressen geben
Dann könnt ihr reden: damit fängt es an.
Ihr, die ihr euren Wanst und unsre Bravheit liebt
Das eine wisset ein für allemal:
Wie ihr es immer dreht und wie ihr's immer schiebt
Erst kommt das Fressen, dann kommt die Moral.
Erst muß es möglich sein auch armen Leuten
Vom großen Brotlaib sich ihr Teil zu schneiden.
Denn wovon lebt der Mensch? Indem er stündlich
Den Menschen peinigt, auszieht, anfällt, abwürgt und frißt.
Nur dadurch lebt der Mensch, daß er so gründlich
Vergessen kann, daß er ein Mensch doch ist.
Ihr Herren, bildet euch nur da nichts ein:
Der Mensch lebt nur von Missetat allein!

2

Ihr lehrt uns, wann ein Weib die Röcke heben
20   Und ihre Augen einwärts drehen kann.
Zuerst müßt ihr uns was zu fressen geben
Dann könnt ihr reden: damit fängt es an.
Ihr, die auf unsrer Scham und eurer Lust besteht
Das eine wisset ein für allemal:
25   Wie ihr es immer schiebt und wie ihr's immer dreht
Erst kommt das Fressen, dann kommt die Moral.
Erst muß es möglich sein auch armen Leuten
Vom großen Brotlaib sich ihr Teil zu schneiden.
Denn wovon lebt der Mensch? Indem er stündlich
30   Den Menschen peinigt, auszieht, anfällt, abwürgt und frißt.
Nur dadurch lebt der Mensch, daß er so gründlich
Vergessen kann, daß er ein Mensch doch ist.
Ihr Herren, bildet euch nur da nichts ein:
Der Mensch lebt nur von Missetat allein!

1930

BERTOLT BRECHT

Aus: Aus einem Lesebuch für Städtebewohner

Laßt eure Träume fahren, daß man mit euch
Eine Ausnahme machen wird.
5   Was eure Mutter euch sagte
Das war unverbindlich.

Laßt euren Kontrakt in der Tasche
Er wird hier nicht eingehalten.

Laßt nur eure Hoffnungen fahren
10   Daß ihr zu Präsidenten ausersehen seid.
Aber legt euch ordentlich ins Zeug
Ihr müßt euch ganz anders zusammennehmen
Daß man euch in der Küche duldet.

Ihr müßt das Abc noch lernen.
15   Das Abc heißt:
Man wird mit euch fertig werden.

Denkt nur nicht nach, was ihr zu sagen habt:
Ihr werdet nicht gefragt.
Die Esser sind vollzählig
20 Was hier gebraucht wird, ist Hackfleisch.

(Aber das soll euch nicht entmutigen!)

KURT TUCHOLSKY*

50% Bürgerkrieg

Wenn der Stahlhelm anrückt, wenn die Nazis schrein:
„Heil!"
5 dann steckt die Polizei den Gummiknüppel ein
und denkt sich still ihr Teil.
Denn auf Deutsche schießen, in ein deutsches Angesicht:
Das geht doch nicht!
Das kann man doch nicht!

10 Wenn die Arbeiter marschieren, wenn die Arbeitslosen schrein:
„Hunger!"
dann schlägt die Polizei mit dem Gummiknüppel drein –
Hunger –?
Dir wern wa! Weitergehn! Schluß mit dem Geschrei!
15 Straße frei!

Wenn Deutschland einmal seufzt unter einer Diktatur,
wenn auf dem Lande lasten Spitzel und Zensur,
ein Faschismus mit Sauerkohl, ein Mussolini mit Bier . . .
wenn ihr gut genug seid für Militärspalier –:
20 dann erinnert euch voll Dankbarkeit für Uniformenpracht
an jene, die das erst möglich gemacht.
An manchen Innenminister. Und ein Bureaugesicht . . .
Es ging nun mal nicht anders.
Sie konnten es nicht.

50% BÜRGERKRIEG *Signiert:* Theobald Tiger.

ERICH KÄSTNER

Kinderlied für Arbeitslose

Schlafzimmer habt ihr immer noch keins.
Doch Kinder kriegt ihr fast jedes Jahr Eins.
5   Warum ihr das wohl tut?
Euch gehts wohl noch zu gut?
Der letzte Groschen wird verfeuert.
Der Vater wird bald ausgesteuert.
Das Hinterhaus ist voll Geschrei.
10 Eia popeia, eia popeia –
Von wegen Eiapopei!

Die Dummheit sollte Grenzen haben.
Was sollen denn die vielen Knaben?
Sie werden erstens groß
15 und zweitens arbeitslos.
Wann werdet ihr denn nur gescheit?
Ihr seid nicht mehr, je mehr ihr seid!
Was soll die ewige Fortpflanzerei?
Eia popeia, eia popeia –
20 Von wegen Eiapopei!

Und jeder hat Töchter, und jeder hat Söhne.
Und immer tiefer drückt man die Löhne.
Laßt doch die Kindereien!
Begnügt euch mit Einem und Zweien.
25 Ihr seid der Bund der Kinderreichen.
Ihr liefert für die Zukunft Leichen.
Ihr liefert dem Elend frei ins Haus.
Eia popeia, eia popeia –
Nein! Schlaft aus!

HERMANN HESSE

Das Lied von Abels Tod

Tot in den Gräsern liegt Abel,
Bruder Kain ist entflohn.
5   Ein Vogel kommt, taucht den Schnabel
Ins Blut, schrickt auf, fliegt davon.

Der Vogel flieht durch die ganze Welt,
Sein Flug ist scheu, seine Stimme gellt,
Er klagt unendliche Klage:
10 Um den schönen Abel und seinen Todesschmerz,
Um den finstern Kain und seine Seelennot,
Um seine eigenen jungen Tage.

Bald schießt ihm Kain seinen Pfeil ins Herz,
Bald wird er Streit und Krieg und Tod
15 In alle Hütten und Städte tragen,
Wird sich Feinde schaffen und sie erschlagen,
Wird sie und sich selber verzweifelt hassen,
Wird sie und sich selber in allen Gassen
Verfolgen und quälen bis zur nächsten Weltennacht,
20 Bis Kain endlich sich selber umgebracht.

Der Vogel fliegt, aus seinem blutigen Schnabel
Schreit Todesklage über die ganze Welt.
Es hört ihn Kain, es hört ihn die Mutter von Abel,
Es hören ihn tausend·unterm Himmelszelt.
25 Zehntausend aber und mehr, die hören ihn nicht,
Sie wollen nichts wissen von Abels Tod,
Nichts von Kain und seiner Herzensnot,
Nichts von Blut, das aus so vielen Wunden bricht,
Nichts vom Krieg, der noch gestern gewesen
30 Und den ihre Frauen jetzt in Romanen lesen.
Für sie alle, die Satten und Frohen,
Die Starken und die Rohen
Gibt es nicht Kain noch Abel, nicht Tod noch Leid,
Auch keinen Krieg, höchstens eine „große Zeit".

35 Und wenn der klagende Vogel vorüberfliegt,
Dann nennen sie ihn Schwarzseher und Pessimist
(Was er ja vielleicht auch ist),
Fühlen sich stark und unbesiegt,
Und werfen nach dem Vogel mit Steinen
40 Oder machen Musik, daß man ihn nicht mehr hört,
Weil seine traurige Stimme sie stört.

Der Vogel mit seinem kleinen
Blutstropfen am Schnabel fliegt von Ort zu Ort,
Seine Klage um Abel tönt fort und fort.

WILHELM VOGELPOHL

Legende.

Vom Geleucht des späten Tags umhellt,
geht Maria durch das Ährenfeld.
5   Sonne bräunt ihr Angesicht und Hand,
Himmelsbläue wallt um ihr Gewand.

Und sie hebt ihr blondes Haupt und lauscht,
wie der Halmwald fernher wogt und rauscht.
Freudeselig, Gottes Wunder kund,
10   neigt sie auf die Ähren Stirn und Mund,

segnet Menschen-Erdenwerk und preist
jede Stunde, die im Lichte kreist.
– Dorfher singt und schwingt ein Glockenton
über Erntegold und roten Mohn.

ERICH KÄSTNER

Brief an den Weihnachtsmann

Lieber guter Weihnachtsmann,
weißt du nicht, wies um uns steht?
5   Schau dir mal den Globus an.
Da hat einer dran gedreht.

Alle stehn herum und klagen.
Alle blicken traurig drein.
Wer es war, ist schwer zu sagen.
10   Keiner wills gewesen sein.

In den Straßen knallen Schüsse.
Irgendwer hat uns verhext.
Laß den Christbaum und die Nüsse
diesmal, wo der Pfeffer wächst.

15   Auch um Lichter wär es schade.
Hat man es dir nicht erzählt?
Und bring keine Schokolade,
weil uns ganz was Andres fehlt.

Uns ist gar nicht wohl zumute.
20   Kommen sollst du, aber bloß

mit dem Stock und mit der Rute.
(Und nimm beide ziemlich groß.)

Breite deine goldnen Flügel
aus und komm zu uns herab.
25 Dann verteile deine Prügel.
Aber, bitte, nicht zu knapp.

Lege die Industriellen
kurz entschlossen übers Knie.
Und wenn sie sich harmlos stellen,
30 glaube mir, so lügen sie.

Ziehe denen, die regieren,
bitteschön, die Hosen stramm.
Wenn sie heulen und sich zieren,
zeige ihnen ihr Programm.

35 Und nach München lenk die Schritte,
wo der Hitler wohnen soll.
Hau dem Guten, bitte, bitte,
den Germanenhintern voll!

Komm und zeige dich erbötig,
40 und verhau sie, daß es raucht!
Denn sie habens bitter nötig.
Und sie hättens längst gebraucht.

Komm, erlös uns von der Plage,
weil ein Mensch das gar nicht kann.
45 Ach, das wären Feiertage!
Lieber, guter Weihnachtsmann ...

1931

ERICH KÄSTNER

Hunger ist heilbar

Eine deutsche Allegorie

Es kam ein Mann ins Krankenhaus
5 und erklärte, ihm sei nicht wohl.
Da schnitten sie ihm den Blinddarm heraus
und wuschen den Mann mit Karbol.

Befragt, ob ihm besser sei, rief er: „Nein."
Sie machten ihm aber Mut
10   und amputierten sein linkes Bein
und sagten: „Nun gehts Ihnen gut."

Der arme Mann hingegen litt
und füllte das Haus mit Geschrei.
Da machten sie ihm den Kaiserschnitt,
15   um nachzusehen, was denn sei.

Sie waren Meister in ihrem Fach
und schnitten ein ernstes Gesicht.
Er schwieg. Er war zum Schreien zu schwach.
Doch sterben tat er noch nicht.

20   Sein Blut wurde freilich langsam knapp.
Auch litt er an Atemnot.
Sie sägten ihm noch drei Rippen ab.
Dann war er endlich tot.

Der Chefarzt sah die Leiche an.
25   Da fragte ein Andrer, ein junger:
„Was fehlte denn dem armen Mann?"
Der Chefarzt schluchzte und murmelte dann:
„Ich glaube, er hatte nur Hunger."

WILHELM VON SCHOLZ

Die Erde

Planet des Unrechts, Erde, und der Gier,
des Geldes, des Käuflichseins, der Grausamkeit,
5   der jäh und schreckensvoll hinrollenden Zeit,
die Alles austilgt. Der noch danket ihr,

wenn ihr erst wißt um die Verworfenheit
der Wesen all aus wehendem Staub, die wir,
du, ich, dein Kind, dein Vater, Mensch und Tier,
10   unrettbar sind in Tag und Ewigkeit!

Da tröstet Zeit, Aussicht auf Sturz ins Nichts.
Doch Grauen ist, daß der Fluchstern voller Qual
im weiten Weltallraum des Sternenlichts

sich wiederholt tausend Millionen mal,
15   daß stets von neuem kreist in lichten Ringen
Zeugung und Haß, Gebären und Verschlingen.

GERDA VON BELOW

Das Sonnenjahr.

Dreifach wird der heilige Kreis durchzogen
von der Kugel, die sich Erde nennt:
5   Tagesrund, im raschen Jahresbogen,
den ihr atmet, den ihr alle kennt.

Doch der dritte, den ihr nie erfahren,
der euch dunkel nur im Wirbel ruht,
der in sechsundzwanzigtausend Jahren
10   seine Reise um den Himmel tut,

dieser letzte, wunderbare Bogen,
den der Priester schon im „Stier" gekannt,
hat Propheten zu Geduld bewogen,
als der Frühling noch im „Widder" stand.

15   Christus stieg aus den geneigten „Fischen",
als der Himmel an die Erde kam
und die Weisen und die Zauberischen
in den Mantel der Erlösung nahm . . .

ERICH KÄSTNER

Das Lied vom Kleinen Mann

Hoch klingt das Lied vom Kleinen Mann!
Es klingt, so hoch ein Lied nur kann
5   hoch über einem Buckel.
Es braust ein Ruf wie Donnerhall:
Den Kleinen Mann gibts überall,
von Köln bis Posemuckel!

DAS SONNENJAHR. *Anmerkung der Redaktion der ‚Frau': * Aus: Der Heilige Tierkreis.
Flugblatt des Kartells lyrischer Autoren, Berlin.

Der Kleine Mann, das ist ein Mann,
mit dem man Alles machen kann.
Er schwärmt für milde Gaben
und ruft bei jedem Fehlbetrag:
„Der Reichstag ist der schönste Tag,
den wir auf Erden haben!"

Er stört nicht gern. Er wird regiert
und so vom Andern angeschmiert,
daß der sich selber wundert.
Und wenn wer seine Peitsche zückt,
dann ruft der Kleine Mann gebückt:
„Nicht Fünfzig, sondern Hundert!"

Er steht auf allen Vieren stramm,
beladen mit dem Notprogramm,
und wartet auf den Schinder.
Er schleppt und darbt und nennt es Pflicht,
denkt nicht an sich und denkt auch nicht
einmal an seine Kinder!

Er ist so klein. Sein Herz ist rein.
Und eine Suppe brockt er ein,
die muß die Nachwelt essen.
Hoch klingt das Lied vom Kleinen Mann.
Und wer sein Sohn ist, hör sichs an
und mög es nicht vergessen!

PAUL GURK

Frühling

Ich höre Laub sich spreiten,
ein Glanz herniedersteigt,
die Luft wird Flügelgleiten,
der Kreis des Tages schweigt.

Es tropfen alle Laute
wie einer Farbe Fall,
Aus Stille sich erbaute
ein ruhevoller Ball.

Nicht Gluten ist's, nicht Kühle,
ein warmes Gleichgewicht;

ich denke, was ich fühle,
ich bin – und bin doch nicht.

15 Es schillert über Leiden
und schläft hinweg den Sinn.
Es weiß, daß ich den beiden
in Qual verhaftet bin!

Wenn ich den Finger hübe,
20 zerstieß ich diese Welt.
Nun aber bin ich Liebe
und will nicht, daß sie fällt.

1932

FRANZ WERFEL

Der Schlaf

Ein guter Zecher des Schlafes bin ich.
Nach langer Nachtwache
5 Froh bereit ich mich zum Gelage.
Hab ich mich hingestreckt
Und das wartende Licht gelöscht,
Bald tritt hervor aus der Nische
Der kühle Dienstengel der Nacht.
10 Den Finger taucht er in seinen Kristallkelch
Und netzt mir den Mund mit dem schwarzen Wein,
Von dessen Genuß
Die Toten trunken bleiben,
Volltrunken, solange ihr Tod währt.

15 Leicht durcheil ich die City der Träume,
Ungenaue vertraute Wimmelstraßen.
Tief unter ihr
Liegt der Einkehrhof meines Gelages.
Da kommen die Gäste,
20 Sie liegen mit mir zulager,
Teilnehmend an meiner unteren Einsamkeit.
Wie soll ich sie nennen,
Sind es Tiergötter, ich vergesse sie immer wieder,
Hundskopf, Hornhaupt, Widder und Schlange,

25 Ein hochfahrender Habicht, der sich niederläßt?
Mit aufgehobenen Häuptern liegen wir,
Sehen uns an, tauschen weises Gespräch
Und reichen rundum den Becher der Deutungen,
Der die Atemzüge des Schläfers
30 Tief sein läßt und gleichmäßig.

Hier aber lauert Gefahr,
Wenn ich zu weit mich gewagt in den Schlaf,
Wenn das Gelage zu voll mich beglückt,
Wenn in des Atems Vaterhaus
35 Unentschieden die Waage zittert,
Warum denn zurück,
Warum denn hinauf in minderes Wissen,
Warum denn wieder empor
In alltäglich bittere Unternehmung?

40 Hinter dem Vorhang wirds rot.
Das schneidende Vogelgewirre beginnt.
Trocken brennt das geschlossene Auge.
Doch hervor aus dem Tor
Fahren die Dienstengel all des Morgens.
45 Aus ihren irdenen Krügen
Besprengen die Lider des Schläfers sie
Mit einem blitzenden Tropfen:
Ein Tropfen vom Wasser der Auferstehung,
Ein Tropfen vom künftigen Bad,
50 In dem die Toten erwachen werden
Und jubeln, solange Gott dauert.

OSKAR LOERKE

Opfer

Keine Kletterrosen umklammern
Die gelben Pfeiler im Garten mehr.
5 Nun steigst du in die Waffenkammern
Tief innen und sie sind leer.

Ein Fernweh war an dein Ohr gebogen
Und sprach etwas hinein.
Von Geisternähe angesogen,
10 Ließ dich dein Herz allein.

So`wieder und nochmals. Du hast nicht verstanden.
Oh, schönster Jahre Entscheid!
Der kam abhanden, doch nicht kam abhanden
Ein leis erinnerndes Leid.

15 Der Weltlärm will seinen Atem nicht dulden,
Er schleifte es trommelnd vorbei.
Du gabst es zum Opfer, damit dein Verschulden
Mitgeopfert sei.

Auftun wird sich und Rosen entsenden
20 Die leere Wolkenwand.
Trauer zu trösten, ein Werk zu vollenden,
Gut ist die leere Hand.

ROSINA CALSOW

Friede nach dem großen Krieg

Wieviel ist denn inmitten dieser Zeiten,
da Türme fast und Mensch zum Himmel stießen,
5 der große Krieg nichts half: nur angstbereiten
den Seelen, die gern zueinander fließen,

Wieviel ist denn Vergangenheit gewesen?!
Der Baum, er fiel, der Sturm, er schwoll und schrie.
Zum Haupte ward nicht *einer* auserlesen;
10 hin ging das Volk und seine Melodie.

Doch sie, sie läßt uns nicht – noch nicht vom Finger,
es singt schon wieder und ist Trommelzeit
und darum stolz und darum nicht geringer,
weil uns der Reigen auch einmal entzweit.

GERHART HAUPTMANN

Anstieg

So lös ich mich in dich, Natur,
in Vogellaut, in grüne Flur,
in kleiner Blümchen Sternenglanz,
in klarer Bäche Wellentanz:
so viele Kindheit blüht um mich:
verlärmtes Herz, nun schweig und sprich.

Ich gehe einen stillen Schritt
durch die Haine, durch die Wiesen.
Der Steg, der mich führet
ist heilig:
Gestein, Blumen, zertretenes Gras
locken meinen Fuß
durch den Tag. –
Weg meines Lebens: dein Bild!
Bald eben, bald abwärts,
führt er doch allmählich hinan.
Scheint zu enden,
schlängelt sich nur,
biegt in die Enge des lieblichsten Tals
voll Frühling.

Kein Abend zu sehen!
Kein Abend zu fühlen,
lauter Morgen ringsum:
und doch finstert es sicher heran. –

Willst du beschwerlich werden, Weg,
wo die göttliche Schönheit blüht? –
Aber schon breitest du dich,
lind und bequem,
wie gehorsam dem leisesten Wunsch,
meiner stillen Seele versöhnlich, dahin.

Ein Wässerlein rinnt
mir zur Seite,
mir entgegen,
von Stufe zu Stufe herab:
wer bist du?
Bist du vielleicht das Leben selbst?
Rinnsal der Geister,
Rinnsal der Seelen, Rinnsal des Blutes,
Rinnsal der Welt, der Welten, des Alls? –

Altes Gemäuer, das selbst das Echo vergaß,
schläft inmitten des Lichts:
Tod im zeugenden Bett der Natur.
45   Turm, wer hat deine Steine getürmt?
Hände, aus Erde gemacht,
heute längst wiederum Staub!
Doch immer noch schwingt seine Hacke der Bauer
und wecket die Scholle mit saurem Schweiß,
50   daß sie bildend wird
und dem Bilde dient. –
Laß dich nennen mit reiner Zunge,
Schöpferin du!
Geschaffene Schöpferin du, Mutter Erde!
55   Deine Geschöpfe erfüllen sich:
Bäume wallen in Blüten auf,
Blätter zerbrechen die Nacht,
tun sich, wie bettelnde Kinderhändchen, auf
über der Feige krummem Geschling,
60   gegen den strahlenden Geber im Himmel.

Falten aus grünem Damast,
allenthalben, o Mutter,
umhüllen sie dich,
deine spendenden Brüste aber
65   nur scheinbar verbergend.

Nun vergaß ich den Weg
zugleich mit mir selbst.
Doch nicht so verlor ich des Mentors Hand,
der sicher geführt meinen blinden Tritt:
70   am Abgrund dahin,
zwischen Mauern gezwängt,
von Efeu schwarz übergossen.
Er hob mich empor wie ein schlafendes Kind.
Ich öffne das Auge und blicke hinab
75   auf versunkene Tiefen des Daseins.
Wer die Höhen erreicht, der die Tiefen verliert!
Verlust und Gewinst
sind der Atem der Brust,
kein Mensch und kein Gott kann sie scheiden.

MAX HERRMANN-NEISSE*

Die Hauptmann-Menschen

Kein Schattenzug blutleerer Kunstgespenster:
das *Leben* zwischen Hochzeitsfest und Gruft!
Leibhaftig strömt herein durch offne Fenster
Waldatem, Wiesenhauch und Bergesluft.
Leibhaftig wandeln Menschen auf der Bühne
und haben um sich ihre wahre Welt,
und über dem Gespinst von Schuld und Sühne
wölbt schützend sich der Güte Himmelszelt.
In seine Hut kehrt ein auf goldnen Sprossen
Hanneles Seele, kehrten schließlich ein
auch Schluck und Jau, die stromernden Genossen,
nach dem Vexierspiel zwischen Sein und Schein.
Der Menschheit Leidenschaft und Glück und Jammer,
die Einsamkeit, der Kampf, der Untergang,
die Seelennot in Schloß und Mägdekammer,
der Liebe süßer, bittrer Überschwang:
der Henschel-Witwer, schuldlos preisgegeben,
und Cramptons alkoholisch dumpfe Pracht
und Florian Geyers dunkles Heldenleben,
der Weberschar verlorne Hungerschlacht,
der listige Kleinkrieg, den die Wolffen zünftig
wider bornierte Schneidigkeit gewinnt,
die Clausensippe, herzensroh „vernünftig",
und der geduld'ge Narr in Christo Quint.
Die holden Mädchen, die uns zärtlich winken,
sie heilen Wunden, machen Greise jung:
Marei und Ottegebe, Gersuind, Inken,
im Duft der herzlichsten Erinnerung,
umwebt von Märchen- und Legendenschimmer
und auch als Märchen und Legende wahr,
Griselda, Elga, Pippa, Sehnsucht immer,
Rautendelein mit rotem Elfenhaar.
Ihr Sanften, ihr Gefährlichen, Verruchten,
die ihr das Glück und das Verderben bringt,
ihr Trügerischen, lebenslang Gesuchten,
die ihr in Traum uns und in Sterben singt,
die Sidselill, die locke Gastwirts-Liese,
die Zirkuswanda, die vom Bischofsberg –
die Höllen alle und die Paradiese
und zwischen ihnen: eines Dichters Werk!

Darin die Welt, das Grobe und das Feine,
der Grund, das große und das kleine Licht,
45 und jedem wird nach der Natur das Seine,
daß jeder seines Ursprungs Sprache spricht,
wie ihm der Schnabel wuchs, das Herz sich löste,
und ist es köstlich, ist es Schlesiens Laut,
und wird sehr würdig schlicht und ernst das Größte,
50 wenn Kramer seinem Sohn ein Denkmal baut
aus Trostgedanken, die den Tod erkennen,
ist in den „Ratten" keß und fahl Berlin
und wird mit lauter Hochzeitskerzen brennen,
wenn, der ein armer Heinrich lange schien,
55 ein reicher ward, hat zauberhafte Schätze
von eignen Bildern, eignen Melodien,
die unvergeßliche Musik der Sätze.
Da rauscht das Ährenfeld, und Wolken ziehn,
blüht Übermut und räudelhaftes Schwärmen,
60 die Andacht und des Volkes Mutterwitz,
der Heimatklang, an dem wir still uns wärmen,
Bedächtiges, Rausch und Gedankenblitz,
es nimmt sich Zeit, es kommt in jähem Fluge,
ist herzhaft tragisch, komisch ohne Hohn.
65 Das Himmlisch-Törichte, das Weltlich-Kluge
hat von des Dichters Gnaden Form und Ton,
ist männlich im Bekennen und im Schweigen,
von Eitelkeit und Mache nicht entstellt,
und bleibt in seines Daseins buntem Reigen
70 die Herrlichkeit der Gerhart Hauptmann-Welt!

MARIE VON RIBBENTROP

Die Frauen:

„Not geht durch Tag und Traum,
und die Wiege steht leer.
5 Immer noch hängen am Baum
bräunliche Blätter umher.

Bald, wenn das Leben schwillt,
schüttelt die Dürren der Wind.
Aber Wiege steht ohne Kind –
10 Weh, unser Schoß, der nicht quillt!

Wünsche nach Brot und Raum
drücken uns täglich sehr.
Seht, und die andern sind kaum
wirkliche Wünsche mehr!

15 Not trübt uns Tag und Traum,
– denn die Wiege steht leer –
nur zuweilen hängen im Baum,
den wir träumen, Früchte umher."

BERTOLT BRECHT

Aus: Die drei Soldaten
Ein Kinderbuch

1
Die drei Soldaten

5   Der Krieg war vielen wunderbar
Aber einmal war er gar
Und man ging heim mit Qualen
Und begann seinen Krieg zu bezahlen.
    Längst sprachen vom Frieden die andern
10 Da waren noch in Flandern
Drei Soldaten und eine Kanon
Auf einer Bergesklipp am Meer, die wußten **nichts davon.**
Das kam, weil ihnen im vierten Jahr
Der Sergeant gefallen war
15 Und der Sergeant ist der einzige Mann
Der ihnen was befehlen kann.
Zerschossen war das Telefon
Und in dem Lärmen der Kanon
Hörten sie nicht das Läuten der Glocken
20 Sonst wären sicher auch sie erschrocken.
Es konnten zu ihnen auch keine Stafetten
Weil sie diese erschossen hätten
Denn sie hatten die Menschen in vier **Jahren**
Kennengelernt und was sie waren
25 Und erschossen sie, wo sie sie sahn
Drum konnte ihnen keiner nahn
Kein Mensch konnt zu ihnen, was nicht gar!
Weil ihre Stellung uneinnehmbar war.

Diese drei Soldaten
30 Waren in den Weltkrieg geraten
Ohne daß man sie fragte, ob sie auch wollten
Eigentlich wußten sie gar nicht, was sie da sollten!
Als nun kam das vierte Jahr
War es ihnen offenbar
35 Daß es ein Krieg der Reichen war
Und daß die Reichen den Krieg nur führten
Damit die Reichen noch reicher würden.

Die Drei hatten längst aufgehört sich zu schämen
Und sich irgend etwas übelzunehmen
40 Aber jetzt begannen sie sich zu hassen
Daß sie sich so was hatten gefallen lassen.
Und als sie merkten, der Feind bleibt stumm
Da drehten sie ihre Kanone um
Und beschossen kurzerhand
45 Jetzt auch einmal ihr eigenes Land.

Denn sie hatten beschlossen, jetzt alle zu erschießen
Die sich etwas gefallen ließen
Und es gab da viele, die nicht zu mucksen wagten
Und zu allem Ja und Amen sagten
50 Und die mußten eben alle erschossen werden
Damit man sich endlich auskannte auf Erden.
Und so führten diese Drei
Einfach weiter die Schlächterei.

1933

GÜNTER EICH

Vom Zuge aus

Dezembergebüsch und die Ackerschollen,
kaum gesehen und vorbei,
5 im Schienenschlag, im Räderrollen
untergegangen das Krähengeschrei.

Ein Hauch kreisrund auf schmutzigen Scheiben,
mein Finger hebt sich langsam hin.
Was soll ich ins Vergehen schreiben –
10 auch deinen Namen, ohne Sinn –.

Die Landschaft steigt zu Moor und Hängen
und was in ihr als Schatten haust,
wird sich in das Vergangne mengen,
das mit im Ton der Schienen braust.

15 Die Nacht nimmt zu, die Räder hämmern,
ein Trauern mit sich selber spricht:
Wohin, wohin? Ein graues Dämmern
strömt ein in Namen und Gesicht.

ELISABETH LANGGÄSSER

Die Tierkreisgedichte

Eingang

Laßt uns das wilde Unkraut singen,
5 Aus dem die braune Lerche steigt,
Wenn sie mit unscheinbaren Schwingen
Sich in dem eignen Lied verzweigt.
Der doldigen Sterne
Bestäubung erlerne,
10 Die schüchterne Miere
Betrachte und führe
Beim abwärts geneigten, versunkenen Gang
Den Finger am tauigen Stengel entlang.

Jetzt ist die Zeit herangekommen,
15 Wo uns die Erde selber drängt,
Entzückt zu preisen, was die frommen
Getreideäcker einst gekränkt:
Die zärtliche Winde,
Das leichte Gesinde
20 Verweheter Gräser,
Die glühenden Gläser
Berauschender Mohne am schläfrigen Rain,
Und sieh, auch das Hasenohr raget hinein.

Ach, den geschundnen Marsyas treiben
25 Die Steine selbst nun wieder aus,
Wir fühlen bebend, wie wir bleiben
Und horchen in ein leeres Haus.

Das Cymbelkraut wendet,
Indem es schon endet,
30   Sich fort von dem Tage
Und streut, daß es trage
Von Mauer zu Mauer das irdische Glück,
Den heiligen Samen ins Dunkel zurück.

Fische

Fühlt es: wir sind am Grunde,
Wo Jördh und Gäa saßen:
In Traumesschlingen,
5   In Mutterblasen,
In Wasserringen –
Giganten und Asen,
Und hängen dem Nichtsein am Munde.

O Ende – unter Schleiern
10   Verzuckt ein Flossenschlagen.
Der Farben Galerte,
Gegräte der Sagen
Zerfloß und vermehrte,
Indessen wir klagen,
15   Den rötlichen Dunst auf den Weihern.

Entleert sind Barsch und Forelle.
Doch sinkt in gesetzlosem Tausche
Die zeugende Lende
Nach unten, als flausche
20   Der Eierstrom, brännte
Die fette Karausche,
Und steht in gefesselter Welle.

Der Alge totes Verlangen
Treibt schauerlich Perle um Perle.
25   Ein Schwanenfuß reise,
Dort dicht an der Erle,
Vergeblich im Kreise
– So dünkt es der Schmerle –
Und sei in der Schwimmhaut gefangen.

30   Kein Gott verbirgt unterm Flaume
Den Überfluß neuer Gestalten:
Das Federgewölke

Muß eisend erkalten,
Das grüne Gebälke
35 Den Schwanenfuß halten – –
Die Fische erstarren im Traume.

Widder

Die Schuppenwurz hurt faul
Auf eines Wirtsbaums Güte,
Das weiche Widdermaul
5 Drängt sich aus jeder Blüte.

Noch ist der Wald verklebt
Von mütterlichen Harzen,
Schon aber leckt und bebt
Ihm nach den Honigwarzen

10 Die junge Lichtgeburt
Und hängt im Hexenzwirne,
Schiebt aus der Wolkenfurt
Die ungeformte Stirne,

Das flockenhelle Vlies,
15 Und stößt vom Knospendorne
Den aufgeschuppten Grieß,
Den Flaum vom Lerchensporne ...

Aus Rieselsaft und Glut
Die stechend sich durchdringen,
20 Braut sich bald grünes Blut,
Erbauen sich die Schlingen,

In welche Helios stürzt,
Wenn er der Ackerwinde
Den Weg zum Halm verkürzt,
25 Dem Ziegenbart das linde,

Verzweigte Fadennetz
Erlaubt im Blätterboden
Nach jenem Urgesetz
Der vorgereiften Toten:

30 Daß das verklärte Bild
Der auferstandnen Scheibe
Gleich einem Widderschild
Durch das Gewese treibe,

Und zwischen dem Gehörn
35 Verjüngter Erdentage
Der königliche Stern
Sich hell zur Höhe trage.

Stier

Am Himmel bläht
Das leise Wolkenwandern
Den feuchten Rauch
5   Zu einem goldnen Tiere:
Die Sonne steht
Ein Sternbild in dem andern,
Erfüllt ihm Bauch
Und Wamme, daß es giere,
10 Wie feste Schoten springend sich zu lösen –
Der Stier erzittert in den Flutgefäßen.

Europa harrt
An der Magnolienmeere
Erblühtem Rand,
15 Unendlich angezogen.
Im Glashaus starrt
Die volle Myrthenbeere,
Der Amarant
Geht seinen Zeitenbogen
20 Mit jungem Grün – und hinter Wasserbändern
Brüllt schwach der Stier nach Asiens Purpurländern.

Der Gärtner Pan,
Umzuckt von Frühgewitter,
Versetzt am Beet
25 Die vorgetriebnen Pflanzen.
Er gießt sie an
Und macht die Erde schütter,
Wirft auf, besät
Und treibt durch ihren Pansen
30 Den Säftestrom, durch Netz- und Blättermagen –
Des Stieres Gleichnis irdisch auszusagen.

Ein Donner trabt
Aus kretischem Gebirge,
Kuhschelle stürmt,
35 Und Kälberkropf schlägt nieder.

Das Unkraut labt
Sich, dringt in die Bezirke
Der Zäune, schirmt
Mit flatterndem Gefieder
40 Den Jahreszug nach der Geburtenhöhle –
Der Stier vermählt sich mit Europas Seele.

Zwillinge

Wo waren wir
In Orchideenwäldern,
In Bärlapphainen, Schachtelhalm und Farn?
Ein Larentier
5 Ging zwischen Lilienfeldern,
Und Gletscher wuchsen langsam zu den kältern
Gezeiten an. Es wuchsen Blut und Harn.

Die Blätterschar,
10 Wie todesstarre Speere,
Entsprang sehr still dem ungeteilten Keim.
Der Götter Haar
Hing allverwandt ins Leere,
Und ohne Zeugung schloß in sich der schwere
15 Hermaphrodit den schöpferischen Reim.

Doch stärker gor
Das Licht in Wurzelkufen,
Bis es den Ursprung mit sich selbst entzweit
Und schneller vor
20 Den ungespaltnen Hufen
Der Sonnenpferde, die den Ablauf schufen,
Das Zwillingsbild im Doppelblatt befreit.

Dann wurden wir.
Und mit uns war im Werden
25 Von Anfang an die große Mutter schon:
Geburtengier,
In der wir sie belehrten,
Gab, daß die Brüste schrecklich sich vermehrten
Und Art um Arten rieselte wie Mohn.

Krebs

Zuerst war nichts als eine Hungerblume
Und Hühnerdarm, der feucht am Boden kroch.
So weit entfernt wie uns Gefühl von Ruhme
Vor des erblühten Himmels Heiligtume
Schien ihrem Stern die Äquinoktie noch.

Es mußte ihm das erste Licht genügen,
Das kleinste Tier war als Befruchter groß,
Und wenn die Schwingen angelockter Flieger
Auf halbem Wege vor Erschöpfung schwiegen,
Ergoß der Staub sich in den eignen Schoß.

Dann aber trat die Sonne in das Zeichen
Des Krebses ein und glich die Lose aus:
Umklammert rings von wuchernd wurzelreichen,
Besamten Scheren, mußte rückwärts weichen
Der Tage Prunk in das erblaßte Haus.

Löwe

Das Lieschgras bebt.
Ihr könnt es nicht durchschauen.
Was unten webt,
Schwärmt sein Gefühl nicht aus.
Der Klappertopf schließt seine große Schelle,
Und lautlos fließt die dunkle Rückenwelle
Des Marders nun, da Pelz und Erde tauen,
Wollüstig hin zu Vogel oder Maus.

Inmitten schwankt,
Wie – wenn die Völker zürnen,
Die Wabe wankt –
Das Leben bis zum Grund.
Befruchtet rollt der zarte Staub zum Staube
Und bleibt in sich. Der Stachel bleibt im Raube,
Verwächst und stößt dann, wie aus Götterstirnen
Das Lichthorn dringt, durch der Nektarien Rund.

Der Schierling fleckt.
Es bräunt die Samenklaue,
Gerötet bleckt
Das Löwenmaul hervor –

Da hebt im Osten, Spelz und Spreu im Felle,
Sich reißend auf zu fürchterlicher Helle
Ein Flammenhaupt und wandert in das Blaue
Aus Duft und Ambra züchtigend empor.

Jungfrau

Durch dieses harte Laub
In spröd geglühten Tagen,
Durch Sommertriebe, taub
Und stachelnd ausgeschlagen,
Wie Blitz und Schrei,
Im Nu vorbei,
Dahinter Gräserzittern,
Schleicht wild und fremd
Im Schlangenhemd
Natur aus dürren Gittern.

Sie zischt vor Qual und fühlt
Wie starren Speltes Spreizen
Den Panzer, unterspült
Von feuerhellen Reizen,
Der, ohne Naht,
Am Klettenpfad
Sie mächtig überwindet,
Im toten Schild
Ihr Ebenbild
Verwirft und wiederfindet.

Dann liegt wie Schaum im Farn
Die ausgeblaßte Schale.
Zum Lichte läuft das Garn
Aus dem verzweigten Saale
Der dunklen Flur:
Die Unkrautschur
Der Wege ist gewendet,
Und jeder ahnt,
Vom Schwert gemahnt,
Wo er beginnt und endet.

In unberührter Haut
Fließt nun der letzten Früchte
Erwartung, sanft gestaut
Von schwellendem Gewichte,

Zu Gröps und Grund,
Den Honigmund
Hat festes Fleisch geschlossen,
Der Haselkern
40 Verwuchs den Stern
Und Staub der Blütensprossen.

Die eine Mutter war,
Darf wieder Jungfrau scheinen,
Und die sich selbst gebar
45 Im Natternschmuck der reinen,
Vom Silbertau
Lavendelgrau
Gekühlten Scheitelmonde,
Löscht leise aus
50 Das heiße Haus,
Wo Stier und Löwe wohnte.

Waage

Des Jahres Dämon, dunkel überschattet
Vom Laubgewölbe, dessen Last man stützt,
Hebt an den Himmel die gerechte Waage,
Von deren Zünglein eine große Klage
5 Zu künden weiß, daß, wenn der Staub sich gattet,
Es mitten schon im Fruchtgewebe sitzt.

Er beugt sich vor, und seine Adern teilen
Sich wie ein Strom, der in das Delta geht.
10 Gleich mildem Donner dröhnt das Obstgefälle
In seinem Haupt, und eine Purpurwelle
Von süßem Saft verkündet im Enteilen,
Daß Tag und Nacht im Gleichgewichte steht.

Des Jahres Dämon, dunkel überschattet
15 Vom Laubgewölbe, dessen Last man stützt,
Hebt an den Himmel, die gerechte Waage,
Belädt die Schalen, fragt nicht, welche trage
Das Korn, die Wicke, die das Korn ermattet –
Bis unbewegt die Eisenzunge blitzt.

Skorpion

Wer schlug die höchste Frucht –
So stürzt Natur jetzt nieder
In windgeschützter Bucht
Und zittert im Gefieder
Der Vogelheere nach, die schreiend sich entfalten.
Denn was auch drang und stieß,
Frost, Glut, Boreas hieß,
Es war Skorpion und Biß schon in ihr selbst enthalten.

Ihr Körnerbauch zerplatzt
Mit jedem Kürbisballe,
Ach, und im Kehricht fratzt,
Entgeistert von dem Falle,
Das leere Scheibenrund verdorrter Sonnenrosen:
Zerlöchert ihr Gesicht,
Durch das die Korbspreu sticht,
Und mit ihr das Gefühl des tödlich Bodenlosen.

Wo Honiggras den Grund
Und Sauerampfer röten,
Liegt sie entstellt und wund
Bei aufgetriebnen Kröten,
Die Blätterhände hart und blasig von den Lanzen
Der Wespe, welche beizt
Und auszugallen reizt,
Geköchert und gefleckt von fetten Feuerwanzen.

Im Apfel krümmt der Wurm
Sich durch zerfreßne Gänge
Bis zum Gehäuseturm,
Und Fleisch in Fleischgehänge
Durchwächst als fremder Gast die mütterlichen Poren,
Den blauen Flügeltrug
Löst ab ein Madenzug,
Und schwarz von Unrat, gibt sie schaudernd sich verloren.

Schütze

Die von dem Starenvolke,
Dem wandernden, eben noch rauschten:
Die wölbigen, schweren
Ermatteten Sphären

Gerannen wie Molke
Am Samengewolke,
Das sie für Vögel tauschten.

Es bebt auf Ätherbänken
Von abgeschossenen Bogen –
Geflügelte Schützen
Mit flatternden Mützen
Entleerten und senken
In leichten Gelenken
Den Köcher wie Fische den Rogen.

Schon kerbt sich, gestachelt, vom Stiele
Die Graufrucht der großen Platane,
Die Nuß ward getroffen,
Es klappen, weit offen,
Die hölzernen Siele,
In kreisendem Spiele
Erhebt sich der Staub zur Pavane.

So pfeilen im Weinberg am Boden
Die Schnecken einander und spleißen
Die schleimenden Lenden,
Damit sie nicht enden,
Wie nun die Eroten
Des Jahres den Schoten
Und Schalen die Nähte zerreißen.

Steinbock

Ein jeder Stein wird endlich wieder Erde,
Schoß und Gefährte
Von Trespe und Korn.
Er stürzt vom Sims, zerstäubt am Fuß der Jahre,
Fühlt Wurzeln, taut und sieht zur Nacht das klare,
Verjüngte Horn.

Noch trägt er nichts als kleine Mäusegerste,
Beifuß und erste
Verlorene Saat.
Dann bricht er auf und trinkt am Wolkeneuter,
Wird schwer, verwächst und quillt vom Duft der Kräuter
Am Herdenpfad.

Ein Widder kommt, gefolgt von Muttertieren.
Wollige führen
Die Lämmer hinaus.
Der Steinbock naht, der Tag und Nacht vereinigt,
Zuletzt kommt Jo, länger nicht gepeinigt,
Und ruht sich aus.

Wassermann

Er hat nicht Krug noch Schale,
Die Wollust auszugießen,
Kehrt er vom Wolkensaale
Der alten Wasserriesen,

Im Duft metallner Laugen,
Die ihn gelöst umschweben,
Zu goldnen Unkenaugen
In dunklen Hollergräben.

Wer wagt der Woge Beugung?
Der Gärtner ohne Kanne,
Der Vater ohne Zeugung,
Der Gott im Wassermanne.

Der ewig Ungeteilte,
Von keinem Bord gehalten,
Wo sein Geschlecht verweilte,
Wird alle Keime spalten.

Noch züngelt nicht die Schleiche
Aus abgedorrten Ringen,
Auf dem zerrißnen Teiche
Will noch kein Bild gelingen.

Von Schorf und Schleim umflossen,
Schläft still der Vorgeburten
Geblust in Achselsprossen,
Die mit dem Herbstwind hurten,

Als schon beim Fall der Schnuppen
– Dem Seelenflug verwandten –
Die Falter ihm in Puppen
Verhüllt entgegenstanden . . .

Nun überschwillt die Schmelze
Der aufgeflockten Himmel

Das starrende Gehölze
Mit sphärischem Getümmel.

Das Ganze in dem Tropfen,
35 In jeder Welle Eines:
Das große Aderklopfen
Im Bruch des Rieselscheines,

Dem sich Myriaden Lenden
Zur Flutgestalt erbauten,
40 Gesichtlos, ohne Enden
Gespiegelt im Erschauten –

Der Schöpfer ohne Namen,
Der Bildner ohne Hände
Treibt aller Arten Samen
45 Aus Nacht und Winterwende.

Ausgang

O der Befruchter wie viele
Im Himmel und über der Erde –
Sieh das Getümmel!
Glaubst du, es werde
5 Stehen die sternene Mühle?

Glaubst du, es werde am Rocken
Der Norne das Liebesgarn schütter,
Oder im Horne
Demeters bitter
10 Einmal das Fließende stocken?

Brausen die bräunlichen Bienen
Denn leiser am quellenden Grunde?
Wurden wir weiser,
Stunde um Stunde,
15 Da wir uns ihrer bedienen?

Höre den Wind im Gewölbe
Und wolle nach Andrem nicht fragen,
Schwärmer und Polle
Wird er verschlagen,
20 Doch er ist immer derselbe!

KARL KRAUS

Man frage nicht, was all die Zeit ich machte.
Ich bleibe stumm;
und sage nicht, warum.
5 Und Stille gibt es, da die Erde krachte.
Kein Wort, das traf;
man spricht nur aus dem Schlaf.
Und träumt von einer Sonne, welche lachte.
Es geht vorbei;
10 nachher war's einerlei.
Das Wort entschlief, als jene Welt erwachte.

WIELAND HERZFELDE

Aus: Zwei Grabreden auf Karl Kraus

Wir fragen ihn, was all die Zeit er machte.
Und bleibt er stumm,
5 so sagen *wir*, warum
er schweigsam wurde, da die Erde krachte:
Er floh in Schlaf
nur weil *sein* Wort nicht traf!
Die Fackel starb. Die Sonne Hitlers lachte.
10 Karl Kraus? Vorbei!
Uns ist's nicht einerlei,
daß er entschlief, als Barbarei erwachte.

1934

BERTOLT BRECHT

Über die Bedeutung des zehnzeiligen Gedichtes
in der 888. Nummer der Fackel (Oktober 1933)

Als das dritte Reich gegründet war
5 kam von dem Beredten nur eine kleine Botschaft.
In einem zehnzeiligen Gedicht
erhob sich seine Stimme, einzig um zu klagen
daß sie nicht ausreiche.

Wenn die Greuel ein bestimmtes Maß erreicht haben
10 gehen die Beispiele aus.
Die Untaten vermehren sich
und die Weherufe verstummen.
Die Verbrechen gehen frech auf die Straße
und spotten laut der Beschreibung.

15 Dem, der gewürgt wird
bleibt das Wort im Halse stecken.
Stille breitet sich aus und von weitem
erscheint sie als Billigung.
Der Sieg der Gewalt
20 scheint vollständig.

Nur noch die verstümmelten Körper
melden, daß da Verbrecher gehaust haben.
Nur noch über den verwüsteten Wohnstätten die Stille
zeigt die Untat an.

25 Ist der Kampf also beendet?

Kann die Untat vergessen werden?   [werden?
Können die Ermordeten verscharrt und die Zeugen geknebelt
Kann das Unrecht siegen, obwohl es das Unrecht ist?
Die Untat kann vergessen werden.   [geknebelt werden.
30 Die Ermordeten können verscharrt und die Zeugen können
Das Unrecht kann siegen, obwohl es das Unrecht ist.
Die Unterdrückung setzt sich zu Tisch und greift nach dem Mahl
mit den blutigen Händen.

Aber die das Essen heranschleppen
35 vergessen nicht das Gewicht der Brote; und ihr Hunger bohrt
wenn das Wort Hunger verboten ist.   [noch

Wer Hunger gesagt hat, liegt erschlagen.
Wer Unterdrückung rief, liegt geknebelt.
Aber die Zinsenden vergessen den Wucher nicht.
40 Aber die Unterdrückten vergessen nicht den Fuß in ihrem Nacken.
Ehe die Gewalt ihr äußerstes Maß erreicht hat
beginnt aufs neue der Widerstand.

Als der Beredte sich entschuldigte
daß seine Stimme versage
45 trat das Schweigen vor den Richtertisch
nahm das Tuch vom Antlitz und
gab sich zu erkennen als Zeuge.

Über den schnellen Fall des guten Unwissenden

Als wir den Beredten seines Schweigens wegen entschuldigt hatten
Verging zwischen der Niederschrift des Lobs und seiner Ankunft
Eine kleine Zeit. In der sprach er.

5 Er zeugte aber gegen die, deren Mund verbunden war
Und brach den Stab über die, welche getötet waren.
Er rühmte die Mörder. Er beschuldigte die Ermordeten.
Den Hungernden zählte er die Brotkrusten nach, die sie erbeutet
Den Frierenden erzählte er von der Arktis.   [hatten.
10 Denen, die mit den Stöcken der Pfaffen geprügelt wurden
Drohte er mit den Stahlruten des Anstreichers.

So bewies er
Wie wenig die Güte hilft, die sich nicht auskennt
Und wie wenig der Wunsch vermag, die Wahrheit zu sagen
15 Bei dem, der sie nicht weiß.
Der da auszog gegen die Unterdrückung, selber satt
Wenn es zur Schlacht kommt, steht er
Auf der Seite der Unterdrücker.

Wie unsicher ist die Hilfe derer, die unwissend sind!
20 Der Augenschein täuscht sie. Dem Zufall anheimgegeben
Steht ihr guter Wille auf schwankenden Beinen.

Welch eine Zeit, sagten wir schaudernd
Wo der Gutwillige, aber Unwissende
Noch nicht die kleine Zeit warten kann mit der Untat
25 Bis das Lob seiner guten Tat ihn erreicht!
So daß der Ruhm, den Reinen suchend
Schon niemand mehr findet über dem Schlamm
Wenn er keuchend ankommt.

1ff. *Dieses Gedicht schrieb Brecht, als er las, daß Kraus die blutige Unterdrückung des Feb-
ruar-Aufstandes eine Notwendigkeit nannte und die Führer der österr. Reaktion pries; er ließ
es Kraus zustellen und ihm das Ende seiner Freundschaft mitteilen. Diese Zustellung wird hier
ihrem Sinne gemäß als Erstveröffentlichung gedeutet.*

GEORG BRITTING

März

Da: ein kalter Atemstoß
Wind fährt in die lauen Räume,
5   Durch die Bäume knospenlos.

Und die grünen Wiesensäume,
Schmale Bänder, Wald zu Wald,
(Grün, das in der Sonne raucht)
Plötzlich eisig überhaucht
10   Frösteln kalt.

Wie gekommen, so verschwunden!
Wärme wallt zum Himmel auf.
Gierig stehn der Bäume Schrunden
So wie durstige Mäuler auf.

RUDOLF GEORG BINDING*

Aus: Die Gedichte an Kalypso

Ich bin ein Mensch – in Licht getaucht –
und ewig stehet meine Welt,
5   und Menschen rühmen mich
und wissen wer ich bin
und folgen meinem Wort
und leben von dem Worte meines Munds.

Mein Wort ist ewig –
10   – und doch würfe ich
dahin was menschlich ist
und würfe hin den Ruhm der Welt,
ich würfe selbst das Wort
hinweg das dich besingt,
15   um einmal aufzuragen als
ein unverstandner Gott,
den Menschen fern
– doch dir schon Gott –
zu dir, der Göttin,
20   überm Duft
des Thymian dieser Insel.

FRANZ TUMLER

Drei Tage

Gestern beugte mich die Wolke.
Meinen Atem nahm die Erde.
Meine Flucht verbarg der Regen.

Heut im ersten Gras des Gartens
lehrte mich die junge Rebe
ihren Wuchs und daß ich lebe.

Morgen ziehen mich die Vögel
und mit muntern Bienenschwärmen
eifr ich um die rote Sonne.

LUDWIG FRIEDRICH BARTHEL

Trost

Denn dies, daß ich singe, ist Wahn
Und mit dem Irdischen
Kaum noch von gleicher Art.

Jenseits der obersten
Wolken, wo Gott wohnt,
Dort oben vielleicht
Denken sie Spiele
Von solcher törichten Zärtlichkeit.

Und darum bleibe dieser Wahn,
Freilich unter Tränen,
Wie es Menschen zukommt.

Was ich auch tue,
Irdisches oder Unirdisches,
Endlich erscheint es in Gott.

ERNST BERTRAM

Der Vorschauer

Hier wirft sich schon vorauf, was noch nicht ist,
Schon geistersichtig wird das Kind am Zaun.
5 Sah wer das Unding, hat der drei Tage Frist –
Dann kommt das Graun.

Horchst du ums Zwielicht scharf in dich hinein,
Dann trappt schon fern des Totenpferdes Huf,
In weiter Meilenheide seelenallein
10 Dröhnt dirs wie eines ganzen Volkes Ruf.

Der buschige Schmied weiß noch in unserm Wald
Die Blaukluft, wo sich die Riesenechse hält,
Und hier im Urborn hörst du schlürfen bald
Den Malstrom, ganz am End der Welt.

ADOLF BEISS

Georg Trakl zum Gedächtnis
(gest. 4. Nov. 1914)

Eines Wetters Schollen
5 klirrn am Horizonte.
Rot schimmert das Gras,
wo in Stapfen zerfallener Füße
die äugende Dunkelheit
grünumschattete Lider hebt.

10 In des Stillen Herz
greifen zuckende Sträucher
und spielen dort auf altem Manuale.
O du Klang des Verspäteten,
der Blumen sucht
15 in umwetterten Wiesen.

Siehe, da bräunen sich schon
Kristalle des biegsamen Regens
zwischen Herbstblättern,
und des Einsamen braune
20 hadernde Flamme
verlischt in den Buchen.

OSKAR LOERKE

Der Silberdistelwald

Mein Haus, es steht nun mitten
Im Silberdistelwald.
Pan ist vorbeigeschritten.
Was stritt, hat ausgestritten
In seiner Nachtgestalt.

Die bleichen Disteln starren
Im Schwarz, ein wilder Putz.
Verborgne Wurzeln knarren:
Wenn wir Pans Schlaf verscharren,
Nimmt niemand ihn in Schutz.

Vielleicht, daß eine Blüte
Zu tiefer Kommunion
Ihm nachfiel und verglühte:
Mein Vater du, ich hüte,
Ich hüte dich, mein Sohn.

Der Ort liegt waldinmitten,
Von stillstem Licht gefleckt.
Mein Herz – nichts kam geritten,
Kein Einhorn kam geschritten –
Mein Herz nur schlug erweckt.

HERMANN HESSE

Das Glasperlenspiel

Musik des Weltalls und Musik der Meister
Sind wir bereit in Ehrfurcht anzuhören,
Zu reiner Feier die verehrten Geister
Vergangener Zeiten zu beschwören.

Wir lassen vom Geheimnis uns erheben
Der magischen Formelschrift, in deren Bann
Das Uferlose, Stürmende, das Leben
Zu klaren Gleichnissen gerann.

Sternbildern gleich ertönen sie kristallen,
In ihrem Dienst ward unsrem Leben Sinn,
Und keiner kann aus ihren Kreisen fallen
Als nach der heiligen Mitte hin.

1935

GÜNTER EICH

Abend im März

Ich trete in die Türe ein,
der Mond war vor mir dort.
5 Ach Mond, du sollst nicht bei mir sein!
Er schweigt und geht nicht fort.

Er wohnt in meiner Stube drin
seit gestern, als ich kam.
Ich seh ihn, weil ich traurig bin,
10 ich kenn ihn nur im Gram.

Ich zünde keine Lampe an,
ich setz mich in sein Licht,
durchs Fenster blick ich dann und wann,
der Mond erkennt mich nicht.

15 So eß ich einen goldnen Fisch,
gieß Wasser mir ins Glas.
Wie eine Wiese ist der Tisch,
im Mondlicht wächst das Gras.

Jetzt wird er bald verfinstert sein,
20 wohl gegen Ende März.
Und sinnlos fällt das Wort mir ein:
„Er ist der Nacht ihr Herz."

Er ist so blind, er ist so taub,
ihn kümmern Tränen nicht,
25 er schwankt im Wind, er hängt im Laub,
ach mit demselben Licht.

CARL ZUCKMAYER

Ein Feiertag

Laßt uns feiern, laßt uns ruhn –
Nur nichts denken, nur nichts tun!
5 Faul im Grase hingestreckt,
Das nach Thymian schmeckt.

Sahst du doch heut in aller Frühe
Dem Sommergoldhähnchen beim Nestbau zu
Und warst so stolz auf all die Plag und Mühe,
10   Und hast doch selber keinen Grund dazu!

In jeder Rebe, die sich rankend reckt,
Ist auch von dir ein wenig Kraft versteckt.
Und jedes Korn, das in der Erde schafft,
Schafft auch für dich und mehret *deine* Kraft.

15   Drum:
Laßt uns feiern, laßt uns ruhn!
Nur nichts wollen, ja nichts tun!
Fromm im Walde ausgestreckt,
Der nach Kienharz schmeckt.

GEORG VON DER VRING

Die Wolke, vogelhoch

Die Wolke, vogelhoch,
Die Zeit, die mich betrog,
5   Übers Gebirg von dannen zog.

Die Stunde, jahrefern,
Halb Schatten und halb Stern,
Auf ihrem Grunde ruht ich gern.

Die Seele, welche fragt,
10   Von Herz zu Herz sich wagt,
Hat solcher Ruhe abgesagt.

Die Seele und das Wort,
Sie haben keinen Ort,
Sie tönen ohn Besinnen fort.

1936

Josef Weinheber

Den Jünglingen

Ihr Häupter blütenumkränzt,
ihr unbeschriebenen Stirnen!
Ihr Augen kühn und bewußt!
Ihr traumgeschwungenen Münder!
   Herrische Füße ihr,
   grausam peitschend den Boden,
   Lenden schmal und behängt
   mit der Schwermut der Fraun.
Ihr Wege, strotzend von Nacht,
Kreuzwege zwischen den Zeiten!
Ihr, zu Fernstem bestimmt,
Keim und Hoffnung der Völker!
   Lieblich den Göttern ihr
   und noch selig wie jene,
   die vom Tod nur das Wort,
   doch nicht den Schrecken wissen:

Liebt euer Fleisch nicht zu sehr!
Weder im Zärtlichen
noch im Hang zur Gewalt.
Übt eure Anmut und Kraft
– denn aus Spiel wird der Mann –
Doch vergeßt nie: Der Leib
ist von hier, und ihr wollt
siegen über die Erde!

Seid hart zu euch selbst,
keusch im Glanz eurer Kraft,
und im Sturm des Geschlechts.
Zwei Dinge sind euch Liebe und Lust,
und sie seien es euch!
Zwei Dinge sind euch Werden und Tod,
und sie seien es euch!
Aber Atmen und Ehre
sei euch *ein* Ding!

Mann indessen zu sein
heißt nicht grausam sein

gegen sich selbst
oder die Welt:
40   Vor den Alten
dürft ihr immer noch aufstehn,
vor den Manen der Großen *dort*,
vor den Männern *hier* in dem weißen Haar,
das euch Zeugenschaft sei,
45   Weck- und Mahnruf des Leids, welches den
     Menschen formt.

Unter euch
redet und kämpft!
Aber die Weisheit ehrt ihr, indem ihr schweigt.

50   Seid nur stolz zu euch selbst!
Seid nur karg zu euch selbst!
Doch in der Fremde, verlassen, allein,
um ein Stück Heimaterde, Jünglinge, Kinder,
um eure Kammer zuhaus,
55   um eure Mutter dürft ihr weinen.

Warum rühmt euch der Sänger?
Euere Leiber
sind die Vollkommenheit des Gedichts.
Maß und Gesetz, und schön wie das Lied,
60   Sang, dem der Sprache
unzerstörbarer Bund, jener heilige, Körper verlieh,
Schön wie das Ewige ist euer Bildnis,
ähnlich Gott. Doch ihr seid nur ein Anfang,
nur von außen: aus Gold wie die Götter.
65   Der euch besingt,
ruft euch nicht zu: Habet Adel!
Ihn zu *haben*, ist Gnade. Aber
ihn zu *lieben*, sei euer Sinn!

Nehmt nicht die Dinge, nackt: Lebt sie ins Hohe!
70   Wie ihr die Erde liebt: Liebt sie als Weite!
Da ihr gemeinsam seid: Denkt an die Größe!
Und wenn ihr einsam seid: Gebt euch der Tiefe!

Euer Blut ist wild und der Nacht
bald vermählt und dem Rausch.
75   Groß ist die Nacht. Ist Schicksal: Wer ihr verfällt
hat den Tod. Doch dem Ringenden sagt
der Erlösung wehes Geheimnis die Nacht.
Rausch ist ihr Sohn. Ihn betet nicht an!

Göttliches ist an ihm. Aber *dieser*
80   Gott ist furchtbar.

Prüfstein des Mannes
ist, der Vergeblichkeit
in das Antlitz zu sehn, zu
wissen den Tod und
85   *leben* zu bleiben.
Dessen gedenkt, wenn euch Gefühl
unbesiegbaren Bluts das Haupt
auf zu den Sternen reißt.
Dessen gedenkt, wenn das Wort
90   farbig und stark euch entströmt,
ihr das Große beschwört euer selbst
und das Große des Volks –
Unerreichbar jedoch
bleibe der Kranz
95   euern noch vorschnellen Händen!

Neu eine Heimstatt werdet ihr sein,
geschaffen dem Menschen auf Erden,
und eine Burg dort oben den Göttern,
oder vergeblich gewesen wie Distel und Schutt.
100   Denn bei euch liegt, zu lieben euch selbst,
Markt und Zeit, Ruhm und Schall,
oder:
oder die heilige Ferne.

Ihr Häupter blütenumkränzt,
105   ihr unbeschriebenen Stirnen,
ihr Augen kühn und bewußt,
ihr traumgeschwungenen Münder!
    Herrische Füße ihr,
    grausam peitschend den Boden,
110   Lenden, schmal und behängt
    mit der Schwermut der Fraun;
ihr Wege, strotzend von Nacht,
Kreuzwege zwischen den Zeiten,
ihr, zu Fernstem bestimmt,
115   Keim und Hoffnung der Völker;
    Lieblich den Göttern ihr,
    und noch selig wie jene,
    die vom Tod nur das Wort,
    doch den Schrecken nicht wissen.

FRANZ TUMLER

An Deutschland

Da uns, ach, die heimliche Liebe unfroh im Herzen glimmt
zu Dir: sieh uns am Tag an, Vaterland, wann wir dir stehn,
5 Ungewillte im Zorn. Nicht den Schläfer schreckt Dein Gebot auf,
der bettet sich tiefer; wie er die Augen verhält, ist er
umfangen von Dir.

Aber am Tage die Wachen, die höben sich gerne,
aber in Mühsal geschirrt, wer bewahrt Dir das feurige Herz?
10 Ungeboren war ich Dein Kind; eh ich lallte zum Sohn Dir
bezeichnet,
jetzt widerstehend, in Brüdern erkenn ich Dich nicht mehr.

Jahre häuften den Trug auf uns. Wir aßen und nahmen.
Ob wir von Unrat gegessen, es mischte in ihn sich
Dein verfallenes Blatt noch; wir würgten es bitter
15 mit dem Andern hinab.

Deiner Untreuen nimm Dich an. Sie wohnen,
wo Dein Name nicht klingt, wo die Flur zerstampft ist,
und giftig die Luft von dem Segen des Fremden.
Wie Gewürm kroch es in Dich,
20 und hattest doch, ob Du in Ohnmacht lagst
und genarrt warst, es zu beschämen Dein Leben.

Wir erkannten Dich nicht. Nicht den hellen Himmel liebst Du,
blickest verborgen auf uns. Wir stehn, Ausgesetzte, am Rande.
Da tritt des Lichtes Schärfe als ein Messer vor uns:
25 wollten wir greifen nach Dir, es schnitt in unsere Hände;
noch mit den Stumpfen reichen wir hin,
wo Du lebst, in das Dunkel.
Wir sind Beraubte. Hitze und Alter
langer Geschlechter machten uns heller.

30 Du aber bläst uns den Atem.
Sind wir, fremderen Leibs, denn noch die Deinen?
Ach, der unfrohen Liebe im Herzen,
der heimlichen, laß uns genesen!
Nimm uns an Dich! daß wir stehn,
35 und führ uns am Tag auch!

BERNT VON HEISELER

Tödliche Stunde

Wer der die Winter schwinden gesehn und die Frühlinge kommen
Glaubt an den alles umfassenden Tod? er bewältigt uns dennoch,
5 Löscht uns mit eilig wischender Hand, wie die Fledermaus
                        taumelnd
Schnell zwischen Fenster und Tisch eine Kerze verlöscht und wir
                        sitzen
Ratlos über der plötzlich verdunkelten Schrift unsrer Bücher.
Lächerlich sind wir und tappen umher und finden die Tür nicht,
Blinde Gefangne der Nacht. Und erst noch wußten wir vieles,
10 Maßen und rechneten gut und kannten oben der Sterne
Ordnung und Wiederkehr. Wir wandern rasch, doch am nächsten
Stein überholt uns der flinkere Fuß der Götter. Was wären
Tränen? und was Gebete? wie wagten wir dem was bestimmt ist
Worte entgegen zu setzen? uns bleibt im stummen Ertragen
15 Nicht der letzte, der Trost des Stolzes. Zu dunkel die Kammer,
Daß noch einer der Brüder uns säh, wie wir tapfer uns halten.

Wind, so lärmend sonst über Dach und Bäumen – wo bliebst du?
Auch die Grille verstummte die spät noch sang, als im Garten
Sonst kein Atem sich regte. Sie half uns, einsame Stimme,
20 Lang in der liedlosen Zeit. Was Liebe war oder Freude
Hat uns verlassen wie Laub den Baum wenn das Jahr zu kalt wird.
Ah, wir müssen allein die Nacht bestehen! sie nimmt uns
Jede der Tröstungen fort, Musik, und süßes Gedenken
Freundes Rat und der Liebsten Kuß, des Hauses Behütung
25 Weg und Bank, überhangen vom schwärzlichen Glanz des
                        Hollunders
Dem das Licht seine Beeren gereift, die Linde die hochwuchs
Über dem Brunnen – wohin ist alles? ehe wir's wußten
Glitt es den Händen hinweg.

Aber zur Stunde die uns befällt mit tödlicher Kälte
30 Wächst und lebt noch immer die Erde. Es tränkt sich mit Regen
Draußen ein durstiges Feld und höher wieder im Brunnen
Steigt der Spiegel des Wassers. Das Haus erfüllen die Schwalben
Hell mit Rufen und blauem Geflatter. Nur einem Schlafe
Schwinden wir zu, es löst sich nie der Verwandlungen Reihe.
35 Wo wir vergingen, wuchsen wir schon und wußten daß nach uns
Wieder ein Grün erscheint und füllt den Wipfel der Linde.

ERNA BLAAS

Krippenlied

Es ist nicht geheuer:
Im Stall brennt ein Feuer!
5   Es glost schon durch Spalten und Tür.
O Nachbarn, helft retten,
Das Öchslein entketten,
Indes ich den Esel ausführ'!

Was Wunder! Die Helle
10   Bricht auf an der Schwelle,
Doch knistert kein Brand in der Spreu.
Laßt sehen! Laßt sehen!
Was ist denn geschehen?
Den Schein trägt das Kind dort im Heu!

15   Die Jungfrau tut's heben,
Sankt Josef daneben
Legt Windeln im Kripplein zurecht;
Die Hirten mit Gaben
Umringen den Knaben
20   Aus König Davids Geschlecht.

Sie haben Schalmeien
Und spielen den Dreien,
Was sonst nur die Feldflur vernimmt:
Die Blockpfeifen gellen,
25   Es klingeln die Schellen,
Der Dudelsack poltert und grimmt.

Ihr müßt nur recht sehen:
Im Sparrenwerk stehen
Und sitzen die Engel zuhauf!
30   Vom Giebel, durch Ritzen,
Zuckt güldenes Blitzen –
Der heilige Stern liegt darauf!

Ursprünglicher Titel: Das Krippenlied. *Im ,Inneren Reich' irrtümlich ohne Artikel.*
Wurde auch in anderen Zeitschriften gedruckt, möglicherweise sogar etwas früher. Vorlagen nicht
mehr auffindbar.

GEORG BRITTING

Wo der Waldweg lief

Wo der Waldweg lief, durch schwarze Fichten,
Und vom Himmel oben war fast nichts zu sehn,
5 Saß im Strauchwerk, im verfilzten, dichten,
Hingeduckt der Hase, den

Der Fuchs gejagt,
Und der Atem ging ihm stoßweis ein und aus,
Daß er fauchte, wie der Blasbalg von der Schmiedefaust geplagt –

10 Auf dem Waldweg kamen, oftmals stolpernd,
Müd ein Mann und eine Frau daher,
Und der Mann war alt,
Und die Frau war jung und sagte:
Josef, Mann, ich kann nicht mehr!

15 Und sie setzten sich, die beiden,
In den Schnee hin, wie der Hase es getan,
Und der Atem ging bei beiden schier
Stoßweis ein und aus wie bei dem Tier.

Doch auf einmal stand ein Mann, der Flügel trug,
20 Vor den beiden, und die Flügel regte er jetzt nicht,
Und er sagte: Was denn säumt ihr hier?
Vorwärts! Vorwärts! Weit ists noch zum Stall!
Und er hatte ein hartblickendes Gesicht,
Und der Hase zitterte im Dickicht,
25 Als er so mit heller Stimm befahl.

1937

MAXIMILIAN DAUTHENDEY

In der Fremde

Möchte heute ohne Ende
Schluchzen in die beiden Hände.
Bin so müde von den Leiden,
5 Möchte mich in Frohheit kleiden.

Doch das Warten, dieses Weh,
Liegt mir in dem Blut wie Schnee.

Warte nun viel Mondenlängen,
10   Horche nach den Friedensklängen.
Aber neue Schlachten wüten,
Blut fällt auf des Sommers Blüten,
Elend flicht sich neue Ruten.
Ach, die Welt, will sie verbluten?

HANS EGON HOLTHUSEN

Speisung

Wohl werden wir gekränkt durch Leid und Graun,
Wohl wird der Atem manchmal uns verschlagen,
5   Das Herz ist von der Schärfe abgetragen,
Doch in der Senke sammelt sich Vertraun.

Denn Speise ruht in vielen Niederlagen,
Vorrat und Wärme, dran wir uns erbaun,
Und kann im Mädchengang und Blick der Fraun
10   Und nicht im Druck der Hände sich versagen.

Wir setzen aus der Armut kleinen Hafen,
Auf daß er sich erfülle, wenn wir schlafen,
Mit Himmelswasser, das uns gar versöhnt.

Und stehen sonnenhaltig wie die Reben.
15   Denn innen nährt und außen unser Leben
Sich aus der Liebe. Wir sind sehr verwöhnt.

ADOLF BEISS

Geburt des Gedichts

Droben der Abendstern, still
an die Wolke gelehnt.
5   Väterlich gleitet sein Blick
um die Häuser der Müden.

Glücklich, wer in der Sonne
warm aufwächst.
Unglücklich sind nur des kalten
10   Lichtes Genossen.

Und ihre Schmerzen
greifen als dunkle
Blumen der Nacht aus der Erde,
unzählbar.

15   Aber verblaßt der Stern,
rundet sich grüner ihr Stiel;
aus einer Blüte Schmerz
hebt sich leuchtend die Dichtung.

JOSEF WEINHEBER

Albrecht Dürer
Selbstbildnis in der alten Pinakothek in München

Von meiner Stirne geht das deutsche Licht.
5   Die Schläfenfurche Traum und Grübeln spricht.
Durchsichtig fast, der Braue ferner Schwung
nennt heilig deutsche Überlieferung.
Das treue Aug erfaßt die reiche Welt,
nichts ist so klein, es werde wohlbestellt.
10   Von meinen Locken geht ein Leuchten still,
sie sind des Christus, wo er deutsch sein will.
Die Nase, südlich schmal und streng geführt,
gibt Maß und läßt der Form, was ihr gebührt.
Im Schnurrbart lebt das Volk nach seiner Art:
15   Es ist ein heller, dünner Frankenbart,
wie jener, dunkler um das Kinn herum,
von harter Kraft sagt, Stand und Herrentum.
Der Mund, keusch, fest und voller Innigkeit,
hat in den Winkeln schon den Schwank bereit,
20   indes die Wange, trauerschön genug,
aufzeigt den ewigen deutschen Leidenszug.
Es ruht die Hand, Einfalt und Stolz zugleich,
dem Mantel auf, als hielte sie das Reich.
In diesen Fingern, weg- und hergebracht,
25   hab ich gedeutet, was den Künstler macht.

In ihnen webt der bildsam hohe Geist,
der euch das Rätsel und die Lösung weist.
Wahrhaftig steckt die Kunst in der Natur:
Reißt sie heraus, ihr habt sie, klar und pur.
30   Als meines Volkes gültige Gestalt,
für *alle* da, so hab ich mich gemalt.
Euch völlig zugewandt ist mein Gesicht.
Wend't ihr euch ab von ihm, so seid ihr nicht.

RUDOLF ALEXANDER SCHRÖDER

Aus: Die Ballade vom Wandersmann

Laßt mich's immer leiser sagen,
Immer sanfter, eh ich scheide:
5   Wüßt ich doch von keinem Leide,
    Das zu klagen.

Klagt ihr immer und verklagt euch,
Schuldig um die fremden Schulden:
Ich erfuhr's: Ihr lernt gedulden;
10   Ihr vertragt euch.

Einer raubt, was ihr euch raubtet,
Nimmt euch ab, was ihr genommen;
Jedem frommt ein andres Frommen,
    Als ihr glaubtet.

15   Kleid und Haus, sie wären deine?
Dein der Hof, das Land, die Krone?
Still! – Ihr wißt's, euch selbst zum Hohne,
    Was ich meine.

Still, und laßt mich's leiser sagen,
20   Sanfter sagen, eh wir scheiden:
Menschen Los ist Menschen Leiden.
    Lernt's ertragen.

HERMANN HESSE

Aus: Zwei Gedichte Josef Knechts

Entgegenkommen

Die ewig Unentwegten und Naiven
Ertragen freilich unsre Zweifel nicht.
Flach sei die Welt, erklären sie uns schlicht,
Und Faselei die Sage von den Tiefen.

Denn sollt' es wirklich andre Dimensionen
Als die zwei guten, altvertrauten geben,
Wie könnte da ein Mensch noch sicher wohnen,
Wie könnte da ein Mensch noch sorglos leben?

Um also einen Frieden zu erreichen,
So laßt uns eine Dimension denn streichen!
Denn sind die Unentwegten wirklich ehrlich,
Und ist das Tiefensehen so gefährlich,
Dann ist die dritte Dimension entbehrlich.

ERNST PENZOLDT

Für Christiane
Wenn sie nicht schlafen will

Liebes Kind, du mußt nicht weinen,
wenn die Nacht auch lang und finster ist.
Überm Dache Mond und Sterne scheinen,
und vom Himmel schaut der heil'ge Christ.
Freilich flüsterts manchmal auf dem Gange,
und es redet jemand im Kamin,
und dann wird dir vor dem Bösen bange.
Fremde Schritte tappen her und hin.
Manchmal gucken Geister durch das Fenster,
doch du mußt darauf nicht weiter achten.
Sei getrost, die deinen Schlaf betrachten,
freun sich deines lieben Angesichts:
Engel sind es, freundliche Gespenster,
und die tun dir nichts.

1938

KILIAN KERST*

Der Einmarsch

Als der tiefbewölkte Abend deckte
wie ein Fahnentuch die Stadt im Grunde,
5 ward das zündend aus dem Schlaf geweckte
Licht der Lampen in der grauen Stunde
ausgestreut in schwarzen Straßenbändern
wie ein Hagelfall von goldnen Körnern.
Und Soldaten, beim Getön von Hörnern,
10 zogen heimwärts wie aus Feindesländern.

Lichter, Lichter! Das umflorte Glänzen
sprühte wie ein greller Hufschlag Funken;
und die Plätze, gleich gewundnen Kränzen,
schienen angestrahlt hinabgesunken
15 zwischen Fronten großer Hausquadrate.
Alles Volk flog wie die Saat im Märze
zwischen Lampenschein und kleiner Kerze
durch die Gassen, da der Marsch sich nahte.

Trommeln, Trommeln! Und man sah sich stauen
20 das Gewühl von funkelnden Posaunen.
Männer, Kinderjauchzen, viele Frauen;
und die Tiefe war nur Klang und Raunen,
war ein Wirbel, heiß von Lenzgewittern,
da zum Marschtritt der Kolonnen grollten
25 dumpfe Pauken. Und die Trommeln rollten
in des Lampenglanzes goldnes Zittern.

JOSEF WEINHEBER

Hymnus auf die Heimkehr

Dies im Namen des Volks!
Dies im Namen des Bluts!
5 Dies im Namen des Leids!

Leiden läutert das Herz.
Ach, und wie anders sonst
reift ein Volk zu sich selbst?
Volkhaft empört, wie sonst
10 als aus flammendem Blut
rauscht die Freiheit ins Licht?

Sollten wir kleinlich nun
klagen des Übermuts,
der, Verrat um Verrat,
15 Liebe von Lieb getrennt,
der das hilflose Kind
riß aus dem Mutterarm
und ihm Büttel und Vögt'
frevelnd zu Herren gab?

20 Sollten wir, Aug um Aug,
etwa dem Rachgelüst
Nahrung geben und Sporn,
da ihre Kerker doch
heißer uns lieben gelehrt,
25 heißer, was in die Brust
tief versenkt, mit uns
weinte: Das Vaterland?
Sollten wir Gott nicht, ihm,
dessen Namen sie frech,
30 prahlend und heuchlerisch
vor ihre Schuld gespannt,
ihm nicht danken dafür,
daß er sie zuließ, die Schmach?
Jegliche Stund des Jochs,
35 grub sie nicht tiefer in
unsre Seelen die Saat,
nährte den Keim mit Schmerz,
machte den Schmerz geheim
und das Geheimnis groß?

40 Der im zwanzigsten Jahr
heimfand, zu rüsten den Tod
furchtbar dem Freiergeschmeiß,
jenen Odysseus rühmt
dröhnend starker Gesang
45 fernher, durch den Äon.

Wie er das Werk getan,
wie nun die Frauen ihm
Antlitz küßten und Händ',
und wie ein süß Begehrn
50   aufzuweinen ihm kam,
da er noch alle erkannt:
Dieses rühmt der Gesang
durch die Jahrhunderte.

Aber Jahrhunderte –
55   Ach, wie so anders war
weiland des Ithakers
Irrfahrt bloß *einer* Nacht
wilder und schrecklicher Traum:
Aber Jahrhunderte
60   Fortsein, Entzweiung, Gram;
aber des Mannes Tat,
der da heraufrief das Blut
vielmillionenmal,
der uns den Boden beschwor,
65   groß gewärtig zu sein;
aber Heimkehr wie die,
heilig und Rühmens wert:
Welchem Sterblichen leiht
magisch die Harfe sich,
70   daß er den Anbeginn
aufbewahre im Wort,
würdig des neuen Äons?

Worte, mächtige sind's,
welche das Herz gebiert,
75   oder zärtliche auch:
Treue, Glaube, Geduld,
Opfer, Liebe und Stolz,
Dienen und Tapferkeit.
Doch sie reichen nicht, sind
80   an den Rand gesagt; klein.
Stünde doch Pindar auf
oder des Vaterlands
dreimal heiliger Mund:
Hölderlin! Hölderlin!
85   Daß er sagte, was not
tut zu sagen mit Macht:

Das geeinigte Herz
und die Größe der Pflicht
und die Fülle des Reichs –

90 Wie der Genius nun,
    Genius unsers Volks,
    (den er trauernd ersehnt),
    endlich uns ganz erschien,
    schöpferischer denn einst,
95 da unsre Städte nun
    hell und offen und wach,
    reineren Feuers voll,
    und die Berge des Lands
    Berge der Musen sind;
100 wie die Toten nun all,
    nun die Gefallenen,
    alle Geschlechterreihn
    weit aus Dunkelheit her
    mitzufeiern den Tag
105 rühmend versammelt stehn;
    wie nun Garben von Kraft
    jäh die verborgene
    Trauer weisen dahin
    jener, die ungeborn:

110 Nein, noch fassen wir's nicht.
    Hatten wir doch zu lang
    Vaterland nur im Traum.
    Nun aber Bruderhand
    liegt in der Bruderhand,
115 laßt uns schwören den Schwur:
    Nie mehr werde getrennt
    weises von wachem Blut,
    nie mehr stilleres Herz
    von der gestählten Stirn,
120 Himmel von Himmel nicht
    und nicht Träne von Trän.

    Keine Pflicht uns zu hart,
    uns kein Auftrag zu schwer,
    gleich in Würde wie Dienst,
125 und vor größerm Volk
    klein nicht, wolln wir bestehn.

Hüben und Drüben nicht,
nicht mehr Süden und Nord:
Wie nur Liebenden, in
130   seligem Ausgleich, schenkt
Gott ein Lebendes neu:
Hauses Hoffnung und Heil . .

Dies im Namen des Volks!
Dies im Namen des Bluts!
135   Dies im Namen des Leids:

Deutschland, ewig und groß,
Deutschland, wir grüßen dich!
Führer, heilig und stark,
Führer, wir grüßen dich!
140   Heimat, glücklich und frei,
Heimat, wir grüßen dich!

Erwin Guido Kolbenheyer

Wesen

Dich, Wink des Zufalls, will ich Segen nennen,
Der eines Funkens Spiel, das Leben heißt,
5   Im Tanze des Unendlichen zu brennen,
Aus aller Gottheit in das Wesen reißt:

Gefunden und gebunden im Erwachen
Der Sehnsucht, die, vom Traume sich zu lösen,
Aus Liebesquellen in den dunklen Nachen
10   Stürzt und im Sturz aus Ewigem wird Wesen!

Wesen, das Gott verliert, nur weil es ist,
Wesen, das die Erfüllung nie erschmeckt,
Dumpf nur das Schöpferwort: Sei, da du bist –
Jubel und Not – mit seinem Herzschlag deckt.

HERMANN HESSE

Der letzte Glasperlenspieler
(Fragment aus Josef Knechts Gedichten)

Sein Spielzeug, bunte Perlen, in der Hand,
Sitzt er gebückt, es liegt um ihn das Land
Von Krieg und Pest verheert, auf den Ruinen
Grünt Efeu, und im Efeu summen Bienen,
Ein müder Friede mit gedämpftem Psalter
Durchtönt die Welt, ein stilles Greisenalter.
Der Greis mit schwachen Fingern Perlen zählt,
Hier eine blaue, eine weiße faßt,
Da eine große, eine kleine wählt
Und sie im Ring zum Spiel zusammenpaßt.
Er war einst groß im Spiel mit den Symbolen,
War vieler Künste, vieler Sprachen Meister,
War ein weltkundiger, ein weitgereister,
Berühmter Mann, gekannt bis zu den Polen,
Umgeben stets von Schülern und Kollegen.
Jetzt blieb er übrig, alt, verbraucht, allein,
Es wirbt kein Jünger mehr um seinen Segen,
Es lädt ihn kein Magister zum Disput;
Sie sind dahin, und auch die Tempel, Bücherein,
Schulen Kastaliens sind nicht mehr. Der Alte ruht
Im Trümmerfeld, die Perlen in der Hand,
Hieroglyphen, die einst viel besagten,
Nun sind sie nichts als bunte gläserne Scherben,
Sie rollen lautlos aus des Hochbetagten
Händen dahin, verlieren sich im Sand...

BERTOLT BRECHT

Wie künftige Zeiten unsere Schriftsteller
beurteilen werden

I

Die auf die goldenen Stühle gesetzt sind, zu schreiben
5 Werden gefragt werden nach denen, die
Ihnen die Röcke webten.
Nicht nach ihren erhabenen Gedanken
Werden ihre Bücher durchforscht werden, sondern
Irgendein beiläufiger Satz, der schließen läßt
10 Auf eine Eigenheit derer, die Röcke webten
Wird mit Interesse gelesen werden, denn hier mag es sich um Züge
Der berühmten Ahnen handeln.

Ganze Literaturen
In erlesenen Ausdrücken verfaßt
15 Werden durchsucht werden nach Anzeichen
Daß da auch Aufrührer gelebt haben, wo Unterdrückung war.
Flehentliche Anrufe überirdischer Wesen
Werden beweisen, daß da Irdische über Irdischen gesessen sind.
Köstliche Musik der Worte wird nur berichten
20 Daß da für viele kein Essen war.

II

Aber in jener Zeit werden gepriesen werden
Die auf dem nackten Boden saßen, zu schreiben
Die unter den Niedrigen saßen
Die bei den Kämpfern saßen.

25 Die von den Leiden der Niedrigen berichteten
Die von den Taten der Kämpfer berichteten
Kunstvoll. In der edlen Sprache
Vordem reserviert
Der Verherrlichung der Könige.

30 Ihre Beschreibungen der Mißstände und ihre Aufrufe
Werden noch den Daumenabdruck
Der Niedrigen tragen. Denn diesen
Wurden sie übermittelt, diese

Trugen sie weiter unter dem durchschwitzten Hemd
35 Durch die Kordone der Polizisten
Zu ihresgleichen.

Ja, es wird eine Zeit geben, wo
Diese Klugen und Freundlichen
Zornigen und Hoffnungsvollen
40 Die auf dem nackten Boden saßen, zu schreiben
Die umringt waren von Niedrigen und Kämpfern
Öffentlich gepriesen werden.

Martin Andersen-Nexö zum 26. Juni 1939

GEORG BRITTING

Mondnacht am Main

Dort hängt schon der Mond
zwischen den Dächern,
5 mit schwächerm
Licht, als wir es von ihm gewohnt.

Das kommt, weil die Sonne noch da ist.
Wenn du ihrem Licht nah bist,
scheint dir das seine gering.

10 Aber jegliches Ding
zeigt ganz
den ihm eigenen Glanz
nur allein.

Wenn es erst Nacht ist
15 über dem Main,
alles Tagwerk vollbracht ist,
in Schatten gesunken Weizen und Wein,
keine Sense im Feld und Stille im Tann –
schau den Mond, wie sein Schein dann
20 tränkt die dürstende Welt!

AGNES MIEGEL

Danzig

Es rief durch die helle Sommernacht, es sang von Strand zu Strand:
Ihr Schwestern alle kommt und wacht, zum Reigen reicht die Hand!
5 In rotem Sonnwendfeuer glüht der Himmel über der See,
Am Hoftor der Hollunder blüht und der Düne Sand ist
                    warmgeglüht
          und leuchtet weiß wie Schnee!

Unsre Kinder tanzen und springen um flackernder Feuer Schein.
Wir wollen wie sie uns schwingen am Meer im Sommerreihn!
10 Schwester Memel, führe Du den Tanz, die so lange trauernd stand!
Wie Ähren glänzt Deiner Zöpfe Kranz, weitfaltig weht Dein
                    dunkles Gewand
          und bunt Dein Schürzenband!

Deine gekrönte Schwester, ich, Königsberg, führe Dich!
Meine Liebste-Beste, zu Dir wende ich mich,
15 Von meinen gepanzerten Füßen dröhnt der Grund zu dem alten
Der über Samland und Nehrung tönt: [Reim
    Du lagest so entlegen, Gott selber mußte Dein pflegen,
      aber nun fandest Du heim!

O Elbing, Erstgeborne, komm mit, komm mit zu Tanz und Spiel!
20 Du Werft- und Deich-Verschworne, schon rauscht das Haff um
                    Deines Bootes Kiel.
Wie Gruß aus Kindheitstagen klingt Deines Schifferliedes Platt,
Wo blieben Not und Klagen, –
          hell klingt's wie Hammerschlagen, –
          Du Schifferbraut, nun tanz Dich heute satt!

25 Heiho, heiho, Ihr drüben! Ich ruf vom grünen Pommerland!
Heiho! O reicht herüber, ihr Schwestern mir zum Tanz die Hand!
Der Greif aus meiner Krone späht, die Glocken hallen aus Julin,
Die Dampfer heulen, es ist spät, –
          wo bleibst Du, Schwester, die vor mir geht?
30   Danzig, Dich ruft Stettin! – –

O Schwester Danzig, die bei uns stand,
Sieh, wir heben unsre Hand,

Unsrer Türme Feuer zuckt und sucht
Über murrende Flut, über dunkle Bucht,
35 O Allerschönste, in unsren Reihn
Schwester, tritt ein!!

Nicht mit Euch, Ihr Schwestern, schreit' ich zum Tanz!
Wohl liegt auf meinem Haupte der grüne Kranz.
40 Purpurn und golddurchwirkt prangt mein Gewand, –
Doch schlimmen Zaubers Spruch hält mich gebannt.

Dörrend haucht Haß über die Wälder her.
Gelber Drachenblick geistert übers Meer.
Dumpf peitscht die Dünen der klirrende Schweif.
45 Näher und näher schiebt sich der eherne Reif.

Durch die helle Nacht über Niederung und Meer
Hallt der Geschwister Lied tröstend her.
Antwort singt meines Herzens silbernes Glockenspiel:
Gott weiß meines Wartens Dauer und Ziel!

50 Seht, ich stehe, eine geschmückte Braut,
Furchtlos harr ich auf ihn, dem ich vertraut.
Der die Sonne führt, weiß die Zeit
Wenn mein Ritter naht und mich Verbannte befreit!

BODO SCHÜTT

Aus: Herz in der Zeit

Vor dem Kriege

Entzückt dich noch der Glanz der reinen Tage?
5 Von Aufbruch klirrt der harte Gang der Zeit,
aus Stille wächst des Krieges dunkle Sage
zu ungedämpfter Gegenwärtigkeit.

Der weiten Landschaft offene Gewährung
empfängt der Städte unruhvollen Sohn
10 mit Vogelruf und leiser Duftbetörung –
doch in den Lüften schwillt ein andrer Ton.

Geheimes Fieber schauert durch die Fülle
und alle Wege gehen ungewiß
ins große Schicksal – wann zerreißt die Hülle
und zeigt die Tat im Schlund der Finsternis –

HERMANN HESSE

Aus: Kriegerisches Zeitalter

Der alte Mann

Müßt ihr denn schon wieder kriegen?
Muß die Schale, die wir Alten
Hütend in den Händen halten,
Stürzen und ihr Wein versiegen?
Nun, so ist der Sinn des Lebens
Wieder einmal Wahn geworden.
Gehet schießen! Gehet morden!
Unser Mühen war vergebens.

Der Patriot

Unserm Dasein Wert zu leihen,
Unser Tun mit Sinn zu weihen,
Bist du, Heimat, uns gegeben.
Dir gehören unsre Leben,
Und in deinem Dienst zu fallen
Ist der beste Tod von allen.

Der Krieger

Sinnlos scheint die Welt geworden,
Nichts gewiß mehr, nichts mehr heilig.
Angstgetriebne Menschenhorden
Schiebt der Weltsturm wirr und eilig
Wie Gewölk. – Nun denn, so wollen
Wir die Willenlosen führen:
Gebt Signal, verteilt die Rollen,
Laßt sie Takt und Ordnung spüren!

Welt mag brennen und verderben,
Doch wir sind nicht einzuschüchtern;
30 Lasset uns als Herren sterben
Aufrecht, harten Sinns und nüchtern!

GEORG TRAKL

Die tote Kirche

Auf dunklen Bänken sitzen sie gedrängt
Und heben die erloschnen Blicke auf
5 Zum Kreuz. Die Lichter schimmern wie verhängt,
Und trüb und wie verhängt das Wundenhaupt.
Der Weihrauch steigt aus güldenem Gefäß
Zur Höhe auf, hinsterbender Gesang
Verhaucht, und ungewiß und süß verdämmert
10 Wie heimgesucht der Raum. Der Priester schreitet
Vor den Altar; doch übt mit müdem Geist er
Die frommen Bräuche – ein jämmerlicher Spieler,
Vor schlechten Betern mit erstarrten Herzen,
In seelenlosem Spiel mit Brot und Wein.
15 Die Glocke klingt! Die Lichter flackern trüber –
Und bleicher, wie verhängt das Wundenhaupt!
Die Orgel rauscht! In toten Herzen schauert
Erinnerung auf! Ein blutend Schmerzensantlitz
Hüllt sich in Dunkelheit und die Verzweiflung
20 Starrt ihm aus vielen Augen nach ins Leere.
Und eine, die wie aller Stimmen klang,
Schluchzt auf – indes das Grauen wuchs im Raum,
Das Todesgrauen wuchs: Erbarme dich unser –
Herr!

HEINRICH FRANK

Am Tag der Gefallenen

I

Einmal
Laßt mich euer gedenken,
5 Freunde:

Ehren die heldische Tat,
Und euer Sterben rühmen!

Der Tag löscht vieles aus.

Aber die Jünglinge
10 Prüfen an eurem Opfer
Die eigene Tat.
Sie lernen:
Das Große still zu tun
Und unbefohlen.

15 Ruhet in Frieden, Freunde!

II

Stiller, sanfter Pfad:
Zu den schmalen Hügeln geleitest du
Der Gefallenen –
Den Kränzen nah,
20 Aber näher dem Herzen der Lebenden!

Ins magere Holz geschnitten
Sind eure Namen, Freunde!
Wann euch der Engel rief,
Deutet das karge Wort.

25 Aber längst
Entwuchs den Hügeln
Unvergänglicher Lorbeer!
Aus euren Gräbern,
Brüder,
30 Sprecht ihr zu uns.

BERTOLT BRECHT

An die Nachgeborenen

I

Wirklich, ich lebe in finsteren Zeiten!
Das arglose Wort ist töricht. Eine glatte Stirn
5 Deutet auf Unempfindlichkeit hin. Der Lachende
Hat die furchtbare Nachricht
Nur noch nicht empfangen.

Was sind das für Zeiten, wo
Ein Gespräch über Bäume fast ein Verbrechen ist
10 Weil es ein Schweigen über so viele Untaten einschließt!
Der dort ruhig über die Straße geht
Ist wohl nicht mehr erreichbar für seine Freunde
Die in Not sind?

Es ist wahr: ich verdiene noch meinen Unterhalt
15 Aber glaubt mir: das ist nur ein Zufall. Nichts
Von dem, was ich tue, berechtigt mich dazu, mich sattzuessen.
Zufällig bin ich verschont. (Wenn mein Glück aussetzt, bin ich
verloren.)

Man sagt mir: Iß und trink du! Sei froh, daß du hast!
Aber wie kann ich essen und trinken, wenn
20 Ich es dem Hungernden entreiße, was ich esse, und
Mein Glas Wasser einem Verdurstenden fehlt?
Und doch esse und trinke ich.

Ich wäre gerne auch weise.
In den alten Büchern steht, was weise ist:
25 Sich aus dem Streit der Welt halten und die kurze Zeit
Ohne Furcht verbringen
Auch ohne Gewalt auskommen
Böses mit Gutem vergelten
Seine Wünsche nicht erfüllen, sondern vergessen
30 Gilt für weise.
Alles das kann ich nicht:
Wirklich, ich lebe in finsteren Zeiten!

II
In die Städte kam ich zur Zeit der Unordnung
Als da Hunger herrschte.
35 Unter die Menschen kam ich zu der Zeit des Aufruhrs
Und ich empörte mich mit ihnen.
So verging meine Zeit
Die auf Erden mir gegeben war.

Mein Essen aß ich zwischen den Schlachten
40 Schlafen legte ich mich unter die Mörder
Der Liebe pflegte ich achtlos
Und die Natur sah ich ohne Geduld.
So verging meine Zeit
Die auf Erden mir gegeben war.

45 Die Straßen führten in den Sumpf zu meiner Zeit.
Die Sprache verriet mich dem Schlächter.
Ich vermochte nur wenig. Aber die Herrschenden
Saßen ohne mich sicherer, das hoffte ich.
So verging meine Zeit
50 Die auf Erden mir gegeben war.

Die Kräfte waren gering. Das Ziel
Lag in großer Ferne
Es war deutlich sichtbar, wenn auch für mich
Kaum zu erreichen.
55 So verging meine Zeit
Die auf Erden mir gegeben war.

III

Ihr, die ihr auftauchen werdet aus der Flut
In der wir untergegangen sind
Gedenkt
60 Wenn ihr von unseren Schwächen sprecht
Auch der finsteren Zeit
Der ihr entronnen seid.
Gingen wir doch, öfter als die Schuhe die Länder wechselnd
Durch die Kriege der Klassen, verzweifelt
65 Wenn da nur Unrecht war und keine Empörung.

Dabei wissen wir doch:
Auch der Haß gegen die Niedrigkeit
Verzerrt die Züge.
Auch der Zorn über das Unrecht
70 Macht die Stimme heiser. Ach, wir
Die wir den Boden bereiten wollten für Freundlichkeit
Konnten selber nicht freundlich sein.

Ihr aber, wenn es so weit sein wird
Daß der Mensch dem Menschen ein Helfer ist
75 Gedenkt unsrer
Mit Nachsicht.

1940

MARTIN SIMON

Der Befehl

Schicksalumrauscht ist er da.
Aus Dunklem
stößt er auf dich zu.
Unabdingbar ist er. Sein Wort
legt die Entscheidung
in deine Hand.
Auszuweichen vor ihm
ist Verrat.
Du fühlst,
schwerer als alle Schwere der Welt,
sein Gewicht.
Du bist
vor ihm ganz allein.

Aber es leuchtet aus ihm
das Angesicht deines Volkes,
es schlägt dir entgegen jetzt
das Herz deines Landes.
Und Er, der ihn gab,
schattet groß vor dir auf.

Ihn liebst du mehr als dich selbst.

Darum gehorchst du.
Nun ist sein Wort
wie Gottes Wort:
stark, rein, voll Gewalt,
die dich trägt –
und steht
über Leben und Tod.

JOSEF WEINHEBER

Wiegenlied

Himmelauen,
Wolkenfluh:

5   Schließ die blauen
Sternchen zu!

Deine loben
Gott so sehr,
brauchst die oben
10   gar nicht mehr.

Hast die Sonne
und den Mond,
süße Wonne,
elfenblond!

15   Aller Gaben
reich bestellt,
sollst du haben
einst die Welt.

Rosen sollen
20   viel und schön
dir im vollen
Garten stehn.

Kleines Leben,
Wang und Mund:
25   Mit ihm eben
schon im Bund,

blüht's im zarten
Angesicht –
Solchen Garten
30   gibt es nicht.

GEORG BRITTING

Sie werden nicht einsamer sein

Am Abend,
Wenn die Sonne sinkt hinter der Stadt,
Und ein Wind aufsteht aus der Tiefe,
5   Geh zu dem Wirte, der hat
Weißen Wein.
Und ist der weiß wie Totengebein,

10 Trink ihn und denke
Der Freunde, die dir
Hinweg gingen, die herzlichen.
Hab drum keine Not!
Sie werden nicht einsamer sein
Als du hier allein
15 In der Schenke
Beim Wein und dem schwärzlichen Brot.

ILSE REICKE*

Nach einem Beethovenabend
Elly Ney

Appassionata stieg empor und ist verrauscht.
5 C-Moll verklang, – wie ward es still im Saal.
Ergriffenheit wird Dank, und Schweigen lauscht
Dem Ewigen. – Da perlt ein Silberstrahl
Von zarten klaren Tönen hoch ins Licht
Und fällt zurück in süßen Echolaut
10 Und steigt aufs neu, – und flimmernd bricht,
Ach, Mozarts Lieblichkeit, demantbetaut
Wie Regenbogenfunkeln übers Land
Der Seelen, das versengt in Gluten stand.

Der Türkenmarsch von Schubert jauchzt und springt
15 Und wirbelt wilde, tolle Buntheit her, –
Der Priesterin beschattet Antlitz sinkt,
Ihr Lächeln dankt, – Ihr fordert noch ein Mehr?
Der Ausklang – „Guten Abend, gute Nacht" –
Nur noch ein Hauch, nur noch ein Duft von Mohn –
20 Umgrautes Haupt, von allem Weh der Welt bewacht,
Vergänglichkeit nickt tief von Ton zu Ton, –
Die Menschheit schläft, zur ewgen Ruh bedeckt –
Ein letzter Hauch verhallt – –
„. . . wieder geweckt"!

GEORG BRITTING

Ein Weihnachtslied

Soll ich weihnachtliche Lieder singen,
Wie ichs als Knabe getan?
Es will nicht gelingen,
Ich kann nicht mehr singen –
Was fange ich an?

Jetzt bin ich ein Mann!
Freunde, stoßt an!
Auch das gibt einen erschütternden Ton.
Von Gott kommt der Wein
Uns zu laben.
Wir trinken uns selig davon,
In den Himmel hinein,
Und wenn wir auch schwerer zu tragen haben,
Wir kommen viel später nicht an
Als die singenden Knaben.

1941

GEORG BRITTING

Der alte Pfad

Das ist mein alter Kinderpfad,
Oft bin ich ihn gegangen.
Die Sonnenblume dreht ihr Rad
Zwischen den Bohnenstangen.

Das Wasser liegt im schwarzen Faß,
Von grünem Schlamm bedeckt.
Die Natter züngelt, ohne Haß,
Und hat mich doch erschreckt
Als Kind.

Vorm Wirtshaus, an der Eisenstang,
Da hängt das weiße Lamm,
Vom roten Rost zernagt.

15   War unter dem Gesind
     Die junge Magd,
     Und oft in meinem Arm
     Im Traum.

     Blas ab vom Krug den schönen Schaum!
20   Da fliegt er hin im Wind!
     Und seinen Schatten gibt der Baum
     Dem Trinker wie dem Kind.

WOLF VON NIEBELSCHÜTZ

Aus: Die schlichten Dinge
                Lieder eines Soldaten

          Die Ihr dies lest

5   Da ich ein andermal sang,
     Durft ich dem Erbe mißtrauen –
     War wohl ein halber Harfner und kein Soldat.

     Da mich der Krieg umschlang,
     Durft ich auf Harfen nicht bauen –
10   War wohl ein halber Soldat und fand nicht Rat.

     Da nun die Harfe klang,
     Wollte die Seele mir tauen –
     Kam ja nach Haus als Soldat auf blankem Pfad.

     Da ich zurückkam den Gang
15   Hier zu dem Rauhen, Genauen,
     War ich erst ganz, was ich sollt, war ganz Soldat.

     Da aber alles noch sang,
     Durft ich der Harfe auch trauen,
     War ich erst ganz, was ich wollt und nie vertat.

20   Töne nun, Harfe, ohn Zwang,
     Heimlich wie Morgengrauen –
     Denn was wir singen, ist leicht und still wie Saat.

     Jeder versteht den Klang,
     Ein ist wie alle Frauen –
25   Liebte, gebar ihm ein Kind, er war Soldat.

Wenn es mir dennoch mißlang,
Schlicht in die Dinge zu schauen –
Mein ist das Leben, das lebt und hier Euch naht.

BODO SCHÜTT

Aus: Bilder des Krieges

Kompanieführer

Sein Leben – nicht das kleine,
um das die Liebe bangt,
schon lang nicht mehr das seine,
vom Schicksal abverlangt

zu einem größern Dinge
als je das Herz begann –
brennt wie ein Licht im Ringe
von hundertsiebzig Mann

Und lodert auf im Sturme
vor der bedrängten Schar
gleich einem Feuerturme
und überglüht Gefahr

und Tod mit seinem Willen
in jedes Herz hinein,
den Auftrag zu erfüllen
und nichts als Tat zu sein.

JOSEF WEINHEBER

Satzzeichen

Der Punkt

Der Satz steigt auf und fällt
wie alles in der Welt.
Dort, wo es enden muß,
sei unerbittlich Schluß!

Es *darf* nicht weitergehn.
Gedanken und Geschehn,
10   hat alles seine Frist.
Der Punkt beschließt, was ist.

Er schwankt nicht, er beharrt;
hat wohl vom Tod die Art.
Am Endlichen erweist
15   sich sein gestrenger Geist.

Vom Sonnenrad her trifft
es pfeilend in die Schrift:
Geringste – ja, erkenns! –
Planetenexistenz.

20   Nur einsam ist er echt.
Steht er zu zweien, schwächt
er seine Eigenkraft,
zu drein ist er erschlafft –

Gedanken und Geschehn
25   die Grenz' hinübergehn
und wandern weiter, weit
in die Unendlichkeit . . .

Der Beistrich

Er hat vom Leben hart und zart
30   die mannigfaltig reiche Art.
Nie, mag die Welt zu Rande gehn,
wird er an Satzes Ende stehn.

Dem Atem ist er recht ein Freund,
hier trennt er, wie er dort vereint,
35   er hält die Dinge kunterbunt
schön aufgefädelt ohne „und":

Baum, Erde, Wolke, Himmel, Stern –
und wie er's treibt, so liest man's gern.
Er hilft dem Satz, er hilft dem Wort,
40   begreift! Er ist ein *Ordnungshort*.

Nicht duldet er, daß, leicht verwischt,
sich Nebensatz und Hauptsatz mischt,
er ur-teilt, und er ist gerecht,
er richtet, oder es geht schlecht.

45 Nicht „und" nicht „oder" doch – ihn schreckt
bloß ein gemeinsames Subjekt
und stellt ihm Fallen, bis er fällt.
Sonst siegt er, oder stirbt als Held.

Im Nu ist beiderseits flankiert
50 von ihm, was angeredet wird.
Du glaubst nicht, Freund, wie er dabei
drauf hält, daß Abstand Abstand sei.

Hier strichelt er sich, härchenfein,
kaum spürst du's, in den Satz hinein,
55 dort fährt er wuchtig, helmbewehrt,
dem Vers durchs Leben wie ein Schwert.

Warum er nur der Bei-strich heißt?
Er birgt so viel vom reinen Geist,
daß ihm nicht nottut, beizuleben.
60 Wer *Stil* hat, wird ihm Ehre geben.

Der Strichpunkt

Er, der nicht Punkt ist und nicht Strich,
beides ist er sicherlich.
Ein Wesen, nicht recht Fleisch, recht Fisch,
65 aus Unentschlusse schöpferisch.

Schwieriger Sinn, dem keiner rät:
Wie ein Mann, der zwischen zwei Frauen steht,
wie ein Weib, das zwischen zwei Männern schwankt,
bei doppeltem Schenken unbedankt.

70 Der Starke nämlich braucht ihn nicht,
der, stürmend hin, ohne Pause ficht;
der Schwäche wieder wagt ihn kaum,
hilft mit dem Beistrich sich aus dem Traum.

Das macht, er ist nicht absolut;
75 daher für die Zweifler und Zauderer gut.
Die ihn benützen, ohne Lohn,
stehn freilich nah an der Sprache Thron.

Sind Edle, Höfische zumal,
mit hoher Stirn und Knien schmal.
80 Wie *er*, so gehen sie tief zerspellt
durch diese klare, strikte Welt –

bestellt, auf daß zu sagen geling'
das Ja-und-Nein in jeglichem Ding.
So laßt uns rasten und Atem ziehn –
85   Strichpunkt; der Satz ist wohlgediehn.

HERBERT SAILER

Mitten in der Nacht

Das Haus ist leer,
das Bett verwaist,
5   verwaist sind Tisch und Bank.
Die Blumen, die im Fenster stehn,
sind alle blind und krank.

Das Haus ist stumm.
Die Nacht geht um.
10   So schwer war nie ihr Gang.
Es ist ein armer, bittrer Trost,
daß mir dies Wort gelang.

1942

GEORG BRITTING

Das Krähenhaus
Für Frau Ingeborg Weber

Wo an den Bäumen die Äpfel saßen,
5   Sitzen nun Krähen: bittere Frucht!
Und wenn die nördlichen Winde blasen
Hat der Fasan uns wohl auch besucht,
Würdevoll schreitend in adliger Zucht.

Streuen wir Futter hin vor die Schwelle,
10   Stürzen die Krähen rauschend vom Ast
Wie eine schwarze und böse Welle,
Kommen die Spatzen in Hungerschnelle,
Wird der Fasan selbst ein eiliger Gast.

Wer kann wie Krähen so gierig fressen,
Listige Räuber, neidisch geborn?
Kriegerisch sind sie und schrein besessen,
Wagt sich ein Kleinerer an ein Korn.
Nur der Fasan fürchtet nicht ihren Zorn.

Einmal ein Ende hat jedes Fest.
Schon wirft die Sonne Glut übers Dach.
Suchen die Krähen ihr Schlafgeäst –
Leer ist die Tafel vom letzten Rest –
Sieht der Fasan ihnen hochmütig nach.

Rings auf den Feldern, da liegen Brocken
Giftigen Fleisches, hämisch gemeint.
Die auf den Bäumen und träumend hocken,
Mag solch unflätiges Zeug verlocken,
Doch der Fasan ist dem Aasigen Feind.

Nicht anzuraten ist jeder Schmaus
Denen, die träumen. Schwer ist der Tod.
Müd sinkt die Sonne, der Schnee wird rot.
Einsame Winde, was soll der Braus?
Nur der Fasan geht noch langsam ums Haus.

JOSEF WEINHEBER

Der Reigen

Meine Dinge sind fromm.
Willst du wissen, dann geh!
Willst du schauen, dann komm!
Hier ist Falter und Reh.

Hier ist Blume und Stern.
Willst du gut sein, besteh!
Meine Dinge sind fern.
Was da ist, ist von je.

Laß nur fallen, und gern
bist du schwebend gebannt.
Willst du haben, dann lern:
Hier ist heiliges Land.

DER REIGEN 7 *Vgl. Clemens Brentano ‚Ausgang' im 8. Band dieser Sammlung, S. 78f.*

15 Aber tief, aber ganz
steh der Dornbusch in Brand!
Welch ein Schmelz! Welcher Glanz,
aus dem Leiden erkannt!

Was verging, kann nicht fort
20 von dem magischen Tanz.
Denn das Wort ist ein Hort,
und den Tod überwands.

Aber frag nicht zu viel!
Wolkenhaft ist das Wort.
25 Hier ist Ursprung und Ziel.
Hier ist heiliger Ort,

hier ist Boden und Baum.
Willst du schauen, dann komm!
Aber rühr nicht am Traum!
30 Meine Dinge sind fromm.

KARL KROLOW

Für mein Kind

Regst du dich im Blut der liebsten Frau,
Manches ist dir schon bereitet hier.
5 Wenn ich nächtens dich in Träumen schau,
Weiß ich nahe dich und viel von dir,

Hör ich deinen ersten knappen Schrei,
Den die bange Stille endlich trug.
Daß ich nicht ans Nichts verraten sei,
10 Spür ich deinen ersten Atemzug.

Daß mein Leben noch ein kleines währt,
Rede ich mit dir zur Nacht, mein Kind,
Wenn die leise Kerze sich verzehrt
Und die Sterne hoch und einsam sind.

Daß du zu mir kommst und bei mir bleibst,
Wimpernernst, in zartem Gliederspiel,
Und mit Baum und Tier dein Wesen treibst:
Bitte ich, mein Kind, für mich zu viel?

20
Wünscht ich dich nicht heimlich immer so?
Wußt ich nicht von dir seit Anbeginn? –
Sieh, dein kleines Leben macht mich froh
Und ich gebe meines willig hin.

1943

GOTTFRIED BENN

Interieur
(Haingott mit Buddhazügen, 17. Jahrhundert)

5
Gangesgott
unter der Pendeluhr –:
welcher Spott
in deine Lotosflur!

Schläge, Zeiten,
Stunden und Stundensinn
10
vor Ewigkeiten,
Rätsel und Unbeginn!

Zielen, Zeigen,
Rufen für wann und wen,
wo dort im Schweigen
15
die alten Tiefen stehn,

die lächeln allen,
und alles ist sich nah –
die Zeiger fallen
und nur der Gott ist da.

HERBERT STRUTZ

Gnade der Heimat

Ich liebe dich im Glanz der Wolkenzüge,
in jedem Baum, die Rinde rauh gekerbt.
5
Mir ist, als ob ich deine Äcker trüge
und deine Wälder, herbstlich rot gefärbt.

Ich spüre dich im Harz, im schweren Weine
des Holzes, und im Honig, sommerlang.
Der goldne Mond verzaubert deine Steine
und weckt mich auf zu dunklem Lobgesang.

Auf deinen Bergen weidet meine Seele.
Die Kammer meines Herzens füllt dein Korn.
Und daß ich stets mich wieder dir vermähle,
lockt mich zu dir der Kindheit Fabelhorn.

Ich träume dich selbst noch am fremden Herde,
dir glühend zugetan seit Anbeginn,
und werde Erde sein von deiner Erde,
wenn manche glauben, daß ich nicht mehr bin.

HERBERT SAILER

Lied im Oktober

Über den herbstlichen Strom
strichen die Enten im Fluge.
Aus der silbernen Flut
sprangen die Fische ins Licht.

Immer noch hör ich das Lied,
Das du im Dämmern gesungen,
das von der Brunn-Nachtigall.
Traurig tönt es im Ohr.

Dunkel, mit glockigem Ton
läutet die Unke im Rohre,
und der rötliche Mond
steigt aus den Wiesen empor.

ODA SCHAEFER*

Wildes Geißblatt

Geißblatt mit den weißen Fingern,
Welche nach dem Monde greifen,
Nach dem Saum der Wiesen tasten,
Wo die Nebelschleier schleifen –

Unruhvolle Seele, klagend
Windest du dich in den Ranken,
Willst ersterben in der Blätter
10   Losem Hin- und Widerschwanken.

Und du irrst im Spiel der Sterne,
Die im dunklen Wasserloche
Zittern und alsbald vergehen,
Wenn der Wind sich rühret ferne.

15   Nur dein Duft ruht still im Grase.
Süße blüht aus bitterm Kerne.

1944

Johannes Bobrowski*

Pleskau

Den Berg hinunterblicken und lang noch stehn
am Morgen auf verfallener Mauer. Da
5   liegt weit das Land, ins Leichentuch der
Nebel verhüllt, unter feuchtem Himmel.

Der Fluß führt stumm das Herz dir und traurig fort.
Halt's fest! es käm' dich anders ein Schauer an –
so kalt wie jene Straßen Trümmer
10   bleichender Kirchen mit Drohwort säumen.

Der Berg trägt widerwillig und müde nur
Die mächt'ge Krone, die sich zur Höhe zwingt,
daß endlich sich die Kuppel ründe
über der Türme verlor'ner Mühe.

Pleskau *Signiert:* Hannes Bobrowski.

ALBRECHT GOES

Aus: Die Begegnung

Die Bitte

Wenn du Gott bitten kannst, so bitte ihn.
Sag ihm, daß er nicht enden lassen kann,
Was eben erst wie Morgenlicht begann
Ein goldenes Gewölk emporzuziehn,

Den schönen Tag verkündend. Ach, es schien,
Als fingen jetzt erst wir zu leben an,
Da eines sich im anderen gewann,
Da beiden neu der Liebe Kraft verliehn:

O Gruß der Augen und der Lippen Gruß,
Der Hände Zärtlichkeit, des Herzschlags Beben,
Die letzte Lust, die kein Gedanke mißt –

Sag ihm: du wüßtest wohl, daß er nicht muß.
Nur bitten wolltst du ihn, wie um dein Leben,
Um diese Liebe, die das Leben ist.

HANS ERICH NOSSACK

Die Botschaft

Endlich, als ich den fremden Stern betrat
Und die dort lebten, mich zu dulden bat,
Da kamen sie so freudig auf mich zu,
Und nichts war fremd und anders, was geschah.
Sie waren ganz genau wie ich und du,
Und auch ein Hund war da.

Sie grüßten mit erwartungsvollem Blick,
Und alles fragte: ‚Fandet ihr das Glück?
Wir haben schon so viel davon vernommen.'
Und baten mich mit kindlicher Gebärde:
‚Erzähl uns doch, wie es zu euch gekommen!
Erzähl uns von der Erde!'

Da fielen mir die Tränen auf die Hand,
Sie fielen unaufhaltsam in den Sand.

Und um mich Flüchtling standen alle Wesen,
Die meinten, ich ging von der Erde fort
Und kam zu ihnen, um sie zu erlösen,
20 Und hofften auf ein Wort.

Und mir zunächst der Hund. Komm her! Komm her!
Denn nur aus Heimweh weinte ich so sehr.
Ich bin nicht hier, die Erde anzuklagen.
Als Boten sandte sie mich aus an dich.
25 Sie ist noch jung, das sollte ich dir sagen,
So jung wie du und ich.

HELENE SCHILLING

Laß das Leise werden

Laß das Leise werden,
schweig im Lampenlicht.
5 Bist du nicht auf Erden
wie ein fremd Gesicht?

Weißt du denn, wer neben
deiner Türe wohnt,
und warum das Leben
10 tötet und verschont?

Weißt du denn, was innen
sinnt und träumt und fragt,
warum Tränen rinnen
wenn der Brunnen klagt;

15 warum Schmerzen steigen
bei der Kinder Sang,
bei dem Lied von Geigen
und beim Glockenklang?

Hüte keusch das Leise
20 mehr als jedes Wort. –
Du bist auf der Reise
aus dem Hier zum Dort.

Wo wird sie einst enden?
Frag nicht nach dem Ziel –
25 sei nur Gottes Händen
Saitenspiel.

LASS DAS LEISE WERDEN *Vgl. hierzu* Wir müssen uns ändern *(S. 350).*

GEORG BRITTING

Aus: Aus einem Totentanz

Der Tod an den Dichter

Du spielst mit mir, machst Reime und Gedichte,
Gar zierlich redest du von Blut und Schwären,
Vom Hirschkalb unterm Prankenhieb des Bären,
Und von dem Henker auf dem Schandgerichte.

Als wärens Perlen, spielst du mit den Zähren
Der Trauernden mit lächelndem Gesichte,
Die Silben setzend streng nach dem Gewichte.
Mach nur so zu! Ich lasse dich gewähren

Für eine Zeit, du armer Strophenheld!
Du magst mich so und immer anders schildern –
Verfertiger von Liedern: singe, singe!

Nur werde mir nicht blaß, wenns mir gefällt,
Daß ich urplötzlich dann aus deinen Bildern
Leibhaftig dir und nackt entgegenspringe!

MARGARETE SCHMIDT*

1944

Wir wissen wenig, – wissen nur: Es droht –
Und leben hastig wie am letzten Tage,
Und saugen Lust aus jedes Alltags Plage. –
Wir wissen auch um unser täglich Brot,

Denn hinter jedem Bissen steht die Not.
Und hinter jedem Tun starrt eine Frage;
Durch jede Freude zittert schon die Klage,
Und über jedem Schlafe wacht der Tod.

Wir lieben schmerzhaft tief den engen Kreis,
Der uns noch bleibt und unser armes Leben.
– – – – – – – – – – – – – – – –

Doch manchmal wagen wir, uns zu erheben;

Wir lösen uns aus Last und Pflicht und Fleiß
Und stehen still und suchen zu begreifen – –
Und fühlen dumpf der Zeiten Schicksal reifen.

BERTOLT BRECHT

Die deutsche Heerschau

Als wir im fünften Jahre hörten, jener,
Der von sich sagt, Gott habe ihn gesandt,
5   Sei jetzt fertig zu seinem Krieg, geschmiedet
Sei Tank, Geschütz und Schlachtschiff, und es stünden
In seinen Hangars Flugzeuge von solcher Anzahl,
Daß sie, erhebend sich auf seinen Wink,
Den Himmel verdunkeln würden, da beschlossen wir,
10 Uns umzusehn, was für ein Volk, bestehend aus was für Menschen,
In welchem Zustand, mit was für Gedanken,
Er unter seine Fahne rufen wird. Wir hielten Heerschau.

Dort kommen sie herunter:
Ein bleicher, kunterbunter
15   Haufe. Und hoch voran
Ein Kreuz auf blutroten Flaggen,
Das hat einen großen Haken
Für den armen Mann.

Und die, die nicht marschieren,
20   Kriechen auf allen vieren
In seinen großen Krieg.
Man hört nicht Stöhnen noch Klagen,
Man hört nicht Murren noch Fragen
Vor lauter Militärmusik.

25   Sie kommen mit Weibern und Kindern,
Entronnen aus fünf Wintern,
Sie sehen nicht fünfe mehr.
Sie schleppen die Kranken und Alten
Und lassen uns Heerschau halten
30   Über sein ganzes Heer.

HERMANN HESSE

Dem Frieden entgegen
Ostern 1945
(Für die Waffenstillstandsfeier des Radio Basel)

Aus Haßtraum und Blutrausch
Erwachend, blind noch und taub
Vom Blitz und tödlichen Lärm des Krieges,
Alles Grauenhaften gewohnt,
Lassen von ihren Waffen,
Von ihrem furchtbaren Tagwerk
Die ermüdeten Krieger.

„Friede!" tönt es
Wie aus Märchen, aus Kinderträumen her.
„Friede". Und kaum zu freuen
Wagt sich das Herz, ihm sind näher die Tränen.

Arme Menschen wir,
So des Guten wie Bösen fähig,
Tiere und Götter! Wie drückt das Weh,
Drückt die Scham uns heute zu Boden!

Aber wir hoffen. Und in der Brust
Lebt uns glühende Ahnung
Von den Wundern der Liebe.
Brüder! Uns steht zum Geiste,
Steht zur Liebe die Heimkehr
Und zu allen verlornen
Paradiesen die Pforte offen.

Wollet! Hoffet! Liebet!
Und die Erde gehört euch wieder.

WERNER BERGENGRUEN

Aus: Dies Irae. Eine Dichtung

I

Die Lüge

Wo ist das Volk, das dies schadlos an seiner Seele ertrüge?
Jahre und Jahre war unsre tägliche Nahrung die Lüge.

Festlich hoben sie an, bekränzten Maschinen und Pflüge,
sprachen von Freiheit und Brot, und alles, alles war Lüge.
Borgten von heldischer Vorzeit aufrauschende Adlerflüge,
rühmten in Vätern sich selbst, und alles, alles war Lüge.
10   Durch die Straßen marschierten die endlosen Fahnenzüge,
Glocken dröhnten dazu, und alles, alles war Lüge.
Nicht nach totem Gesetz bemaßen sie Lobspruch und Rüge,
Leben riefen sie an, und alles, alles war Lüge.
Dürres sollte erblühn! Sie wußten sich keine Genüge
15   in der Verheißung des Heils, und alles, alles war Lüge.
Noch das Blut an den Händen, umflorten sie Aschenkrüge,
sangen der Toten Ruhm, und alles, alles war Lüge.
Lüge atmeten wir. Bis ins innerste Herzgefüge
sickerte, Tropfen für Tropfen, der giftige Nebel der Lüge.
20   Und wir schrieen zur Hölle, gewürgt, erstickt von der Lüge,
daß im Strahl der Vernichtung die Wahrheit herniederschlüge.

XIII

Wer will die Reinen von den Schuldigen scheiden?

Wer will die Reinen von den Schuldigen scheiden?
Und welcher Reine hat sich nicht befleckt?
Es wird die Sichel Kraut und Unkraut schneiden,
5   wenn sie des Erntetages Spruch vollstreckt.

In jedem Torweg steht geheim ein Rächer.
Uns allen ist der Bittertrunk gemein.
Schlagt mich ans Kreuz! Es soll der Schächer
mit Ihm im Paradiese sein.

REINHOLD SCHNEIDER

Aus: Am Abend der Geschichte

Kein Wort erreicht Dich aus der Dichter Munde,
Ach, ihrer keiner glaubte ans Gericht,
5   Kein Bild der Welt und Zeit, des Menschen nicht
Ward Dir zum Erbe für die schwerste Stunde.

Der Erde Heil und unheilbare Wunde
Ward nie Dir rettend sichtbar im Gedicht;
Da Haus und Herrschaft über Dir zerbricht,
10 Stehst Du betrogen von vermessner Kunde.

Der Du ein Lästrer bist im Priesterkleide
Und Gottes Welt nicht willst, Dich frevlen Mutes
Des Worts erkühnend, das der Schöpfer sprach:

Die Wahrheit überleuchte Dich im Leide,
15 Und Trümmern höchsten, schlecht verwahrten Gutes,
Sinkt das Gebild der Dichter haltlos nach.

1946

HORST LOMMER

Der Spuk ist aus
Mai 1945

Heraus, heraus aus Bunkern und Kasernen!
5 Zerbrecht die Ketten, werft die Waffen fort!
Und laßt uns schwören bei den ew'gen Sternen:
Nie wieder Krieg! Nie wieder Massenmord!

Heraus, heraus aus Kellern und aus Schächten!
Zum Licht empor, das in die Zukunft weist:
10 Nie wieder soll das Hakenkreuz uns knechten!
Nie wieder der verfluchte Preußengeist!

Sie rasten durch die Welt wie wilde Tiere
und boten grinsend Deutschlands Ehre feil:
Die blutbefleckten Hitleroffiziere,
15 die Bonzen mit dem fahlen Henkerbeil!

Ihr, die ihr heimkehrt aus dem großen Morden,
seht euch nur um in Hitlers Drittem Reich:
Ganz Deutschland ist ein Haufen Dreck geworden,
entstellt von Wunden und von Sorgen bleich.

20 Ihr Frontsoldaten, wo sind eure Lieben?
Tot! – Weil es Bunker nur für Bonzen gab!
Ihr Frauen, wo sind eure Männer blieben?
Der Führer führte sie ins Massengrab!

25 Vergeßt sie nicht, die Hitlerkreaturen,
die Herrn aus Wehrmacht, Wirtschaft, Staat, Partei,
die bis zuletzt in dicken Wagen fuhren
an Hunger, Elend, Not und Tod vorbei.

Vergeßt sie nicht, des Führers Lieblingsgäste
aus Wissenschaft, aus Kunst- und Filmbetrieb,
30 den Amtsarzt nicht, der euch zur Rüstung preßte,
den Zeitungsschmierer, der für Hitler schrieb!

Sie saßen fett an vollen Beutetischen
mit ihren Weibern aus der Frauenschaft.
Laßt diese Hitlerhuren nicht entwischen!
35 Ihr schwüler Glaube gab dem Bluthund Kraft.

Den deutschen Namen haben sie geschändet,
die halbe Welt zerstört mit Brand und Mord,
verführt die Jugend und das Volk verblendet,
in Kot erstickt das freie deutsche Wort.

40 Wir Deutschen haben vieles gutzumachen:
Aus unsrer Mitte kam die Nazipest.
Die Stunde schlägt! Jetzt gilt es aufzuwachen!
Und wehe dem, der sie verrinnen läßt!

Nicht jene, die das Ritterkreuz erworben
45 aus Hitlers Hand im wüsten Nazistreit, –
die für die Freiheit im KZ gestorben,
das sind die wahren Helden unsrer Zeit.

Wir grüßen sie in Ehrfurcht und geloben,
an unser Werk zu gehn zu ihrem Ruhm,
50 und schwören bei den ew'gen Sternen droben:
Nie wieder Krieg! Nie wieder Nazitum!

ERICH WEINERT

Genau so hat es damals angefangen!

Kaum war das tausendjährige Reich kaputt,
da krochen sie behend, die Hakenrune
rasch aus dem Knopfloch polkend, aus dem Schutt
und machten, etwas vorschnell, auf Kommune.

Mit vollen Hosen standen sie parat,
mit jeder Sorte Plebs sich zu verbrüdern
und drängelten sich vor, dem neuen Staat
sich anzubieten oder anzubiedern.

Auf einmal gabs in Deutschland nichts als Opfer,
bereit zum Eintritt in die Heilsarmee
und schon erschienen auch die Schulterklopfer
und tremolierten ihr absolvo te!

Wer konnte wohl auf so viel Nachsicht hoffen!
Sie stiegen wieder ins Geschäft mit ein,
denn alle Hintertüren standen offen,
und jeder hatte den Entlausungsschein.

Sieg-Heil! Der erste Chok ist überwunden.
Die Amnestie begießt man auf Banketts.
Und man entschädigt sich für Schrecksekunden
und sucht und findet Löcher im Gesetz.

Schon gehn die meisten wieder durch die Maschen.
Wie lange noch? Dann steht der Schießverein.
Denn statt das Land von Nazis reinzuwaschen,
wäscht man die ganzen Nazis wieder rein.

Das darf sich heut' schon wieder frech vermessen
und sein Bedauern fassen ins Gebet,
daß viel zu wenig im KZ gesessen
und daß es nicht noch mal nach Moskau geht.

Das darf heut immer noch Soldaten spielen,
wohin kein unberufnes Auge guckt,
und lernt auf unbequeme Köpfe zielen,
bereit zum Einsatz, wenn die Straße muckt.

Das läßt schon wieder Meuchelmörder frei,
nach denen sie jahrzehntelang gefahndet,

als ob inzwischen nichts geschehen sei.
Doch Fahnenflucht wird immer noch geahndet.

Das macht, im Schatten der Vergeßlichkeit,
40   in seiner Klaue noch den Stil von gestern,
schon wieder sich in Leitartikeln breit,
und darf, was heut sich redlich müht, verlästern.

Das darf sich wieder vor Kathedern flegeln
und wird nicht gleich mit Prügeln relegiert.
45   Das spielt sich wieder auf nach Standesregeln,
statt Schutt zu karren, wie es ihm gebührt.

Ja, haben dafür unsere kühnsten Herzen
gekämpft, gelitten und ihr Blut verströmt,
daß, die wir einst geschworen, auszumerzen,
50   heut nicht einmal mehr öffentlich verfehmt?

Genau so hat es damals angefangen!
Und wo es aufgehört, ist euch bekannt.
Verschlaft ihr noch einmal, die zu belangen,
dann reicht bestimmt kein Volk uns mehr die Hand.

Hans Carossa

Der volle Preis
(Mai 1945)

Von Erinnyen eingeschüchtert
5   Haben wir uns viel versagt
Und, ins Blut hinein ernüchtert,
Keine Feier mehr gewagt.

Sacht entglitt uns, was wir hatten.
Wir verarmten voll Geduld,
10   Und auf allem lag der Schatten
Einer unsühnbaren Schuld.

Schwung der Seele war verboten,
In die Gräber sank das Glück.
Keiner unsrer lieben Toten
15   Sehnte sich zu uns zurück.

Doch ihr sagt, hinweggehoben
Werde nun der böse Bann.

Jeden wollt ihr hochbeloben,
Der sich wieder freuen kann.

20 Wohl, wir sehns: die Kinder spielen
Arglos, wie sie je gespielt,
Auf dem Schutte unsrer Dielen
Blühen Blumen bunt und wild.

Heil der Mitwelt! Leicht gesundet
25 Sie von ihrem trüben Traum.
Über allem Leben rundet
Sich der neue leere Raum.

O schon dürfen Millionen
Tun, als wäre nichts geschehn.
30 Soll nur ich am Abgrund wohnen,
Wo die Höllen fortbestehn?

Oder ziemts mir, auszuweichen
Eignem Dunkel, eigner Last?
Ich will doch den Ring erreichen,
35 Der mich neu zusammenfaßt.

Seht, ich darf ja keinem fluchen,
Auch dem Weltzerstörer nicht.
Urnachtwege muß ich suchen
Und ein einsam Selbstgericht.

40 Freuet euch der Frühlingsfahrten
In die Freiheit, die ihr meint!
Ich muß auf den Winter warten,
Wo die strengere Form erscheint,

Muß den vollen Preis bezahlen,
45 Den das heilige Sein begehrt,
Muß es fühlen, wie in Strahlen
Stündlich sich das All verzehrt.

GÜNTER EICH

Pfannkuchenrezept

Die Trockenmilch der Firma Harrison Brothers, Chikago,
das Eipulver von Walkers, Merrymaker & Co., Kingstown,
                                                    Alabama,

5 das von der deutschen Campführung nicht unterschlagene Mehl
und die Zuckerration von drei Tagen
ergeben, gemischt mit dem gut gechlorten Wasser des Altvaters
Rhein,
einen schönen Pfannkuchenteig.
Man brate ihn in der Schmalzportion für acht Mann
10 auf dem Deckel einer Konservenbüchse und über dem Feuer
von lange gedörrtem Gras.

Wenn ihr ihn dann gemeinsam verzehrt,
jeder sein Achtel,
oh, dann spürt ihr, wenn er auf der Zunge zergeht,
15 in einer üppigen Sekunde das Glück der geborgenen Kindheit,
wo ihr in die Küche euch schlichet, ein Stück
Teig zu erbetteln in der Vorweihnachtszeit,
oder ein Stück Waffel, weil Besuch gekommen war am
Sonntagnachmittag,
spürt ihr in der schnell vergangenen Sekunde allen
20 Kuchenduft der Kinderjahre, habt noch einmal
fest gepackt den Schürzenzipfel der Mutter,
o Ofenwärme, Mutterwärme – bis ihr
wieder erwacht und die Hände leer sind
und ihr euch hungrig anseht und wieder
25 mürrisch zurückgeht ins Erdloch. Der Kuchen
war auch nicht richtig geteilt gewesen und immer
muß man aufpassen, daß man nicht zu kurz kommt.

KARL KROLOW

An den Frieden

Ich möchte dich in meiner hohlen Hand
Wie einen armen Vogel angstvoll bergen,
5 Indes Lemuren schweifen überm Land,
Im Kreise hocken auf den Häusersärgen

Und auf die leer geblieb'ne Erde spei'n
Geköpfte Disteln und die zähe Quecke.
Wie halt' ich dich, wenn rauh die Krähen schrei'n
10 Im Leichenwind auf schräger Unkrautstrecke?

Du tiefer Schwindel, Glück, das meiner Brust
So süß ist, daß ich hilflos steh und weine,

Von dem ich nur in Träumen noch gewußt:
Wie nenn' ich dich dem Grame, beim Gegreine

15 Der blinden Flederwische, höllenzu,
Dem Leichengräberzug, der rastlos karrt?
Die Tage sind voll Jammer: Schlucker, du,
Und Kaspar Hauser, den das Grauen narrt!

Wie er Gespött und unerkannt im Qualm
20 Der Straßenschluchten, die verloren sind,
Den Stätten wilder Hunde, wo der Halm
Der alten Gräser treibt als grüner Grind.

Du im Gelächter, wenn das Blut mir stockt,
Des Lebens Rest in gift'ger Luft zerfällt,
25 Die Ratte mich zum Markt der Toten lockt,
Zu feuchten Schädeln, die mich bleich umstellt,

Du über Schatten, die im Abgrund fliegen,
Darinnen wir die Glieder drehn und schrei'n,
Du Trost, du Engel, dem sich Kniee biegen
30 Im Knochenanger: setz' den *Menschen* ein!

KURT E. WOLFF

Petunie

Sehr fremd erhebt sie sich, und ihre Blüte
Verliert sich fast, wie sie sich zärtlich neigt,
5 Blüht sie aus einer scheuen, letzten Güte,

Die zögernd nur die schöne Süße zeigt,
Die doch ihr Leben ist und ihre Liebe;
Und alles ist sehr stumm an ihr und schweigt.

Vielleicht, wenn ich im Dunkeln bei ihr bliebe
10 Und früh am Morgen, wenn sie leis erwacht,
Zusähe, wie aus einem jungen Triebe

Sich eine neue Blüte auftut, sacht
Und sehr verhalten und danach empfände,
Daß dies ein Wunder war, vielleicht gemacht

15 Für mich, der ich mit müden, leeren Händen
Dasitze und verarmt und trauernd bin:
Vielleicht find ich in diesen Blütenständen

Ein Bild und einen sehr verborgnen Sinn,
Vielleicht... Doch fremd bleibt uns das Leid der Dinge
20 Wir waren schon verloren am Beginn

Und suchen nun vergeblich nach dem Ringe,
Der uns umschlösse, innig und ganz wahr. –
Wie ist die blaue Blüte so geringe

Und im Geringen rein und wunderbar.

Lager Concordia (USA)

ERICH KÄSTNER

Die Jugend hat das Wort

Ihr seid die Ält'ren.   Wir sind jünger.
Ihr steht am Weg' mit gutem Rat.
5 Mit scharfgespitztem Zeigefinger
weist ihr uns auf den neuen Pfad.

Ihr habt das wundervoll erledigt.
Vor einem Jahr schriet ihr noch „Heil!"
Man staunt, wenn ihr jetzt „Freiheit" predigt
10 wie kurz vorher das Gegenteil.

Wir sind die Jüng'ren.   Ihr seid älter.
Doch das sieht auch das kleinste Kind:
Ihr sprecht von Zukunft, meint Gehälter
und hängt die Bärte nach dem Wind!

15 Nun kommt ihr gar, euch zu beschweren,
daß ihr bei uns nichts Recht's erreicht?
O, schweigt mit euren guten Lehren!
Es heißt: Das Alter soll man ehren...
Das ist mitunter, das ist mitunter,
20 das ist mitunter gar nicht leicht.

Wir wuchsen auf in eurem Zwinger.
Wir wurden groß mit eurem Kult.
Ihr seid die Ält'ren.   Wir sind jünger.
Wer älter ist, hat länger schuld.

DIE JUGEND ... *Wurde 1946 im Münchener Kabarett „Schaubude" häufig von Petra Unkel
gesungen.*

25 Wir hatten falsche Ideale?
Das mag schon stimmen, bitte sehr.
Doch was ist nun?   Mit einem Male
besitzen wir selbst *die* nicht mehr!

Um unser Herz wird's kalt und kälter.
30 Wir sind so müd' und ohn' Entschluß.
Wir sind die Jüng'ren.   Ihr seid älter.
Ob man euch wirklich – lieben muß?

Ihr wollt erklären und bekehren.
Wir aber denken ungefähr:
35 ,Wenn wir doch nie geboren wären!'
Es heißt: Das Alter soll man ehren…
Das ist mitunter, das ist mitunter
das ist mitunter furchtbar schwer.

1947

ERICH KÄSTNER

Kleines Solo

Einsam bist du sehr alleine.
Aus der Wanduhr tropft die Zeit.
5 Stehst am Fenster.   Starrst auf Steine.
Träumst von Liebe.   Glaubst an keine:
Kennst das Leben.   Weißt Bescheid.
Einsam bist du sehr alleine –
Und am schlimmsten ist die Einsamkeit zu zweit.

10 Wünsche gehen auf die Freite.
Glück ist ein verhexter Ort.
Kommt dir nahe.   Weicht zur Seite.
Sucht vor Suchenden das Weite.
Ist nie hier.   Ist immer dort.
15 Stehst am Fenster.   Starrst auf Steine.
Sehnsucht krallt sich in dein Kleid.
Einsam bist du sehr alleine –
Und am schlimmsten ist die Einsamkeit zu zweit.

KLEINES SOLO *Aus dem Programm der ,,Schaubude'' München.*

Schenkst dich hin.　Mit Haut und Haaren.
20　Magst nicht bleiben, wer du bist.
Liebe treibt die Welt zu Paaren.
Wirst getrieben.　Mußt erfahren,
daß es nicht die Liebe ist...
Bist sogar im Kuß alleine.
25　Aus der Wanduhr tropft die Zeit.
Gehst ans Fenster.　Starrst auf Steine.
Brauchtest Liebe.　Findest keine.
Träumst vom Glück.　Und lebst im Leid.
Einsam bist du sehr alleine –
30　Und am schlimmsten ist die Einsamkeit zu zweit.

WALTER BAUER

Wenn wir erobern die Universitäten

Wenn es soweit ist, wenn die Zeit gekommen ist,
wenn wir erobern die Universitäten
5　mit ausgehungertem Geist und sehnsüchtigem Herzen –
aus der Tiefe der Schächte,
aus dem Geruch ewiger Mietshäuser,
aus dem Donnern der Maschinensäle!
Unser Geist ist frisch und ausgeruht wie Acker,
10　der nie berührt wurde vom Pflug –
unser Herz lag brach Jahrhunderte, gedüngt wie Felder
ist es mit Leid, Schmerz, ewigen Peitschenschlägen.
Aus der Masse steigen wir empor, aus der Schweigsamkeit,
unsre Herzen sind erleuchtet! erleuchtet
15　von unserm Licht!
Wenn wir erobern die Universitäten
und füllen die Hörsäle bis auf den letzten Platz
und begrüßen mit donnerndem Gruß den, der kommt,
uns von der Freiheit des Herzens zu sprechen.
20　Die erste Vorlesung gelte der Freiheit des Menschen!
Besteige nur, Kamerad Professor, das Pult, sprich zu uns,
wir werden dir Beifall nicht versagen!
Und es wird die Karte aufgehängt und jemand sagt:
hier ist die Welt!

25 Die Institute, die Laboratorien sind voll von uns,
unser Geist nimmt auf wie ausgehungertes Land den Regen.
Wir verwirren den Vortragenden durch unsere Fragen,
nur Geduld, die Antwort ist schon bereit,
liebende Herzen finden auf alles eine Antwort.
30 Wir werden hören von untergegangenen Völkern –
wir wissen:
die Kraft der Herzen, die die Erde baun, ist ewig, ewig!
Wir werden sehn, wie Häuser gebaut werden – wir wollen sie
baun!
Und wie Maschinen gebaut werden, damit der Mensch frei wird!
35 Wir werden Bilder malen für Volkshäuser und Museen
und in den Kliniken sehen, wie ein Mensch daliegt in der Narkose
mit offenem Leib – wir wollen ihn heilen, froh sei die Erde!
Wir werden Gesänge erfinden für die Masse
und Musik für die Feste und für die Einsamkeit eines Jeden!
40 Aussaugen werden wir die vollen Hände der Bibliothek,
unser Hunger wird groß sein, denn auch unser Leiden war
unermeßlich.
Wir werden spüren, wo der Geruch des Lebens
nicht mehr in den Büchern ist, die sollen weg!
Wir können nur noch das Leben gebrauchen,
45 das lebendige, duftende,
und gebrauchen fortan nur einen Motor der Wissenschaft:
die Erde groß und vollendet zu machen!
Wenn wir die Universitäten erobern,
wenn wir dasitzen mit groben Händen in Arbeitskitteln,
50 wenn wir erfüllen die Säle mit dem Geruch der Werke,
mit dem Geruch von Öl, Ammoniak, Gas und dem Geruch ewiger
Freiheit.
Oh, dieser erste Tag, wenn Antwort uns gegeben wird
auf Fragen, die Jahrhunderte in uns lagen,
wenn vor unserm Blick sich türmt
55 das unendliche Gebäude der Wissenschaft...
Mächtig rundet sich vor unserm Blick die Welt,
die freie Erde,
wenn wir erobern die Universitäten!

Hans Erich Nossack

Vorspruch und Frage

Wir müssen gehen wie am Rand der Welt
und ihres Spiegelbilds in andern Zeiten,
nicht träumend, sondern wach nach beiden Seiten,
einsamen Weg, wo keine Hand uns hält.

Wir müssen sehen Well und Gegenwelle
und stehen zwischen Wünschen und Verzichten;
dem Schaffen fern und abhold dem Vernichten,
Soldaten auf des großen Jahres Schwelle.

Uns sei das Glück einseitigen Wahns versagt,
und wägt die Waage, müssen wir nicht Schale,
doch Zeiger sein, dem Schwankenden zum Male,
was Gestern, Heut und Morgen überragt.

Bereit zu leben wie am Rand der Welt,
such ich und frage, was mich aufrecht hält.

Marie Luise Kaschnitz

Aus: Rückkehr nach Frankfurt

I

Sage, wie es begann.
Wie sah sie dich an
Aus ihren erloschenen Augen,
Die Stadt?
Und was sagte der Mund,
Dieser zerrissene Mund,
Erwachend, was sprach der Mund?
Und wie hörtest du's klingen.
Dir unterm Fuß
Aus den versunkenen Dingen?

Und der Fluß – der Fluß?

[...]

III

15 Das wußte ich nicht, wie bald
Ruinen verwittern,
Wie sie, noch eh die Gestalt
Vergessen ist und die Namen
Ausgelöscht, sich besamen,
20 Wie die Gräser wehen und zittern
Über dem Bogen und drin
Zinnkraut und blühende Halme
Stehn wie am Urbeginn
Und wie schnell das alles verschwunden,
25 Verrottet, verfilzt, verweht,
Was der Mensch erfunden,
Mittel und Gerät,
Und wie gleich dem Moos der Äste,
Verklammert und verpecht,
30 Hängen im Leeren die Reste
Von Stiege und Drahtgeflecht,
Und wie am Abend, lange
Nachdem schon das Licht verglüht,
Die Ziegelwand über dem Hange
35 Wie Rosen blüht.

IV

Es wird uns nicht alles bereitet.
So ist's nicht, daß einer sagt:
Treten Sie bitte zur Seite,
In den Stadtwald vielleicht oder weiter,
40 Warten Sie, bis es tagt.
Und inzwischen kommen Giganten,
Stählern auf Raupe und Rad,
Und pressen aus Tuben und Kanten
Uns eine fertige Stadt,
45 Und führen uns an die Essen
Und kochen die Zukunft uns gar,
Und lassen uns alles vergessen
Was war.

Es muß wohl so sein, daß die Pfade
50 Noch lange verworren ziehn,
Über Buckel und seltsame Grade,
Über die Toten hin.

Und daß auf den Abend die Knaben
Umherirren ohne Verbleib,
55   Und vertauschen, was sie noch haben
Und ihrer Schwester Leib.
Und daß sich viele betrüben
In bitterer Ungeduld,
Und wollen nichts als sich lieben,
60   Und geben sich nichts als die Schuld.

Und daß noch mancher zu Tod geht,
Der Schätze des Glaubens besaß,
Und daß vor der Fülle die Not steht,
Und im Vorhof der Liebe der Haß.

65   [...]

VII

Es wird doch schon wieder das Lot
Gerichtet und Steine getragen,
Uhren gehen und schlagen,
Wir essen das tägliche Brot.
70   Warum, warum habt Ihr Angst?

Wir fürchten uns nicht, nur
Daß der Krieg wiederkommt, nur

Daß sie uns, eh wir's gedacht,
Wieder verdingen,
75   Daß durch die stille Nacht
Die Flammen springen,
Daß uns die Saat verdirbt,
Die kaum gesäte,
Daß das Licht erstirbt,
80   Das kaum erspähte,
Der zage Schimmer
hinter dem Tann.
Und dann,
Dann
85   Für immer.

             [...]

XIV

Sahest Du's: als ich den Blick fand,
Wie er zu blühen begann?
Hörtest Du's: als mir der Mund sprach,
90 Wie die Trauer zerrann?

Wir haben so lange geweint,
Laß das Licht uns borgen
Von dem Stern, der morgen
Uns erscheint.

ERNST HANDSCHUCH

In Worms

Die Wollust ging voraus.
Wie schrill die Mäuse pfeifen.
5 Zerbrochen Haus um Haus.
Im Schutt die Samen reifen.

Der Vögel Ruf verloren.
Ein armer Himmel lauscht.
Gezeuget und geboren.
10 Doch Rausch und Frucht vertauscht.

Nichts ist mehr zu verderben.
Am Weg ein toter Baum.
Das Leben gleicht dem Sterben.
So wirklich, ohne Traum.

NELLY SACHS

Chor der Geretteten

Wir Geretteten,
Aus deren hohlem Gebein der Tod schon seine Flöten schnitt,
5 An deren Sehnen der Tod schon seinen Bogen strich –
Unsere Leiber klagen noch nach
Mit ihrer verstümmelten Musik.
Wir Geretteten,
Immer noch hängen die Schlingen für unsere Hälse gedreht
10 Vor uns in der blauen Luft –

Immer noch füllen sich die Stundenuhren mit unserem tropfenden
Wir Geretteten,   [Blut.
Immer noch essen an uns die Würmer der Angst.
Unser Gestirn ist vergraben im Staub.
15 Wir Geretteten
Bitten euch:
Zeigt uns langsam eure Sonne.
Führt uns von Stern zu Stern im Schritt.
Laßt uns das Leben leise wieder lernen.
20 Es könnte sonst eines Vogels Lied,
Das Füllen des Eimers am Brunnen
Unseren schlecht versiegelten Schmerz aufbrechen lassen
Und uns wegschäumen –
Wir bitten euch:
25 Zeigt uns noch nicht einen beißenden Hund –
Es könnte sein, es könnte sein
Daß wir zu Staub zerfallen –
Vor euren Augen zerfallen in Staub.
Was hält denn unsere Webe zusammen?
30 Wir odemlos gewordene,
Deren Seele zu *Ihm* floh aus der Mitternacht
Lange bevor man unseren Leib rettete
In die Arche des Augenblicks.
Wir Geretteten,
35 Wir drücken eure Hand,
Wir erkennen euer Auge –
Aber zusammen hält uns nur noch der Abschied,
Der Abschied im Staub
Hält uns mit euch zusammen.

Chor der Schatten

Wir Schatten, o wir Schatten!
Schatten von Henkern
Geheftet am Staube eurer Untaten –
5 Schatten von Opfern
Zeichnend das Drama eures Blutes an eine Wand.
O wir hilflosen Trauerfalter
Eingefangen auf einem Stern, der ruhig weiterbrennt
Wenn wir in Höllen tanzen müssen.
10 Unsere Marionettenspieler wissen nur noch den Tod.

Goldene Amme, die du uns nährst
Zu solcher Verzweiflung,
Wende ab o Sonne dein Angesicht
Auf daß auch wir versinken –
15 Oder laß uns spiegeln eines Kindes jauchzend
Erhobene Finger
Und einer Libelle leichtes Glück
Über dem Brunnenrand.

GERTRUD KOLMAR*

Der Engel im Walde

Gib mir deine Hand, die liebe Hand, und komm mit mir;
Denn wir wollen hinweggehen von den Menschen.   [uns.
5 Sie sind klein und böse, und ihre kleine Bosheit haßt und peinigt
Ihre hämischen Augen schleichen um unser Gesicht, und ihr
                gieriges Ohr betastet das Wort unseres Mundes.
Sie sammeln Bilsenkraut ...
So laß uns fliehn
Zu den sinnenden Feldern, die freundlich mit Blumen und Gras
                unsere wandernden Füße trösten,
10 An den Strom, der auf seinem Rücken geduldig wuchtende
                Bürden, schwere, güterstrotzende Schiffe trägt,
Zu den Tieren des Waldes, die nicht übelreden.
Komm.   [smaragdenem Leuchten.
Herbstnebel schleiert und feuchtet das Moos mit dumpf
Buchenlaub rollt, Reichtum goldbronzener Münzen.
15 Vor unseren Schritten springt, rote zitternde Flamme, das
                Eichhorn auf.
Schwarze gewundene Erlen züngeln am Pfuhl empor in kupfriges
                Abendglasten.

Komm.
Denn die Sonne ist nieder in ihre Höhle gekrochen, und ihr warmer
Nun tut ein Gewölb sich auf.   [rötlicher Atem verschwebt.
20 Unter seinem graublauen Bogen zwischen bekrönten Säulen der
                Bäume wird der Engel stehn,
Hoch und schmal, ohne Schwingen.
Sein Antlitz ist Leid.

Und sein Gewand hat die Bleiche eisig blinkender Sterne in
Der Seiende,   [Winternächten.
25 Der nicht sagt, nicht soll, der nur ist,
Der keinen Fluch weiß noch Segen bringt und nicht in Städte
Er schaut uns nicht   [hinwallt zu dem, was stirbt:
In seinem silbernen Schweigen.
Wir aber schauen ihn,
30 Weil wir zu zweit und verlassen sind.

Vielleicht
Weht ein braunes, verwelktes Blatt an seine Schulter, entgleitet;
Das wollen wir aufheben und verwahren, ehe wir weiterziehn.

Komm, mein Freund, mit mir, komm.
35 Die Treppe in meines Vaters Hause ist dunkel und krumm und
                           eng, und die Stufen sind abgetreten;
Aber jetzt ist es das Haus der Waise, und fremde Leute wohnen
Nimm mich fort.   [darin.
Schwer fügt der alte rostige Schlüssel im Tor sich meinen
Nun knarrt es zu.   [schwachen Händen.
40 Nun sieh mich an in der Finsternis, du, von heut meine Heimat.
Denn deine Arme sollen mir bergende Mauern baun,
Und dein Herz wird mir Kammer sein und dein Auge mein
                           Fenster, durch das der Morgen scheint.
Und es türmt sich die Stirn, da du schreitest.   [jedem Hügel.
Du bist mein Haus an allen Straßen der Welt, in jeder Senke, auf
45 Du Dach, du wirst ermattet mit mir unter glühendem Mittag
                   lechzen, mit mir erschauern, wenn Schneesturm peitscht.
Wir werden dürsten und hungern, zusammen erdulden,
Zusammen einst an staubigem Wegesrande sinken und weinen...

1948

PAUL CELAN*

Mohn

Die Nacht mit fremden Feuern zu versehen,
die unterwerfen, was in Sternen schlug,
5 darf meine Sehnsucht als ein Brand bestehen,
der neunmal weht aus deinem runden Krug.

Du mußt der Pracht des heißen Mohns vertrauen,
der stolz verschwendet, was der Sommer bot,
und lebt, daß er am Bogen deiner Brauen
10   errät, ob deine Seele träumt im Rot.

Er fürchtet nur, wenn seine Flammen fallen,
weil ihn der Hauch der Gärten seltsam schreckt,
daß er dem Aug der süßesten von allen
sein Herz, das schwarz von Schwermut ist, entdeckt.

Todesfuge

SCHWARZE Milch der Frühe wir trinken sie abends
wir trinken sie mittags und morgens wir trinken sie nachts
wir trinken und trinken
5 wir schaufeln ein Grab in den Lüften da liegt man nicht eng
Ein Mann wohnt im Haus der spielt mit den Schlangen der schreibt
der schreibt wenn es dunkelt nach Deutschland dein goldenes Haar
                      Margarete
er schreibt es und tritt vor das Haus und es blitzen die Sterne er
                      pfeift seine Rüden herbei
er pfeift seine Juden hervor läßt schaufeln ein Grab in der Erde
10 er befiehlt uns spielt auf nun zum Tanz

Schwarze Milch der Frühe wir trinken dich nachts
wir trinken dich morgens und mittags wir trinken dich abends
wir trinken und trinken
Ein Mann wohnt im Haus der spielt mit den Schlangen der schreibt
15 der schreibt wenn es dunkelt nach Deutschland dein goldenes Haar
                      Margarete
Dein aschenes Haar Sulamith wir schaufeln ein Grab in den Lüften
                      da liegt man nicht eng

Er ruft stecht tiefer ins Erdreich ihr einen ihr andern singet und
                      spielt
er greift nach dem Eisen im Gurt er schwingts seine Augen sind
                      blau
stecht tiefer die Spaten ihr einen ihr andern spielt weiter zum Tanz
                      auf

20 Schwarze Milch der Frühe wir trinken dich nachts
wir trinken dich mittags und morgens wir trinken dich abends
wir trinken und trinken

ein Mann wohnt im Haus dein goldenes Haar Margarete
dein aschenes Haar Sulamith er spielt mit den Schlangen

25 Er ruft spielt süßer den Tod der Tod ist ein Meister aus
                                         Deutschland
er ruft streicht dunkler die Geigen dann steigt ihr als Rauch in die
                                             Luft
dann habt ihr ein Grab in den Wolken da liegt man nicht eng

Schwarze Milch der Frühe wir trinken dich nachts
wir trinken dich mittags der Tod ist ein Meister aus Deutschland
30 wir trinken dich abends und morgens wir trinken und trinken
der Tod ist ein Meister aus Deutschland sein Auge ist blau
er trifft dich mit bleierner Kugel er trifft dich genau
ein Mann wohnt im Haus dein goldenes Haar Margarete
er hetzt seine Rüden auf uns er schenkt uns ein Grab in der Luft
35 er spielt mit den Schlangen und träumet der Tod ist ein Meister
dein goldenes Haar Margarete   [aus Deutschland
dein aschenes Haar Sulamith

GOTTFRIED BENN

Statische Gedichte

Entwicklungsfremdheit
ist die Tiefe des Weisen,
5 Kinder und Kindeskinder
beunruhigen ihn nicht,
dringen nicht in ihn ein.

Richtungen vertreten,
Handeln,
10 Zu- und Abreisen
ist das Zeichen einer Welt,
die nicht klar sieht.
Vor meinem Fenster,
– sagt der Weise –
15 liegt ein Tal,
darin sammeln sich die Schatten,
zwei Pappeln säumen einen Weg,
du weißt – wohin.

Perspektivismus
20 ist ein anderes Wort für seine Statik:
Linien anlegen,
sie weiterführen
nach Rankengesetz –,
Ranken sprühen –,
25 auch Schwärme, Krähen,
auswerfen in Winterrot von Frühhimmeln,

dann sinken lassen –,

du weißt – für wen.

LEONORE HERZ

Ein junger Mensch

Ich bin ein Mensch aus der heutigen Zeit
und wenn ich mir überlege
5 wie weit
ich zurückdenken muß
um Glück zu empfinden
müssen Jahre über Jahre schwinden
so lange war es her
10 denke ich
daß meine Mutter mir das Haar glatt strich
das Haar
und ich bin doch erst zwanzig Jahr

als Pimpf
15 mit fünf
wollte ich zackig sein
und kämmte mein Haar allein
ich wollte nicht gestreichelt werden ich
trat ja doch für den Führer ein

20 Prügeln Trommeln Trampeln Treten
Brust raus herhören Blechtrompeten
Muttersöhnchen
pfui Deibel
und Mädchen kamen
25 die wir nahmen

Lieben Trommeln Trampeln Treten
vor dem Zelt die Blechtrompeten
unsere Muskeln waren aus Eisen
unsere Köpfe aus Holz
30 und sechs und sieben acht neun zehn
Strammstehn Blutsehn aufs ganze gehn
war unser Stolz

Die Kinderherzen waren wir los
und wurden groß
35 und Deutschland wurde so groß wie die Welt
ich war ein Held
und beneidete jeden Ritterkreuzträger
im Krieg
geh
40 fall für den Sieg
sagte mein Mütterlein
das wird der schönste Tag meines Lebens sein

Der Tod ging durch meine Hand
ich fand
45 nichts dabei
einen Menschen zu erschießen
und auch dann
als wir sie in die Gaskammern stießen
ich fand nichts dabei
50 kein Geschrei
konnte mein Herz erzittern machen
lachen
mußte man weil es so komisch war
wenn man durch die Glasscheiben sah
55 wie das Gas fraß
in drei Minuten waren sie Aas
mit blondem schwarzem und weißem Haar
und ich war erst achtzehn Jahr

mein Herz war aus Stein
60 meine Muskeln aus Stahl
ich tat alles was der Führer befahl
ich glaubte doch daß wir siegen

und jetzt gibt es keine Erschießungen mehr
hört ihr keine Erschießungen mehr
65 wie soll ich denn leben ohne Gewehr

mein Herz ist so leer

Mutter Mutter sie sagen daß wir schuldig sind
ich war ein Kind
als Kind hat man mich um mein Herz gebracht
70 keiner hat an unsere Herzen gedacht
Mutter Mutter
so hilf mir
streichle mein Haar
ich bin doch erst zwanzig Jahr

Günter Eich

Berlin, Hafenplatz

Wo tags die Möven zanken
mit ihrem kreischenden Schrei,
5 die Nacht in wirren Gedanken
zieht wassergleich vorbei

in algengrüne Länder
aus eisigem Laternenlicht.
Am eisernen Geländer
10 kühle ich mir das Gesicht.

Halbleere Kähne treiben
aus dem Landwehrkanal,
ihre Bugwellen bleiben
unhörbar wie ihr Signal.

15 Doch abwärts die Treppenstufen
neige ich mich vor:
Vergessene Stimmen rufen
mir deutlich in das Ohr.

Über Bäume und Zillen
20 fegt der nächtliche Wind
und ich bin ohne Willen
wie es die Schlafenden sind.

Hinter flackernden Scheiben
schwankt der Laternenpfahl.
25 Die toten Jahre treiben
aus dem Landwehrkanal.

Dagmar Nick*

Wir müssen uns ändern

Wir sind für alles Leise taub geworden,
für alles Zarte blind, durch so viel Tod,
5   selbst vor dem Elend fühllos, so verroht
durch maßloses Morden.

Wir hören nicht die Toten unter Stiegen
zerfallner Häuser, wie sie warnen, drohn.
Wir wuchern mit der Welt und reden schon
10   von kommenden Kriegen.

Das ist wie eine Seuche in den Ländern,
die Ungeduld, das Neiden, Hassen, Schrein.
Wir sollten einmal nur nachdenklich sein.
Wir müssen uns ändern.

Karl Schnog

Kritische Einsicht – einsichtige Kritik

Wir nehmen uns vielleicht zu wichtig,
wir Herrn Theaterrezensenten.
5   In Blütezeiten war's wohl richtig,
zu wüten zwischen den Talenten.

In Friedenszeiten konnt' es reizen,
mit Sätzen, furiosen, forschen
die Spreu zu sondern von dem Weizen,
10   die Zier-Goldfischchen von den Dorschen

Und mit satanischen Sentenzen
– teils diabolisch, teils erbaulich –
abschnittsweis kerrlich aufzuglänzen,
wenn just ein Wedekindchen fraulich.

15   Inzwischen – laßt es uns gestehen –
verblaßten Lulu, Lear und Doge,

Wir müssen uns ändern.   2ff. *Vgl.* Laß das Leise werden *(S. 322)*.
Kritische Einsicht . . . *Gedruckt in der* Weltbühne *mit der Anmerkung des Verfassers:* Der „Weltbühne" gewidmet, die einst „Schaubühne" war.

derweil doch Einiges geschehen
jenseits der Rampe und der Loge.

20   Es schrumpften Römer, Briten, Welsen,
papierne Riesen wurden Zwerge;
Venedig schwand vor Bergen-Belsen,
Dachau verdeckt Alt-Heidelberge.

Und manchmal scheint uns selber fraglich,
ob die aesthetischen Essaychen
25   für diese Zeit nicht zu behaglich,
die Wehmut nicht W-W-Wehwehchen.

Zwischen Verhimmeln und Verreißen
scheint uns der scharfe Scharm Schimäre,
lockt's uns, den Krempel hinzuschmeißen.
30   (Bis zu der nächsten Groß-Première . . .)

1949

GOTTFRIED BENN

Epilog 1949

1

Die trunkenen Fluten fallen –
die Stunde des sterbenden Blau
5   und der erblaßten Korallen
um die Insel von Palau.

Die trunkenen Fluten enden
als Fremdes, nicht dein, nicht mein,
sie lassen dir nichts in Händen
10   als der Bilder schweigendes Sein.

Die Fluten, die Flammen, die Fragen
und dann auf Asche sehn:
„Leben ist Brückenschlagen
über Ströme, die vergehn".

EPILOG 1949 *Schlußgedicht zu einer Sammlung früher schon erschienener Gedichte unter dem Titel* Trunkene Flut.   3 *Anspielung auf das 1927 zum ersten Mal gedruckte Gedicht* Trunkene Flut.   6 *Anspielung auf das Gedicht* Rot *(1922) 1925 veröffentlicht unter dem Titel* Palau.   13f. *Selbstzitat aus dem Gedicht* Schleierkraut.

2

15 Ein breiter Graben aus Schweigen,
eine hohe Mauer aus Nacht
zieht um die Stuben, die Steigen,
wo du gewohnt, gewacht.

In Vor- und Nachgefühlen
20 hält noch die Strophe sich:
„Auf welchen schwarzen Stühlen
woben die Parzen dich,

aus wo gefüllten Krügen
erströmst du und verrinnst
25 auf den verzehrten Zügen
ein altes Traumgespinst".

Bis sich die Reime schließen,
die sich der Vers erfand,
und Stein und Graben fließen
30 in das weite graue Land.

3

Ein Grab am Fjord, ein Kreuz am goldenen Tore,
ein Stein im Wald und zwei an einem See –:
ein ganzes Lied, ein Ruf im Chore:
„Die Himmel wechseln ihre Sterne – geh!"

35 Das du dir trugst, dies Bild halb Wahn, halb Wende,
das trägt sich selbst, du mußt nicht bange sein
und Schmetterlinge, März bis Sommerende,
das wird noch lange sein.

Und sinkt der letzte Falter in die Tiefe,
40 die letzte Neige und das letzte Weh,
bleibt doch der große Chor, der weiterriefe:
die Himmel wechseln ihre Sterne – geh.

4

Es ist ein Garten, den ich manchmal sehe
östlich der Oder, wo die Ebenen weit,
45 ein Graben, eine Brücke und ich stehe
an Fliederbüschen, blau und rauschbereit.

Es ist ein Knabe, dem ich manchmal trauere,
der sich am See in Schilf und Wogen ließ,
noch strömte nicht der Fluß, vor dem ich schauere,
50 der erst wie Glück und dann Vergessen hieß.

Es ist ein Spruch, dem oftmals ich gesonnen,
der alles sagt, da er dir nichts verheißt –
ich habe ihn auch in dies Buch versponnen,
er stand auf einem Grab: „tu sais" – du weißt.

5

55   Die vielen Dinge, die du tief versiegelt
durch deine Tage trägst in dir allein,
die du auch in Gesprächen nie entriegelt,
in keinen Brief und Blick sie ließest ein,

die schweigenden, die guten und die bösen,
60   die so erlittenen, darin du gehst,
die kannst du erst in jener Sphäre lösen,
in der du stirbst und endend auferstehst.

OSKAR LOERKE

Vermächtnis

Jedwedes blutgefügte Reich
Sinkt ein, dem Maulwurfshügel gleich.
5   Jedwedes lichtgeborne Wort
Wirkt durch das Dunkel fort und fort.

Dezember 1940

Meine alten Verse

Ob gehört, ob nie gelesen,
Hat nichts über uns entschieden;
Doch wir halfen mit am Frieden
5   Nur durch Dasein, nur durch Wesen.

Und wir wollen nichts vermehren
Oder gar für uns es rauben,
Wollen bloß, was gut ist, glauben,
Um die Erde so zu ehren.

24. Dezember 1940

Gertrud Kolmar*

Verwandlungen

Ich will die Nacht um mich ziehn als ein warmes Tuch
Mit ihrem weißen Stern, mit ihrem grauen Fluch,
Mit ihrem wehenden Zipfel, der die Tagkrähen scheucht,
Mit ihren Nebelfransen, von einsamen Teichen feucht.

Ich hing im Gebälke starr als eine Fledermaus,
Ich lasse mich fallen in Luft und fahre nun aus,
Mann, ich träumte dein Blut, ich beiße dich wund,
Kralle mich in dein Haar und sauge an deinem Mund.

Über den stumpfen Türmen sind Himmelswipfel schwarz.
Aus ihren kahlen Stämmen sickert gläsernes Harz
Zu unsichtbaren Kelchen wie Oportowein.
In meinen braunen Augen bleibt der Widerschein.

Mit meinen goldbraunen Augen will ich fangen gehn,
Fangen den Fisch in Gräben, die zwischen Häusern stehn,
Fangen den Fisch der Meere: und Meer ist ein weiter Platz
Mit zerknickten Masten, versunkenem Silberschatz.

Die schweren Schiffsglocken läuten aus dem Algenwald.
Unter den Schiffsfiguren starrt eine Kindergestalt,
In Händen die Limone und an der Stirn ein Licht.
Zwischen uns fahren die Wasser; ich behalte dich nicht.

Hinter erfrorener Scheibe glühn Lampen bunt und heiß,
Tauchen blanke Löffel in Schalen, buntes Eis;
Ich locke mit roten Früchten, draus meine Lippen gemacht,
Und bin eine kleine Speise in einem Becher von Nacht.

Stephan Hermlin

November

Wo im Dunst die Schneise sich verhüllt,
Steht am Wege des November Bild.

Aster, die an seiner Schläfe stirbt,
Starrt blaß flammend, winkt, verweist und wirbt.

Auf den schwarzen Lippen seiner Wunden
Haben Zorn und Hoffnung sich gefunden.

Wie ich nach der Toten Gleichnis rufen
Will, brichts fahl schon von der Wolken Stufen.

Im Gewoge zieht der Häherschrei,
Wildes Stöhnen Flüstern treibt vorbei:

Die ans Leben niemals sich gewöhnen
Tödlich in der Flut der Kantilenen.

Ich bereue, Liebende, bereue!
Geisterhaft erkennt ihr meine Treue.

Unschuld tief im kalten Strom der Welt,
Sand, der haltlos in den Uhren fällt.

Und die Wort und Blick mit mir getauscht
Hat die Woge Nacht vorbeigerauscht.

Die die Zukunft strahlend vorbereiten
Treiben blicklos hin mit den Gezeiten.

In die Augen, die noch offen stehn,
Hat November dreißigmal gesehn.

GÜNTER EICH

Betrachtet die Fingerspitzen

Betrachtet die Fingerspitzen, ob sie sich schon verfärben!
Eines Tages kommt sie wieder, die ausgerottete Pest.
Der Postbote wirft sie als Brief in den rasselnden Kasten,
als eine Zuteilung von Heringen liegt sie dir im Teller,
die Mutter reicht sie dem Kinde als Brust.

Was tun wir,
da niemand mehr lebt von denen, die mit ihr umzugehen wußten?
Wer mit dem Entsetzlichen gut Freund ist, kann seinen Besuch in
Ruhe erwarten.
Wir richten uns immer wieder auf das Glück ein,
aber es sitzt nicht gern auf unseren Sesseln.

Betrachtet die Fingerspitzen! Wenn sie sich schwarz färben,
ist es zu spät.

BERTOLT BRECHT

Aus allem etwas machen

1934, im achten Jahre des Bürgerkriegs
Warfen Flugzeuge der Bourgeoisregierung
5   Über dem Gebiet der Kommunisten Flugblätter ab
Die auf den Kopf Maotse Tungs einen Preis setzten.
Umsichtig
Ließ der Gebrandmarkte Mao angesichts des Mangels
An Papier und der Fülle der Gedanken die einseitig
10   Bedruckten Blätter aufsammeln und brachte sie
Auf der sauberen Seite bedruckt mit Nützlichem
Unter der Bevölkerung in Umlauf.

Der Kirschdieb

An einem frühen Morgen, lange vor Hahnenschrei
Wurde ich geweckt durch ein Pfeifen und ging zum Fenster.
Auf meinem Kirschbaum – Dämmerung füllte den Garten –
5   Saß ein junger Mann mit geflickter Hose
Und pflückte lustig meine Kirschen. Mich sehend
Nickte er mir zu, mit beiden Händen
Holte er die Kirschen von den Zweigen in seine Taschen.
Noch eine ganze Zeitlang, als ich wieder in meiner Bettstatt lag
10   Hörte ich ihn sein lustiges kleines Lied pfeifen.

Gedanken über die Dauer des Exils

I

Schlage keinen Nagel in die Wand
Wirf den Rock auf den Stuhl.
Warum vorsorgen für vier Tage?
5   Du kehrst morgen zurück.

Laß den kleinen Baum ohne Wasser.
Wozu noch einen Baum pflanzen?
Bevor er so hoch wie eine Stufe ist
Gehst du froh weg von hier.

10   Zieh die Mütze ins Gesicht, wenn Leute vorbeigehn!
Wozu in einer fremden Grammatik blättern?

Die Nachricht, die dich heimruft
Ist in bekannter Sprache geschrieben.

So wie der Kalk vom Gebälk blättert
15 (Tue nichts dagegen!)
Wird der Zaun der Gewalt zermorschen
Der an der Grenze aufgerichtet ist
Gegen die Gerechtigkeit.

II

Sieh den Nagel in der Wand, den du eingeschlagen hast:
20 Wann, glaubst du, wirst du zurückkehren?
Willst du wissen, was du im Innersten glaubst?

Tag um Tag
Arbeitest du an der Befreiung
Sitzend in der Kammer schreibst du:
25 Willst du wissen, was du von deiner Arbeit hältst?
Sieh den kleinen Kastanienbaum im Eck des Hofes
Zu dem du die Kanne voll Wassers schlepptest!

1939

Aus den Bücherhallen
Treten die Schlächter.

Die Kinder an sich drückend
5 Stehen die Mütter und durchforschen entgeistert
Den Himmel nach den Erfindungen der Gelehrten.

Hollywood

Jeden Morgen, mein Brot zu verdienen
Gehe ich auf den Markt, wo Lügen gekauft werden.
Hoffnungsvoll
5 Reihe ich mich ein zwischen die Verkäufer.

Zeitunglesen beim Teekochen

Frühmorgens lese ich in der Zeitung von epochalen Plänen
Des Papstes und der Könige, der Bankiers und der Ölbarone.
Mit dem anderen Auge bewach ich

    5 Den Topf mit dem Teewasser
       Wie es sich trübt und zu brodeln beginnt und sich wieder klärt
       Und den Topf überflutend das Feuer erstickt.

                    Die Rückkehr

            Die Vaterstadt, wie find ich sie doch?
            Folgend den Bomberschwärmen
            Komm ich nach Haus.
    5   Wo denn liegt sie? Wo die ungeheueren
            Gebirge von Rauch stehen.
            Das in den Feuern dort
            Ist sie.

            Die Vaterstadt, wie empfängt sie mich wohl?
    10   Vor mir kommen die Bomber. Tödliche Schwärme
            Melden euch meine Rückkehr. Feuersbrünste
            Gehen dem Sohn voraus.

                       1950

                  GÜNTER KUNERT

                     Gedicht

            Ich kann keine Arbeit finden
            und habe doch gelernt.
    5   Ich habe doch gelernt,
            auf zweihundert Meter genau
            einem Menschen
            die Stirn unter dem Helm
            zu durchschlagen
    10   und bei Wind
            die Schußbahn anders zu legen -
            als meine Schuhe noch nicht
            vom Mörtel
            der nachkriegszeitigen,
    15   der neubauenden Straße
            zerfressen waren.

Abgewiesen von Türen,
die gestrichen sein wollen,
nicht verbrannt
20   mit visiertem Flammenwerfer.

Lehmgrau überzieht das Gesicht
des um Arbeit gefragten Metzgers
zwischen Koteletts und Würsten,
wenn ich sage,
25   daß ich schlachten könne
und wie ich es gelernt
bei Metzgern,
die einen größeren Laden betrieben
als er seinen
30   mit den zwei Stufen
und der kleinen Kundschaft.

Ich habe gelernt
in einem rasenden, schlingenden
Werk.
35   Ohne Glauben an dessen Schließung.
Ohne Ahnung an ein Entzweibrechen
der griffigen Werkzeuge.

Und nun hier
in hingewürfelter Vorstadt
40   durfte ich wieder die Hand
daran legen
in einer Arbeit,
schwesterlich verwandt der einstigen.

Hier fand ich Arbeit im Zerstören
45   der Werkzeuge des Wütens,
im Auseinanderbrechen der Kampfwagen
im Regen ohne Ende.
Einen nach dem anderen.
Tag über Tag.
50   Heute einen,
heute einen weniger,
morgen wieder, wieder Schrott mehr,
einen weniger, immer
weniger.

55   Bis zum letzten Wagen,
mit dem ich sterben müßte,

<pre>
          um
          Geldbriefträger,
          Brotläden,
60   Schaufensterscheiben,
          Metzgerschädel
          zu schonen.
          Weil es keine Arbeit
          mehr geben wird
65   für mich
          und keinen Weg zurück.
</pre>

FRANZ BAERMANN STEINER

Schweigsam in der Sonne

Rief nicht die Stimme: wo weilst du? wo weilst du?
Ach, unter Menschen verweile ich.
5 Es sind ihrer viele und um fast jeden ein Haus.
Lieder vernahm ich oft, Worte vergingen,
Ich bin unterwegs.

Rief nicht die Stimme: der Abend! der Abend!
Ja, es wird Abend werden, wie Abende sind:
10 Über die roten Hügel gießen die Schatten sich aus,
Und die Flöte des Hirten
Bereut das Reifen der Zeit.

Vormittags war ich im Viehmarkt und hörte die Sprache der
Männer mit Messern liefen feilschend umher.   [Schafe,
15 Neben mir zählte einer sein Geld. Ein Streifen
Von seinem Kopftuch wehte mir über die Stirn,
Als ich emporsah.
Vögel kreisten da droben.
Langsam, vor Sonne, ward mein Gesicht schwer und golden,
20 Einer zählte sein Geld.
Mählich, vor Sonne, verstummten die Schafe.

Rief nicht die Stimme: der Abend! der Abend!
Rief nicht die Stimme: wo weilst du? wo weilst du?

Viele Tore hat die heilige Stadt.
25 In der Nacht liegt sie einsam
Auf weiten, schweigenden Bergen.

JOHANNES ROBERT BECHER*

Das lachende Herz

Ihr fragt, warum das Herz uns lacht?
Es war solch eine lange Nacht,
Da sahen wir ein Licht weit, weit –
Das Licht schien durch die Dunkelheit.

Und Licht hat sich an Licht entfacht.
Das Licht hat uns den Tag gebracht,
Da leuchtete es weit und breit,
Das Leuchten einer neuen Zeit.

Ihr fragt, warum das Herz uns lacht?
Wir haben uns ans Werk gemacht,
Damit nach all dem Herzeleid
Ihr einmal frei und glücklich seid.

Das ist's, warum das Herz uns lacht,
Und endlich hat das Volk die Macht.
Es lacht das Herz, das sich befreit
Vom Dunkel der Vergangenheit.

WILHELM LEHMANN

An einen Freund, der sich das Leben nahm

Willst du, der Erde satt, sie schon verlassen?
Ich sehe deine Hand die Klinke fassen.
Wähl diese Tür:
Der Sommertag hat Duft gebraut,
Wermut, Basilikum und Bohnenkraut.
Bist du es noch, dem Böses widerfuhr?
Nur heitre Stunde zeigt die Sonnenuhr.
An warmer Planke hängt der Pfirsich, Venusbrust,
Du bist begierdelose Lust.
Die Aprikose lächelt, Puttenwange,
Am Birnenfleisch fühlt Ohrwurmzange.
Die Pflaume spaltet sich, gerecht dem Munde,
Die Sonnenuhr zeigt nur die heitre Stunde. –
Du gingest doch. Der Tod hat dich nicht ganz genommen,
Als Duft bist du der Welt zurückgekommen.

BERTOLT BRECHT

Aus: Kinderlieder

Lied vom Kind, das sich nicht waschen wollte

Es war einmal ein Kind
5   Das wusch sich nie das Ohr
Da wuchs ihm aus dem Ohr, oh Schreck
Ein kleinerer Baum hervor.

Als das die Andern sahn
Schiens keinem sonderbar
10 Sie pflanzten's Kind auf dem Schulhof ein
Da stand es ein, zwei Jahr.

Es wurd ein Zwetschgenbaum.
Zwetschgen gibts im August.
Sie haben ihm für ein Pfund, oh Schreck
15 x Pfennig zahlen gemußt.

ERICH ARENDT

Trinklied

Die Machete schlug
dem Monde den blanken,
den runden Schädel ab.
5   Da lachten die Neger.

Wer gibt uns Reisschnaps
zu trinken in dieser Nacht? -
Der Mond war nichts wert,
10   lachten die Neger.

Warum ist dein Buschmesser
wie von Fischblut rot,
Reisschnitter Juan?
lachten die Neger.

15 Ich schlug dem fetten
Mond über dem Reisfeld
den blanken Schädel ab.
Da lachten die Neger.

Er schlug dem satten Mond
den Schädel ab, weil der
nicht an uns dachte,
    lachten die Neger.

RUDOLF BORCHARDT

Bellosguardo degli Amanti

Geh nicht, wenn Dir das Herz
Um die Freundin schwer ist, –
Oder, wenn sie Dir nahm
Was sie gestern gab –

Nicht bergan geh,
Hinter der Dämmerung her,
Den Weg nach Bellosguardo
Der Liebenden.

Denn Du gewahrst sie dann,
Die Dich nicht gewahren, –
Nichts mehr gewahren die Un-
Anrührbaren,

Über deren verschlungener
Gefangenschaft
Der Kuß, die Falle
Eines Jägers zuschlug. –

Aufwärts die unzählbare Rampe
Der Kehrenstraße,
Wo die Mauer den Hang
Gegen Abgrund stützt,

Wo, gen Berg auf, Gitter und Hag
Und ein stolz Gemäur
Goldene Wohnungen
Gegen den Einblick wahren –

Winterlich, wenn alles zumal
Was da lieblos, friert und einkriecht,
Oder im März, noch lange
Vor der erschütterten Nachtigall,

Der Bötin des von Neuem
Unglaublichen,
Die das ausgestorbene Herz
Mit Schlägen ruft, zu leben, –

35   Wenn der Regen der Wärme
Die Glut noch abschlägt,
Und warten heißt, was ohne ihn
Schon stürzte gegen den Sommer,

Hängen sie da, die Mauren,
40   Voller erstickten Gelübds
Das Mund auf Mund den einzigen
Des Lebens werten, wildesten Honig sammelt:

Wie voll Bienen ein Busch
Noch vor die Nacht fällt –:
45   Die höchste Blume am Zweig
Füllt sich zitternd mit Besuch, –

Aber, der untern auch,
Am Boden streifend
Entbehrt der Dringlichkeit
50   Nicht ein enterbter Mund, –

Also lebt er, der Weg,
Von Hingerissner
Dunkel brennendem Geschäft,
Und Du fährst vorbei:

55   Hart in der Kehre
Röcheln die Wagen der Welt
Bei der Flüsterstunde
Der Unweltlichen

Deren verschlossene Unschuld
60   Geisteräugig
Den schamlosen Lichtern der Fahrt
Ihren Stoß verzeiht, –

Denn schon vorbei sind
Die Gnadenlosen,
65   Bei dem Eide
Des Gnadenstands.

Geh bei Mitternacht nicht,
So Du sehend wärest,

Den Weg nach Bellosguardo
70   Der Liebenden

Wenn in die Bogenlampen hoch
Geklommen die Liebe rächend
Dem Licht die Augen zerschlägt
Und die Scheibe klirrt,

75   Daß ein vergötterter Blick
Erst aufgehn dürfe
Und die Verzweiflung selbst
Ihrer Küsse sich nicht schäme –

Unvernommen
80   Weint das „Sag Ja", „Sag Nein".
Wie, – sag, – überleb ichs?
Unaufhörlich, unvernommner

Über die Maur weg, aus den höchsten,
Den Gärten der Königs-Buhlin
85   Der verlassene Vogel
Sagt „Nie" – sagt „Nie".

1951

GOTTFRIED BENN

Fragmente

Fragmente,
Seelenauswürfe,
5   Blutgerinnsel des zwanzigsten Jahrhunderts –

Narben – gestörter Kreislauf der Schöpfungsfrühe,
die historischen Religionen von fünf Jahrhunderten zertrümmert,
die Wissenschaft: Risse im Parthenon,
Planck rann mit seiner Quantentheorie
10   zu Kepler und Kierkegaard neu getrübt zusammen –

aber Abende gab es, die gingen in den Farben
des Allvaters, lockeren, weitwallenden,
unumstößlich in ihrem Schweigen
geströmten Blaus,

15 Farbe der Introvertierten,
da sammelte man sich
die Hände auf das Knie gestützt
bäuerlich, einfach
und stillem Trunk ergeben
20 bei den Harmonikas der Knechte –

und andere
gehetzt von inneren Konvoluten,
Wölbungsdrängen,
Stilbaukompressionen
25 oder Jagden nach Liebe.
Ausdruckskrisen und Anfälle von Erotik:
das ist der Mensch von heute,
das Innere ein Vakuum,
die Kontinuität der Persönlichkeit
30 wird gewahrt von den Anzügen,
die bei gutem Stoff zehn Jahre halten.

Der Rest Fragmente,
halbe Laute,
Melodienansätze aus Nachbarhäusern,
35 Negerspirituals
oder Ave Marias.

HORST BIENEK

Mit einem Wort

Der zweiundzwanzigjährige Henri Martin
wurde eingekerkert, weil er auf einem Schiff,
5 das mit Waffen für Vietnam beladen war, die
Matrosen aufgefordert hatte, die Waffen im
Meer zu versenken.

Mit einem Wort
Verwirrte er die Schiffe
10 Mit einem Wort
Hat er die Winde
Sich untertan gemacht
Mit einem Wort
Hat er Erinnern
15 Tief in den Fluß
Der Zeit gebracht

Und die Schatten von Haß
In das Meer des Vergessens
Gesenkt
20 Mit jenem Wort
La paix

Mit einem Wort
Begrüßte ihn die Freiheit
Mit einem Wort
25 Hat er den Kreuzweg
Gehetzter jäh beendet
Mit einem Wort
Hat er den Traum
Granitner Zeit
30 Im Schmerz vollendet
Und die Rose Verbrüderung
In den Vorhof des Tods
Getragen
Mit jenem Wort
35 La paix

Mit einem Wort
Bewahrte er die Schönheit
Mit einem Wort
Hat er die Früchte
40 Jahrhundertreif gepflückt
Mit einem Wort
Hat er Erwachen
Neu in den Tag gesät
Und die Flamme gezückt
45 Doch die Hände der Furcht
Haben Kerker für ihn
Mit Qualen geschmückt
Für jenes Wort
La paix

EDMUND REHWINKEL

Neuer Anfang

Nun legt die Hände nicht in den Schoß
und laßt das Zagen und Sorgen,

NEUER ANFANG 1 *ehem. Präs. des Deutschen Bauernverbandes.*

und trauert nicht mehr Vergangenem nach,
denkt lieber an heute und morgen.

Denn wer das Schicksal meistern will,
der muß sich rühren und regen,
muß Tag für Tag auf dem Posten sein
und selbst mit Hand anlegen.

Denn keinem fällt von allein was zu,
jeder muß selbst anfassen,
wer sich nur auf andere verläßt,
der ist von allen verlassen.

ODA SCHAEFER

Ich warte . . .

Wo blieb dein Schrei?
Erstickt, vermummt schleppst du weiter
Die klirrende Kette
Tiefer ins eisengrau dunkelnde Land.
Schächte, Wüsten, ja endlos
Kreisende Ebenen
Füllst du vergebens mit Traum.

Seelen verbrennen
Rund um dich her,
Suchen den täglichen Tod,
Leugnen die Herkunft
Und auch das Tor in den Morgen,
Das herrlich verhüllte.

Drang meine Liebe nicht hin,
Hin zu dir, du Geliebter,
Aus meinem Schoße Geborner,
Drang nicht der Ruf durch die Winde,
Die Wolken, die Nächte, den Schnee?
Konnte die Fessel er nimmer
Lösen vom blutenden Fuß,
Oder den Bann, der dich hält,
Brechen mit uraltem Wort
Und der Formel aus Zauber?

Alles ist heute verloren:
Der Schlüssel zum gläsernen Berg
Aus beinernem Knöchel,
Die Kappe aus Nebel und Tarn,
30   Schützend den Flüchtigen,
Und auch der dreimal gedrehte Goldring,
Rasch dich entrückend . . .
Wär ich die Elbische noch
Wie vorzeiten,
35   Flög ich als Schwänin
Der nördlichen, mondlichen Wälder
Ruhlos zu dir,
Weiß, mit sausendem Fittich
Dich zu umarmen,
40   Entführen, betasten
Und Schwanenbrut gleich
Bergen im Schilf dich.

Ach, mein Sohn, du mein Sohn,
Werde ich jemals verschmerzen
45   Das Licht deiner Augen,
Blau wie die Blumen am Wasser,
Das Haar wie ein goldener Helm
Und voll Anmut die Hände!
Mauern werfen das Echo
50   Weinender Mütter zurück,
Dumpf ist der Hall
Aus Gewölben, Verließen
und Katakomben,
Mit Kreuz und Gebeinen geschmückt.

55   Wo blieb dein eigener Schrei?

HANS EGON HOLTHUSEN

Der Morgen

Licht, marianisches Licht. Knabenstimmige
Chöre von steigendem Licht: „O Lamm
5 Gottes unschuldig . . .“ Licht ohne Gestern, gedächtnislos,
Als wäre nicht Mitternacht und der angeschossene
Wächter gewesen, der in der Garage zusammenbrach.

1951

Liebliches, klares, frohlockendes Frühlicht, du heiliger
Osten, empfangen von tausend östlichen Fenstern,
10 Die wie von Freudentränen gereinigte Wangen
Glänzen, und noch der mürrische Mauerbewurf
An den abgelebtesten Häusern erschauert,
Selbst das verstockte Verwaltungsgebäude errötet
Linkisch und steht wie getauft.

15 Reisende, wenn es im Nachtzug zu dämmern beginnt,
Treten hinaus auf den Gang und schütteln den Schlaf ab,
Schweren, klebrigen Schlaf und leichten Urindunst,
Staub und Tabak und die schmutzige Zeitung von gestern.
Wind entsteht, vorweltlicher Wind und rosige
20 Luft, so würzig und kalt wie frisch gefallener
Osterschnee, und welch ein Ausbruch im Herzen
Von unverhoffter Kraft! Wie der entlassene
Wasserdampf aus dem Kessel der Lokomotive,
Heiß, weiß und schreiend am glänzenden Bug der Maschine,
25 Wie der gemeinsame Auftrieb, die Spannung der Muskeln
In einer Rotte von Straßenarbeitern, die stehen
Wach und gedrängt auf der Ladebrücke des Diesels
Vor der geschlossenen Schranke und fühlen den Motor
Zittern und stampfen, dem eigenen Herzschlag zuwider,
30 Und es wölbt sich der Gaumen in einem leichten
Kaffeerausch. Bald wird der Übungsflieger
Kommen, den Himmel erobern und das Unendliche
Über ihnen mit gasigen Schleifen beschreiben.

Seele, wie leckst du den Tau von der auferstandenen Schöpfung:
35 Blankäugig, nüchtern und schuldlos, wie wenn du mit Kindern
Redetest über Tiere und Puppen und ließest
Sie einen Bären malen, ein Haus, einen Wagen.
Aber die Zeitung wird dir gebracht, und du nimmst sie,
Nimmst das Frühstück, die Post, die erste Zigarette,
40 Nachrichten naschend und weltbegierig und Zeit
Raffend, schon zeigen sich Flecken, schon hast du die Ungeduld
Wieder, das Trübe im Blut. Und dann die Geschäfte:
Straßen befahren und Geld ausgeben, Benzin
Verschwenden, Speichel und Schweiß. Verschiedene Stoffe
45 Nehmen und brauchen. Wege und Umwege,
Auftritte, Mensch gegen Mensch, Gefühl füreinander:
Mitleid, Begehren und rauchlos verwehende Trauer.
Abschiede, die dich entleeren, eine Alte am Obststand,
Die dir Bananen verkauft. Das unersättliche Leben

50 Dringt und frißt sich hinein in die Welt, und maßlos
Kauft es die Zeit aus, und niemand kann es bezahlen.
Aber die kauft uns zurück und frißt uns die Jugend
Weg vom Gesicht und bringt unsre Blöße zutage:
Zeitkranke Augen, der Blick überanstrengt, die Züge
55 Abgequält, tief eingeschnitten, verbraucht
Wie die zuschanden gefahrenen Straßen des Krieges.

Abends erst kennt man die Summe der Schuld. Wie teuer
War uns die Zeit, ein uneröffnetes Schreiben,
Das wir am Morgen empfingen. Ach, und wir haben es
60 Längst zerrissen, verbrannt, und der Morgen ist
                                        unwiederbringlich.
Haben an Dingen und Menschen gezehrt und einer dem andern
Tränen entpreßt und Lust geraubt, in ein fremdes
Schicksal hineingewühlt, und mit geflüsterten Silben
Unaustilgbares angezettelt, Gesetze gebrochen,
65 In einem fernen Gebüsch, in einem verrufenen Steinbruch
Ein Unheil, das noch nicht zeitig ist, aufgescheucht.
Hat man nicht mittags ein Weib aus dem Wasser gezogen?
Einst war sie keusch wie der ziehende Mond, dann wollte
Jemand sie haben und jetzt der Tod, der sie schamlos macht,
70 Der ihr den Rock hochzieht, und sie läßt es träge geschehn.
Abends gibt es die Liebe, den Rausch und die plötzliche
Herzattacke. Es taumelt einer hinaus,
Whisky im Mund, Zigarettenrauch in den Haaren,
Stellt vor dem Spiegel im Badezimmer sein bleiches,
75 Schweißiges Antlitz sich selbst entgegen und fragt:
Wo ist das Böse in meinem Gesicht? Wie lautet der Schuldschein,
Der das Ganze des Lebens betrifft? So wird man geboren
Und hat schon unterschrieben. Der Tod ist, sagt man,
Der Sünde Sold. Wenn aber der Tod nicht ausreicht
80 Und längst verrechnet ist, wer kauft uns frei?

WIELAND HERZFELDE

Ich werde es erleben

Ich werde es erleben –
Kann sein, ich brauche starke Gläser,

ICH WERDE ES ERLEBEN *Bereits 1940 in engl. Sprache veröffentlicht.*

5   um die Nachricht zu lesen,
       oder mein erwachsener Sohn
       muß mir vom Sessel hochhelfen, damit ich
       – zitternd vor Freude –
       aus dem Fenster schauen kann,
10   oder mein Enkel liest mir altem blindem Mann
       laut die Zeitung vor –
       Einerlei:
       Ich werde es erleben,
       daß durch die Städte Europas
15   (wo nur Polizisten noch pfiffen,
       wo selbst die Erinnerung an die Genossen
       gefährlich war,
       wo nur Zyniker lachten
       und, wer weinte,
20   im Dunkeln weinen mußte) –
       ich werde es erleben,
       daß unter den Fahnen der Gerechtigkeit
       ihre Soldaten
       durch die tausend Städte marschieren,
25   ein reißender Strom, donnernd und breit,
       während aus Kellern der tausend Städte,
       von den Bergen, aus Höhlen und Wäldern
       (wo sie lebten gleich angeschossenen Tieren)
       ein Zug von Millionen
30   sich anschließt dem Heer
       einer neuen, besseren Welt.
       Ich werde es erleben,
       daß sie, die über die Grenzen brachen
       und die Völker Europas versklavten,
35   in Panik, Angstschweiß auf der Stirn,
       nach Grenzen suchen, um zu fliehen,
       nach einem Sklaven, der sie versteckt.
       Doch das Meer wird die einzige Grenze sein,
       und unter Millionen
40   wird sich kein Sklave mehr finden.
       Ganz Europa
       wird ein unerbittliches Heer sein,
       und die Welt wird diese Kämpfer,
       obwohl sie hundert Sprachen sprechen, verstehn.
45   Wenn sie einander auch fremd erscheinen,
       haben sie doch die Gesichter von Brüdern.
       Wer immer, gleich wo, den Faschismus haßt,

wird wissen wie ich:
das sind meine Freunde.

50 Zucke nicht mit der Achsel –
Wir erleben den Tag:
ich – und du.

New York, Juli 1940

STEPHAN HERMLIN*

Die Asche von Birkenau

Leicht wie später Wind, wie die Kühle,
Vorm Regen die Schwalbenbahn,
5 Wie Gewölk nach getränkter Schwüle,
Wie der Pollen vom Löwenzahn,
Leicht wie der Schnee auf den Lidern der Toten,
Wie ein alter Kinderreihn,
Wie Schmetterlingslast am roten
10 Mund der Nelke, leicht wie ein
Gericht, das die Kranken essen,
Wenn sie am Sterben sind,
So leicht ist das Vergessen,
Wie Kühle und später Wind . . .

15 Wo Tag sich und Nacht verflechten,
Der Rost am Geleise frißt,
Ist die Asche der Gerechten, Ungerächten
Am Mast der Winde gehißt.
Birkenau ohne Birken
20 Liegt abends ganz allein,
Und die Disteln wirken
Zeichen über den Stein.
Als über den Feldern von Polen
Die Mittagsdistel erblich,
25 Hieß die Erde an meinen Sohlen
Entsinnedich . . .

Schwer wie im Berg das Eisen,
Wie das Schweigen vor dem Entschluß,
Wie der Baumsturz an Nebelschneisen,
30 Wie auf unsern Lippen der Ruß

Von denen, die man verbrannte,
Schwer wie das letzte Fahrwohl,
Die man ins Gas sandte,
Waren des Lebens voll,
35 Liebten die Dämmerung, die Liebe,
Den Drosselschlag, waren jung.
Schwer wie vorm Sturm Wolkengeschiebe
Ist die Erinnerung.

Doch die sich entsinnen,
40 Sind da, sind viele, werden mehr.
Kein Mörder wird entrinnen,
Kein Nebel fällt um ihn her.
Wo er den Menschen angreift,
Da wird er gestellt.
45 Saat von eisernen Sonnen
Fliegt die Asche über die Welt.
Allen, Alten und Jungen,
Wird die Asche zum Wurf gereicht,
Schwer wie Erinnerungen
50 Und wie Vergessen leicht.

Die da *Frieden* sagen
Millionenfach,
Werden die Herren verjagen,
Bieten dem Tode Schach,
55 Die an die Hoffnung glauben,
Sehen die Birken grün,
Wenn die Schatten der Tauben
Über die Asche fliehn:
Lied des Todes, verklungen,
60 Das jäh dem Leben gleicht:
Schwer wie Erinnerungen
Und wie Vergessen leicht.

Auschwitz-Birkenau, Sommer 1949

1952

IVAN GOLL

Ode an die Amsel

Nach dem Tode Ivan Golls fand ich in der Ecke einer Schublade einen Haufen
von Papierschnitzeln. Es sah aus wie Konfetti. Es waren die sechs verschiede-
nen Fassungen einer „Ode an die Amsel". Keine dieser Fassungen schien ihm,
dem Goldschmied des Wortes, der ein Dichterleben lang um Vollkommenheit
des Ausdrucks gerungen hatte, gut genug, um ihn zu überleben. Die Ode ent-
stand im Jahre 1932, wahrscheinlich inspiriert, ja diktiert von der ganz beson-
ders begabten Amsel, die damals in dem Akazienbaum unseres Pariser Hofes
wohnte.   *Claire Goll*

>   Vor vielen Göttern
>   Hab ich gekniet
>   Um Segen bettelnd.
>   Ich hab das Öllicht des Glaubens gebrannt,
>   Den Reis der Demut gegessen,
>   Das Lamm des Gehorsams geopfert,
>   Ich hab gefastet an traurigen Tagen
>   Und zu den Jahreswechseln getanzt:
>   Doch immer erwach ich
>   Mit bitterer Lippe
>   Und dürstender Seele
>   Zur Stunde des trächtigen Tags
>   Und rufe vergeblich die Götter.
>
>   Nur du
>   Unscheinbar kleiner Vogel
>   Verborgen im rauschenden Baum:
>   Du stärkst mich mit deinem Gesang,
>   Du stehst am Ausgang der Nächte
>   Du stehst am Eingang der Tage,
>   Groß über dem Leben,
>   Trost gegen den Tod.
>
>   Wieviele Nächte zählen dreißig Jahre?
>   Elftausendmal
>   Saß ich in dunkler Kammer,
>   Die Lider leer von Schlaf,
>   Das Ohr gefüllt
>   Mit aller Qual der Welt.
>   Ich ließ den goldnen Sand der Sterne
>   Durch meine starren Finger rinnen,

40 Ich lieh dem schwarzen Sand der Erde
Die müden Spuren meiner Zehen
Und zwischen Sand und Sand
Schlug meines Herzens
Vergeblich rote Flamme
45 Zu den verschlossenen Wolken auf.

Nur du
Unscheinbar kleiner Vogel
Verborgen im laublosen Baum:
Du stärktest mich mit deinem Gesang
50 Am Ausgang der Nächte,
Am Eingang der Tage,
Groß über dem Leben,
Trost gegen den Tod.

Wieviele Tage zählen dreißig Jahre?
55 Dreihunderttausend? Oder drei?
Man zählt sie nach den Kriegen,
Nach den geliebten Frauen,
Nach den befahrenen Meeren,
Nach den gehängten Königen,
60 Nach den verlorenen Sommern,
Nach den Kometen,
Nach den Toten:
Wenn nur die Zeit
Die lange, lange, lange kurze Zeit
65 Vorüberschreit.

Nur du
Unscheinbar kleiner Vogel
Verborgen im blühenden Baum:
Du rechnest nicht mit deinem Gesang,
70 Du singst am Ausgang der Nächte,
Am Eingang der Tage,
Groß über dem Leben,
Trost gegen den Tod.

Doch selbst die Götter sterben.
75 Die Himmel modern,
Auf den Altären grünt
Das Moos des Vergessens,
Von stolzen Säulen
Tropft der Staub.
80 Und auch der Menschen

Lächeln rostet auf den Wangen,
Ihr Atem fault,
In ihren abgenutzten Nieren
Eitert der Haß.
85 Ein Nebel wischt die Städte weg,
Und auf Golgatha
Bröckelt der Stein.

Nur du
Unscheinbar kleiner Vogel
90 Verborgen im gefällten Baum:
Du jauchzest weiter deinen Gesang.

Um fünf Uhr früh,
Am Ende aller Nächte,
Am Anfang aller Tage,
95 So will ich einmal sterben,
Amsel, von dir beweint.

KARL KROLOW

Hand vorm Gesicht . . .

Hand vorm Gesicht! Sie hält
Kurz nur das Sterben ab.
5 Grube im Nacken fällt,
Beere am Aronstab.

Rose am leichten Stock
Wird unterm Finger Staub.
Leuchtendes Kirschgeflock
10 Ist schon des Windes Raub.

Ratloser Mund! Er schweigt,
Ins Schwinden still gedehnt,
Wenn sich mein Schatten zeigt,
Süß an die Luft gelehnt.

15 Wenn träg die Pappel samt,
Löwenzahnlampe lischt,
Vieles bleibt unbenamt,
Wie sich's in Trauer mischt.

Wie es sich ungenau
20   Hin zum Vergehen drängt,
Faltermann, Falterfrau
Mutlos im Lichte schwenkt.

Über mir weiß ich schon
Stimmen aus schwarzem Schall,
25   Laubhaft gehauchtem Ton,
Und spür den Stirnverfall.

Rückwärts mit leisem Schrei
Stürz ich ins Leere hin,
Hart hinterm Tod vorbei.
30   Fühl, daß ich's nicht mehr bin

GOTTFRIED BENN

Außenminister

Aufs Ganze gerichtet
sind die Völker eine Messe wert,
5 aber im Einzelnen: laßt die Trompete zu der Pauke sprechen,
jetzt trinkt der König Hamlet zu –
wunderbarer Aufzug,
doch die Degenspitze vergiftet.

„Iswolski lachte."
10 Zitate zur Hand, Bonmots in der Kiepe,
hier kühl, dort chaleureux, peace and gott will,
lieber mal eine Flöte zuviel,
die Shake-hands Wittes in Portsmouth (1905)
waren Rekord, aber der Friede würde günstiger.

15 Vorm Parlament –, das ist keineswegs Schaumschlägerei,
hat Methode wie Sanskrit oder Kernphysik,
Enormes Labor: Referenten, Nachrichtendienst, Empirie,
auch Charakter muß man durchfühlen,
im Ernst: Charakter haben die Hochgekommenen ganz bestimmt,
20 nicht wegen etwaiger Prozesse,
sondern er ist unser moralischer sex appeal –

AUSSENMINISTER 9 Iswolski, *russ. Außenminister 1906–1910.*   13 Witte, *russ. Politiker, 1892–1903 Finanzminister, 1905–1906 erster konstitutioneller Ministerpräsident (Aufbau von Großindustrie und Eisenbahn).*

allerdings: was ist der Staat?
„Ein Seiendes unter Seienden",
sagte schon Plato.

25 „Zwiespalt zwischen der öffentlichen
und der eigentlichen Meinung" (Keynes). Opalisieren!
Man lebt zwischen les hauts et les bas,
erst Oberpräsident, dann kleiner Balkanposten, schließlich Chef,
dann ein neues Revirement,
30 und man geht auf seine Güter.

Leicht gesagt: verkehrte Politik.
Wann verkehrt? Heute? Nach zehn Jahren? Nach einem
                                                    Jahrhundert?

Mésalliancen, Verrat, Intrigen,
alles geht zu unseren Lasten,
35 man soll das Ölzeug anziehn,
bevor man auf Fahrt geht,
beobachten, ob die Adler rechts oder links fliegen,
die heiligen Hühner das Futter verweigern.
Als Hannibal mit seinen Elefanten über den Brenner zog,
40 war alles in Ordnung,
als später Karthago fiel,
weinte Salambo.

Sozialismus – Kapitalismus –: wenn die Rebe wächst
und die Volkswirtschaft verarbeitet ihren Saft
45 dank außerordentlicher Erfindungen und Manipulationen
zu Mousseux – dann muß man ihn wohl auch trinken?
Oder soll man die Kelten verurteilen,
weil sie den massilischen Stock
tauschweise nach Gallien trugen –
50 damit würde man ja jeden zeitlichen Verlauf
und die ganze Kulturausbreitung verdammen.

„Die Außenminister kamen in einer zweistündigen Besprechung
zu einem vorläufigen Ergebnis"
(Öl- und Pipelinefragen),
55 drei trugen Cutaway,
einer einen Burnus.

---

26 Keynes, *englischer Nationalökonom (1883–1946)*.

JOHANNES ROBERT BECHER*

Sechzig Jahre alt . . .

Sechzig Jahre alt,
Habe ich die Stadt besucht,
In der ich geboren war,
Ihren Namen
Vor mich hinflüsternd
Wie eine Liebkosung.

Träume der Kindheit,
Wohin?
Wo ihre Plätze
Seliger Wildnis,
Stätten der Heimsuchung?

Die Lehrer
Haben ausgeruht,
Die Schüler sind bald alle
An der Reihe,
Sich zur Ruhe
Zu begeben.

Kaum noch wirst du
Einem Bekannten
Begegnen . . .
Kein Willkommenkranz
Hängt dir zum Gruß
Über irgendeiner Tür,
Aber auch jedes peinliche Zusammentreffen
Bleibt dir erspart.

Verfahren sind verjährt,
Sogar deine Gläubiger sind ausgestorben.

Zieh hin, alter Mann,
Unbehelligt
Deines Wegs
Durch den Englischen Garten,
Heimgekehrt
In die Fremde.

Sechzig Jahre alt,
Habe ich die Stadt besucht,
In der ich geboren war,

Ihren Namen
40 Vor mich hinflüsternd
Wie eine Liebkosung.

Alter Mann
In den Straßen Münchens,
Was suchst du?

45 Die frühen Pfade:
Unauffindbar.

Deine Mutter
In der Stunde ihres Absterbens? –

Du selbst –
50 Verschollen ...

Eine Stadt,
Die versunken ist,
Überwachsen von einer anderen,
Mit den Wahrzeichen und Namen
55 Der Versunkenen ...
Aber nur die
Bezeichnungen gleichen einander,
Nur sie:

Basilika,
60 Die Hofgarten-Arkaden,
Propyläen,
Glyptothek.

Aber über die Trümmer
Der Pinakothek
65 Ist schon das Gras gewachsen,
Wohlgepflegter Rasen ...

Anstelle deines Geburtshauses
Hat sich eine Baracke hingesetzt,
Nur die Hausnummer
70 Ist von deiner Kindheit
Übriggeblieben.

O Heimat
Ohne Wiedersehen!

Blättern wie in einem
75 Vergilbten Album –
Nicht mehr.

Sechzig Jahre alt,
Habe ich die Stadt besucht,
In der ich geboren war,
80   Ihren Namen
Vor mich hinflüsternd
Wie eine Liebkosung.

RAINER MARIA RILKE

Fragment einer Elegie

Soll ich die Städte rühmen, die überlebenden
(die ich anstaunte) großen Sternbilder der Erde.
5   Denn nur zum Rühmen noch steht mir das Herz, so gewaltig
weiß ich die Welt. Und selbst meine Klage
wird mir zur Preisung dicht vor dem stöhnenden Herzen.
Sage mir keiner, daß ich die Gegenwart nicht
liebe; ich schwinge in ihr; sie trägt mich, sie gibt mir
10   diesen geräumigen Tag, den uralten Werktag
daß ich ihn brauche, und wirft in gewährender Großmut
über mein Dasein niegewesene Nächte.
Ihre Hand ist stark über mir und wenn sie im Schicksal
unten mich hielte, vertaucht, ich müßte versuchen
15   unten zu atmen. Auch bei dem leisesten Auftrag
säng ich sie gerne. Doch vermut ich, sie will nur,
daß ich vibriere wie sie. Einst tönte der Dichter
über die Feldschlacht hinaus; was will eine Stimme,
neben dem neuen Gedröhn der metallenen Handlung,
20   drin diese Zeit sich verringt mit anstürmender Zukunft.
Auch bedarf sie des Anrufes kaum, ihr eigener Schlachtlärm
übertönt sich zum Lied. So laßt mich solange
vor Vergehendem stehn; anklagend nicht, aber
noch einmal bewundernd. Und wo mich eines
25   das mir vor Augen versinkt, etwa zur Klage bewegt,
sei es kein Vorwurf für euch. Was sollen jüngere Völker
nicht fortstürmen von dem, was der morschen oft
ruhmloser Abbruch begrub. Sehet, es wäre
arg um das Große bestellt, wenn es irgend der Schonung
30   bedürfte. Wem die Paläste oder der Gärten
Kühnheit nicht mehr, wem Aufstieg und Rückfall
alter Fontänen nicht mehr, wem das Verhaltene

in den Bildern oder der Statuen ewiges Dastehn
nicht mehr die Seele erschreckt und verwandelt, der gehe
35 diesem hinaus und tue sein Tagwerk; wo anders
lauert das Große auf ihn und wird ihn wo anders
anfalln, daß er sich wehrt.

Duino, Ende Januar 1912

1953

PAUL CELAN*

NÄCHTLICH geschürzt
die Lippen der Blumen,
gekreuzt und verschränkt
5 die Schäfte der Fichten,
ergraut das Moos, erschüttert der Stein,
erwacht zum unendlichen Fluge
die Dohlen über dem Gletscher:

dies ist die Gegend, wo
10 rasten, die wir ereilt:

sie werden die Stunden nicht nennen,
die Flocken nicht zählen,
den Wassern nicht folgen ans Wehr.

Sie stehen getrennt in der Welt,
15 ein jeglicher bei seiner Nacht,
ein jeglicher bei seinem Tode,
unwirsch, barhaupt, bereift
von Nahem und Fernem.

Sie tragen die Schuld ab, die ihren Ursprung beseelte,
20 sie tragen sie ab an ein Wort,
das zu Unrecht besteht, wie der Sommer.

Ein Wort – du weißt:
eine Leiche.

Laß uns sie waschen,
25 laß uns sie kämmen,
laß uns ihr Aug
himmelwärts wenden.

GEORG SCHNEIDER

Der Mann, der dort geht ...

Der Mann, der dort geht,
Trägt an den Füßen noch den Staub der Straße,
Die sich nach Emmaus zieht.
Jetzt ist er fern den Weggenossen
Von damals.
Er läßt sich auf nichts ein,
Er hat keine Zeit, ein Gespräch zu führen.
Er ist allein mit dem Gerät,
Das er trägt über der Schulter.
Manchmal rückt er es zurecht.
Dann aber schreitet er rüstig aus,
Immer beschäftigt mit den einfachen Dingen
Und ein wenig schwerfällig in Gedanken.
Ein Korn hat er in die Erde gesenkt.
Jetzt sieht er nach, was aus dem Korn geworden ist.
Ihn grüßen die Wolgaschiffe.
Du kannst ihm begegnen in Pennsylvanien
Oder an den Ufern des Euphrat.
Er heißt Pierre, Kung Dsi oder Kaspar.
Einfache Namen sind das.
Sitzt er vor seiner Hütte,
Sieht er hinaus auf die Tore Thebens
Oder die Kartoffeläcker
Im Schatten der fränkischen Hügel.
Er hat eine Entdeckung gemacht,
Und er scheint zufrieden zu sein
Mit seiner Entdeckung.
Das Korn ist zerfallen,
Aber der Halm steht silbergrün im Wind.
Wie ein großes Abendtier geht er dahin,
Heimwärts, und sein Dunkles zeichnet sich ab
Auf den weißen Mauern.

UNBEKANNTER VERFASSER

Wer Wind sät . . .

Vierzigtausend Kinder schuften
Für Hungerlöhne, für ein Nichts
Auf den Plantagen von Kenya.
50mal so wenig wie ein Weißer
Erhält ein Neger, der in Fabriken
In Minen von Rhodesien front,
Aber die Fronvögte verdienen,
Die haben ihre fetten Pfründe!
150prozentige Gewinne
Konnte eine Minen-A.G.
An ihre reaktionären Aktionäre
„Zur Verteilung bringen".
In den Gruben knirschen die Neger,
Aber den Sklavenhaltern vergeht
Langsam das Lachen.
Wundre dich nicht, weißer Mann,
Wenn ganz Afrika in Flammen
Stehen wird und des Aufstands Fanale
Deine Plantagen durchgellen;
Wundre dich nicht, du hast
Den Aufruhr geschürt
Durch Peitsche und Zwang.
92 Prozent des Bodens
Von Südafrika gehört den Weißen . . .
800000 Hektar Land
Wurden den rechtmäßigen
Besitzern in 40 Jahren geraubt.
Man hat ihre Hütten verbrannt
Und ihre Ernte vernichtet.
Wundre dich nicht, Sklavenhalter,
Wenn du ernten wirst,
Was du gesät hast!

---

1 *Signiert:* Haruspex *(d. i. lat. Zeichendeuter).*

GOTTFRIED BENN

Den jungen Leuten

„Als ob das alles nicht gewesen wäre" –
es war auch nicht!
5   war ich es denn, der dir gebot: gebäre
und daß dich etwas in die Ferse sticht?

„Der dichtet wie vor hundert Jahren,
kein Krieg, kein Planck, kein USA.,
was wir erlitten und erfahren,
10   das ist ihm Hekuba!"

Lang her, aus Dunkel, Fackeln und Laterne
versuchten sich um eine klare Welt,
versuchten sich – doch Näh und Ferne
blieb reichlich unerhellt!

15   Nun sollte ich – nun müßte ich – beileibe
ich müßte nicht, ich bin kein Ort,
wo etwas sich erhellt, ich treibe
nur meinen kleinen Rasensport!

Allons enfants, tut nicht so wichtig,
20   die Erde war schon vor euch da
und auch das Wasser war schon richtig –
Hipp, hipp, hurra!

JOHANNES ROBERT BECHER

Aus: ## Zum Tode J. W. Stalins

Danksagung

I

In seinen Werken reicht er uns die Hand.
5   Band reiht an Band sich in den Bibliotheken,
Und niederblickt sein Bildnis von der Wand.
Auch in dem fernsten Dorf ist er zugegen.

Mit Marx und Engels geht er durch Stralsund,
Bei Rostock überprüft er die Traktoren,
10   Und über einen dunklen Wiesengrund
Blickt in die Weite er, wie traumverloren.

Er geht durch die Betriebe an der Ruhr,
Und auf den Feldern tritt er zu den Bauern,
Die Panzerfurche – eine Leidensspur.
Und Stalin sagt: „Es wird nicht lang mehr dauern."

In Dresden sucht er auf die Galerie,
Und alle Bilder sich vor ihm verneigen.
Die Farbentöne leuchten schön wie nie
Und tanzen einen bunten Lebensreigen.

Mit Lenin sitzt er abends auf der Bank,
Ernst Thälmann setzt sich nieder zu den beiden.
Und eine Ziehharmonika singt Dank,
Da lächeln sie, selbst dankbar und bescheiden.

Die Jugend zeigt euch ihre Meisterschaft
In Sport und Spiel – und ihr verteilt die Preise.
Dann summt ihr mit die Worte „lernt und schafft",
Wenn sie zum Abschied singt die neue Weise.

II

Dort wird er sein, wo sich von ihm die Fluten
Des Rheins erzählen und der Kölner Dom.
Dort wird er sein in allem Schönen, Guten,
Auf jedem Berg, an jedem deutschen Strom.

Dort wirst du, Stalin, stehn, in voller Blüte
Der Apfelbäume an dem Bodensee,
Und durch den Schwarzwald wandert seine Güte,
Und winkt zu sich heran ein scheues Reh.

Nun lebt er schon und wandert fort in allen,
Und seinen Namen trägt der Frühlingswind,
Und in dem Bergsturz ist sein Widerhallen,
Und Stalins Namen buchstabiert das Kind.

Im Wasserfall und in dem Blätterrauschen
Ertönt dein Name, und es zieht dein Schritt
Ganz still dahin. Wir bleiben stehn und lauschen
Und folgen ihm und gehen leise mit.

Gedenke, Deutschland, deines Freunds, des besten.
O danke Stalin, keiner war wie er
So tief verwandt dir. Osten ist und Westen
In ihm vereint. Er überquert das Meer,

Und kein Gebirge setzt ihm eine Schranke,
Kein Feind ist stark genug, zu widerstehn
50   Dem Mann, der Stalin heißt, denn sein Gedanke
Wird Tat, und Stalins Wille wird geschehn.

BERTOLT BRECHT

Bei der Lektüre eines sowjetischen Buches

Die Wolga, lese ich, zu bezwingen
Wird keine leichte Aufgabe sein. Sie wird
5   Ihre Töchter zu Hilfe rufen, die Oka, Kama, Unsha, Wetluga
Und ihre Enkelinnen, die Tschussowaja, die Wjatka.
Alle ihre Kräfte wird sie sammeln, mit den Wassern aus 7000
                                                    Nebenflüssen
Wird sie sich zornerfüllt auf den Stalingrader Staudamm stürzen.
Dieses erfinderische Genie, mit dem teuflischen Spürsinn
10   Des Griechen Odysseus, wird alle Erdspalten ausnützen
Rechts ausbiegen, links vorbeigehn, unterm Boden
Sich verkriechen – aber, lese ich, die Sowjetmenschen
Die sie lieben, die sie besingen, haben sie
Neuerdings studiert und werden sie
15   Noch vor dem Jahre 1958
Bezwingen.
Und die schwarzen Gefilde der Kaspischen Niederung
Die dürren, die Stiefkinder
Werden es ihnen mit Brot vergüten.

PETER HUCHEL

Eine Herbstnacht

Wo bist du, damals sinkender Tag?
Septemberhügel, auf dem ich lag
5   Im jähen blätterstürzenden Wind,
Doch ganz von der Ruhe der Bäume umschlungen..
Kraniche waren noch Huldigungen
Der Herbstnacht an das spähende Kind.

O ferne Stunde, dich will ich loben.
10   Langhalsig flogen die großen Vögel dort oben.
Der Knabe rief ihnen zu ein Wort.
Sie schrieen gell und zogen fort.
In Bäumen und Büschen wehte dein Haar,
Uralte Mutter, die alles gebar,
15   Moore und Flüsse, Schluchten und Sterne.
Ich sah dich schwingen
Durchs Sieb der Ferne
Den glühenden Staub der Meteore.
Die Erde fühlend mit jeder Pore,
20   Hörte ich Disteln und Steine singen.
Der Hügel schwebte. Und manchmal schoß
Den Himmel hinunter ein brennender Pfeil.
Er traf die Nacht. Sie aber schloß
Mit schnellem Dunkel die Wunde
25   Und blieb über wehenden Pappeln heil.
Quellen und Feuer rauschten im Grunde.

GOTTFRIED BENN

Nur zwei Dinge

Durch so viel Formen geschritten,
durch Ich und Wir und Du,
5   doch alles blieb erlitten
durch die ewige Frage: wozu?

Das ist eine Kinderfrage.
Dir wurde erst spät bewußt,
es gibt nur eines: ertrage
10   – ob Sinn, ob Sucht, ob Sage –
dein fernbestimmtes: Du mußt.

Ob Rosen, ob Schnee, ob Meere,
was alles erblühte, verblich,
es gibt nur zwei Dinge: die Leere
15   und das gezeichnete Ich.

PAUL CELAN*

Assisi

UMBRISCHE Nacht.
Umbrische Nacht mit dem Silber von Glocke und Ölblatt.
5 Umbrische Nacht mit dem Stein, den du hertrugst.
Umbrische Nacht mit dem Stein.

Stumm, was ins Leben stieg, stumm.
Füll die Krüge um.

Irdener Krug.
10 Irdener Krug, dran die Töpferhand festwuchs.
Irdener Krug, den der Kuß eines Schattens für immer verschloß.
Irdener Krug mit dem Siegel des Schattens.

Stein, wo du hinsiehst, Stein.
Laß das Grautier ein.

15 Trottendes Tier.
Trottendes Tier im Schnee, den die nackteste Hand streut.
Trottendes Tier vor dem Wort, das ins Schloß fiel.
Trottendes Tier, das den Schlaf aus der Hand frißt.

Glanz, der nicht trösten will, Glanz.
20 Die Toten – sie betteln noch, Franz.

GERTRUD KOLMAR*

Die Kinderdiebin

Der Häher schreit, will die astjunge Brut.
Der Häher schweigt, lauert im Nußgesträuch.
5 Die Diebin streift! Mütter, o hütet euch,
Ruft eure Kleinen an und wahret sie gut!

Kinderdiebin hält, was sie schmeichelnd gefaßt,
Netzt ihm Lippen mit süßem Seim:
Worte sterben: „Eltern" und „Möchte heim",
10 Und es bleibt ihr lieber, fröhlicher Gast,

Huscht und lächelt auf sanftgrünem Schnabelschuh
Mit den Freunden durch gläserne Zimmer umher,
Dreizehn Zimmer; im vierzehnten aber, das leer,
Sitzt die Kinderdiebin und nickt ihnen zu,

15   Bäckt im mächtigen Herd ihnen Hutzelbrot,
Führt sie zu Schlagrahmhügeln, wölbig und weiß,
Großen, schönen Orangen und Pfirsicheis
In Kristallbechern, quellblau und finkenrot.

Ja, und sie haben auch Tiere: den Seidenspitz,
20   Scheckenkatze und den Neufundlandshund:
Vöglein durchflimmern spiegelndes Kuppelrund,
Flaggensylphe, Schmuckelf, fünffarbiger Blitz.

Graupapagei kann herzliche Rede verstehn,
Greift die Nußfrucht, dankt, zerknabbert den Kern,
25   Hockt am Rande sprudelnder Schale gern,
Drin die Zwergfische blättrige Flossen wehn.

Wenn die Glasuhr von siebenter Stunde spricht,
Kommt die Diebin mit dem Drachenzahnkamm,
Goldener Schüssel mit einem Meeresschwamm,
30   Strählt das Haar und wäscht das runde Gesicht.

Da der Mond in das plätschernde Becken scheint,
Kindlein dämmern, traumnah, müdegespielt,
Kniet sie wispernd an allen Betten und stillt
Letzten Kuß, um den eine Mutter weint.

EUGEN GOTTLOB WINKLER

Winter

Lange Gänge durch den Dunst der Stadt
Der chinesischen Mauer entlang. Endlos
5   An den Steinen, endlos pochend.
Bin ich drinnen? bin ich draußen? Irgendwo
Sind Gärten, Götter, Frauen.
Ihre Lust ist abgeschlossen, jung
Und nie enttäuscht, Phönix aus der Asche,
10   Ewiges Licht der klugen Jungfrau,
Die den Bräutigam erwartet.

WINTER *Aus dem Nachlaß veröffentlicht.*

Nirgends öffnet sich die Tür zu ihr.
Wanderung zum Tod. Die Nacht wird manchmal hell.
Zappelnde Figuren, schwarz und weich,
15 Heben ein Gelärme an,
Musikanten, Wirte, Huren ...
Ich betrüge grinsend meine Qual.

ERICH ARENDT

Hiddensee

Gehoben vom leisen Licht
in des Himmels größeren Ozean:
5 schwebende Insel,
unter der Traumtrift
der Wolken
die zärtlichste du,
gesäumt nur von Bläuen und Winden.
10 Wo Meer dich berührt,
rinnt hörbar die Stunde noch
unserer Ewigkeit:
lausche.

Schwalbenflug dein Gruß,
15 ihr von goldener Küste
singend gepfeilte.
Und über dem Fischer
die schwarze Maske, die
lautlos
20 im harten Winde steht und spähet ...
O du großes Gelock
der blauen Rosse um ihn
weißschäumend an bäumenden Hälsen,
von klingenden Inseln kommend
25 aus röterem Stein,
wo mir die Traube gereift
unvergeßlich.

Wer wirft
hier Netze noch aus?
30 Leer sind unter Sonnenbögen
die Wasser.

Die Schuppenschwärme fernhin zogen
zu Fjorden und Schären.
Doch aus der Hand des Nordwest
35 fiel der einsame Fisch
·auf den Strand, da
unterm Dünendunkel der Nacht
vom Schlag der Woge das Herz
der Insel zuckte.
40 Es dreht den Rücken zum Meer
und knüpft die Netze der Fischer,
wartend auf bessere Stunde
der uralten Flut.

Lauschende:
45 du hältst nicht den Wind
und die Türme des Sands:
unsichtbar' Wandern
im Anhauch der Zeit.
Jahre, wie ihr zerbrachet
50 das Lächeln des Steilhangs!
Aber es wachsen und steigen
die Tiefen um dich,
dir nur vertraut und
versunkenem Raunen der Mitternächte,
55 den salzenen Klippen
blutleeren Monds.

Untermeerisch aber blühen
die Ambersteine
und die meergroßen Gräser, die,
60 im Wellentod treibend,
geheimnisvoll
um die Schulter sich legen
dem Schwimmenden,
wenn großblickend das Rund
65 des Abends die Insel trifft
und Hügel und Wolken klingen
rot
und silbern der fliehende Mund
der Bucht,
70 immer ins Ferne ein Segel zieht.

JÜRGEN EGGEBRECHT

August

Der Mückenball vom Frühling
lebt nicht mehr im August.
Verteilt ist seine Lust.
Die vormals Mücken waren,
sind auf ins Licht gefahren.

Nun quirrlen andere nieder
am Abend überm Tisch.
Die frißt im Teich der Fisch.
August ist nie mehr Frühling.

GEORG BRITTING

Hoher Sommer

Vornehm glänzen die grünen
Äpfel im grünen Laub –
Die gelben Äpfel, die roten,
Prahlen zu laut!

Lautlos sinken die Halme
Und duftend beim Sensenschwung:
Der Heuschreck vermag sich zu retten
Durch einen verwegenen Sprung.

Verlegen nun auf der Straße
Sitzt er, bepudert vom Staub.
Ein Windstoß schüttelt die grünen
Äpfel – die knattern jetzt laut!

GOTTFRIED BENN

Teils-Teils

In meinem Elternhaus hingen keine Gainsboroughs
wurde auch kein Chopin gespielt
ganz amusisches Gedankenleben

mein Vater war einmal im Theater gewesen
Anfang des Jahrhunderts
Wildenbruchs „Haubenlerche"
davon zehrten wir
10 das war alles.

Nun längst zu Ende
graue Herzen, graue Haare
der Garten in polnischem Besitz
die Gräber teils-teils
15 aber alle slawisch,
Oder-Neißelinie
für Sarginhalte ohne Belang
die Kinder denken an sie
die Gatten auch noch eine Weile
20 teils-teils
bis sie weiter müssen
Sela, Psalmenende.

Heute noch in einer Großstadtnacht
Caféterrasse
25 Sommersterne,
vom Nebentisch
Hotelqualitäten in Frankfurt
Vergleiche,
die Damen unbefriedigt
30 wenn ihre Sehnsucht Gewicht hätte
wöge jede drei Zentner.

Aber ein Fluidum! Heiße Nacht
à la Reiseprospekt und
die Ladys treten aus ihren Bildern:
35 unwahrscheinliche Beautys
langbeinig, hoher Wasserfall
über ihre Hingabe kann man sich garnicht erlauben
nachzudenken.

Ehepaare fallen demgegenüber ab,
40 kommen nicht an, Bälle gehn ins Netz,
er raucht, sie dreht ihre Ringe
überhaupt nachdenkenswert
Verhältnis von Ehe und Mannesschaffen
Lähmung oder Hochtrieb.

45 Fragen, Fragen! Erinnerungen in einer Sommernacht
hingeblinzelt, hingestrichen,

in meinem Elternhaus hingen keine Gainsboroughs
nun alles abgesunken
teils-teils das Ganze
50   Sela, Psalmenende.

1955

KURT MARTI

Aus: Aufnahmen

Verliebte im Bahnhof

Verliebte schimmern taubenhell
5   im Sommer auf dem Bahnsteig.
Und sind ein Glockenspiel
von Stellwerk und Geleisen.

GÜNTER BRUNO FUCHS

Für ein Kind

Ich habe gebetet. So nimm von der Sonne und geh.
Die Bäume werden belaubt sein.
5   Ich habe den Blüten gesagt, sie mögen dich schmücken.

Kommst du zum Strom, da wartet ein Fährmann.
Zur Nacht läutet sein Herz übers Wasser.
Sein Boot hat goldene Planken, das trägt dich.

Die Ufer werden bewohnt sein.
10   Ich habe den Menschen gesagt, sie mögen dich lieben.
Es wird dir einer begegnen, der hat mich gehört.

GÜNTER EICH

Königin Hortense

Alles in Blau, obwohl du kein Blau siehst:
Königin Hortense,
5   der Sommerhut breitrandig,
die vielen Bänder.

In Verbannung hinter der Hecke – wie lange schon?
Niemand hat es gewußt, Majestät.
Ein Handschuhwinken: Geste aus Blütenstaub,
10 die Huld eines Mundes in Wespenflügeln.
Leicht zu vertauschen mit einer Blume, ach Königin.

Wer wart ihr andern im Garten, schreckliche Seelen?
Gebt Ruh, ihr, verborgen hinter der Schönheit!
Wo fängt eure Stille an? Es klirrt
15 von Geschmeide, von Ketten, von Schaufeln, von Schwertern.
Es schreit.

GOTTFRIED BENN

Verließ das Haus –

I

Verließ das Haus, verzehrt, er litt so sehr,
soviele Jahre Mensch, mit Zwischendingen,
5 trotz Teilerfolg im Geistesringen
war keiner von olympischem Gewähr.

So ging er langsam durch die Rêverie
des späten Herbsttags, kaum zu unterscheiden
von einem Frühlingstag mit jungen Weiden
10 und einem Kahlschlag, wo der Häher schrie.

So träumerisch von Dingen überspielt,
die die Natur in Lenken und Verwalten
entfernter Kreise – jüngeren und alten –
als unaufhebbar einer Ordnung fühlt –:

15 So trank er denn den Schnaps und nahm die Tracht
Wurstsuppe, Donnerstags umsonst gereichte
an jeden Gast, und fand das angegleichte
Olympische von Lust und Leidensmacht.

II

Er hatte etwas auf der Bank gelesen
und in der letzten Rosen Grau gesehn,
es waren keine Stämme, Buschwerkwesen,
gelichtet schon von Fall und Untergehn.

Nun sank das Buch. Es war ein Tag wie alle
und Menschen auch wie alle im Revier,
das würde weiter sein, in jedem Falle
blieb dies Gemisch von Tod und Lachen hier.

Schon ein Geruch kann mancherlei entkräften,
auch kleine Blumen sind der Zeder nah –
dann ging er weiter und in Pelzgeschäften
lag manches Warme für den Winter da.

III

Ganz schön –, gewiß, – für Schnaps und eine Weile
im Park am Mittag, wenn die Sonne scheint,
doch wenn der Hauswirt kommt, gewisse Teile
der Steuer fehlen und die Freundin weint?

Verzehrt: wie weit darfst du dein Ich betreiben,
Absonderliches als verbindlich sehn?
Verzehrt: wie weit mußt du im Genre bleiben –
soweit wie Ludwig Richters Bilder gehn?

Verzehrt: man weiß es nicht. Verzehrt und man wendet
sich qualvoll Einzel zu wie Allgemein, –
das Zwischenspiel von Macht des Schicksals endet
glorios und ewig, aber ganz allein.

Verflucht die Evergreens! Die Platten dröhnen!
Schnaps, Sonne, Zedern – was verhelfen sie
dem Ich, den Traum, den Wirt und Gott versöhnen –
die Stimmen krächzen und die Worte höhnen –
verließ das Haus und schloß die Rêverie.

PETER HUCHEL

Chausseen, Chausseen
Chronik: Dezember 1942

Wie Wintergewitter ein rollender Hall.
Zerschossen die Lehmwand von Bethlehems Stall.

Es liegt Maria erschlagen vorm Tor,
Ihr blutig Haar an die Steine fror.

Drei Landser ziehen vermummt vorbei.
Nicht brennt ihr Ohr von des Kindes Schrei.

Im Beutel den letzten Sonnblumenkern,
Sie suchen den Weg und sehn keinen Stern.

Aurum, thus, myrrham offerunt . . .
Um kahles Gehöft streicht Krähe und Hund.

. . . quia natus est nobis Dominus.
Auf fahlem Gerippe glänzt Öl und Ruß.

Vor Stalingrad verweht die Chaussee.
Sie führt in die Totenkammer aus Schnee.

GÜNTER GRASS

Polnische Fahne

Viel Kirschen die aus diesem Blut
Im Aufbegehren deutlich werden,
das Bett zum roten Inlett überreden.

Der erste Frost zählt Rüben, blinde Teiche,
Kartoffelfeuer überm Horizont,
auch Männer halb im Rauch verwickelt.

Die Tage schrumpfen, Äpfel auf dem Schrank,
die Freiheit fror, jetzt brennt sie in den Öfen,
kocht Kindern Brei und malt die Knöchel rot.

CHAUSSEEN . . . 12 *Sie bringen Gold, Weihrauch und Myrrhe.* 14 *Denn uns ist geboren der Herr.*

POLNISCHE FAHNE 13 Pilsudski, *poln. Staatsmann (1867–1935), Staatschef 1918–1922, Mitbegründer der poln. Sozialistischen Partei.*

Im Schnee der Kopftücher beim Fest,
Pilsudskis Herz, des Pferdes fünfter Huf,
schlug an die Scheune bis der Starost kam

Die Fahne blutet musterlos,
so kam der Winter, wird der Schritt
hinter den Wölfen Warschau finden.

INGEBORG BACHMANN

Römisches Nachtbild

Wenn das Schaukelbrett die sieben Hügel
nach oben entführt, schürft es,
von uns beschwert und umschlungen,
finster den Boden,

taucht in den Flußschlamm, bis in unsrem Schoß
die Fische sich sammeln.
Ist die Reihe an uns,
stoßen wir ab.

Es sinken die Hügel,
wir steigen und teilen
jeden Fisch mit der Nacht.

Keiner springt ab.
So gewiß ist's, daß nur die Liebe
und einer den andern erhöht.

CLAUS BREMER

Sirenengedicht

komm besungener odysseus du großer ruhm der achaier

warum benimmst du dich im lande
wie ein fremder und wie ein
wandersmann der nur für eine
nacht sein zelt aufschlägt

lenke dein schiff ans land und horche
unserer stimme horche denn hier steuerte noch keiner

10 hier im schwarzen schiff vorüber steuerte keiner
ehe er dem süßen gesang aus unserem munde ehe
er gelauscht um dann heim zu gehen
ehe er gelauscht
vergnügt heim zu gehen
15 weiser wie vormals

       warum gleichst du itzt einem
       mann im schlaf einem mann der
       nicht zu helfen weiß

diesen vogel du fängst ihn noch
20 stürzt dein aug auch
stürzt die drossel noch fliegt fliegt
ohn des winds wurf fliegt nach den tränen
fängt ihn noch weiche pagod im azur
wimper am see der augen du
25 fängst ihn noch baum in blüte in
wassers west licht wimpel blätter wind schon wind
wirft sein haar auf der well und die blum hängt in das wasser mit
wasser grünt sein fleisch sein vogel fleisch auf
erd schon erd
30 all spiegelt aug das azur
schaut baum schaut stein mana
jener grosse baum hat eine stimm mana
ruft

       wortschnüre meine heide gehört den sängern
35   wortschnüre meine luft singt
       wortschnüre meine schultern deckt kein buntweißes
       wortschnüre   [löwentuch
       die frühlinge umsonst aber
       wortschnüre
40   des winds stoß empfängt
       zwölf blatt das haupt und die hand mit der schlange

und aufgrünt die folie
folie von flammenzung
dies fiederwerk herbstlich
45 diese fahrt in den süden und
la ganipote
stern von la ganipote
laub und ein dornbaum

PAUL CELAN*

In Memoriam Paul Eluard

Lege dem Toten die Worte ins Grab,
die er sprach, um zu leben.
Bette sein Haupt zwischen sie,
laß ihn fühlen
die Zungen der Sehnsucht,
die Zangen.

Leg auf die Lider des Toten das Wort,
das er jenem verweigert,
der du zu ihm sagte,
das Wort,
an dem das Blut seines Herzens vorbeisprang,
als eine Hand, so nackt wie die seine,
jenen, der du zu ihm sagte,
in die Bäume der Zukunft knüpfte.

Leg ihm dies Wort auf die Lider:
vielleicht
tritt in sein Aug, das noch blau ist,
eine zweite, fremdere Bläue,
und jener, der du zu ihm sagte,
träumt mit ihm: Wir.

MARIE-LUISE KASCHNITZ

Erwartung

Am Abend wenn
Die Kinder unter Palmen
Tanzlieder singen und
Das Glöckchen läutet

Noch nicht Zeit
Entgegenzugehen
Den kleinen Stadtschritt
Dem Zug, der durch Fiebersümpfe
Im roten Schräglicht
Nicht Zeit

Für das Herzklopfen unter
Der Lautsprecherstimme
15 Für die vogelleichten
Worte des Willkomms.

Nur diese
Langsam heran-
Wachsende Gegenwart
20 Diese sich unaufhaltsam

Ausbreitende Landschaft Liebe.
Felder voll Schwertgras und Rose
Lebendiges Wasser
Wind –

PAUL CELAN*

Schibboleth

Mitsamt meinen Steinen,
den großgeweinten
5 hinter den Gittern,

schleiften sie mich
in die Mitte des Marktes,
dorthin,
wo die Fahne sich aufrollt, der ich
10 keinerlei Eid schwor.

Flöte,
Doppelflöte der Nacht:
denke der dunklen
Zwillingsröte
15 in Wien und Madrid.

Setz deine Fahne auf Halbmast,
Erinnrung.
Auf Halbmast
für heute und immer.

20 Herz:
gib dich auch hier zu erkennen,
hier, in der Mitte des Marktes.
Ruf's, das Schibboleth, hinaus
in die Fremde der Heimat:
25 Februar. No pasaran.

Einhorn:
du weißt um die Steine,
du weißt um die Wasser,
komm, ich führ dich hinweg
30   zu den Stimmen
von Estremadura.

1956

HELMUT HEISSENBÜTTEL

das Sagbare sagen
das Erfahrbare erfahren
das Entscheidbare entscheiden
5   das Erreichbare erreichen
das Wiederholbare wiederholen
das Beendbare beenden

das nicht Sagbare
das nicht Erfahrbare
10   das nicht Entscheidbare
das nicht Erreichbare
das nicht Wiederholbare
das nicht Beendbare

das nicht Beendbare nicht beenden

Einfache grammatische Meditationen

a (Tautologismen)

der Schatten den ich werfe ist der Schatten
den ich werfe
die Lage in die ich gekommen bin ist die Lage
in die ich gekommen bin
5   die Lage in die ich gekommen bin ist ja und nein
Situation meine Situation meine spezielle Situation
Gruppen von Gruppen bewegen sich über leere
Flächen

Gruppen von Gruppen bewegen sich über reine
    Farben
Gruppen von Gruppen bewegen sich über ein
    reines Soundso
10   der Schatten den ich werfe ist ein reines Soundso
Gruppen von Gruppen bewegen sich über den
    Schatten den ich werfe und verschwinden

b

die Schwärze des Wassers und das Punktuelle
    der Lichter
die Schwärze des Wassers und das Gelegentliche
    der Reflexe
15   Gegenden und Gegenden und Gegenden und
    Landschaften
Landschaften die ich gefärbt habe und Landschaften
    die ich nicht gefärbt habe
das Gelegentliche der Schatten und die Chromatik
    des Hellen
die Schwärze des Schwarzen und die Chromatik
    der hellen Flecke
gelb rot rotgelb und rot rot rot
20   Gegenden und Landschaften und oder oder
und oder oder

c (konjunktivisch)

bis zur Mitte der Hälfte
weniger als zu wenig
25   am wenigsten
als ob
wahrscheinlich
auf sich genommen
nicht auf sich genommen
30   unentschieden
vorläufig

d

Schraffuren von Spiegelungen und Reflexe und
    Nachmittage
Nachmittage und Nachmittage und Nachmittage
35   Nachmittage sind gebräuchlicher als Vergangenheiten
Nachmittage sind nicht häufiger als Vergangenheiten
der Nachmittag mit dem ich benenne ist benennbarer
    als Vergangenheiten
langsam entfernte Nachmittage durch eine Schraffur
    von Spiegelungen
fortgegangene Fortgänge verweisen
40   gesprungene Spiegelflächen und gesprungenere
    Nachmittage
gesprungenere Nachmittage und gesprungenere
    Nachmittage

e

kleine schwarze Senkrechte überqueren langsame
    schwarze Waagerechte
Regenförmiges überquert Regenförmiges
45   Scharen von Wänden
kleine schwarze traurige unaufhörlich wandernde
    Rechtecke
zögernde Diagonalen
sich überquerende gerade endliche Strecken
jedenfalls gegebenenfalls und ich rede rede
50   Rede überquert Rede und es gibt es gibt es nicht
    nicht
Rede überquert Rede und es gibt es gibt es nicht
    nicht und nie nie

f (partizipial)

wartend warten gewartet haben
gewartet werden
55   rumgekriegt nicht rumgekriegt rumgekriegt
    worden sein

widerrufene Widerrufe
quergespannte Geräusche
quergespannte Geräusche aus endlichen Zeitpunkten
widerrufene Widerrufe richtend auf
60   aufgerichtet gerichtet auf aufgerichtete Richtung
aufgerichtete Richtungen aus unendlichen Zeitpunkten

Topographien

a

atemlos überqueren die Vögel der Weltgeschichte
    das ungedeckte Gelände
Irreparables Schocks schamlose Haut Verluste
5   Big Sid Catlett Art Tatum Fats Navarro
Rückerinnerung an den Untergrund meiner eigenen
    Landschaft
denn ich ein Roman von Gustav Freytag
einzelne weiße rasch über den sichtbaren Umriß
    wandernde Flecken
eine weiße Möve löst sich aus dem Profil
    des Flüchtenden
10   abgefallene Gesichter auf den Treppen der
    U-Bahnschächte
die Gesichter der Toten
in rasender Eile vermehren sich die Glühpunkte
    der Nacht
rostige Kastenformen schaukeln langsam verzweifelt
    unaufhaltsam in die stahlblaue Schutzschicht

b

15   Zeit
Vorzeit nimmt zu Zukunft ab
zwischen den rostgelben Oktoberbäumen bewegen
    sich die zitronengelben Autos
die schwärzliche Schönheit einer Hortensienmumie
der langsame Schritt der nichts Erwartenden
20   Zeitverlust
das Aufhören der Identität auf der Brücke

Spuren von Anis in der Luft
Türen von Anis
death is so permanent
25 die Messingstäbe des Zeitbewußtseins schlagen blind
aneinander

c

unaufhörlich begegnen sich in den gegeneinander
bewegten Strömen dieselben Gesichter
die Lautsprecher reden ununterbrechbar
das Klavierspiel der kleinen Mädchen gräbt einen
Tunnel durch die Jahre
30 der Schrei der Möve der meinen Frühtraum zer-
schneidet ist immer noch meine Schwester
aus den Tunneln tauchen die beleuchteten Vorder-
flächen empor
Holzfeuerhimmel der hinten liegenden Gegenden
offenstehende Türen zu abgestellten Eisenbahn-
waggons in der Novembersonne
flachgezogene Rauchgelände über Rangierbahnhöfen
35 aufgegitterte Spiegelbilder im Wellblech der Kanäle
in diesem Kanal- und Brückengelände
die glitzernden Parallelen des vor mir liegenden
Geländes

d

Tage abziehen Ärger zählen exakt funktionieren
40 interesselos an den Interessen der Interessierten
daß mit dem was erreicht werden kann·weniger
erreicht wird als wenn nichts erreicht wird
die Verführung zu immer derselben Sorte von Sätzen
Schlupfwinkel Benjamin Peret und Francis Picabia
stornierte Einfälle
45 überlebende Gedanken
alles ist anders als seine Hypothese
die Wahrheit ist mein Gedächtnis
ich sammle Passanten die vor sich hin reden
ich bedeute das Fehlen der Gedanken in den
abgefallenen Gesichtern

e

inhaltlose Sätze im Nachtdrift
wirkliche nächtliche Straßenbahngesprächsfetzen
Stimmen über dem Eis
das menschenleere Gesicht das ich erkenne
55 ein Tag vor Weihnachten
Nachtland Nachtblau
geflügelte Peripetie der Nacht
die milchbraune Kreisform
jetzt jetzt jetzt jetzt

CHRISTOPH MECKEL

Goldfisch

Seit ich den Mond und das Wasser liebe,
Lebt ein Goldfisch in meinem Haar,
5 Das verblüfft mich und ich bemerke,
Daß das bei keinem anderen Menschen
Der Fall ist.

Seither bin ich durch viele Flüsse geschwommen,
Aber das Wasser sagte ihm nicht zu.
10 Ich bot ihn dem Mann im Mond als Geschenk,
Doch er weigerte sich, im Licht der Sterne
Zwischen den Wolken und Vögeln zu schwimmen;
Ich führte ihn an das Rote Meer,
Aber er besteht darauf
15 In der Dämmerung meines Haars zu altern.

Ich werde ihn weitertragen,
Bis seine Schuppen bröckeln,
Bis er schwarz wird
Und tot in eine graue Pfütze fällt.

HANS ARP

Häuser

Ich bin ein dunkles feuchtes Haus
sagt ein Haus.
5   Ich möchte gerne noch dunkler und feuchter sein.
Genau in meiner Mitte
hausen zehn Schweine.
In meinem linken Fuß
spinnt eine große Spinne.
10   In meinem Hinterteil
vermehren sich verlauste Affen
die abgöttisch ihre zwei Aftermieter verehren.
Dem Einen sind alle Äste abgebrochen.
Dem Anderen wachsen statt Blätter
15   dicke bleierne Löffel.
Außerdem tragen Beide
an Stelle eines Hutes
einen heulenden Hund auf dem Kopf.
Wie gerne möchte ich
20   diese Beiden an die Luft setzen.
Dann aber würden alle übrigen Mieter
sich totstellen
und wie Menschen stinken.

Ich bin nur gewissermaßen ein Haus
25   sagt ein Haus.
Ich bin eher eine Stadt.
In meinem Kopf bauen schwarze Donner
ein schwarzes Athen.
In meinen unterirdischen Rutschbahnen
30   rutschen aalglatte nachathanasianische Orthodoxe
in prächtig bestickten seidenen Unterhosen
fanatisch auf und ab.
Ich liebe Troglodytenmauern
versteinerte Uhren
35   pudelnackte Laubwälder im Winter
die sich mit einem einzigen Feigenblatt
aushelfen müssen.
Schon oft wurde mir geraten
mich modernisieren zu lassen.
40   Ich halte aber an meinen Spinnen

und ihren kristallenen Ankern.
Auf meiner Zunge
spielt eine Samenwolke Klavier.
Auf meinen Balkonen
45 flechten Scherben und Scherbinnen
ihre langen Nasen zu Bretzeln.

Ich bin wieder einmal ein rechtes Haus.
Ich bin nicht wie die übrigen Häuser
ein zweibeiniger Fleischzopf
50 ein beflügeltes Ei
ein Pyramidenkropf.
Bei mir gibt es Fenster und Türen.
Ich bin kein Langgliedler aus hartgekochter Luft.
Die meisten meiner Wände sind weiblich
55 und können auf- und zugeknöpft werden.

Häuser geraten aus dem Häuschen.
Häuser fühlen wie Menschen
und leiden unter den lebenden und toten Dingen
die in ihnen hausen
60 noch viel stärker als wir.
Sie spüren sie als Jucken Beißen Brennen.
So fürchterlich jucken beißen brennen sie
diese lebenden und toten Dinge
daß sie nicht nur aus dem Häuschen geraten
65 sondern auch aus der Haut fahren
den Verstand verlieren
und an ihren eigenen Wänden
unaufhörlich hinauf und hinunter laufen.

Ich bin eine Rose von einem Haus.
70 In mir wohnt eine schöne junge Frau
als Rose verkleidet.
Jeden Mittag punkt zwölf Uhr
steigt die schöne junge Frau
aus ihrem zusammenklappbaren Sarg
75 klappt ihn zusammen
und duftet.
Ich bin ein Gerippe von einem Haus
nämlich ein Vogelkäfig ohne Vogel
der alle unnatürlichen Fragen
80 mit übernatürlichem Harzerrollen beantwortet.

Ich schreite kunstvoll auf Stelzen dahin
und dies sowohl auf einem hohen Seil
als auch auf dem zartesten Strahl
eines mimosenhaften Sternes.

85 In einem Hause
hatten alle Bewohner den gleichen Traum.
Sie träumten
daß sie täglich kleiner und kleiner würden
und schließlich stürben.
90 Vorsorglich zimmerten sie sich daraufhin
ihre Särge zu Särglein um
und trugen sie stets mit sich
unter dem Arm.
Sie taten recht daran.
95 Obwohl zuerst das Kleinerwerden
nicht der Rede wert war
und zudem unregelmäßig vor sich ging
ja sogar einmal mehrere Monate stockte
übertraf es plötzlich jede Erwartung.
100 Eines schönen Tages
erwachten die Bewohner des Hauses
in dem alle den gleichen Traum geträumt hatten
klein wie Puppen
und paßten tadellos in ihre Särglein.

GÜNTER GRASS

Aus dem Alltag der Puppe Nana

Die Uhr

Die Puppe spielt mit den Minuten,
5 doch niemand spielt mehr mit der Puppe, –
es sei denn, daß die Uhr drei Schritte macht
und Nana sagt, Nana, Nana, Nana ...

Die Frisur

Die Puppe spielt mit dem Regen,
10 sie flicht ihn, sie hängt ihn sich, Zöpfe, ums Ohr
und holt aus dem Kästchen den Kamm hervor
und kämmt mit dem Kamm den Regen.

Bei Vollmond

Die Puppe wacht, die Kinder schlafen,
der Mond, verwickelt in Gardinen,
die Puppe hilft und rückt an den Gardinen
der Mond verdrückt sich und die Puppe wacht.

Schwüler Tag

Die Puppe bekam einen Zollstock geschenkt,
der war gelb und so spielt sie Gewitter.
Sie knickte den Meter, dem Blitz glich er sehr, –
nur donnern, das fiel der Puppe sehr schwer.

Die Tollwut

Die Puppe fand einen ledigen Zahn,
den legte sie in ein Glas.
Da sprang das Glas, der Zahn wieder frei
biß einem Stuhl die Waden entzwei.

Schicksal

Die Puppe spielt mit der Spinne,
die Spinne spielt Jojo.
Die Puppe greift nach dem Faden, es könnte uns allen schaden,
so viel hängt an dem Faden.

Frühling

Die Puppe freut sich, Zelluloid,
es tropft vom Dach auf ihren Kopf
und macht ein Loch, –
die Puppe freut sich, Zelluloid.

Herbst

Die Puppe spielt mit den Prozenten,
der Kurs, die Pappel zittert.
Die Blätter, bunte Scheine fallen ab,
die deutsche Mark verwittert.

Im Zoo

Die Puppe ging in den Zoo
45 und sah der Eule ins Auge.
Seitdem hat die Puppe Mäuse im Blick
und wünscht sich in Voreulenzeiten zurück.

Das lange Lied

Die Puppe singt die Tapete.
50 Doch weil die Tapete so viele Strophen hat
wird die Puppe bald heiser sein. –
Wer wird die Tapete zu Ende singen?

Vorsichtige Liebe

Die Puppe saß unter dem Bett der Eltern und hörte alles.
55 Als sie es mit dem Schaukelpferd gleichtuen wollte
sagte sie zwischendurch immer wieder:
Paß aber auf, hörst du, paß aber auf.

Schlechte Schützen

Die Puppe wurde auf ein Brett genagelt
60 und mit Pfeilen beworfen, –
doch kein Pfeil traf,
weil die Puppe schielte.

Der Torso

Die Puppe hatte keine Arme mehr
65 und als auch ihre Beine auswanderten
überlegte sie lange, ob sie im Lande bleiben sollte. –
Sie blieb und sagte: Es geht doch nichts über Europa.

Wachstum

Die Puppe wächst und übersieht die Schränke.
70 Die Bälle springen, doch die Puppe lacht
von oben und die Kinder staunen unten
und hätten das von ihrer Puppe nie gedacht.

Die letzte Predigt

Die Puppe spricht, die müden Automaten
75 verstummen, rappeln nicht mehr Pfefferminz,
die Häuser fallen schwer aufs Knie
und werden fromm, – nur weil die Puppe spricht.

Nachmittag

Die Puppe fiel in den Tee,
80 zerging wie der Zucker im Tee –
und die ihn tranken entpuppten sich
bis einer des anderen Puppe glich.

In memoriam

Die Puppe kostete zwei Mark und zehn, –
85 für diesen Preis schien sie uns schön.
Selbst solltet ihr schönere Puppen sehn,
so kosten sie mehr als zwei Mark und zehn.

ANDREAS OKOPENKO

Septembersonne

Septembersonne über einer Stadt:
tief, mild und abendlich den ganzen Tag
5 – wo anders brütet sie Kartoffelfelder –.

Die langen Jahre gehen so vorbei
an gelb gemalten Stadt- und Vorstadthäusern.

Das Mädchen ist am Nachmittag daheim.
Durch ihre Fenster weht ein Mohngeruch.
10 (Der kommt vom Land, wahrscheinlich mit den Schienen...)

Spätnachmittags verweilt sie vor der Tür;
sie mag die Wärme auch in diesen Jahren.
Septembersonne über einer Stadt.

PAUL CELAN*

Stilleben mit Brief und Wanduhr

WACHS,
Ungeschriebnes zu siegeln,
5   das deinen Namen erriet,
das deinen Namen
verschlüsselt.

Kommst du nun, schwimmendes Licht?

Finger, wächsern auch sie,
10   durch fremde,
eiserne Ringe gezogen.
Fortgeschmolzen die Kuppen.

Kommst du, schwimmendes Licht?

Zeitleer die Waben der Uhr,
15   bräutlich das Immentausend,
reisebereit.

Komm nun, schwimmendes Licht.

1957

BERTOLT BRECHT

Der Radwechsel

Ich sitze am Straßenhang.
Der Fahrer wechselt das Rad.
Ich bin nicht gern, wo ich herkomme.
5   Ich bin nicht gern, wo ich hinfahre.
Warum sehe ich den Radwechsel
Mit Ungeduld?

Über das Lehren ohne Schüler

Lehren ohne Schüler
Schreiben ohne Ruhm
Ist schwierig.

5 Es ist schön, am Morgen wegzugehen
   Mit den frisch beschriebenen Blättern
   Zu dem wartenden Drucker, über den summenden Markt
   Wo Fleisch verkauft wird und Handwerkszeug:
   Du verkaufst Sätze.

10 Der Fahrer ist schnell gefahren
    Er hat nicht gefrühstückt
    Jede Kurve war ein Risiko
    Er tritt eilig in die Tür:
    Der, den er abholen sollte
15 Ist schon aufgebrochen.

    Dort spricht der, dem niemand zuhört:
    Er spricht zu laut
    Er wiederholt sich
    Er spricht Falsches:
20 Er wird nicht verbessert.

Epitaph

Den Tigern entrann ich
Die Wanzen ernährte ich
Aufgefressen wurde ich
5 Von den Mittelmäßigkeiten

New York, Herbst 1946

HANS MAGNUS ENZENSBERGER

rundschreiben an meine nachbarn

warum seid ihr gegen die mücken streng,
aber duldsam gegen die großen der erde?
5 weswegen laßt ihr sie ihre lefzen
durch eure lichtspiele schwenken?
sind nicht die wanzen lieblicher
und nicht so gefräßig, als die über euch sitzen,
leutselig von den litfaßsäulen verordnend,
10 wer wen totschlägt und warum? warum
nennt ihr sie, karl oder fritze
(so hießen sie früher), die großen?

ehrenkleider hängen sie euch in den schrank
und wiegen euch das fleisch in die suppe,
15 und grinsen sie vielleicht weniger väterlich
heut aus der zeitung als jemals, die alten
haie?

    wie wird euch der wein geraten
heuer am hügel, wer wärmt euer bett,
20 hat auch keiner hunger? sind ziegel da
für euer dach, wenn ihr alt seid?
sind die bluthunde tot? ob es morgen
regnet? und warum müssen wir sterben?
darum kümmert euch; haltet zwiesprache
25 mit den katzen, den kieseln,
mit dem feuer, dem reis und den toten.

zerreißt die plakate, die fibeln,
in denen nur die schändlichen namen
verzeichnet sind, die gewaltigen fressen
30 löscht aus den gesprächen, kratzt
von den münzen, die sie euch stehlen.

einer gilt, der viele von uns
umbrachte, seit er in einem kaff
namens gordion einen knoten zerhieb,
35 als der unsterbliche alexander. aber wer
hat den knoten geknüpft? ihn
prägt ins gold, oder den seiler,
der den hanf gedreht hat, kunstvoll,
den jener verdarb.

CHRISTINE LAVANT*

Wo treibt mein Elend sich herum?
Ich habe es so schlecht behandelt
und durch und durch fast umgewandelt
5 beim Abschied war es fremd und stumm.

Sein Haar stieg steil und ganz ergraut
in jene Richtung, die ich wollte,
den Stein, der mir vom Herzen rollte,
hat es im Gehn noch weichgekaut.

10 Das war wohl kein sehr gutes Brot!
jetzt kann ich schon ein bessres kneten –
mein Wille hat ein Korn zertreten,
inmitten dieser Hungersnot.

Doch wer ißt gern für sich allein?
15 Wenn nur mein Elend wiederkäme
und mir das Brot vom Munde nähme,
um auch so satt vom Zorn zu sein!

KARL KROLOW

Gesang vor der Tür

Einer singt vor der Tür.
Doch niemand öffnet.
5 Einen Steinwurf weit beginnen
Die Blumen zu welken.
Keine Münze klirrt.
In der Nähe sammeln sich Schatten
In Häuserecken.
10 Kein Handschuh fällt zu Boden.
Aber der Himmel ist inzwischen
Finster geworden,
Und der vergoldete Feldherr im Park
Stürzte sich in sein Schwert.
15 Vor der geschlossenen Türe
Die Stimme zerstört die Zeit,
Marodeure zünden an ihrem Grabe
Ein Feuer an.
Erst der Jüngste Tag
20 Wird vor der Tür den Gesang
Zum Schweigen bringen.

PETER HUCHEL

Lenz

So lebte er hin...
Büchner

Nachthindurch, im Frost der Kammer,
Wenn die Pfarre unten schlief,
Blies ins Kerzenlicht der Jammer,
Schrieb er stöhnend Brief um Brief,
Wirre Schreie an die Braut –
    Lenz, dich ließ die Welt allein!
    Und du weißt es und dir graut:
    Was die alten Truhen bergen
    An zerbrochenem Gepränge,
    Was an Rosen liegt auf Särgen,
    Diese Botschaft ist noch dein.
    Kalter Kelch und Abendmahl.
    Und der Gassen trübe Enge.
    Und die Schelle am Spital.

Jungfräulicher Morgenhimmel,
Potentaten hoch zu Roß,
Kutschen, goldgeschirrte Schimmel,
Staub der Hufe schluckt der Troß.
Und die Dame schwingt den Fächer.
Und den Stock schwingt der Profoß.
Kirchen, Klöster, steile Dächer,
Mauerring um Markt und Maut.
Schwarz von Dohlen überflogen
Postenruf und Orgellaut.
Im Gewölb, im spitzen Bogen,
Stehen sie, in Stein gehauen,
Die durch Glorie gezogen,
Landesherren, Fürstenfrauen.
Doch kein Wappen zeigt die Taten:
Hoffart, Pracht und Üppigkeit,
Nicht den hinkenden Soldaten,
Armes Volk der Christenheit
Und das Korn, von Blut betaut –
    Lenz, du mußt es niederschreiben,
    Was sich in der Kehle staut:
    Wie sie's auf der Erde treiben

Mit der Rute, mit der Pflicht.
Asche in dem Feuer bleiben
War dein Amt, dein Auftrag nicht.

Oh, des Frühjahrs Stundenschläge!
45   Dünn vom Münster das Geläut.
Durch den Wingert grüne Wege,
Wo der Winzer Krume streut.
Auch der Büßer geht im Licht.
Und die schwarzverhüllte Nonne
50   Mit dem knochigen Gesicht
Spürt im Kreuzgang mild die Sonne.
Und der Pappeln kühles Schweben
In der Teiche weißem Rauch,
Ist es nicht das schöne Leben,
55   Diese Knospe, dieser Strauch?
Im Gehölz, vom Wind erhellt,
Schulternackt der Nymphen Gruppe,
Und ein Lachen weht vom Fluß –
    Doch wer atmet rein die Welt,
60   Wenn er seine Bettelsuppe
Täglich furchtsam löffeln muß!
Lenz, du weißt es und dir graut:
Wer sich windet, wer sich beugt,
Wer den Lauch der Armut kaut,
65   Ist wie für die Nacht gezeugt.

Horch hinaus in Nacht und Wind!
Wirre Schreie, hohle Stimmen.
Feuer in den Felsen glimmen.
In Fouday blickt starr das Kind.
70   Bei des Kienspans trübem Blaken
Und berauntem Zauberkraut
Liegt es auf dem Totenlaken.
Und du weißt es und dir graut.
Schmerz dröhnt auf und schwemmt vom Chore
75   Brennend in dein Wesen ein.
Von der ödesten Empore,
Dringend durch die dickste Mauer
– Gellend alle Pfeifen schrein –
Braust die Orgel deiner Trauer.

---

69 *Vgl. Büchner ‚Lenz': „Am dritten Hornung hörte er, ein Kind in Fouday sey gestorben, das Friederike hieß, er faßte es auf, wie eine fixe Idee." (Bezogen auf Lenz' unerwiderte Liebe zu Friederike von Brion.)*

80 Räudig Schaf, es hilft kein Beten!
Unter Tränen wirds dir sauer,
Doch du mußt die Bälge treten,
Daß es in den Pfeifen gellt –
    Lenz, dich friert an dieser Welt!
85 Und du weißt es und dir graut.
Gott hat dich zu arm bekleidet
Mit der staubgebornen Haut.
Und der Mensch am Menschen leidet.

Straßburg/Paris 1927

HORST BIENEK

Aus:　　　　In den Gefängnissen

I

In den Gefängnissen messen wir nicht mehr die Zeit.
Hier hat kein Einlaß der Ungeduld Metamorphose,
5 Wesen und Dinge sind fremd aneinandergereiht,
Alles versinkt nun in lähmende, starre Sklerose.
Nur noch das Sinnen im Dunkel. Das Wissen: es webt
Schon am Gewand, das im Tode uns einhüllt, die Stunde.
Nie mehr ein Mond auf verworrenen Lippen erbebt,
10 Asche und Blut nur sich seltsam vermischen im Munde.

In den Gefängnissen messen wir nicht mehr die Zeit.
Hier ist sogar die Erfahrung des Rehs uns verschlossen:
Das Lauschen im Regen, das Wittern im Winde, und weit,
Ganz weit die Wünsche, die immer im Schilflicht zerflossen.
15 Hier sind die knisternden Stimmen nicht mehr. Tag und Nacht
Wechseln als helles und dunkles Geweb in der Zelle.
Nie mehr die Sonne in reifer Beere erdacht!
Nie mehr den Tod des Delphins verrät uns die Welle!

In den Gefängnissen messen wir nicht mehr die Zeit,
20 Immer sind Frühe und Abend zugleich in der Speise.
Der Taumel der Sommer wird nie mehr sein, Trunkenheit
Wirr hinter Stirnen und nie mehr der Kranich im Eise.
Schon sind entschwunden die Inseln von Zeit und von Raum.
Manchmal entführt uns des Schlafes euphorische Fähre
25 An die Gestade von Trost, von Erinnrung und Traum,
Bis sie versinkt im phantastischen Urwald der Leere.

ERICH FRIED

Versuchung

In Nachbars Garten
wiegt sich der Apfel am Stiel
5 „Still, Stiel!"
„Still stiehl!"

Ich hielt mich an
an dem Zaun
und der Zaun fiel.
10 Viel fiel.

Ich hielt mich nicht mehr im Zaum.
Im Garten
bäumt sich die Schlange
unter dem Baum.

JOHANNES BOBROWSKI

Die Zeit Picassos

Du:
weißes Segel im Blick
5 mir, leicht zwischen Bläue
und Bläue,
sommers –

komm,
laß uns finden
10 die Wege,
unsere Wege wie Zeichen
im Teppich östlicher Hirten,
der Mädchen, von Liedern und Blumen
schön, –

15 es ging uns der Mond
Täuschung
immer vorüber, gelb,
auf dem Haupt eines Stiers;
jener seltsame Maler,
20 der in heitern Dingen

Geheimnis nannte,
wie hat er
zum Ende
Feuer und Tod gemalt –!

25 Und ich meinte auch:
der meeralte Schiffer
Odysseus,
salzverkrustet, heisere
Sprüche flüsternd, Kalypsos
30 Sang – er wäre ewig
der Mensch.

Nein! du fürchtest dich
nicht! der neue Noah
Picasso,
35 auffliegen läßt er die schöne
Taube, die keiner erjagt
– nicht der spinnenhafte
Richter Johannas, nicht
der schreckliche Staufer, über ihm
40 scharf die Falken –

und sie kommt
mit dem Zweiglein,
am Berg gebrochen, am Fels
der Archipele endlos
45 grünender,
blühender
Welt.

HANS CARL ARTMANN

Sah ein kleines Unicorn

    sah   10 ein vaterland
    ein kleines   mit ihm wol
5   unicorn   die holden
    sprach: ade   mägdlein
    und schwung   sprung
    das fähnlein   15 beim fenster
    liebte auch   aus und ein

liebe
hochzeit
sonder gleichen
20 aus dem bett
in die sandalen

zählte wieviel
glöcklein läuten
und gedacht mein
25 roß zu strählen
um es in die fremd
zu reiten
schlief bei faun
und nachtigall
30 hell gings mir
im morgenwinde
links und rechts
vor wasserfällen

eichenduft und
35 zauberveilchen
brod und butter
schwert und lyra
reich die kisten
samt den kasten
40 elf und elf
sind dreiundzwanzig
gärtlein
voller schmetterlinge

tintenhorn
45 pfefferkorn
balsamhorn
hirsekorn
noch ist polen
nicht verloren
50 alte liebe
früh ins grab
gebt mir einen
groschen ab

hünengrab
55 wald am laab
noch ist rom

aus stein aus bein
kühl muß es
in kirchen sein
60 lerche
amsel
wiedehopf
lichtmeß und
kaldaunentopf

65 abendrot
abendbrod
morgenrot
gebt mich nicht
ins findelhaus
70 will nicht in
ein zauberhaus

schon erwacht
die böse gicht
sprich frei:
75 eins zwei
robinson
du telegramm
alle tage
amsteldam
80 auf dem zettel
hans und gretel
babylon
laß nicht
deine hand
85 daran

biene biene
botenlohn
süße anemone
die frau
90 sie lugt
zum fenster raus
mein kaiser
braucht soldaten
ein kartenspiel
95 das kleiderlaus
die einhorn
mit dem kuchen

was wollen wir
ihr sagen
100 das gras ist grün
das möndlein voll
die wurst weint
um die würstin
drum bei herbei
105 du ludewig
o teutschland du
in ehren hoch
es stehen viel
trauerweiden

110 der bach ist seinem
wasser hold
der judas springt
die bäume an
ein braves wort
115 ist wohlgesagt
ach bruder und
ach schwester
und du
mein teurer sylvester
120 mit dir
das land tyrol

1958

GÜNTER GRASS

Annabel Lee

Hommage à E. A. Poe

Pflückte beim Kirschenpflücken,
5 Annabel Lee.
Wollte nach Fallobst mich bücken,
lag, vom Vieh schon berochen,
im Klee lag, von Wespen zerstochen,
mürbe Annabel Lee.
10 Wollte doch vormals und nie
strecken und beugen das Knie,
Kirschen nicht pflücken,
nie mehr mich bücken
nach Fallobst und Annabel Lee.

15 Schlug auf beim Bücheraufschlagen,
Annabel Lee.
Öffnete Hähnen den Magen,
lag zwischen Körnern und Glas,
ein Bildnis lag, das war sie,
20 halbverdaut Annabel Lee.
Wollte doch vormals und nie
sezieren Bücher und Vieh,
Buch nicht aufschlagen,
Magen nicht fragen
25 nach Bildnis und Annabel Lee.

WOLFGANG HILDESHEIMER

Rezept

Feiertägliche Gäste kocht man am besten
In einem großen Topf von Eisen, auf dessen
5 Blankgescheuerter Außenwand man male.
Man male kühn, in strotzenden Farben,
Die sieben Menschenalter und, wenn noch Platz ist,
Ein kleines Haus, –

Und zwar geschehen durch die Brille eines Kochs
10 Aus Leidenschaft; eines Kochs, der vor Selbstgekochtem
So wenig zurückschreckt wie vor festlichen Gästen. –
Der Topf ist groß, doch fehlt der Deckel.
Auch einen Boden hat er nicht. Und dadurch gleicht sich
Alles wieder aus.

PETER RÜHMKORF*

Meine Freunde sagen: Leslie Meier, sing uns ein Lied,
Das uns so leicht keiner singt!
So hebe ich also meine Stirne aus Eternit
5 Sicher und unbedingt.

So hebe ich meinen Kopf in der für mich bezeichnenden Art –:
Ich für meine Person
Rechtfertige schließlich allein meine Gegenwart,
Aber wer bin ich schon?

10 Durchgetretene Füße und ausgeleierte Schuh,
So lieg ich träge, quer über dem Meridian.
Bald schnüre ich meinem Gehirn die Kehle zu,
dem gefräßigen Kormoran.

Doch im Juli, unter dem Sonnensegel
15 Verweilt einen Augenblick.
Dort les ich den Teen-agers aus den Därmen der Vögel
Ein dürftiges Geschick.

Ich blicke ernsthaft durch meine Brille, sechs Dioptrien,
In den pompösen Verfall.

MEINE FREUNDE ... *Signiert:* Leslie Meier.

20 Dies Auge, auf Abruf von den Göttern entliehn,
Mißtraut dem Sonnenball.

Ich fege alle Hoffnungen von unserm Tisch
Zehn Jahre nach Oradour.
Ich sitze in meinem Sessel aus grünem Plüsch.
25 Ich besinge die Müllabfuhr.

PETER RÜHMKORF

Der diese Lake soff,
Säuft auch noch den Rest,
Schmerz und Sauerstoff,
5 Bis man ihn fallen läßt.

Ein Himmel aus Schweinfurter Grün,
Er nimmt alles in Kauf. –
Im Wald von Katyn
Brechen die Rosen auf.

10 Wer hat dies so legiert,
Dein Leben aus Staub und Tau?
Glücklos zu Ende geführt
Draußen im Drahtverhau.

Wer hat Dich herbestellt?
15 Parlez-moi d'amour –
Fall ins Lupinenfeld
Mit Deiner Amöbenruhr.

Deine Augen sind trüber denn je,
Du armes, verlassenes Schwein.
20 Nun hauch Deine Theodicee
In die wahllosen Winde hinein.

MEINE FREUNDE . . . 23 Oradour-sur-Glane, *Dorf im südfrz. Dep. Haute Vienne,
wurde 1944 von SS-Truppen eingeäschert, die Bevölkerung wurde getötet.*
DER DIESE . . . 8 Katyn, *Dorf mit einem Wald gleichen Namens westl. von Smolensk. Dort
wurden 1943 von dt. Truppen die Leichen von ca. 4100 poln. Offiziere in Massengräbern ge-
funden.*

HILDE DOMIN

Vorsichtige Hoffnung

Weiße Tauben
im Blau
5   verbrannter Fensterhöhlen,
werden die Kriege für euch geführt?

Weiße Taubenschnur
durch die leeren Fenster
über die Breitengrade hinweg.
10   Wie Rosensträucher auf Gräbern
achtlos nehmt ihr das Unsre.
Auf den mit Tränen gewaschenen Stein
setzt ihr das kleine Nest.

Wir bauen neue Häuser,
15   Tauben,
die Schnäbel der Krane ragen
über unseren Städten,
eiserne Störche, die Nester für Menschen richten.
Wir bauen Häuser
20   mit Wänden aus Zement und Glas
an denen euer rosa Fuß
nicht haftet.
Wir räumen die Ruinen ab
und vergessen die äußerste Stunde
25   im toten Auge der Uhr.
Tauben, wir bauen für euch:
ihr werdet
in den glatten Wänden nisten,
ihr werdet
30   durch unsere Fenster fliegen
ins Blau.

Und vielleicht sind dann ein paar Kinder da
– und das wäre sehr viel –,
die unter euch
35   in den Ruinen
unserer neuen Häuser,
der Häuser, die wir mit den hohen Kranen
den Tag und die Nacht durch bauen,
Verstecken spielen.

40   Und das wäre sehr viel.

JOHANNES BOBROWSKI

Vogelstraßen 1957

I

Im Regen schlief ich,
Im Regenröhricht erwacht ich.
Eh es blättert, seh ich den nahen Mond,
hör ich den Zugvogelschrei,
den Lufterschüttrer, den weißen
Schrei, der die Luft zerschlägt.

Schnell und scharf
wie die Wölfe wittern,
Schwester, lausch! Wäinemöinen
singt durch den Wind,
wirft aus Schnee den Fittich
auf deine Schulter, wir treiben
flügelnd im Liederwind –

II

aber unter großen
Himmeln allein, verlaßne
Straßen der gefiederten
Heere, die vergingen –
schlafend auf den Winden
fuhren sie, eine neue
Sonne flammte, die Lohe
schlug herauf, sie brannten
im Aschenbaum.

Dort sind aufgeflogen
unsere Lieder auch.
Schwester, deine Hände
bleichen, du schläfst mir im Dunkel
fort – wann soll ich
singen der Vögel Angst?

PAUL CELAN*

Köln, Am Hof

HERZZEIT, es stehn
die Geträumten für
5   die Mitternachtsziffer.

Einiges sprach in die Stille, einiges schwieg,
einiges ging seiner Wege.
Verbannt und Verloren
waren daheim.

10   Ihr Dome.

Ihr Dome ungesehn,
ihr Ströme unbelauscht,
ihr Uhren tief in uns.

GEORG TRAKL

Stunde des Grams

Schwärzlich folgt im herbstlichen Garten der Schritt
Dem glänzenden Mond,
5   Sinkt an frierender Mauer die gewaltige Nacht.
O, die dornige Stunde des Grams.

Silbern flackert im dämmernden Zimmer der Leuchter des
Hinsterbend, da jener ein Dunkles denkt   [Einsamen,
Und das steinerne Haupt über Vergängliches neigt,

10   Trunken von Wein und nächtigem Wohllaut.
Immer folgt das Ohr
Der sanften Klage der Amsel im Haselgebüsch.

Dunkle Rosenkranzstunde. Wer bist du
Einsame Flöte,
15   Stirne, frierend über finstere Zeiten geneigt.

STUNDE DES GRAMS *Fertiggestellt 1914.*

Hans Arp

Traumzecher fallen Sternen um den Hals.
Immerdar ist ihnen die Unendlichkeit
auf den Fersen.
5   Sie verschlafen ihre Räusche in pfauenfarbenen Wolken
und erwachen in kläglichen Zwielichtnestern
neben ihren Pumpen.
Um ihre Zechen zu zahlen müssen sie pumpen
pumpen pumpen pum pen pen.
10 Und muß einmal durchaus genagelt werden
damit die Kirschen reifen
so kehren sie doch so schnell als möglich
zurück zu ihren Pumpen.
Sie zahlen dann aber wie Könige
15 mit Morgenrotgold
rotbackigen Märchen
die unter blühenden Büschen faulenzen
ja mit einem Stückchen Unsterblichkeit
um dann wieder sich den lebenden Amphoren
20 selbstleuchtenden Pyramiden
schellenbehangenen Schatten
Ohrenweiden
widmen zu können.

Christine Lavant*

Dieser Abend dumpf wie mein Gehirn.
Her mit einem Fetzen greller Hoffart!
Alter Himmel der die Erde narrt
5 hängt den Mond an einen dünnen Zwirn.

Tanze Häuptling, stell dich darauf ein
Mut zu haben in der Horde Schwermut!
Bissig meutert jetzt mein müdes Blut
und das deine rinnt wie dicker Wein.

10 Sind die Sterne alle krüppelhaft?
Dort der Kümmerling ist wohl mein Abbild.
Deine Tanzfigur wirkt viel zu mild
nimm mein Herz, die Trommel hat noch Kraft.

15 Eh du hinsinkst reiß die Klarheit her
aus des Himmels schwelgerischem Vorrat,
diesem Geizhals der von allem hat
fällt das Geben, ohne Raub, zu schwer.

Endlich, Häuptling, bist du ganz verrückt
sieh jetzt wirbelt schon der Sternenanhang.
20 Ob der Kümmerling vor Stolz zersprang?
Irgend etwas ist zutiefst mißglückt.

Nicht der Abend dieser leuchtet klar
und das Firmament ist ohne Abwehr,
doch mein Herz hängt siebenmal so schwer
25 in mir selber als es früher war.

CHRISTINE BUSTA

Biblische Kindheit

Damals bist du oft zu mir gekommen
und das Dunkel war von deinem frommen
5 Koboldnamen heimlich, Habakuk!
Denn zum Essenträger unter den Propheten
brauchte man nicht feierlich zu beten,
und von deinem Brei bekam man nie genug.
Immerzu warst du umsummt von Bienen
10 und dein Brotsack stak mit Mandeln und Rosinen
voll und Kringeln, die man nur im Himmel buk.
Bartlos warst du, Gott nahm dich beim Schopfe,
Windroßreiter mit dem Struwwelkopfe,
der die wunderbare Schüssel nie zerschlug,
15 jedem Kinderkummer, der noch wachte,
Daniels sanfte Schlummerlöwen brachte
und die Monduhr unterm Bauernkittel trug.
Geh ich in der Welt nicht ganz verloren,
ist's, weil manchmal nachts die tauben Ohren
20 treu dein Echo tröstet, Habakuk.

FRIEDRICH GEORG JÜNGER

Aprikose erinnert

I

In einem Kindermund zergangen,
Kehrt ihr Vergehen wieder,
5 Doch gemehrt an Duft,
Und geht zurück in sich
Und rundet, rötet
Unter dem Flaum die neue Frucht.

Ein Nichtvorhandenes, bewahrt
10 In seines Innern
Vergeßner Süße, unberührbar
Durch Raum und Zeit,
Dreht sie sich leise, ihr Erinnern
Bewegt kein Leid.

15 Zu solcher Speise
– Sie sättigt nichts –
Reifst, Aprikose,
Du des Gedichts.

II

Suchst du ein Ganzes noch,
20 Lies diese Zeile
Und frag vergebens nicht:
Wo ist das Heile?

Frag nicht: wozu
Gibt es noch Dichtung?
25 Sie ist des Gegenstands
Vernichtung.

HANS MAGNUS ENZENSBERGER

die würgengel

»Atomar aufrüsten bis zur Abrüstung«

schlagzeile der frankfurter allgemeinen
zeitung vom 26. märz 1958

die engel sind hinter dir her
wer spricht von versöhnen
hörst du nicht kleiner niemand
wie hinter dir auf dem pflaster
ihre bleiernen rollschuhe dröhnen
meinesgleichen
(ich will du zu dir sagen)
gewürgt von hunger und krieg
gewürgt von erfolgen
hörst du nicht wie sie dich jagen
wer spricht von siegen
hörst du nicht die zeichen
sie werden dich nochmals kriegen

sirene und blaulicht
sind hinter dir her
die vertreter der blutbank
sitzen im fond auf ihren knien
ruht statt des apfels ein schwarzer ball
neben szepter und hermelin

eine eskorte von engeln bewacht
weiß der sturzhelm
weiß das gefieder
die kalten kühlerfiguren der macht
wirst du es nie begreifen
hörst du nicht wie sie ihre lieder
die lieder der schinder keifen:

du mußt mit der zeit gehn
nicht überstehn
ist alles sondern nicht alles
überstehn
sondern nicht überstehn ist alles

geh mit der zeit solange noch zeit ist
und zeit zu gehn kleiner niemand
geh in ein kleines restaurant

40   und bestell an stelle des schwarzen balles
zum letzten mahl einen strick
wer spricht von siegen
laß ihn mit senf einseifen
überstehn ist nicht alles
45   die engel singen dich die verfolgen
zur letzten ölung sie sind experten
sie werden dich kriegen
hörst du sie rollen und pfeifen
wer spricht von versöhnen
50   sie werden dir nicht von der ferse weichen
kleiner niemand gewürgt von erfolgen
solange noch zeit ist meinesgleichen
hörst du nicht wie sie dich verhöhnen
wer spricht von glücken
55   geh mit der zeit
eh die würger zum letzten mal
ihr mal ihr zeichen
auf deine magere gurgel drücken

die engel rollen herbei
60   wer spricht von bitten
sie stürmen und keifen
linksaußen rechtsaußen
und in der mitten
nimm den strick kleiner niemand
65   ich will du zu dir sagen
eh sie über den schindanger dribbeln
eh sie keifend den schwarzen ball
in das tor aller tore jagen

1959

GÜNTER GRASS

Adebar

Einst stand hier Vieles auf dem Halm,
und auf Kaminen standen Störche;
5   dem Leib entfiel das fünfte Kind.

Lang wußt ich nicht, daß es noch Störche gibt,
daß ein Kamin, der rauchlos ist,
den Störchen Fingerzeig bedeutet.

10   Tot die Fabrik, doch oben halbstark Störche;
sie sind der Rauch, der weiß mit roten Beinen
auf feuchten Wiesen niederschlägt.

Einst rauchte in Treblinka sonntags
viel Fleisch, das Adebar gesegnet,
ließ, Heißluft, einen Segelflieger steigen.

15   Das war in Polen, wo die Jungfrau
Maria steif auf Störchen reitet
und – wenn der Halm fällt – nach Ägypten flieht.

ELISABETH BORCHERS

Die Kinder verstecken sich

Die Kinder verstecken sich hinter den Beerenbüschen
Die Kinder verstecken sich hinter einem Holzstuhl
5   Die Kinder verstecken sich hinter einem Käfer
Die Kinder verstecken sich hinter einem Vater und einer Mutter
Die Kinder sagen ticktack
Die Kinder sagen sumsum
Die Kinder verstecken sich hinter ticktack und sumsum
10   Die Kinder verstecken sich hinter der Sonne

CHRISTOPH MECKEL

Bring her den Mann

Bring her den Mann, der hier zu träumen glaubt
Und der im Traum nicht weiß, wie ihm geschieht!
5   Sein Name? Seinen Namen kennt er nicht –
Geschäft? Er sagt, er lag im Sand und schlief –
Sein Vaterland? Das wäre, sagt er, tot –
Bring her den Mann, der hier zu träumen glaubt!

ADEBAR 12 *Aufstand der Häftlinge im Konzentrationslager* Treblinka *am 2. August 1943,
inem* Sonntag.

Wo steht sein Bett, sein Baum, sein Brunnen – wo?
10 Und Diener, Koffer, Kutschen, Bräute – wo?
Wo ist der Fisch? Im Wasser. Pferd? Im Stall.
Der Wein? Im Faß. Der Kuckuck? In der Uhr.
Das Geld? Im Beutel. Und die Laus? Im Haar.
Wo ist der Mann, der hier zu träumen glaubt?

15 Wohin mit ihm, der hier schlafwandeln will –
Wohin bei Tag im Schlaf, bei Nacht im Traum?

! Hals in die Schlinge !
! Hals in die Schlinge !

HANS MAGNUS ENZENSBERGER

ode an niemand

dein rauchiges herz ist zeuge,
einziger könig, im wind
5 dein auge aus trauer.
du bist der gesell des zaubers,
erleuchtet von vielen wüsten,
vom ungehorsam gekrönt.
du bist nicht gemodelt von zeit,
10 noch gesprenkelt von asche
ist deine getreue stirn.
du bist ein geist ohne narbe,
deine dünung ist feierlich,
du warst vordem, vollkommner
15 als der große schwebende rochen,
gesalbter, in deinem glanz,
todes quitt, könig.

aber du bist nicht fern und früh
oder spät. du bist hier.
20 dein gerechter blick fällt hin
wie ein schnee aus luft
und wohnt auf den werften,
geht über sternwarten weg
in staubige fundbüros, ruht
25 in nassen zementkellern,
wo die mörder jauchen, fällt
auf thrombosen und lunten,

schlachthöfe schmatzend
und wirre raffinerien,
30 wo das lachgas schwelt, ruht
auf den ränken der reedereien
und streift die kometen,
die karzinome der hohen finanz,
ruht auf den mauern der macht,
35 dahinter substanzen ticken
zum tod, und belagert sie,
bis deinem dröhnenden blick
anheim der himmel, verschimmelt
von fallschirmen, fällt.

40 unerkannt schreitest du,
schöne bö, nächtlich,
über den spanischen platz.
dein reich kehrt zu dir zurück,
verborgner, gläserner jäger.
45 in deiner großmut wirst du,
so wie den unschuldigen spargel,
dein ebenbild, das gezeichnete,
erbeuten, vergessen.

dein ist der ruhm und die rache,
50 nie behelligter fels, gesell
des zaubers, zeuge geheim
und einzig! dein windhaar,
dein barer blick weht hin
über dein altes künftiges reich,
55 und bewahrt im rauch,
was wahr ist, im wind auf.

GÜNTER SEUREN

Rehe

Ich sah Rehe auf erlesenen Bahnhöfen,
von unbekannten Jägern ins Mark getroffen.
Ich sah sie pendeln im Winterkleid
auf den Rädern ihres Tods.
Sie überhörten mit halb geschlossenen Lidern

auf den Planken leichter Packwagen
die Signale. – Schwarze Pupillen und Pfiffe
10 auf die Böschung erschöpfter Netzhaut geworfen.

Noch einmal der große Bruder
herschreitend, Blumen im Lidspalt.
Wie hell war der Sommer,
wie hell das Gestirn im Keilflug.
15 Sonnen flogen von Wimper zu Wimper.

Nicht mehr wahrgenommene Hunde
verbellten den Blick.

Ich sah Rehe den Weg in die Städte nehmen,
umwölkt von Häherschrei.
20 Rehe für ‚Mirador‘ und ‚Europäischer Hof‘.

Die aromatischen Häuser würden gerne
den Geschmack des eben vergossenen Traums servieren.
Aber die Köche lernen es nie.

Rehe springen in schwarzen Schnee.
25 Andere werden die Schonzeit erreichen.

GEORG MAURER

Fischjagd mit Kormoranen in China

Zwischen den See und den Himmel, die Zwillinge,
die die Bilder ihrer Brust vertauschen,
5 drängt sich der Horizont aus Wasservögeln.
Auf den Ruf der Fischer hebt er sich,
eine schreiende Wolke.
Und nun gleiten auf den See, in gekoppelten Kähnen
stehend, die Fischer, den Bambusstab in den Händen –
10 wie der Tod die Hippe hält in der glänzenden Sonne.
Ihnen folgen die schwarzen Jagdtiere, zahme Kormorane
mit den jadegrünen kreisrunden Augen
über den gelben Jagdbeuteln: den durch Ringe verengten Hälsen.
Fröhlich hebt nun das Peitschen des Sees an,
15 und der Spiegel zerspringt von den Bambusschlägen.
Unter ihm ahnen die Fische den Tod,
der mit den trällernden Kehlen der Fischer
ihnen die Litanei vom luftigen Grab singt.

In das lustige Spritzen tauchen die Kormorane:
20 durch den flossenbewehrten Rücken der Fische
dringt der furchtbare Haken des grauen Schnabels.
Zu der Sonne hebt der Raubvogel den Raubfisch,
der in der hörnernen Zange sich windet,
bis er in des Kropfes dehnbarem Sarg liegt.
25 Und die Jagdherrn auf den hölzernen Kufen gleiten herbei.
In die niedergetauchte Bambusstange krallt sich der Vogel.
Unter der Last biegt sich die Rute, die der Fischer heranhebt.
Zärtlich streichelt er über den Kropf, der die Beute freigibt.
Und von neuem stoßen die Kormorane,
30 das jagdlustige Blut erregt durch das Trällern der Fischer
und den tausendfach zerspringenden Wasserspiegel,
in den todeserregten Schwarm der Fische
unter den unverwölkten Blicken der Sonne.

BERTOLT BRECHT

Der Lernende

Erst baute ich auf Sand, dann baute ich auf Felsen.
Als der Felsen einstürzte
5 Baute ich auf nichts mehr.
Dann baute ich oftmals wieder
Auf Sand und Felsen, wie es kam, aber
Ich hatte gelernt.

Denen ich den Brief anvertraute
10 Die warfen ihn weg. Aber die ich nicht beachtete
Brachten ihn mir zurück.
Da habe ich gelernt.

Was ich auftrug, wurde nicht ausgerichtet.
Als ich hinkam, sah ich
15 Es war falsch gewesen. Das Richtige
War gemacht worden.
Davon habe ich gelernt.

Die Narben schmerzen
In der kalten Zeit.
20 Aber ich sagte oft: nur das Grab
Lehrt mich nichts mehr.

1960

GÜNTER GRASS

Goethe
oder eine Warnung an das Nationaltheater zu Mannheim

Ich fürchte Menschen,
die nach englischem Pfeifentabak riechen.
Ihre Stichworte stechen nicht,
sondern werden gesendet,
wenn ich schon schlafe.

Wie fürchte ich mich,
wenn sie aus Frankfurt kommen,
ihren Tabak mitbringen,
meine Frau betrachten
und zärtlich von Büchern sprechen.

Furcht, Pfeifenraucher
werden mich fragen,
was Goethe wo sagte,
wie das, was er meinte,
heut und in Zukunft verstanden sein will.

Ich aber, wenn ich nun meine Furcht verlöre,
wenn ich mein großes Buch,
das da neunhundert Seiten zählt
und den großen Brand beschreibt,
vor ihren Pfeifen aufschlüge?

Furcht, fängt mein Buch an,
bestimmte Herrn Goethe,
als er mit Vorsatz und Lunte
Weimars Theater in Flammen
aufgehen ließ –

wie ja schon Nero, auch Shakespeare
Brandstifter waren und Dichter.

BERTOLT BRECHT

Als der Faschismus immer stärker wurde

Als der Faschismus immer stärker wurde in Deutschland
Und sogar Massen der Arbeiter ihm immer mehr zuströmten
5 Sagten wir uns: Unser Kampf war nicht richtig.
Durch das rote Berlin gingen frech zu vieren und fünfen
Nazis, neu uniformiert, und erschlugen uns
Die Genossen.
Aber es fielen Leute von uns und Leute des Reichsbanners.
10 Da sagten wir den Genossen von der SPD:
Sollen wir dulden, daß sie die Genossen erschlagen?
Kämpft mit uns in dem antifaschistischen Kampfbund!
Wir bekamen die Antwort:
Wir würden vielleicht mit euch kämpfen, aber unsere Führer
15 Warnen uns, roten Terror gegen den weißen zu stellen.
Täglich, sagten wir, schrieb unsere Zeitung gegen den Einzelterror
Täglich aber auch schrieb sie: wir schaffen es nur durch
Rote Einheitsfront.
Genossen, erkennt doch jetzt, dieses kleinere Übel, womit man
20 Jahre um Jahre von jeglichem Kampf euch fernhielt
Wird schon in nächster Zeit Duldung der Nazis bedeuten.

Doch in den Betrieben und auf allen Stempelstellen
Sahen wir den Willen zum Kampf bei den Proleten.
Auch im Osten Berlins grüßten Sozialdemokraten
25 Uns mit Rot Front und trugen sogar schon das Zeichen
Der antifaschistischen Aktion. Die Lokale
Waren an den Diskussionsabenden übervoll.
Und sofort wagten die Nazis
Sich bald nicht mehr einzeln durch unsere Straßen
30 Denn die Straßen zumindest sind unser
Wenn sie die Häuser uns rauben.

ERICH FRIED

Besichtigung

Man muß das Unglück
von allen Seiten betrachten

ALS DER FASCHISMUS ... *Geschrieben 1932.*

5   Denn von rechts sieht es aus wie Recht
    und von links wie Gelingen

    Und von hinten wie Rücksicht
    Und von vorne wie Vorteil und Fortschritt

    Und von oben scheint's es hat Kopf
10 und von unten Fuß

    Man muß das Unglück
    von allen Seiten betrachten

    Dann (wenn man Glück hat)
    merkt man: es ist das Unglück

Gedicht von den Gedichten

    In meinen ersten Gedichten
    gehen sie schlafen
    die Männer und Mädchen
5   die schlafengegangen sind.
    In meinen ersten Gedichten
    wachen sie auf
    die aufgewacht sind
    oder nicht mehr erwachen

10 In meinen zweiten Gedichten
    gehn ihre Gedanken
    ihrem Schlafen und Wachen nach
    und sind wach oder schläfrig.
    In meinen zweiten Gedichten
15 gehen ihre Gedanken
    ihrem Wachen und Schlafen voraus
    und sind wachsam im Schlaf

    In meinen dritten Gedichten
    gehen meine Gedanken
20 ihren Gedanken voraus
    und treten als erste ans Bett.
    In meinen dritten Gedichten
    gehen ihre Gedanken
    meinen Gedanken nach
25 und kommen zuletzt zu mir

In meinen letzten Gedichten
geh ich zum ersten Mal schlafen
in meinen letzten Gedichten
erwach ich zum ersten Mal.
30 Mit den Männern und Mädchen
und mit ihren Gedanken
sind meine Gedanken vergangen
in meinen letzten Gedichten

JOHANNES BOBROWSKI

Lettische Lieder

Mein Vater der Habicht.
Großvater der Wolf.
5   Und der Ältervater der räubrische Fisch im Meer.

Ich, unbärtig, ein Narr,
an den Zäunen taumelnd,
mit schwarzen Händen
würgend ein Lamm um das Frühlicht. Ich,

10 der die Tiere schlug
statt des weißen
Herrn, ich folg auf zerspülten
Wegen dem Rasselzug,

durch der Zigeunerweiber
15 Blicke geh ich. Dann
am baltischen Ufer treff ich den Uexküll, den Herrn.
Er geht unterm Mond.

Ihm redet die Finsternis nach.

GÜNTER GRASS

Aus: Zauberei mit den Bräuten Christi

Keine Taube

Es begegneten sich eine Möwe
und eine Nonne,
und die Möwe
hackte der Nonne die Augen aus.
Die Nonne aber hob ihren Schleier,
lud wie Maria den Wind ein,
segelte blind und davon. –
Blieb der katholische Strand,
glaubte an blendende Segel,
Muschel rief Muschel ins Ohr:
Geliebte im Herrn und am Strand,
erschien ihr der heilige Geist
auch nicht in Gestalt einer Taube,
so schlug er doch weiß, daß ich glaube.

HEINZ CZECHOWSKI

Vers ohne Lösung

Es sitzt mein Freund am Rande eines kleinen Weihers,
betrachtet still die Wolke, die darinnen schwimmt,
die Möglichkeit erwägend eines kleinen Verses,
der überein mit dieser Wolke, diesem Weiher
und mit dem großen Aufbruch vieler Völker stimmt . . .

ILSE AICHINGER

Winteranfang

Im Fach liegt nichts mehr,
die Soldaten, die um Mittag starben,
schlafen leichter unter dem Glas.
Die Windrichtungen sind schuld,
daß die Gräser sich einzogen
und dürr wurden,

daß die Rahmen paßten,
10 die beschlossenen Herbste.
Wo flog mein Drachen hin, wie rasch,
wie kam es, sank er
orangenrot, um sich zur Ruh zu betten,
an euer Haus?

WOLFGANG HÄDECKE

Bilanz

Nicht in der rohen Nacht:
an einem verwischten Morgen
5 bei tanzendem Nebel, Gelbstreifen
am Horizont, beim Hahnenschrei,
den Kopf in der kalten Dachluke
wie unterm Beil:
stelle ich die Frage nach meiner Schuld.

10 Ich finde sie gewaltig:
ich habe in den Tag gelogen tausendmal
die Sonne habe ich trübe mißachtet
der Freundlichkeit den Schädel gespalten
die weiße Taube verjagt –
15 so sehr bin ich schuldig.

Mehrfach habe ich kahle Faust gestreckt
statt die Arme offen zu breiten
gewuchert habe ich mit der Unschuld
wie mit dem Fleisch von Lämmern
20 dem Nebelhorn aber mein Ohr verstopft –
so sehr bin ich schuldig.

Wohl habe ich den Mord verflucht
die Gierwölfe habe ich verschrien
ins Feuer der Güte geblasen,
25 mit geschundenen Lippen der Liebe gesungen
und ein paar Wegzeichen aufgebaut –
spricht mich das frei?

An einem verwischten Morgen
den Buckel krumm wie ein Hund
30 meiner Armseligkeit klar gewärtig

447

strecke ich meinen Arm aus der Luke
in den kalten Frühwind
und hoffe immer noch
kein Verworfener zu sein.

Warnung

Hütet euch
vor dem Tritt ins Eisen:
die berühmten Fänger
haben die Fallen gestellt
und die Köder ausgelegt:
wittert ihr's nicht?

Nicht vor den Nächten erschreckt
und den Augen im Gesträuch,
nicht einmal vor dem Regen
um Mitternacht –

aber fürchtet die Frühe
vor Hahnenschrei:
dann seid ihr müde
und feig.

Dann schlägt euch das Eisen
die tauben Füße
und spaltet die Sehnen
unter dünnem Fleisch:

wer in die Falle gerät,
ist gefangen auf immer.

HEINZ HEYDECKE

Der alte Mann

Er steht auf seinen Stock gestützt,
die Hände rissig,
sein Haar ist grau.

DER ALTE MANN *Anmerkung der Redaktion der „Neuen Deutschen Literatur':* Berg-
mann im Mansfeldkombinat „Wilhelm Pieck". Er gehört dem „Zirkel des schreiben-
den Arbeiters" des Thomas Münzer Schachtes in Sangershausen an.

Er spricht:
Nicht, daß der Tod mich ängstigt,
nur, es ist ärgerlich,
die Zeit als Mensch,
10 die war zu kurz,
und die als Sklave
viel zu lang.

CHRISTOPH MECKEL

Die Bären

Ich kaufte mir Wälder voll Bären,
nicht um die Wälder zu haben
5 sondern die Bären.

Ich kaufte mir Wälder und Bären
weil, ohne Wälder, Bären
nicht zu kaufen waren.

Was nützte es, Bären zu haben
10 und ihnen Kleider zu nähen
und sie das Tanzen zu lehren –
was nützten mir Bären
wenn sie nicht aus den Wäldern kamen.

Ich lief um die Wälder
15 und rief meine Bären;
Gebrumm meiner Bären nur kam aus den Wäldern.

Vertriebe ich meine Wälder
um nur noch Bären zu haben,
zögen davon mit den Wäldern auch meine Bären;

20 Jagte ich meine Bären
um ihre Pelze zu haben,
stürzten und welkten zur Stund auch meine Wälder.

Ich hatte Wälder
ich hatte Bären,
25 ich hatte weder Bären noch Wälder.

Ich jagte meine Bären
verfeuerte meine Wälder,
ich briet meine Bären
und aß sie auf ohne Hunger.

GÜNTER BRUNO FUCHS

Veteranenlied

Ach, sehn' se, das war so: ich hab vorhin den Tag getroffen,
der nahm mich untern Arm und ließ mich nicht mehr los,
und weil er keenen Sechser hatte, ich zehn Groschen bloß,
da hab ich die Medaille abgelegt, die ham wir denn versoffen.

O ja, das Ding aus Silber brachte Bier und Fusel ein,
so langsam fiel der Tag aus allen Wolken in die Kniee,
und als der Abend kam, da reckte er sich hoch und schrie:
Nee, ich bleib hier! die Nacht soll uns gestohlen sein!

Sie ahnen schon, das ging natürlich schief,
denn ganz auf einmal war der Mond zu sehn.
Der warf den Tag sich übers Kreuz und ließ mich stehn,
und was vorhin noch Tag gewesen, schnarchte nur und schlief.

Jetzt reit ich um die Nacht auf Müllers Kuh.
Ein Kerl (wie Müllers Esel) hat mich überrannt:
Wo die Medaille sei? Und hat mich einen Schuft genannt.
Das wär's! (Der Himmel raucht und wirft mir seine Kippen zu.)

PETER JOKOSTRA

Häßliche Stadt

Damals in einer Stadt,
vor der ich mich fürchte:

    Steiniger Hang der Erinnerung.

Das dampfende Zimmer.
Der Wein wie gefrorene Angst.

    Nachtgürtel mit falschen Steinen.

In den Niederungen Fahnen und Salzwind.
Von dem geschmückten Meer her der Schaum.

    Verluste, zerborstenes Wehr, Todofen Ziegelei.

Vor dem Horizont die eine, die Tänzerin Pappel,
trächtig im Staub vor den Mauern.

Die Fremde tritt blind in dein Herz.

15 Und dann den Weg immer hinauf
in ein unbekanntes Licht.
Oben hörst du nur noch den Hang
und den rollenden Stein in der Tiefe.
Auf der flammenden Halde
20 mästet sich klirrend der Mond.

BERTOLT BRECHT

Ballade vom Tod der Anna Gewölkegesicht

1

Sieben Jahre vergingen. Mit Kirsch und Wacholder
Spült er ihr Antlitz aus seinem Gehirn
5 Und das Loch in der Luft wurde schwärzer, und voll der
Sintflut von Schnäpsen war leer dies Gehirn.

2

Mit Kirsch und Tabak, mit Orgeln und Orgien:
Wie war ihr Gesicht, als sie wegwich von hier?
Wie war ihr Gesicht? Es verschwamm in den Wolken?
10 He, Gesicht! Und er sah dieses weiße Papier!

3

Wohin immer er fuhr, an vielmal viel Küsten!
(Er fuhr nicht wohin bloß wie du und ich!)
Ihm schrie eine Stimme weiß über den Wassern
Eine Stimme, der ihre Lippe verblich . . .

4

15 Einmal sieht er noch ihr Gesicht: in der Wolke!
Es verblaßte schon sehr. Da er allzu lang blieb . . .
Einmal hörte er noch, fern im Wind, ihre Stimme
Sehr weit in dem Wind, in dem die Wolke hintrieb . . .

BALLADE . . . *Geschrieben ca. 1920.*

5

20 Aber in späteren Jahren verblieben
Ihm nur mehr Wolke und Wind, und die
Fingen an zu schweigen wie jene
Und fingen an zu vergehen wie sie.

6

Oh, wenn er durchnäßt von den salzigen Wässern
Von wilden Winden die wilden Hände zerfleischt
25 Hinunterschwimmt, vernimmt er als letztes
Eine Möwe, die über den Segeln noch kreischt!

7

Von den grünen Bitternissen, den Winden
Den fliegenden Himmeln, dem leuchtenden Schnee
Und Kirsch und Tabak und Orgeln blieb nichts mehr
30 Als ein Kreischen in Luft und ein Salzschlücklein See.

8

Aber immer zu jenen hinwelkenden Hügeln
In den weißen Winden des wilden April
Fliegen wie Wolken die blässeren Wünsche:
Ein Gesicht vergeht. Und ein Mund wird still.

Der Himmel der Enttäuschten

1

Halben Weges zwischen Nacht und Morgen
Nackt und frierend zwischen dem Gestein
Unter kaltem Himmel wie verborgen
5 Wird der Himmel der Enttäuschten sein.

2

Alle tausend Jahre weiße Wolken
Hoch am Himmel. Tausend Jahre nie.
Aber alle tausend Jahre immer
Hoch am Himmel. Weiß und lachend. Sie.

3

10 Immer Stille über großen Steinen
Wenig Helle, aber immer Schein
Trübe Seelen, satt sogar vom Greinen
Sitzen traumlos, stumm und sehr allein.

4

Aber aus dem untern Himmel singen
15   Manchmal Stimmen feierlich und rein:
Aus dem Himmel der Bewundrer dringen
Zarte Hymnen manchmal oben ein.

HANS ARP

Please fasten your seat-belt

Wo ist wo?
Where is where?
5   Wer ist wer?
Who is who?
Wer ist er?
Was ist er?
Wo ist er?
10   Ist er Schaum?
Ist er Spuk?
Hat er einen Schnurrbart
aus zwei Propellerflügeln?
Oder ist er eine Gabel
15   die in dem Bodenlosen gabelt?
Hat er einen Nabel aus schwarzer Luft?
Warum sitzt er
quallige Tinten gurgelnd
über einem erstklassigen Felde der Ehre?
20   Wo ist wo?
Where is where?
Wer ist er?
Was ist er?
Er möchte sich nun endgültig entbinden.
25   Es stürzt es stürzt.
Soll es denn stürzen
so bitte mit dem Sturz an sich.
Please fasten your seat-belt!

HELMUT HEISSENBÜTTEL

Cinemascope 59/60

Now the question that confronts
us is wether it is credible, under the
circumstances as we know them . . .
Rex Stout
How long has this been going on?
G. & I. Gershwin

5

I

das beste Rezept das Adenauer Soraya das öffentlich spaßigsein
10 hakenklein Ex-Experiment-morgen-Rezept daß der welcher da ist
ist wählt alte Männer so das sein die wachsamsein das heißt Non-
nonkonformism. Berufsziel Manager oder Star oder zotnigsein
Wandrer je wandrer je mehr man sich gabelt warum auch nicht
kann ja auch muß auch nicht wird ja auch nicht und das Schönste
15 ist sowieso immer

II

weniger als zum Händeschütteln Politiker etwas mehr Scandal-
avantgarde bei normaler Lebensführung die Zebedäi berühmter
Männer schlicht weil tiefer adhoc weil Ehrgeiz das Innre der Fi-
gurine der dreimal in einer Loge bei vollem Hause Damen von
20 hinten o Fremdführersprachassistenzkonkurreure o ungedient
Steppdeckennähterinnen Mädchen für alles o dreimal bei offenem
Hause weil Damen Damen

III

der rechtsfähig Mensch beginnet ein wenig Konzentration und
klappt immer denn immer klappt Rechtsfähigthum und ist auf
25 eine trink Coca-Cola womögliche Sache man müßte mehr Zeit und
Zeit ist denn auch und man treibt ja denn macht denn auch und
dann wieder nicht an dem Ort welcher endlich geht rechtsfähig
gehet besser geht etwas auf einem auf keiner ist sicher sich nieder-
zulassen auf wo denn möglichen Wohnsitz

IV

30 plus und minus geködert gelöst unbetrügbar groß Sommerhand-
blättergeruch Stazienholzfeur groß Blick der gezwungen senk-
recht so Abstich schwarz Querstich Beistich jenseits nonkonform
das was das Das ineinander nachmittags eingeschlossen Blick der
gesenkrecht so plus und minus wie das was gewünscht ereignet
35 ereignet werden wird pseuso und anonym unerfunden hoch flach
los losgelöst Sommerhand ineinander gegrünstickt unübertragbar

V

Rotlicht unter Kastanien fleischfarb Agaven Phantast zurückge-
blendt Lächeln all dies Einfahrt wie Ausfahrt Signale Gestänge
nach Obenes herstellt in Mantel aus zottig Morgengeschrei Parks

40 Plätze Paläste wie eingehn und schon verloren Lächeln zurück-
geblendt und wie dies angeht schlichtweg dies angeht wie Dun-
keltag fleischfarb je höher der Po je leichter das ineinanderge-
fleischt wie selbst sich ad acta sich selbst auß Kurs zottig Morgen-
geschrei Agaven

VI

45 quatschend gequatscht abgelockt Lockung tausch Syntax um mit
der Grammatik verkuppel um mit der Grammatik endgültig
Schluß zu machen was immer vorkommt was außerhalb Wörter-
buch Binsenwort Schlagwort flexible was keiner wissen was im-
mer dasselbe was Deck was Lock erzähl was das Ganze was im-
50 mer besser was außerhalb Volkslied egal was Leute ein Tag wie
Einklang Erfindung die eintrifft zediert auf Erfindung die ein-
trifft in Einklang per Eilboten morgen

VII

Blindplatten grau grau auf Regen das unglückliche Bewußtsein
Nebel hinter Formalschicht blind Blindfoldtest unterlegt mit Ge-
55 kreisch grau vor zwischen aliisque rebus intellectualibus [Descar-
tes] Bahnhofspissoirmodell ident wie nicht beweg zu verrotten
wo über Schrägen vom Zwang durch die dünn überkritzelte
Schutzschicht von in den Zeiten verlorenen Zoten trudelnd tru-
delnd diagonal Geweb von flüster von heiser Farbbrettbelag sub-
60 jektbezichtigt subjektbezichtigt instrangulierbar

VIII

dicht daran wie zu wie dichtdran wos stinkt wo ungeheilter Ge-
stank die Eitelkeit allen Beinfleischs wo wie in oben zerhackt
hybrid zum Zeigentanz sinternd zu Sinkstoff wo zum noch tieferen
Ort ideologisch drainiert Kops Kapos Beats Hiags Parás der
65 Scheißdreck der Weltgeschichte was sag was änder selbst nicht
Bertolt Brecht die flache Lache von Schaustück rein optisch
Schaustück Gedächtnis das ins Gedächtnis wo immer noch wo ich
schieße auf alle

GÜNTER KUNERT

Es zogen die Jäger

In die Sümpfe und Urwälder des Landes
Brasilien,
5   Den Reiher zu jagen und zu erlegen, doch
Nicht um seines Fleisches willen: Nur
Der Federn wegen.
Damals diese auf erstaunlichen Hüten zu tragen
War erstaunliche Mode.

10   Nach einem Jahr ungefähr, sagt
Der Chronist, kehrten zurück die Kühnen,
Von Mühsal gezeichnet und
Vom Fieber, aber beladen mit Reiherbälgen
Zuhauf.

15   Aber
In keiner Stadt, weder
In Rio noch den kleineren Nestern, wollte
Man sie oder zahlte ein Milreis ihnen für
Ihre Beute.

20   Abgelöst nämlich war schon die Mode von
Einer anderen, welche befahl,
Auf die erstaunlichen Hüte nunmehr zu tun
Straußenfeder.

Gleiches Schicksal, heißt es, erleiden ständig
25   Mit ihren Werken, auf der Jagd
Nach Aktualität,
Manche Dichter.

Editorische Notiz

Textgestaltung, Orthographie und Interpunktion in dieser Anthologie sind die der (in manchen Fällen mutmaßlichen) Erstdrucke. Lediglich typographisch bedingte Schreibung bei den Umlauten von Fraktur-Großbuchstaben oder Initialen (Ae, Oe, Ue) wurde normalisiert (Ä, Ö, Ü). Die Umlautschreibweise mit beigesetztem e wurde nur dann beibehalten, wenn sie der orthographischen Konvention (und nicht nur typographisch-technischer Notwendigkeit) entsprach (z. B. in „Aether"), oder wenn sie als graphisch maniriertes Zeichen dem Dekor der Dichtungen in den *Blättern für die Kunst* zugehörte. – Offensichtliche Druckfehler wurden stillschweigend korrigiert. Initialen wurden nicht nachgebildet; sonstige typographische Hervorhebungen in den Texten der Vorlagen (z. B. Sperrung, Kursiv- oder Fettdruck) wurden einheitlich in Kursivdruck wiedergegeben. Von solchen Vereinheitlichungen abgesehen, blieb die graphische Gestalt der Originale soweit irgend möglich erhalten. – Anonymes, pseudonymes oder halbpseudonymes Erscheinen eines Gedichtes wird durch ein Sternchen (*) beim Autorennamen angezeigt. In all den Fällen, in denen der Autor nur gelegentlich ein Pseudonym benutzt oder unter mehreren Pseudonymen schreibt, wird die Namenssignatur in einer Fußnote zum Gedicht angegeben (vgl. z. B. Brecht, S. 132 und Tucholsky, S. 152 bzw. S. 167). Schreibt ein Autor ausschließlich unter einem anderen als seinem tatsächlichen Namen (z. B. Gertrud Kolmar), so wird im Verzeichnis der Autoren und ihrer Gedichte von dem Pseudonym auf den bürgerlichen Namen verwiesen.

Verzeichnis der Quellen

Die Anordnung der Quellen entspricht der Reihenfolge ihres Auftretens in dieser Anthologie. Angegeben wird jeweils der Originaltitel, der Ort und das (nominelle) Erscheinungsdatum. Sofern Ort und Datum aus dem Impressum oder sonstigen nicht zum Titel gehörigen Vermerken erschlossen wurden, stehen sie in runden Klammern. In all den Fällen, in denen aus der Quelle selbst die Angaben nicht entnommen werden konnten, sondern bibliographische Hilfsmittel zu Rate gezogen werden mußten, stehen die Angaben über Ort und Datum in eckigen Klammern. Bei Almanachen und sonstigen Periodika werden darüberhinaus die weiteren benutzten Jahrgänge angegeben, wobei Änderungen des Titels, der Herausgeberschaft oder anderer Titelelemente in eckigen Klammern hinter der jeweiligen Jahreszahl vermerkt werden. Bei Periodika und Sammelwerken aller Art werden überdies die Namen der Autoren, von denen Gedichte aufgenommen worden sind, in Kursivdruck hinzugefügt.

1 Simplicissimus. Illustrierte Wochenschrift. Herausgegeben von Albert Langen. – München 1899/1900. – *Weitere benutzte Jahrgänge:* 1900/1901. 1901/1902. 1904/1905. 1905/1906. 1906/1907. 1909/1910
   Bierbaum, Dehmel, Hesse, Mühsam, Thoma, unbekannter Verfasser

2 Die Insel. Monatsschrift mit Buchschmuck und Illustrationen. Herausgegeben von Otto Julius Bierbaum, Alfred Walter Heymel und Rudolf Alexander Schröder. – Berlin 1899/1900. – *Weitere benutzte Jahrgänge:* 1900/1901. 1901/1902 [Aesthetisch-belletristische Monatsschrift mit Bilderbeilagen. Herausgegeben von Otto Julius Bierbaum. – Leipzig]
   Bierbaum, Dehmel, Holz, Liliencron, Walser

3 Blätter für die Kunst. Begründet von Stefan George. Herausgegeben von Carl August Klein. – Berlin 1900/1901. – *Weitere benutzte Jahrgänge:* 1902/1903. 1904
   George, Gundolf, Hardt, Klages, Wolfskehl

4 Jugend. Münchner illustrierte Wochenschrift für Kunst und Leben. Herausgegeben von Georg Hirth. Redaktion von Fritz von Ostini. – München 1902. – *Weiterer benutzter Jahrgang:* 1903 [Redaktion von Fritz von Ostini und S. Sinzheimer, Albert Matthäi, Franz Langheinrich]
   Hartleben, Steiger, Wedekind, Wolzogen, Zweig

5 Neue Deutsche Rundschau (Freie Bühne). Redaktion von Oscar Bie. – Berlin 1903. – *Weitere benutzte Jahrgänge:* 1904 [Die neue Rundschau. *Alle anderen Angaben bleiben*]. 1906. 1907. 1908. 1910. 1911. 1912. 1914. 1916. 1918. 1919. 1920. 1922 [Herausgegeben von Oscar Bie, Samuel

Fischer, Samuel Saenger. Redaktion von Rudolf Kayser. – Berlin, Leipzig]. 1923. 1924. 1925. 1926. 1928 *[Angabe der Herausgeber fehlt]*. 1930. 1931. 1932. 1933 [Redaktion von Peter Suhrkamp. *Alle anderen Angaben bleiben*]. 1934. 1935. 1937 [Redaktion von Wolfgang von Einsiedel. *Alle anderen Angaben bleiben*]. 1938 [Redaktion von Karl Korn. Berlin. *Alle anderen Angaben bleiben*]. 1944 [Redaktion von Gerhard Aichinger. *Alle anderen Angaben bleiben*]. 1950 [Die neue Rundschau. Begründet von S. Fischer im Jahre 1890. Herausgegeben von Gottfried Bermann Fischer. Redaktion von Rudolf Hirsch und Joachim Maass. Frankfurt a. M.]. 1953
Benn, Binding, Borchardt, Calsow, Celan, Däubler, Dauthendey, Dehmel, Eich, Goes, Hartleben, Hauptmann, Herrmann, Hesse, Hofmannsthal, Holthusen, Langgässer, Loerke, Mombert, Nossack, Paulsen, Penzoldt, Rilke, von Scholz, Schröder, Stehr, Werfel, Zuckmayer

6 Deutsche Arbeit. Zeitschrift für das geistige Leben der Deutschen in Böhmen. Herausgegeben im Auftrage der Gesellschaft deutscher Wissenschaft, Kunst und Literatur in Böhmen. – München und Prag 1903
Rilke

7 Hugo von Hofmannsthal. Ausgewaehlte Gedichte. Berlin 1903

8 Die Fackel. Herausgegeben und redigiert von Karl Kraus. – Wien 1904. – *Weitere benutzte Jahrgänge:* 1905. 1906. 1909. 1910. 1911. 1915. 1920. 1927. 1933
Beutler, Heim, Kraus, Lasker-Schüler, Liliencron, Mühsam, Stoessl, Viertel, Wedekind, Werfel

9 Else Lasker-Schüler. Der siebente Tag. Gedichte. – Berlin-Charlottenburg 1905

10 Die Frau. Monatsschrift für das gesamte Frauenleben in unserer Zeit. – Berlin 1905. – *Weitere benutzte Jahrgänge:* 1907. 1915. 1922. 1926. 1928. 1930. 1931. 1932. 1940. 1944
Groß-Denker, Herrmann, Klemperer, Knoop, Kühn, Lewald, Reicke, von Ribbentrop, Schilling, Schmidt, von Below, Vogelpohl

11 Rainer Maria Rilke. Das Stunden-Buch. enthaltend die drei Bücher: Vom moenchischen Leben – Von der Pilgerschaft – Von der Armuth und vom Tode. – (Leipzig 1905). -*Abdruck nach* **13**

12 Zeiten. Ein Buch Gedichte von Alfred Walter Heymel. – Leipzig 1907

13 Insel-Almanach auf das Jahr 1907. – Leipzig 1907
Schröder

Verzeichnis der Quellen

14 Die Schaubühne. Herausgegeben von Siegfried Jacobsohn. Redaktion von Siegfried Jacobsohn. – Berlin 1907. – *Weitere benutzte Jahrgänge:* 1908. 1909. 1911 [*mit Untertitel:* Wochenschrift für die gesamten Interessen des Theaters]. 1912 [*ohne Untertitel*]. 1913. 1914. 1915. 1916. 1917 [*mit Untertitel:* Wochenschrift für Politik, Kunst, Wirtschaft]. 1918 [*neuer Titel:* Die Weltbühne. Wochenschrift für Politik, Kunst, Wirtschaft]. 1920. 1921. 1922. 1923. 1924. 1925. 1926 [*neuer Zusatz zum Untertitel:* Begründet von Siegfried Jacobsohn. Herausgegeben von Kurt Tucholsky. Redaktion von Carl von Ossietzky]. 1927 [*neuer Zusatz zum Untertitel:* Begründet von Siegfried Jacobsohn. Unter Mitarbeit von Kurt Tucholsky herausgegeben von Carl von Ossietzky]. 1928. 1929. 1930. 1931. 1939 [*Unter dem Titel:* Die neue Weltbühne. Wochenschrift für Politik, Kunst, Wirtschaft. (La Nouvelle Revue Mondiale). Hebdomadaire. Der Weltbühne XXXV. Jahrgang. – Paris].
Benn, Binding, Brecht, Bröger, Carossa, Feuchtwanger, Groth, Hardekopf, Heimann, Heym, Holz, Kästner, Klabund, Lasker-Schüler, Lehmann, Lichnowsky, Loerke, Mehring, Morgenstern, Reimann, Ringelnatz, Schnack, Scholz, Schröder, Tucholsky, Vegesack, Weinert, Wolfenstein, Zech, unbekannter Verfasser

14a Die Weltbühne. Wochenschrift für Politik, Kunst, Wirtschaft. 1905 Begründet von Siegfried Jacobsohn. 1926 bis 1933 geleitet von Carl von Ossietzky. Herausgegeben von Maud von Ossietzky und Hans Leonard. – Berlin 1946. – *Weitere benutzte Jahrgänge:* 1947. 1948
Herz, Kästner, Schnog, Weinert, unbekannter Verfasser

15 Der Sturm. Wochenschrift für Kultur und die Künste. Herausgegeben von Herwarth Walden. – Berlin 1910/11. – *Weitere benutzte Jahrgänge:* 1911/12. 1913/14 [*Untertitel geändert in:* Halbmonatsschrift für Kultur und die Künste. Herausgegeben von Fritz Harnisch]. 1914/15. 1917/18 [*Untertitel geändert in:* Monatsschrift . . . Herausgegeben von Fritz Harnisch und Lothar Schreyer]. 1919/20. 1921 [Herausgegeben von Lothar Schreyer]. 1922. 1923. 1924
Arp, Behrens, Benn, C. Goll, I. Goll, Lasker-Schüler, Lichtenstein, Schickele, Schwitters, Stramm, van Hoddis, Zech

16 Pan. Halbmonatsschrift. Herausgegeben von Wilhelm Herzog und Paul Cassirer. Redaktion von Wilhelm Herzog. – Berlin 1910/11. – *Weitere benutzte Jahrgänge:* 1911/12 [*Untertitel geändert in:* Wochenschrift. Begründet von Paul Cassirer. Redaktion von Paul Cassirer und W. Fred mit Albert Damm]. 1912/13 [Herausgegeben von Alfred Kerr]
Herrmann, Heym, Loerke, Rubiner, Werfel

17 Die Aktion. Zeitschrift für freiheitliche Politik und Literatur. Herausgegeben und redigiert von Franz Pfemfert. – Berlin 1911. – *Weitere benutzte Jahrgänge:* 1912 [*Untertitel geändert in:* Wochenschrift für Politik, Literatur, Kunst]. 1913. 1914. 1915. 1916. Sonderheft Franz Werfel. 1917. 1918

Adler, Becher, Benn, Eisenlohr, I. Goll, Hardekopf, Heym, Kersten, Klemm, Lasker-Schüler, Lichtenstein, Pfemfert, Schnack, Toller, van Hoddis, Wegner, Werfel, Wetzel, Wolfenstein, Zuckmayer

18 Der Brenner. Halbmonatsschrift. Herausgegeben von Ludwig von Ficker. – Innsbruck 1912/13. – *Weiterer benutzter Jahrgang:* 1915 [*unter dem Titel:* Brenner-Jahrbuch]   *Trakl*

19 Georg Trakl. Aus goldenem Kelch. Die Jugenddichtungen. – Salzburg/ Leipzig [1939]. – *Abdruck der Gedichte aus Quelle* 18 *und* 19 *nach:* Georg Trakl. Dichtungen und Briefe. Historisch-kritische Ausgabe. Herausgegeben von Walther Killy und Hans Szklenar. – Salzburg 1969

20 Morgue und andere Gedichte von Gottfried Benn. – Berlin-Wilmersdorf (1912)

21 Die weißen Blätter. Eine Monatsschrift. Redaktion von Erik Ernst Schwabach für Österreich Hugo Heller. – Leipzig 1913/14. – *Weitere benutzte Jahrgänge:* 1914/15 [Die weißen Blätter. Eine Monatsschrift. Herausgegeben und redigiert von René Schickele. *Die übrigen Angaben bleiben*]. 1915/16 [Zürich/Leipzig]. 1916/17. 1918/19 [Berlin]
Becher, Benemann, Däubler, Ehrenstein, Eisner, Lasker-Schüler, Rubiner, Viertel, Weiß, Werfel, A. Zweig

22 Georg Heym. Marathon. – Berlin-Wilmersdorf (1914)

23 Kriegslieder für die deutsche Schuljugend. Gesammelt von einem Schulmann. 1813. 1870. 1914. – Peine 1914   *Unbekannter Verfasser*

24 Der Erzähler. Unterhaltungsbeilage zu den Augsburger Neuesten Nachrichten. – Augsburg 1914/15   *Brecht*

24 a Ernst Stadler. Der Aufbruch. Gedichte. – Leipzig 1914

25 Auswahl fürs Feld. – Berlin 1915

26 Gedichte aus eiserner Zeit. (Der große Krieg 1914). von Otto Heinrich Johannsen. – Bautzen [1915]

27 Das junge Deutschland. Monatsschrift für Literatur und Theater. Herausgegeben vom Neuen Theater zu Berlin. Redaktion von Arthur Kahane und Heinz Herald. – Berlin 1918. – *Weiterer benutzter Jahrgang:* 1919   *I. Goll, Hasenclever, Lasker-Schüler*

28 Hermann Stehr. Lebensbuch. Gedichte aus zwei Jahrzehnten. – Berlin 1920

29 arp. die wolkenpumpe. copyright by paul stegemann. *[Umschlagtitel]*. – (Hannover 1920)

Verzeichnis der Quellen

30 Bertolt Brecht. Baal. – Potsdam 1922

31 Rainer Maria Rilke. Duineser Elegien. – Leipzig 1923

32 Bertolt Brechts Hauspostille. Mit Anleitungen, Gesangsnoten und einem Anhange. – Berlin 1927

33 Gottfried Benn. Gesammelte Gedichte. – Berlin (1927)

34 Hermann Hesse. Gesammelte Werke. Trost der Nacht. Neue Gedichte. – Berlin 1929

35 Brecht. Die Songs der Dreigroschenoper. – Potsdam/Berlin [1929]. – *Abdruck nach:* Bertolt Brecht. Gedichte 1913–1929. Unveröffentlichte und nicht in Sammlungen enthaltene Gedichte. Gedichte und Lieder aus Stücken. – Frankfurt a. M. 1960

36 Brecht. Versuche 4–7. Aufstieg und Fall der Stadt Mahagonny (Oper). Über die Oper. Aus dem Lesebuch für Städtebewohner. Das Badener Lehrstück. [Heft] 2. *[Umschlagtitel]*. – (Berlin 1930)

37 Der Lyrik eine Bresche. Kleine Auslese deutscher Lyrik von Walther von der Vogelweide bis zur Gegenwart. Antworten von Bekannten und Unbekannten [...] auf die Frage nach dem heutigen Lebenswert des Gedichtes. Mit Geleitwort von Rud. G. Binding. Herausgegeben von Karl Rauch. – Berlin 1931   *Gurk*

38 Brecht. Versuche 14. Die drei Soldaten. Ein Kinderbuch. [Heft] 6. *[Umschlagtitel]*. – (Berlin 1932)

39 Neue deutsche Blätter. Monatsschrift für Literatur und Kritik. Herausgegeben von Guido Lagus. Redigiert von ∴ (Berlin) [= Hans Schwalm, *Pseudonym:* Jan Petersen], Oskar Maria Graf, Wieland Herzfelde, Anna Seghers. – Prag/Wien 1933/34   *Herzfelde*

40 Stimmen über Karl Kraus zum 60. Geburtstag. Herausgegeben von einem Kreis dankbarer Freunde. – Wien 1934   *Brecht*

41 Über den schnellen Fall des guten Unwissenden [*Erstveröffentlichung* 1934]. – *Abdruck nach:* Bertolt Brecht. Gesammelte Werke. Herausgegeben in Zusammenarbeit mit Elisabeth Hauptmann. – Frankfurt a. M. 1967

42 Das Innere Reich. Zeitschrift für Dichtung, Kunst und deutsches Leben. Herausgegeben von Paul Alverdes und Karl Benno von Mechow. – München 1934/35. – *Weitere benutzte Jahrgänge:* 1935/36. 1936/37.

1937/38. 1938/39 [*Von diesem Jahrgang an nur noch* Paul Alverdes *als Herausgeber genannt*]. 1939/40. 1940/41. 1941/42. 1942/43. 1943/44
Barthel, Beiß, Bertram, Binding, Blaas, Bobrowski, Britting, Dauthendey, Eich, Frank, von Heiseler, Kerst, Kolbenheyer, Krolow, Miegel, Niebelschütz, Sailer, Schaefer, Schütt, Simon, Strutz, Tumler, von der Vring, Weinheber

43 Maß und Wert. Zweimonatsschrift für freie deutsche Kultur. Herausgegeben von Thomas Mann und Konrad Falke. Redaktion von Golo Mann und Emil Oprecht. – Zürich 1939/40   *Hesse*

44 Bertolt Brecht. Svendborger Gedichte. – London 1939 [*Vordruck aus:* Gesammelte Werke Band 4]. – *Abdruck nach:* Bertolt Brecht. Gedichte 1913–1929. Unveröffentlichte und nicht in Sammlungen enthaltene Gedichte. Gedichte und Lieder aus Stücken. – Frankfurt a. M. 1960

45 Zweiundzwanzig Gedichte. – [*Privatdruck*] 1943. – *Abdruck nach:* Gottfried Benn. Gesammelte Werke. Herausgegeben von Dieter Wellershoff. Mit Unterstützung der Akademie der Künste, Berlin. In 4 Bänden. Band 3 Gedichte. – Wiesbaden 1960

46 Bertolt Brecht. Furcht und Elend des III. Reiches. 24 Szenen. – New York (1945). – *Abdruck nach der Ausgabe* Berlin 1948

47 Reinhold Schneider. Die letzten Tage. – Zürich 1945. – *Abdruck nach der Ausgabe* Baden-Baden 1946

48 Friede 1914. Dem Frieden entgegen 1945. Zwei Friedensgedichte von Hermann Hesse. – Murnau 1945 [*Privatdruck*]. – *Abdruck nach:* Die Gedichte von Hermann Hesse. [*Ausgabe, um die bis zum Frühjahr 1946 neu entstandenen Gedichte erweitert*]. – Berlin 1947

49 Werner Bergengruen. Dies irae. Eine Dichtung. – München [1945 oder 1946]

50 Horst Lommer. Das Tausendjährige Reich. – Berlin 1946

51 Hans Carossa. Stern über der Lichtung. Neue Gedichte. – Hameln 1946

52 Der Ruf. Unabhängige Blätter der jungen Generation. Herausgegeben von Alfred Andersch und Hans Werner Richter. – München 1946/47. – *Weiterer benutzter Jahrgang:* 1948. [Herausgegeben von Walter von Cube. *Alle anderen Angaben bleiben*]
                Bauer, Eich, Handschuch, Krolow, Nick, Wolff

53 Hans Erich Nossack. Gedichte. – Hamburg 1947

54 Marie Luise Kaschnitz. Totentanz und Gedichte zur Zeit. – Hamburg (1947)

55 Nelly Sachs. In den Wohnungen des Todes. – Berlin 1947

56 Gertrud Kolmar. Welten. – Berlin 1947

57 Paul Celan [Anczel]. Der Sand aus den Urnen. Gedichte. Mit 2 Original-
lithografien von Edgar Jené. – Wien 1948. – *Abdruck nach:* Paul Celan.
Mohn und Gedächtnis. – Stuttgart (1952)

58 Gottfried Benn. Statische Gedichte. – Zürich (1948)

59 Günter Eich. Abgelegene Gehöfte. Mit vier Holzschnitten von Karl
Rössing. – Frankfurt a. M. 1948

60 Gottfried Benn. Trunkene Flut. Ausgewählte Gedichte (bis 1935, mit
Epilog 1949). – Wiesbaden (1949). *[2. veränd. u. verm. Aufl. d. 1936
unter dem Titel* Ausgewählte Gedichte.*ersch. Bdes.]*

61 Sinn und Form. Beiträge zur Literatur. Begründet von Johannes Robert
Becher und Paul Wiegler. Herausgegeben von der Deutschen Akade-
mie der Künste. Redaktion von Peter Huchel. – Potsdam 1949. – *Wei-
tere benutzte Jahrgänge:* 1950. 1951 [*Von hier an Verlagsort* Berlin]. 1952.
1953. 1954 [*Zusätzlich zu den übrigen Angaben:* Redaktionsbeirat: Bertolt
Brecht, Ludwig Renn, Herbert Ihering, Max Schwimmer, Max But-
ting.] 1955. 1957 [*Redaktionsbeitrag ohne Bertolt Brecht].* 1958. 1959.
1960
Arendt, Becher, Bienek, Bobrowski, Brecht, Enzensberger, Hermlin, Herzfelde,
Huchel, Kolmar, Kunert, Loerke, Maurer, Schneider, Steiner

61a Sinn und Form. Sonderheft Bertolt Brecht. – Berlin 1949

62 Günter Eich. Untergrundbahn. – Hamburg 1949

63 Wilhelm Lehmann. Noch nicht genug. Gedichte. – Tübingen (1950)

64 Gottfried Benn. Fragmente. Neue Gedichte. – Wiesbaden (1951)

65 Edmund Rehwinkel. Zwischen gestern und heute. Gedichte. – Hanno-
ver 1951

66 Merkur. Deutsche Zeitschrift für europäisches Denken. Herausgegeben
von Hans Paeschke und Joachim Moras. – Baden-Baden und Stuttgart
1951. – *Weitere benutzte Jahrgänge:* 1952 [*Von hier an Verlagsort* Stutt-
gart]. 1954. 1957. 1958. 1959. 1960
Benn, Bobrowski, Busta, Enzensberger, Fried, I. Goll, Hädecke, Holthusen,
Jokostra, Jünger, Krolow, Lavant, Meckel, Rilke, Schaefer, Trakl

67 Gottfried Benn. Destillationen. Neue Gedichte. – Wiesbaden (1953)

68 Akzente. Eine Zeitschrift für Dichtung. Herausgegeben von Walter Höllerer und Hans Bender. – München 1954. – *Weitere benutzte Jahrgänge:* 1955. 1956. 1957. 1958. 1959. 1960
Aichinger, Arp, Artmann, Bachmann, Benn, Bienek, Borchers, Bremer, Brecht, Britting, Celan, Eggebrecht, Eich, Enzensberger, Fried, Fuchs, Grass, Hildesheimer, Kaschnitz, Kolmar, Marti, Meckel, Okopenko, Rühmkorf, Seuren, Winkler

69 Texte und Zeichen. Ein literarische Zeitschrift. Herausgegeben von Alfred Andersch. Berlin und Neuwied 1955 *Celan*

70 Helmut Heißenbüttel. Topographien. Gedichte 1954/55. – (Esslingen) [1956]

71 Süddeutsche Zeitung, München. Jahrgang 1958. *Domin*

72 Helmut Heißenbüttel. Textbuch I. – Olten und Freiburg i. B. (1960)

73 Neue Deutsche Literatur. Monatsschrift für Schöne Literatur und Kritik. Herausgegeben vom Deutschen Schriftstellerverband. Redaktion von Wolfgang Joho mit Helmut Hauptmann, Rosemarie Kaiser, Helmut Kaiser, Henryk Keisch, Klaus Marschke, Achim Roscher, Elli Schmidt, Eva Strittmatter, Paul Wiens und Horst Müller. – Berlin 1960 *Czechowski, Heydecke, Kunert*

Verzeichnis der Autoren und ihrer Gedichte

Die Autoren werden hier unter ihrem tatsächlichen (bürgerlichen) Namen aufgeführt. Gedichte, die anonym erschienen oder bei denen die tatsächlichen Namen der Verfasser nicht ermittelt werden konnten, erscheinen am Schluß dieses Verzeichnisses unter dem Stichwort Unbekannte Verfasser. Zu jedem Autor werden die Titel oder, wenn diese fehlen, die Anfänge der aufgenommenen Gedichte *(kursiv)* in der Reihenfolge ihres Auftretens in dieser Anthologie genannt. Zu jedem Gedicht wird sein Fundort angegeben, und zwar durch die Nummer der Quelle im voraufgehenden Verzeichnis der Quellen (**halbfett**), ggf. durch Zusätze wie Jahrgang, Bandnummer etc. und die Seitenzahl. Zur Orientierung über die Zusammenhänge, in denen die Gedichte erschienen, und ihre Einordnung unter Gattungsbegriffe werden (in runden Klammern) auch die originalen Zwischentitel – Rubriktitel, Zyklustitel und bei Gedichten aus Bühnenstücken o. ä. deren Titel – mitgeteilt. Anführungszeichen in runden Klammern (") verweisen auf den jeweils zuletzt genannten Zwischentitel. Am rechten Seitenrand werden die Seitenzahlen dieser Sammlung angegeben.

Verzeichnis der Autoren und ihrer Gedichte

Verzeichnis der Autoren und ihrer Gedichte

Verzeichnis der Autoren und ihrer Gedichte

Verzeichnis der Autoren und ihrer Gedichte

Verzeichnis der Autoren und ihrer Gedichte

Verzeichnis der Autoren und ihrer Gedichte

Verzeichnis der Autoren und ihrer Gedichte

Verzeichnis der Autoren und ihrer Gedichte

Verzeichnis der Autoren und ihrer Gedichte

Verzeichnis der Autoren und ihrer Gedichte

Verzeichnis der Autoren und ihrer Gedichte

Verzeichnis der Autoren und ihrer Gedichte

Verzeichnis der Autoren und ihrer Gedichte

Verzeichnis der Autoren und ihrer Gedichte

Verzeichnis der Autoren und ihrer Gedichte

Verzeichnis der Autoren und ihrer Gedichte

Verzeichnis der Autoren und ihrer Gedichte

Verzeichnis der Autoren und ihrer Gedichte

Verzeichnis der Gedichtüberschriften und -anfänge

Überschriften und Anfänge

Überschriften und Anfänge

Überschriften und Anfänge

Überschriften und Anfänge

Überschriften und Anfänge

Herausgeber und Verlag danken den folgenden Inhabern der Urheberrechte für die freundliche Erlaubnis zum Abdruck von Gedichten:

Aichinger Ilse: S. Fischer Verlag GmbH, Frankfurt

Arendt, Erich: Hinstorff Verlag, Rostock

Arp, Hans: Limes in der F. A. Herbig Verlagsbuchhandlung, München

Artmann, Hans Carl: Verlag Klaus G. Renner

Bachmann, Ingeborg: Verlag R. Piper & Co., München

Barthel, Ludwig Friedrich: Eugen Diederichs Verlag, München

Bauer, Walter: Günter Hess, London ONT

Becher, Johannes Robert: Aufbau-Verlag, Berlin und Weimar

Becher, Johannes Robert (Die Sendung): Akademie der Künste, Berlin

Behrens, Franz Richard: Gerhard Rühm, Köln

Beiß, Adolf: Uwe Beiß, Braunschweig

Benemann, Maria: Joachim Benemann, Exmouth

Benn, Gottfried: Verlag Klett-Cotta, Stuttgart

Benn, Gottfried (Statische Gedichte): Arche Verlag AG, Zürich-Hamburg

Bergengruen, Werner: Luise Hackelsberger, Werner-Bergengruen Archiv, Ebenhausen

Bertram, Ernst: Insel Verlag, Frankfurt

Bienek, Horst: Carl Hanser Verlag, München

Binding, Rudolf Georg: Verlagsgruppe Bertelsmann GmbH, München

Blaas, Erna: Erika Blaas, Salzburg

Bobrowski, Johannes: Deutsche Verlags-Anstalt GmbH, Stuttgart

Borchardt, Rudolf: Verlag Klett-Cotta, Stuttgart

Borchers, Elisabeth: Suhrkamp Verlag, Frankfurt

Brecht, Bertolt: Suhrkamp Verlag, Frankfurt

Bremer, Claus: Renate Bremer-Steiger, Forch

Britting, Georg: Ingeborg Schuldt-Britting, Höhenmoos

Busta, Christine: Otto Müller Verlag, Salzburg

Carossa, Hans: Insel Verlag, Frankfurt

Celan, Paul: Deutsche Verlags-Anstalt, München

Celan, Paul (Köln, am Hof): S. Fischer Verlag GmbH, Frankfurt

Celan, Paul (Mohn): Eric Celan, Paris

Czechowski, Heinz: Heinz Czechowski, Frankfurt

Däubler, Theodor: Friedhelm Kemp, München

Eggebrecht, Jürgen: Jürgen Eggebrecht, München

Ehrenstein, Albert: Albert Ehrenstein Archive, Jewish National and University Library, Jerusalem

Eich, Günter: Suhrkamp Verlag, Frankfurt

Eisenlohr, Friedrich: Annemarie Bostroem, Berlin

Enzensberger, Hans Magnus: Suhrkamp Verlag, Frankfurt

Feuchtwanger, Lion: Aufbau-Verlag GmbH

Fried, Erich: Carl Hanser Verlag, München

Frischauf, Marie: Verlag der Theodor Kramer Gesellschaft, Wien

Fuchs, Günter Bruno: Carl Hanser Verlag, München

George, Stefan: Verlag Klett-Cotta, Stuttgart

Goes, Albrecht: S. Fischer Verlag GmbH, Frankfurt

Goll, Claire: alle Rechte bei und vorbehalten durch Wallstein Verlag, Göttingen

Goll, Ivan: alle Rechte bei und vorbehalten durch Wallstein Verlag, Göttingen

Grass, Günter: Druckerei und Verlag Gerhard Steidl, Göttingen

Gundolf, Friedrich: Claus Victor Bock, London

Gurk, Paul: Agora-Verlag, Berlin

Hädecke, Wolfgang: Carl Hanser Verlag, München

Hardekopf, Ferdinand: Verlags AG Die Arche, Zürich

Hasenclever, Walter: Rowohlt Verlag GmbH, Reinbek bei Hamburg

Hauptmann, Gerhart: Econ Ullstein List Verlag GmbH & Co. KG, München

Heiseler, Bernt von: J. F. Steinkopf Verlag GmbH, Kiel

Heißenbüttel, Helmut: Verlag Klett-Cotta, Stuttgart

Hermlin, Stephan: Verlag Klaus Wagenbach GmbH, Berlin

Herrmann-Neiße, Max: Verlagsgruppe Langen Müller-Herbig, München

Herzfelde, Wieland: George Wyland Herzfelde, Zürich

Hesse, Hermann: Suhrkamp Verlag, Frankfurt

Hildesheimer, Wolfgang: Suhrkamp Verlag, Frankfurt

Hoddis, Jakob van: Erbengemeinschaft Jakob van Hoddis

Holthusen, Hans Egon: Verlag R. Piper & Co., München

Huchel, Peter: Monica Huchel, Staufen im Breisgau

Jokostra, Peter: Peter Jokostra, Berlin

Jünger, Friedrich Georg: Vittorio Klostermann, Frankfurt

Kästner, Erich: Atrium Verlag AG, Zürich

Kaschnitz, Marie Luise: Econ Ullstein List Verlag GmbH & Co. KG, München

Klages, Ludwig: Deutsche Schillergesellschaft, Marbach am Neckar

Klemm, Wilhelm: Dieterich'sche Verlagsbuchhandlung, Mainz

Klemperer, Viktor: Aufbau-Verlag GmbH

Kolbenheyer, Erwin Guido: Kolbenheyer-Gesellschaft e.V., Geretsried

Kolmar, Gertrud: Suhrkamp Verlag, Frankfurt

Kraus, Karl: Suhrkamp Verlag, Frankfurt

Krolow, Karl: Suhrkamp Verlag, Frankfurt

Kunert, Günter: Günter Kunert, Kaisborstel

Langgässer, Elisabeth: Econ Ullstein List Verlag GmbH & Co. KG, München

Lasker-Schüler, Else: Suhrkamp Verlag, Frankfurt

Lavant, Christine: Otto Müller Verlag, Salzburg

Lehmann, Wilhelm: Verlag Klett-Cotta, Stuttgart

Lichnowsky, Mechtilde Fürstin von: Leonore Gräfin Lichnowsky, Rom

Loerke, Oskar: Suhrkamp Verlag, Frankfurt

Marti, Kurt: Kurt Marti, Bern

Maurer, Georg: Mitteldeutscher Verlag GmbH, Halle

Meckel, Christoph: Christoph Meckel, Berlin

Mehring, Walter: Claassen Verlag in der Econ Ullstein List Verlag GmbH & Co. KG, München

Miegel, Agnes: Eugen Diederichs Verlag, München

Mombert, Alfred: Kösel-Verlag, München

Mühsam, Erich: Akademie der Künste, Berlin

Nick, Dagmar: Rimbaud Verlagsgesellschaft, Aachen

Niebelschütz, Wolf von: Eugen Diederichs Verlag, München

Nossack, Hans Erich: Suhrkamp Verlag, Frankfurt

Okopenko, Andreas: Andreas Okopenko, Wien

Penzoldt, Ernst: Suhrkamp Verlag, Frankfurt

Rehwinkel, Edmund: Landbuch Verlag, Hannover

Ringelnatz, Joachim: Diogenes Verlag AG, Zürich

Rühmkorf, Peter: Rowohlt Verlag GmbH, Reinbek bei Hamburg

Sachs, Nelly: Suhrkamp Verlag, Frankfurt

Schaefer, Oda: Verlag R. Piper & Co., München

Schickele, René: Hans Schickele, San Diego

Schnack, Anton: Stefanie Tutepastell, San Miguel de Allende

Schneider, Reinhold: Insel Verlag, Frankfurt

Schröder, Rudolf Alexander: Suhrkamp Verlag, Frankfurt

Schütt, Bodo: Eugen Diederichs Verlag, München

Schwitters, Kurt: Arche Verlag AG, Zürich-Hamburg

Seuren, Günter: Günter Seuren, München

Stehr, Hermann: Nico Stehr, Wangen

Steiner, Franz Baermann: Jeremy Adler, London

Stoessl, Otto: Rudolfine Stoessl, Graz

Toller, Ernst: Carl Hanser Verlag, München

Tucholsky, Kurt: Rowohlt Verlag GmbH, Reinbek bei Hamburg

Tumler, Franz: Franz Tumler, Berlin

Vegesack, Friedrich von: Christoph von Vegesack, Otterberg

Viertel, Berthold: Carl Hanser Verlag, München

Vring, Georg von der: Christian von der Vring, Reutlingen

Walser, Robert: Suhrkamp Verlag, Frankfurt

Wegner, Armin Theophil: Sybil Stevens, Wroxham

Weinert, Erich: Aufbau-Verlag, Berlin und Weimar

Weinheber, Josef (Den Jünglingen; Albrecht Dürer; Wiegenlied; Der Reigen): Christian Weinheber-Janota, Kirchstetten

Weinheber, Josef (Hymnus auf die Heimkehr; Satzzeichen): Otto Müller Verlag, Salzburg

Weiß, Ernst: Suhrkamp Verlag, Frankfurt

Werfel, Franz: S. Fischer Verlag GmbH, Frankfurt

Winkler, Eugen Gottlob: Sieglinde Stickler, Weinstadt

Wolfenstein, Alfred: Akademie der Wissenschaften und der Literatur, Mainz

Wolff, Kurt: Christian Wolff, Hanover

Wolfskehl, Karl: Deutsche Schillergesellschaft, Marbach am Neckar

Zech, Paul: Paul Zech-Rechtsnachfolger

Zuckmayer, Carl: S. Fischer Verlag GmbH, Frankfurt

Zweig, Arnold: Aufbau-Verlag, Berlin und Weimar

Zweig, Stefan: S. Fischer Verlag GmbH, Frankfurt

Da in einigen Fällen die Inhaber der Rechte trotz aller Bemühungen nicht festzustellen oder erreichbar waren, verpflichtet sich der Verlag, rechtmäßige Ansprüche abzugelten.